講談社文庫

スメル男

新装版

原田宗典

講談社

目次

スメル男

新装版

1

ぼくの肉体の異常は、告白しないかぎり誰にも気付かれない種類のものだ。肉体、と言うべきか、器官と言うべきかよく分からないけれども。いずれにしても普通の人間とは違うのだから、異常であることは確かだ。

簡単に説明すると、ぼくは鼻が利かないのだ。何の匂いも感じない。嗅覚ゼロ。

先天的なものではない。大学の二年の時までは、どちらかと言えば匂いに敏感な性質だった。花のかぐわしさも、肉の焼ける芳ばしさも、アルコールのつんとくる匂いも嗅ぐことができた。特に不快な匂いに関しては人一倍反応が鋭く、初めて訪れたビルでもトイレやゴミ置き場の位置をぴたりと当てたほどだ。

では何故、急に鼻が利かなくなってしまったのか？

専門家に言わせると、嗅覚を失う原因は大別してふたつある。ひとつは脳の前頭葉に異常をきたしたり、アレルギー性鼻炎などのために起こる実際の疾患。もうひとつは、精神的な障害だ。

「あなたの場合は、おそらく後者でしょう」

町医者に紹介されて訪れた大学病院の医師は、問診だけでそう断定した。色白で唇だけが妙に紅く、うらなり顔に銀ブチの眼鏡をかけた若い助教授だ。

「そそれは……つまりどどういう？」

〝精神的な障害〟という言葉に衝撃を受けて、ぼくはドモりながら訊き返した。緊張すると、ついそうなってしまう。普段はごく普通に喋れるのに、我ながらいまいましい。

「最近、非常に多いんですねえ……ちょっと上を向いて」

はぐらかすようにそう言って、助教授は身を乗り出した。言われた通りに上を向くと、鼻の穴に顔を近づけてくる。左手でぼくの顎に触れ、右手で銀のトレイから器具を取り上げる気配……。

「ちょっと拝見」

いきなり鼻の穴に鳥の嘴のようなものを突っこまれた。一瞬ヒヤリとした感触があって、次に思い切り鼻の穴を押し広げられる。引金を引くと嘴の先が開く仕組みになっているらしい。鼻の穴の付け根がビリッと引き裂けてしまいそうな痛さだ。この方法なら、五百円玉さえも鼻の穴に入ってしまいかねない。ぼくは苦痛に顔を歪め叫び声を上げそうになったが、助教授は意に介さずいたって冷静な様子で、

「ふむ」

とつまらなさそうに唸った。嘴を引き抜かれほっとしたのも束の間、今度はもう一方の鼻の穴へ突っこまれた。再び鼻の穴が五百円玉になる。

「ふむ」

助教授はまた同じように唸った。それにしても鼻の穴を他人に覗きこまれるなんて実に恥ずかしいことだ。耳の穴や口腔とは、ちょっと種類が違う。どちらかといえば肛門を押し広げられる恥ずかしさに近いのではなかろうか。基本的に穴というのは、覗かれたり何かを突っこまれたりする運命にあるものなのかもしれないが、できればそっとしておいてもらいたい。こんなふうに無理やり押し広げられ覗かれると、強姦されているような気分だ。

「やはり炎症も起こしていませんしねえ」

助教授はようやく嘴を閉ざして引き抜き、ステンレスのビーカーへちゃぽんと落とした。ぼくはほっとして息を吐き出し、恥ずかしさのためにうつむいた。鼻の穴がひとつになってしまったような錯覚がある。ああ鼻には穴が開いているんだなあと、あらためて思い知らされた気分だ。

「頭を強く打つような事故もないというお話ですし、やはり精神的なものでしょう。

となると、耳鼻科の治療範囲ではなくて……」

「頭をつつ強く打つと、はは鼻が利かなくなるんですか？」

「ええ。ありますね。匂いの感覚を司るのは脳の前頭葉下面の新皮質である、という説が最も一般的なのですが、この部分に障害が起きると嗅覚に異常をきたす例が報告されています。しかし、頭を打った覚えはないのでしょう？」

「ええまあ……ありません」

「ですね。しかも診たところ蓄膿症でもない、嗅粘膜のアレルギーでもない」

助教授はカルテに何か書きつけながら言った。ぼくは鼻の穴がびろんと伸びたまま元へ戻っていないような気がして、つまんだり指を差し入れたりした。

「そういうふうに消去法で考えていくと、精神的な障害しか残らないわけです。これは最近よくある症例でしてね。人工的な匂いが巷に氾濫しているせいなのか……実際には匂いを感じているのに、何も匂わないという患者さんが結構いるんです」

「でも、ほほ本当にぜぜぜ全然匂わないんですよ」

助教授はふっふと短く息で笑い、眼鏡のつるに手をやった。たぶんそれが癖なのだろう。つるの一部分だけ銀メッキが剝げ、鈍い色を放っている。

「催眠術はご存知ですよね」

「はあ」

「テレビなんかでも時々やるでしょう。椅子と椅子の間に身体を硬直させて横たわったりするやつです。簡単に説明すると、あの状態と同じなんですね。さらに分かりやすく言えば、ほら、ヨガの修行僧。焼けた石の上を歩いたり、鉄串をほっぺたに突き刺したり……あれは、人間の身体としては痛くないワケはありません。痛点は確かに〝痛み〟をキャッチしてるんです。けれども痛いと感じない。これは精神的な自己催眠によるものです。同じようにあなたの場合も、身体の機能としては匂いをキャッチしてるわけです。でも、精神的な部分で何らかの抑圧が働いて、それを匂いとして認めることができないのでしょう」

「……そうでしょうか」

「人間の精神というのは、意外とデリケートなものですからね」

「はあ」

「もしそうだとしたら、まず匂いの感知を抑圧している原因から、明らかにしていく必要があるでしょうね。ま、私は耳鼻科の医師でありますから、そちらの方は門外漢で詳しいことは申し上げられませんが……最近、精神的にショックだったことはありませんか？」

「…………」

思い当たることはあった。つい最近、母親を交通事故で失ったのだ。まったく突然の出来事で、それを事実と認めるまでに数ヵ月もかかった。

誕生以前に父親を失ったぼくにとって、母親はたった一人の肉親だった。東京の大学へ通うようになって、遠く岡山へ彼女を残してきたことはいつも気がかりな問題だった。卒業したら、地元の企業へ就職しよう、そして親孝行をしてやろう。本当は親元から離れたことでせいせいしていたくせに、そんなふうに考えては自分を誤魔化していたのだ。

ところが、ある日突然に岡山県警から電話があって、母親が死んだと言う。

「大変お気の毒です……」

受話器の向こうで、中年の警官がそう告げた。母親が自転車に乗って歩道を渡ろうとしたところへ、トラックが左折してきたと。

正直な話、ぼくはそれまで〝死〟について真面目に考えたことはなかった。父親は生まれた時点で既に（すで）いなかったし、親類の葬式というものに立ち会った経験もない。だから人間が死ぬ、ということがどういうことなのか、考える機会を得なかったのだ。だから突然に〝母親の死〟を知らされても、具体的にどう反応したらいいのかさっぱり分からなかった。

幸い母には弟がいたので、葬儀一切はそちらの方で仕切ってくれた。東京から駆けつけると母は既に柩へ納まり、白い死装束を着て横たわっていた。叔父に案内されて柩のもとへ行き、死に顔を覗きこんだ時、ぼくはあらためて母親がどんな顔をしているのか知った。考えてみれば母の顔をまじまじと見るなんて、初めての経験だ。初めてで、しかも最後の経験になってしまったのだけれど。

母は（おそらく事故の傷を隠すためだろうが）真っ白に白粉を塗りたくられ、鼻の穴に脱脂綿を詰められて、不服そうに目を閉じていた。よく見ると、額の左側がぼっこり陥没している。正月用の丸餅をまだ熱い内に指で押すと他愛なく凹んでそのまま固まってしまうが、ちょうどあんな感じだ。気になって思わず指で触れてみると、もう硬直していて、餅の感触とはずいぶん勝手が違った。

「ああ、カチンカチンだ」

そう漏らすと、叔父は突然「ううっ」と泣き崩れた。ぼくはおたおたしてしまい、母の額に触ったことをひどく後悔した。

通夜に訪れた人は、ごく少数だった。叔父夫婦と、近所の主婦が数人、それから母の勤めていた生命保険会社の同僚や上司。ぼくを入れても十人ちょっとだ。

通夜の席で一番泣きじゃくっていたのは、二軒隣に住むマキガミマキコという主婦だった。彼女はぼくが中学の頃から『お光さま』とかいう新興宗教に凝っていて、近所でも問題視されていた変人だ。高校三年の受験時期に入信を勧められて当惑した記憶がある。釣り上がった目と薄い唇、痩せこけた頰。どう見ても薄情そうな彼女が号泣している様子は、何か他に目的があるように思えてしかたなかった。

「私はね、見てたんよ」

彼女は泣いているくせにひとつも濡れていない瞳をキッとぼくに向けて、唐突に話し始めた。

「私が一番そばにいたん。武井さんがね、轢かれる時。トラックに轢かれる時よ。武井さんはねえ、買物帰りでねえ、自転車のカゴにダイコンやらネギやら入れて、横断歩道を渡ろうとしよったんよ。私、すぐ後ろにおって、渡ろうかなあ思うたんじゃけど、立ち止まったんよ。お光さまがなあ、止まれ言うたん。私の肩んところでなあ、止まれ言うたんよ。ほしたらトラックがガーッと来て、武井さん轢かれてしもうて。もうワヤじゃが。あの大きいタイヤがなあ、ダイコンやらネギやらと一緒に武井さんのことスリ潰してなあ。もうワヤじゃ。武井さんもなあ、私の言うこと聞いて、お光さまにお縋(すが)りしとったらよかったんよ。私がもっと本気で勧めてあげればなあ、こんなことにはならんかったのになあ……」

マキガミマキコはそう言ってぼくの手を握りしめた。ものすごい力だった。

「武留(たける)くんなあ、お祈りせにゃあ。お光さまにお祈りせにゃいけんがな。お母さん楽になれんぞな」

「ええ。まあ。はい」

「今からでも遅うないけ、アビダラアビダラ言うて唱えにゃいけんが」

「ああ、それはまあ、そうですね」

ぼくはすっかり困惑してしまい、ただ曖昧(あいまい)にうなずきながら、周囲の人たちへ助けを求める視線を投げかけた。目が合って助け船を出してくれたのは、向かいでお好み焼き屋をやっているタドコロという主婦だった。彼女も日頃からマキガミマキコには閉口している人物の一人で、ある意味では扱い慣れていたのかもしれない。

「マキガミさん、その話はまた後(あと)でええが。今日はほれ、お葬式じゃが」

「お葬式じゃけ、言うとるんじゃが！」

マキガミマキコはタドコロさんが差し延べた手を払って、荒々しく反論した。

「こんなやりかたじゃ武井さんは成仏(じょうぶつ)でけんがな！　ダイコンやらネギやらと一緒に

スリ潰されて、ワヤくちゃになったままじゃが！」

マキガミマキコは仁王立ちになり、今にも誰かに向かって飛び掛かりそうな勢いで言い放った。列席していた全員は目を合わせるのを恐れて、一様にうつむいた。おい誰か何とかしろよ、という気分が辺りに立ち籠める。何とも言い難い、間の悪い空気だ。それを察知したのか、マキガミマキコは突然「ああそうかい！」と叫び、大股で玄関へ向かった。

「アホばあじゃが！　こけえ居る連中は、何も分かっとらんがな。武井さんが死んでもまだ分からん奴ばあじゃが！」

家じゅうの窓ガラスがビリビリ震えるほどの勢いで扉が閉じられた。ほっとしたのも束の間、今度は玄関の外で「アビダーラ、アビダーラ、アビダーラ……」と唱えるマキガミマキコの声が際限なく響いてきた。

「なんですかあれはッ！」

部屋の隅へ後ずさって小さくなっていた叔父が、不意に立ち上がって叫んだ。

「誰があんなバカを連れてきたんですかッ！」

叔父は近所の主婦や母の同僚を睨み回し、「シシャに対するボウトクですよ。ボウトクに他ならないッ」と繰り返した。が、マキガミマキコが去った後のなごみかけた空気の中ではその言葉も虚しく響き、かえって叔父の小心ぶりを際立たせるばかりだった。

通夜と、翌日の告別式、埋葬と、ぼくにとって母の死はたったの二日間で終わってしまった。あの呆気なさは、ちょっと他にたとえようがない。ぼくはただ叔父に追い立てられるままに移動し、手を合わせ、列席者に挨拶をするだけで、ほとんど何も考えなかったし感慨を抱く暇もなかった。ふと気がつくとすべてが終わっていて新幹線のホームに立っていた、という具合だ。

「御苦労さん」

見送りに来た叔父は、そんなふうに声をかけた。大学時代に母親を失った人なら分かってもらえると思うが、この言葉は実に言いえて妙だった。「お気の毒さま」でもなく「くよくよするな」でもなく「さぞお力落としのことでしょうが」でもない。ただ単に「御苦労さん」だったのだ。

母が死んだということを切実に感じ、不意に声を放って泣き出したくなったのはそれから約二週間後。下宿近くの定食屋で肉じゃが定食を食べている最中だった。その肉じゃがの中には、ネギとダイコンが入っていたのだ。

ダイコンの入っている肉じゃがなんて、珍しいじゃないか。

椀の中を覗き込んで、ふとそう思った。そして割りバシを割って擦り合わせようとした瞬間、あの日マキガミマキコが叫んだ言葉が甦ってきた。

——ダイコンやらネギやらと一緒くたにスリ潰されてワヤくちゃじゃが！

箸の先にじゃが芋を突き刺したまま、ぼくは後ろへひっくり返りそうになった。マキガミマキコの言葉は実際に聞いた時よりもっとリアルに、椀の中のダイコンやネギと結びついて、ぼくの脳天で弾けた。

そうだそうなんだ母さんは死んだんだネギやらダイコンやらと一緒にスリ潰されたんだあの巨大なトラックのタイヤにズブズブ轢かれちまったんだ母さんはきっとあの日の夕食に肉じゃがを作ろうと思っていたんだ肉じゃがを作ってそれを食べようと思っていたんだ一人で一人だけで他に誰もいない夕食だたった一人の孤独な肉じゃがだそれなのに母さんは死んでしまった肉じゃがの材料と一緒にスリ潰されて！

この時初めて、ぼくは母が死んだということをはっきりと自覚した。母の額のあの凹み。鼻の穴に詰められた脱脂綿。厚く塗られた白粉の下には、緑色のネギがぺったり張りついていたのかもしれない。母の血は、ちょうどオロシダイコンに醤油を垂らすような具合に流れたのかもしれない。

定食屋のカウンターで体を硬直させ、脂汗をかきながら、ぼくは想像力を全開にして母の死の場面を思い描いた。恐ろしさのような哀しみのような痛みのような感情がとめどなく湧き上がってくる。まるで体じゅうにラセン状の溝が刻まれ一本のネジとなって、床の中へギュウギュウねじこまれていくような気がした。ぼくにとって、嗅覚を失ってしまうほどの精神的ショックといえば、その時をおいて他にはない。

「……それはお気の毒です。そうですねえ。分かります分かります」

助教授はまた眼鏡のつるへ手をやって、深刻な顔をしてみせた。

「肉親の死というのは、ねえ。確かにそうです。私もつい昨年、父を亡くしたんですが……お気持はお察しします」

「はあ」

ぼくはVサインの指を鼻の穴へ入れたり出したりしながら、やれやれこの人もか、と思った。ぼくが母親を失ったことを話すと、たいていの人はこの助教授と同じ反応を示す。つまり自分が肉親を失った時のことを引き合いに出してくるのだ。そんなことでぼくが慰められるとでも思っているのだろうか？　だとしたらひどい思い違いだ。ぼくのこの痛みは、ダイコンやネギと一緒に母親をスリ潰された人間でないと分かち合えない。絶対に分からない。

「一応参考までにお聞きしますが、お母さんは嗅盲だったということは……？」

「キュウモウ？」

「つまり嗅覚機能の障害です。特定の匂いに反応できなかった、ということはありませんか。お母さんだけでなくて、肉親の方にそういうことは？」

「べ別に……そういうことは」

「でしょうね。まあ嗅盲というのは、ごく一部の匂い……例えばイソ核酸などについて正常な反応ができない症状を言うのですが。しかしあなたの場合は、匂い全般に関してまったく匂わないということですから、やはりこれは遺伝性の嗅盲というよりも後天的、精神的なことが原因でしょう」

「つつつまり、ははは母のことがげげ原因なのですね」

「ま、即断はできませんが。詳しいことは精神科の領域ですから。よろしければ私が懇意にしている精神科の医師をご紹介しましょう」

助教授は製薬会社のロゴマークが入ったメモ用紙を取り出して何事か書きつけ、ふたつに折って差し出した。

「学生の時に嗅覚のことで共同研究をした男でしてね。信頼できます」

「はあ。どうも」

ぼくはその紙片を受け取り、見もせずにポケットへ突っ込んで立ち上がった。精神的な問題、と指摘されたことですっかり気が動転していた。一刻も早くその場を立ち去らないと、もっと不吉なことを言われてしまいそうで恐ろしかった。

しかしながらぼくは耳鼻科の助教授に紹介された精神科の医師を訪れることはしなかった。理由は三つある。ひとつは高校時代からの友人である六川（ろくかわ）という男に相談したところ、行く必要はない、とアドバイスされたこと。彼の意見はこうだ。

「精神的ショックが原因なら、そのショックが和（やわ）らぐのをただ待っていればいいじゃないか」

言われてみれば確かにその通りだ。ようするに時間が解決してくれることなのかもしれない。六川は東大の農学部に籍を置いて、バイオテクノロジーの研究なんかをしているインテリだったから、その言葉にはいつも説得力がある。長い付き合いだが、未（いま）だかつて彼の慎重な助言が裏目に出たことはない。

二つめの理由は書店で立ち読みした本に、おそろしい事実が書かれていたこと。書名は『大間違いだらけの精神医療』といって、何とかブックスの〝役立ちシリーズ〟

の第三巻だ。医学書というよりはハウツー物といった体裁で、帯の部分にも〝精神医療を十倍悲しむ本!〟などとふざけた文句が書いてある。だから軽い気持でページを開いてみたのだが、目次を眺めただけで慄然としてしまった。

『これでいいのかッ、精神医療』

『異常を作り出す医者たち』

『異常ではないと異常者は言う、と医者は言う』

『精神病院の中はブラック・ボックスだッ』

『入ってしまったら、もう出られない』

『この世の地獄、電気ショック!』

こんな目次が、四ページにわたって並んでいたのだ。おそろしくなって内容まで読まずに棚へ返してしまったが、目次を垣間見ただけで、薬漬けにされたコメカミに電極を付けてバリバリ感電させられている自分の姿が髣髴とした。特にぼくの場合、緊張するとつい出てしまう〝ドモリ〟が、いかにも誤診の引金となりそうだ。単身で無防備に精神科医を訪れることは、自殺行為に等しい。素っ裸にハチミツを塗りたくって熊の檻へ入るようなものじゃないか、と考えてぼくはすっかり及び腰になった。

三つめの理由は決定的なものだ。耳鼻科の助教授に渡されたメモ書きを紛失してしまったのだ。ある日ふと思い立って（といっても実際に訪ねてみようと決心したのではなく、匿名で電話を掛け、意見を聞こうと思った）メモの紙を探したのだが、部屋じゅうひっくり返しても見つからなかった。正直言って残念な気持よりも、安堵感の方が強かった。とにかくこれで、精神科医への道順はあやふやになった。医学的手段によって嗅覚が戻る可能性はなくなったわけだが、同時に地獄の電気ショックへの恐れもきれいさっぱり消えさった。あとは六川のアドバイス通り、時間の流れにまかせて自然治癒を待つだけだった。

2

五感の中で、嗅覚ほど軽んじられている感覚は他にないと思う。失ったところで、表向き不自由はないように見えるからだ。

「かえってせいせいしないか」

大学の友人の中には、そんなふうに無責任なことを言う奴もいた。その時は笑って「そうだねえ」などとうなずいて見せたが、内心、そいつの鼻の穴をセメントで塞いでやりたい気分だった。失ってみると分かるのだが、嗅覚というのは人間の最も本質的な部分に深く関わっている。食欲と性欲だ。

匂いを感じなくなると、まず食欲が著しく減退する。食べても全然美味（うま）くない。確かに甘味とか辛味は分かる。カレーとチャーハンの味の違いは分かるが、それは単に〝区別がつく〟だけに過ぎない。味わいとかコクみたいなものは、一切感じられないのだ。

例えばビールなどは、ただの炭酸水の味しかしない。それから果物。バナナを齧（かじ）っても、棒状の巨大な甘納豆を食ってるような感じだ。野菜にしても同様で、特にネギなどは単に苦（にが）い草といった具合、肉に至ってはビーフもポークもマトンも無個性な味わいしかなく、自分の舌を食っているような気分だ。

食べることに楽しみを見出せなくなると、体力も気力もがっくり落ちる。あらゆることが面倒くさくなってきて、厭世的（えんせいてき）な思想すら芽生えてくる。引き籠もりがちになって始終部屋でごろごろしていると、時折猛烈な孤独感に襲われる。実際ぼくは母親を失って天涯孤独の身になったのだが、その上に嗅覚を失うというハンデまで背負いこんでしまった。しかもその悩みは誰にも理解されない種類のものだから、孤独感は弥（いや）が上にも増すばかりだ。

このテの孤独感を癒してくれそうなものは何か。当たり前に考えると、やはり性的なものに着地する。ましてやぼくは当時二十歳だ。異性の肉体に溺れることで孤独感を紛らわすのは、ごく自然なことと言えるだろう。

ところが駄目なのだ。駄目といっても、インポテンツという意味ではない。それなりの状況を迎えればそれなりの状態にはなるし、それなりに射精をしてそれなりに気持もいい。しかし何かが違う。うまく説明できなくて歯痒いが、嗅覚があるのとないのとでは、セックスの色あいが違うのだ。色あい、というのはつまりカラーとモノクロの違いのようなものだ。嗅覚のないセックスは陰影ばかりが際立って、ぱっとしたところがない。音楽にたとえるなら、縦笛とトライアングルだけで懸命に演奏をしているような感じだ。以前はそんなことはなかった。セックスをすれば体じゅう総毛立ち、ピアノは鳴るわチェロは泣くわバイオリンはぎこぎこティンパニはドロロロといった具合に、フル・オーケストラで快感を奏でたものだ。それが今や「ピョロロー、チーン……」という、どこかお寒い快感しか得られない。

「武井くん、よかった？」

大学でのクラスメートでもあり、ガールフレンドでもある山葉みどりは、ベッドの中でコトが終わる毎にそう訊くようになった。彼女とは大学一年の時からのつきあいだから、かなり深い仲と言っていい。セックスも含めて、ぼくのことを世界中で一番理解してくれている女性だったろう。告白すると、ぼくは彼女が初めての女性だったのだ。彼女はぽっちゃりした童顔からは想像もできないようなトランジスタ・グラマーで、しかもセックスがえらく上手だった。だから彼女に、とりわけその体にぼくは夢中だった。会うと必ずどちらかの部屋へ行って、まるで猿のようにせっせせっせとセックスをした。ぼくの母親が死ぬまでは（つまり嗅覚に異常をきたすまでは）そうやって性的には完全に満たされた毎日を送っていたのだ。

それが、先に説明したような状態で、食欲・性欲ともに翳りが見え始めた。嗅覚異常のことを聞かされていない山葉みどりは、単に母親を失ったショックからぼくがそうなったのだと思い込み、ずいぶん優しくしてくれた。心情的にはうれしかったが、かえってプレッシャーになったことも事実だ。ベッドに入るたびにぼくは空回りする快感を持て余し、妙に力んだり腰くだけになったりしたあげく、いつも通りに感じているフリをしなければならなかった。まるでアメリカのポルノ男優のように「おおーう」とか「ふーんむ」とか漏らしたり、眉根に皺をよせて悦楽の表情を作ったりしたわけだ。

しかしながらそんな見え見えの演技が通用するはずもなく、間もなく山葉みどりはぼくが感じていないことを察知するに至った。だからこそ執拗に「武井くん、よかった？」と訊くようになったのだ。

「ば馬鹿だなあ、あははは」

たいていの場合ぼくはそそくさとパンツを穿(は)きながら明るく笑ってみせた。

「よよかったよ、すごく」

「本当？」

「ほ本当によかった」

「私に気を使ってそう言ってない？」

「いや、ほほ本当によかったんだよ。いいいつもと同じさ。すすすごくよかった」

「でもドモってるじゃない」

「こここれは、よよよよかったからさ」

こんなふうにしてぼくは、およそ一時間にわたってよかったよかったと言い続けなければならなかった。ただでさえ性欲が減退しているところへ持ってきて、この使役(しえき)はますますぼくをセックスから遠ざける要因となった。セックスというのは野球やボクシングなどのスポーツと同じで、いったん遠ざかってしまうと復帰するのはなかなか難(むずか)しいものだ。いつのまにか心身ともにすばやく反応できなくなる。たとえ彼女の方からベッドに誘ってくれても、服を脱ぐ行為すら億劫(おっくう)になってしまう。あんなみみっちい快感を得るために、服を脱ぎキスをして指でまさぐったりベロを突きだしたり上になったり下になったり屁を我慢したり腰を動かしたりするなんて、馬鹿みたいに思えてしまうのだ。

そんなわけで肉体的にはすっかり冷めてしまったぼくのもとから、程なく山葉みどりは離れていった。もともとどうしてぼくなどを相手にするのか分からないほどチャーミングな娘だったのだから、無理もない。彼女の引き際は実に見事なものだった。いわゆる〝自然消滅型〟というヤツだ。関係をいきなり断ち切るのではなく、それこそ花がしおれていくような速度で、恋人から友達へと態度を変えていったのだ。ずいぶん長い間、ぼくは彼女を〝失った〟ことに気付かなかった。だから大学三年の春、学校近くの喫茶店で彼女がふと漏らした愚痴に、唖然としてしまったわけだ。

「カンザキ君たらね、私だけじゃなくて木部ノリコとも付き合ってたのよ。二股かけてたのよあいつ。どう思う？」

カンザキ君というのは教養課程のクラスで一緒だったハンサムボーイだ。はっきり言って低能。いつもノリの効いたシャツを着ていて、平気で銀のブレスレットなんかをちゃらちゃらさせ、笑うと前歯が稲妻のように光るといった男だ。

「どどどどう思うって、なななな何が」

あまりの驚きに力一杯ドモりながら訊き返す。

「だからカンザキ君よ、ひどいと思わない？」

「ひひひひどいと思う。ああああいつ、はははは歯がびびびびかびかしてさ、なななな何であんなにびびびびかびかするのか分かんねえや」

一生を振り返ってみても、この時ほどひどくドモったことはないと思う。山葉みどりもさすがにぎょっとして、次の言葉を失ってしまったらしい。しばらくしてから、

「どうしたの。大丈夫？」

と心配そうに訊いてきた。ぼくは「なななななな何でもないよ」と明らかに何でもありそうに答え、吹き出る額の汗を手の甲でぐいぐい拭った。気が動転して、いったいどういう態度を取ったらいいのかさっぱり分からなかった。だからぼくは果てしなくドモりながらも、大声で異様なほど明るくしゃべり続けた。喫茶店のあちこちから失笑が漏れ、山葉みどりは青くなって「どうしたの？　どうしたの？」と繰り返した。が、ぼくは口を閉ざさずに、カンザキ君は前歯に特殊な液体を塗ってびかびかに輝かせているに違いないまったくまいっちゃうね、ということをドモりながら延々五分近くもかかって伝えた。途中、自分が気の毒になって何度か泣きそうになったが、さらに激しくドモることでそれを堪えた。しゃべり終えて荒々しく息を吐くと、

喫茶店内はしいんと静まり返っていた。山葉みどりがしくしく泣き出したのは、その後だった……。

とにかくそんなわけで、嗅覚喪失はぼくの青春に様々な角度から暗い影を落とした。二十歳そこらの青年から食欲と性欲を差し引いたら、一体どんな楽しみが残るというのか？　希望的な意見があるなら、教えてもらいたいものだ。

山葉みどりとの一件があってから大学の方も休学状態になり、ぼくはますます暇を持て余すようになった。一日は三十時間に感じられ、そのくせ一ヵ月は一週間のようなスピードで過ぎた。

「哲学者にでもなったらどうだ？」

唯一の理解者であるはずの六川が冗談とも本気ともつかぬ口調でそんなことを言ったのは、嗅覚を喪失してから二年も経った頃だったろうか。新宿のバッティングセンターで遊んだ後、飲み屋を探る道すがらに、何故だか忘れてしまったがそんな話になったのだ。

「ずずずいぶん残酷なことを言うじゃないか。それはひひ皮肉か」

顔を赤らめて反論すると六川はすぐに後悔したらしく、そういう意味じゃないんだと取りなして、優しい目をした。彼はお世辞にも二枚目とは言いがたく、小太りで近眼のさえない男だったが、時折見せるその〝優しい目〟はとても魅力的だった。何とも言えない人間的な包容力というか、あたたかさというか、そういうものが滲み出ているのだ。男友達のぼくがそう思うくらいだから、優しさに敏感な女性はなおのことだろう。実際六川はその容姿からは想像もできないほど女にモテた。ぼくの知っている限り、高校時代からそっちの方で不自由したことはないはずだ。彼が周囲から一目置かれる理由は、よく切れる頭もさることながら、いつも飛び切りの美人をモノにしていることだった。

「皮肉じゃなくて、本気で言ったんだ。哲学者になる条件が揃っているという意味だよ。もし俺がおまえの立場だったら、迷わず哲学を勉強するな」

「じ条件って、どういう条件だ？」

「それはつまり……」

六川は言いかけてふと口を閉ざした。たぶんぼくを気づかって言葉を選ぼうとしたのだろう。黒縁の眼鏡を外し、ポケットからきれいなハンカチを出す。それを三角に折って角の部分を嘗め、レンズに唾を塗りつける。高校時代から変わらない癖だ。彼自身の言によれば「唾は曇り止めの役割を果たす」のだそうだが、それだけの目的にしてはあまりにも頻繁に眼鏡を拭いていた。おかげで友人の間では「六川はツバくせえ」という風評が流れていた。ぼくも鼻が利いた頃は、六川の目の辺りから漂ってくる奇妙な匂いを嗅いだものだ。

「まず第一に係累がないということだな」

ようやく眼鏡を拭き終わり、ぼくの真横に並んで歩きながら六川は言った。ちょうどコマ劇場の脇を過ぎるところで、そこらじゅうにポン引きがうようよしている。三歩ごとに声を掛けられ、その度に話を中断しながら六川は続けた。

「孤独というのは哲学者に欠かせない環境だ。第二に性欲のこと」

「せせ性欲が何だって言うんだ」

「性欲がないということは……」

「まるっきりないわけじゃないぞ」

「しかし二十代の青年にしては、極端に少ないんだろう？　ということはつまり、それだけ時間を持っていることだと俺は思う」

「そそそうかな」

「そうさ。二十代の若者が性欲を満たすためにどれくらいの時間とエネルギーを割いていると思う？」

「しししかしぼくの場合、き嗅覚を失ったことを思い悩む時間とエネルギーは膨大なものだぞ。つまりささ差し引きゼロじゃないか」

「だからそれは考え方次第さ。まあ聞けよ。第三は金だ。お袋さんの生命保険が八千万、事故の加害者から補償金が三千万入ったって言ってたよな。あわせて一億一千万円。おまえサラリーマンが一生で幾ら稼ぐか知ってるか？」

「せ生命保険に関してはお袋に感謝してるんだ。ででも金があることと哲学者になることはむむ結びつかないと思うな」

「そりゃ直接は結びつかないさ。でも遠因としてだよ、金を稼がにゃならんということは学問の妨げになるんだな。俺なんかそのヘンでいつもジレンマ感じてるよ」

「どういう？」

「だから……まあ、あんまり細かいことまでは説明できないんだけど。俺、本当はさ、静かに植物学とか研究したかったんだ。もともと牧野富太郎に憧れて農学部へ入ったんだからさ。新種の野草でも発見して〝六川草〟なんて命名するのが俺のビジョンだったんだよ」

「やればいいじゃないか」

「簡単に言うなよ」

六川は声を荒げ、苛々（いらいら）した調子で言った。

「もし俺に家族がいなくて、性欲や食欲に対する興味も失い、しかも一億円もってたら喜んで植物学者になったさ」

その突然の剣幕に少なからずショックを受け、ぼくは足を止めた。六川は二、三歩行って振り返り、いかんいかんとつぶやきながら自分の頭を小突いた。

「今日は俺、失言が多いな。悪い」

「べ別にいいんだ」

ぼくらはミラノ座前の噴水跡を囲んでいる鉄柵に腰を下ろした。しばらく黙り込んでいると六川は煙草を取り出して、実にうまそうに一服吸った。ぼくは改めて三方を映画館に囲まれたそのスペースを見回し、なつかしい気分に浸った。大学に入ったばかりの頃、初めてここを訪れた時の驚きはちょっと忘れられない。こんないかがわしい場所が日本にあるのかと、目を疑ったものだ。学生、サラリーマン、主婦、チンピラ、ヤクザ、風俗ギャル、オカマ、ひったくり、警察官……。たかが後楽園球場ほどの広さしかないこの街中に、ありとあらゆる人種がごった返している。そしてあの何ともいえない欲望の匂い。比喩ではなく、本当にそんな匂いがした。精液と愛液とゲロと汗と溜息の入り混じったような〝歌舞伎町スメル〟が街全体に漂い、訪れる人はみんなその匂いに突き動かされて、普段よりも悪い自分をここへ棄てていく。いや、もしかしたらそうやって棄てられていった〝悪い自分〟がどんどん腐り、そんな匂いを醸(かも)していたのかもしれない。

　ぼくは鼻孔を開き、力一杯息を吸い込んでみた。が、今はもう何の匂いもしない。前後左右でビカビカ輝いているネオンサインも、ラッパ型のスピーカーから流れる呼び込みの声も、上映開始を告げるベルの音も、すべてが空々しい。薄っぺらで、平面的な感じがするのだ。無機質と言ってもいい。あんなにも五感すべてを揺さぶった歌舞伎町も、匂いがなくなったというだけのことで、ぼくを突き動かす力を失ってしまった……。

「哲学者になれだなんて、余計な御世話だよな。忘れてくれ」

　煙草を吸い終えた六川が、ぽつりと漏らす。

「別に哲学者なんかじゃなくてもいい。とにかく何かに集中すべきだと、俺は言いたかったんだ。文学でも歴史でも……絵を描くことだっていい。スポーツでもいいかもしれない」

　そうだな、とぼくは曖昧(あいまい)に返事をした。六川の言うことはもっともだ。何かを始めなければ、何もはじまらない。けれどぼくの場合その〝何か〟を始める動機がないのだ。例えば家族がいたり、恋人がいたりすれば、その人を幸せにするために始めようと思う。あるいは貧乏であったり、自分が今いる位置に不満があったりすれば、それを改善しようとして〝何か〟行動を起こす。女にモテて、セックスをたくさんしたいがために何かを始める。うまいものを食いたいから、その銭を稼ごうと頑張る。しかしぼくには、そんな動機たり得るものが何もない。

「おまえは……？」

上目遣いにぼくは尋ねる。

「今どんなことに集中してるんだ？　何のために頑張っている？」

六川は唐突な質問に面食らって一瞬首をかしげたが、すぐにぼくの真意を汲み取ったらしく、例の優しい目で答えた。

「まあ大袈裟に言えば人類のためかな」

「ジンルイ？」

「俺、就職が内定したんだけどさ。小さい製薬会社の研究所でな、農業用の肥料とか薬品を開発している会社だ」

「だ大学に残るんじゃなかったのか？」

「それも考えたんだけどな。条件がすごくよかったんだよ。給料はまあともかくとして、研究費はわんさとあるんだ。卒論用に俺が進めてた実験に興味を持ってくれてさ、それをそのままやらせてくれるって言うから、じゃあ行きましょうって返事したんだ。俺みたいな実績もないペーペーの研究者にこんな良い話がくるなんて、ちょっと信じられないくらいさ」

六川は興奮して饒舌になった。ぼくを酒に誘ったのも、たぶんその話がしたかったからなのだろう。彼が進めている実験というのは、簡単に言えば野菜の品種改良であるらしい。ぼくのような凡人にはさっぱり分からない専門的な前置きを延々二十分も話した後、最終的な目的は飢餓撲滅にある、と彼は語った。

「水は一滴もなし。土壌は砂でも、岩場でもいい。そういう過酷な条件の下でもすくすくと育つような、直径一メートルのじゃが芋を開発する。大学の教授は笑ったけどな。でもその会社の顧問は笑わなかった。だから俺は就職することに決めたんだ」

きっぱりとした調子で六川は言った。すぐ正面にあるゲームセンターのネオンサインが、その横顔をきらきらと照らし出す。

「そそそれはすごいな」

寄り掛かっている鉄柵をぎゅっと握りしめてぼくは言った。

「すすすばらしいことだな」

3

しかし六川は志なかばにして亡くなってしまった。二十四歳。就職をしてから、二年もたたない頃だ。

死んだ時点で彼は既に直径一メートルのじゃが芋を開発し終えていた。詳しい話は忘れてしまったが、じゃが芋とかぼちゃの掛け合わせから生まれたものらしい。

「じゃがぼちゃ、と命名する！」

最後に会った時、頬を上気させて話していた横顔が忘れられない。後は味の問題と過酷な条件下でも育つように品種改良するだけだ、と彼は言っていた。研究に没頭するあまりほとんど部屋へは帰らず、研究室で寝泊まりする毎日を送っていたらしい。

半年振りに会う彼は、見違えるほど痩せて眼鏡がずり落ちるほどだった。が、研究の成果が上がっているため、疲れた様子はなく、異様なほど瞳がきらきらしていた。

「おまえの鼻の方はどうだ？」

別れ際に、駅のホームで電車を待つ間、六川はそのことを訊いてきた。

「相変わらずさ。ここここの間、思い切って精神科へも行ったんだが、これといって治療法もないらしいしな。ももうあきらめたよ」

「そうか」

六川は何度かうなずき、しばらく話すのをためらった後、

「……実は俺、じゃがぼちゃと並行して匂いのことを調べ始めてるんだ。まだオフレコなんだが……」

と意外なことを漏らした。ぼくは思わず身を乗り出し、

「にに匂いを？　おおおまえが？」

と訊き返した。一瞬、頭上に光が射すような気がしたのだ。六川はぼくの反応に驚いたらしく、後ずさるようにして、

「おいおい、よせよ。俺は医者じゃないんだぜ。おまえの病気の治療に役立つかどうかは分からないよ」

そう言って笑った。ちょうどそこへ電車が入ってきた。六川の乗る、内周りの山手線だ。アナウンスが入り、ぼくの待つ外周りの山手線も隣の駅を出たらしい。

「ただ匂いというヤツはちょっとおもしろくてな。今はとりあえずブレビバクテリアという、カマンベールチーズの匂いの元になっているバクテリアの研究から始めているんだが……この話、オフレコだぞ」

ぼくは強くうなずいた。そこへ内周りの山手線が轟音とともに到着する。

「今度会った時、詳しく話すよ。じゃがぼちゃの次は、匂いについて本格的な研究を始めるつもりだ。おまえの助けになるといいな。じゃあ」

それが、六川の最後の言葉だった。空気音とともに扉が閉まり、山手線は走り始めた。ゆっくりと加速し、最後尾の赤いテールランプが遠ざかっていく。見送りながらぼくは、彼を引き止めてもっと話を聞けばよかったと悔やんだ。

十一月だった。ぼくはコートの襟元へ鼻を押しつけ、樟脳の匂いがしないかと無駄な努力を繰り返しながら、たった今別れた六川のきらきら輝く瞳を反芻した。まさかそれが彼と会う最後の夜になるとは、夢にも思わなかった。

それから四ヵ月後。三月も終わりに近づいた二十八日に、六川は死んだ。

不幸な事故、としか言いようがない。簡単に言えば焼死だが、状況はかなり異常なものだった。

じゃがぼちゃの調理テストのためにわざわざ開発されたオーブンが、彼の柩になってしまった。人間が二人も入れるほどの巨大なオーブンだったそうだ。その中へ入り、六川がじゃがぼちゃのペーハーを調べている最中に何かの拍子で扉が閉じてしまったらしい。同時にスイッチが入り、オーブン内は二百五十度まで加熱された。深夜、一人で実験をしていたことが彼の命取りになった。まるで横浜中華街の店先にぶら下がっている北京(ペキン)ダックのように、六川の体はこんがりと焼かれた。

　発見されたのは三月二十九日の早朝だ。同僚が出勤すると、六川の研究室から何とも言えない芳ばしい匂いが漂っていたという。不思議に思ってオーブンへ近づき中を確かめると、ちょうどステーキの付け合わせにポテトが添えられているように、六川のローストの脇にじゃがぼちゃがホカホカ湯気を立てていたという話だ。

　ぼくは三月二十九日の夕刊でこの事件を知り、気絶しそうになった。連載四コマ漫画の真下に掲載されたその記事は、次のような内容だった。

生物科学研究所で怪事件

東京　巨大オーブン内で研究員焼死

　二十九日未明、東京都内の生物科学研究所内で実験中の研究員が巨大オーブンの中に閉じ込められ、焼死するという事件が発生した。

　死亡したのは東京都新宿区、株式会社バイアス製薬勤務の研究員六川渉さん（二四）。戸塚署の調べによると六川さんは二十八日夜、新宿区内にある同社研究所において、研究中の新種野菜の実験のために残業し、巨大オーブンの中へ入った際にあやまって機械が作動した結果、焼死したものとみられる。

　このオーブンは同社が六川さんの依頼によって荒川区内の電気機器業者に注文製作させたもので、外寸幅二メートル、高さ一メートル八十センチの巨大なもの。外部からの手動操作により八百度まで加熱できる機能を備えている。戸塚署ではこのオーブンの安全性について製造業者を取り調べるとともに、同研究所の安全管理体制に手落ちはなかったか捜査中である。

六川さんは東京大学農学部を卒業後、同社に入社。野菜等の異種交配を中心に、遺伝子組み換えの実験に従事し、バイオテクノロジーの分野では若くして将来を属望された研究者だった。


　ぼくは夕刊を握りしめたまま部屋の中を行ったり来たりし、テレビとラジオをつけ、洗面所へ行ってわけもなく歯をみがいたり、高校の卒業アルバムを開いたりした。気が動転して、一体自分が何をしているのか分からなかった。

とりあえず誰かに連絡を取って確認しなければ、と思いついたのは、夕刊を読んでから二時間も後だ。しかし誰に連絡すればいいのか、ぼくは途方にくれた。六川の両親は岡山で健在だが離婚して別居状態にあり、電話番号も分からない。となるとやはり六川の部屋だろうか。

アドレス帳をめくり、六川の部屋の番号を回してみる。呼出音が響き始め、ぼくは受話器が外されることを願った。いつものぶっきらぼうな調子で「はい、もしもし」と六川の声が返ってくることを祈った。学生時代に何度も訪れた六川の部屋が克明に反芻される。そこらじゅうから隙間風が入ってくるような、古ぼけた木造アパートの六畳間だ。敷きっぱなしの煎餅蒲団と、キリンの絵が描かれた枕。女から贈られたものだと、六川は照れ臭そうに言っていた。鼻がまだ利いた頃、部屋に泊めてもらうとあの枕からは強烈なセックスの匂いがしたものだ。六川は親切心からそれをぼくに貸し与え、自分はいつも座蒲団を丸めて枕にした。冬ならば炬燵をつけっぱなしにしてその上から掛布団を掛け、二人して足を突っこんで寝た。そうすると足元から蒸れた匂いが鼻先まで漂って来、キリン枕の匂いと混ざり合って、まるで動物に抱かれているような気分だった。

何故そんなことを思い出したのだろう。受話器を握りしめながらぼくは、あの枕と炬燵の匂いを必死で反芻しようとしている。

と、次の瞬間、電話が不意に繋がった。二十回近く鳴らした後だ。

ぼくは息を飲み、言葉を喉に詰まらせて赤面した。しかし電話の向こう側にいる相手も、黙り込んでいる。こちらの様子を窺っている気配が、じんわり伝わってくる。

「もももももも……」

もしもしの一語が言えずにぼくは限りなくドモった。

「もも、も、もしもし。ろろろろ、六川?」

「もしもし?」

ひと間置いて、ようやく相手は訊き返してきた。妙なイントネーションだった。日本人とは思えない。中国系の発音だ。

「あのぼぼぼぼくはたたたた武井と言います。ろろろ六川のとと友達です」

「あなた何言うてる? ことば良く分からないヨ」

「あのぼぼぼくは六川のですね、と、と、友達です。実はニュースでろろ六川のことを知りまして……」

「あー、分かた。六川さんのおトモタチね。六川さん大変気のトクのことあった」

「あのう、あのう……」

「私、チャウ言う名前。六川さんと同じ会社で働いてるのことの人ネ。あなた誰？」

「たたたた武井です」

「タタさん？」

「た武井です」

「あー、タタケさん。分かた。何用ある？」

「あのう、あのう、ろろ六川がですね……ここ今度のことは本当ですか？」

「ホント本当。会社大騒ぎネ。警察たくさん来てシコトできないある。私ここ来て今イロイロ整理してるとこある」

チャウという人物は腹立たしげに我鳴り立てた。しかし中国風のイントネーションで伝えられるため、今ひとつ信憑性(しんぴょうせい)が湧いてこない。どんな風に対応したらいいのか分からなくて、混乱してしまう。

「私ネ、六川さん焼けてるの発見した人のことある。朝研究室行ったら、肉の焼ける芳ばしい匂いしたのこと。六川さん料理してるとのこと思た。でも見てみたら六川さん料理されてたのこと。北京ダックみたいにローストされてたネ。私驚いて警察電話したある。大騒ぎネ。あなたどうする？　ここ来るカ？」

ぼくは逃げるような気持で受話器を置いた。それ以上中国風イントネーションで六川の死を云々されることが我慢ならなかったのだ。

「ばばバカにしやがって！」

声に出して叫び、ほとんど無意識の内に立ち上がる。まるでチャウという中国人が六川を殺したかのような錯覚にとらわれる。遣り場のない怒りを抱えたまま台所へ行き、戸棚からウイスキーを取り出して喇叭飲みする。喉がひりひりと焼け、咳を堪えようとしてぼくは涙ぐんだ。ちょうどその時、つけっぱなしにしておいた居間のテレビが、六川死亡のニュースを伝え始めた。駆け寄って眺めると、背広を着、ネクタイを締めた六川の写真が画面に映っている。

――約二百五十度に熱せられたオーブンに閉じ込められた六川さんは……。

ぼくはスイッチを切り、ウイスキーの壜を放り出した。そして財布をジーパンのポケットに捩じ込んで、行くあてもなく部屋を飛び出した。

「冗談じゃない」

駅へ向かって夜道をひた走りながら、ぼくは呟いた。その呟きは胸の中で果てしなくこだまし、増殖した。冗談じゃない、冗談じゃない、という思いだけで頭を一杯にして、ぼくは電車に乗った。そして上野まで行き、停車中の夜汽車に乗り込んでそのまま十日近く東京へは帰らなかった……。

4

電話が鳴った。

三回、四回……。やりすごそうとして、息をひそめる。どうせロクな電話ではない。英会話の教材を買えだの、印鑑を作れだの、多宝塔を買えだの。ぼくの所に掛かってくる電話といったら、そんな用件ばかりだ。取り外してしまえばいい、と考えたのは去年の今頃だったろうか。面倒くさくてまだ実行していないのだが。明日きっと電話局へ連絡して、取り外してもらおう。

七回、八回……。けっこうくどい性質の奴みたいだ。ぼくはソファから体を起こし、足元に転がっているリモコンを取り上げてテレビのボリュームを絞った。ぼくに掛かってくる最後の電話になるかもしれない。そう思うと、ちょっと気持が動いたのだ。テレビの画面では、ちょうど六時のニュースが始まったところだ。首の太い、地蔵のような顔をしたアナウンサーと、釣り目のキャスターがぼくに向かって頭を下げる。

九回、十回……。ぼくはようやく立ち上がり、部屋の隅でポロロロと情けない電子音を奏でる電話へ近づく。十一回めをやりすごしてから、受話器を取る。

「もしもし」

ドモらないように落ち着いて、ゆっくりと言う。

「あの……」

相手は女だった。言いあぐねて押し黙ってしまった様子が、すぐに間違い電話を連想させる。ぼくは聞こえよがしに舌打ちを漏らす。

「……そちらは四九九の四三二一でしょうか？」

「え、と？」

にわかには自分の電話番号が思い出せずに一瞬混乱し、ややあってから「そうです」とぼくは答えた。誰だろう？　疑問に思うのと同時に、相手の方から、

「失礼ですけど、あなたは何とおっしゃる方？」

と訊いてきた。何だか妙な具合だ。

「でで電話をかか掛けてきたのは、そ、そ、そっちだろう」

軽い怒りと不審感が、ぼくをドモらせた。これが最後の電話になるとしたらシマらない話だな、という思いが頭の隅をかすめる。相手の女は恐縮したのか黙り込み、言葉を探している様子だ。

「あの……私、六川さんの友人で、マリノレイコと申します」

「ろろ六川の？」

「御存知なんですか？　やっぱり！　やっぱりそうでしたのね」

「やっぱりって……あのう、なな何がやっぱりなんです？」

「実は私、来週引越しをする予定ですの。それで、部屋の中を色々整理してましたのよ。箪笥（たんす）とか押し入れとか……そうするとほら、引越しの時って、失くしたものが出てきたりするでしょう？」

「ええまあ、そそそうですね」

「色々出てきましたの。もちろん私の持ち物ばかりですわ。イヤリングの片方とか、ボタンとか、スリッパとか、ロードショウの前売り券とか。〝愛と青春の旅立ち〟ご覧になりました？」

「いえ」

「私、リチャード・ギアのファンですの。前売り券が失くなってしまったから、また買いなおしたんですのよ。くやしいわ、今頃出てくるなんて。でもこれは記念だから取っておくつもりですの。券の表にね、小さいけど白い軍服を着たリチャード・ギアの写真が印刷されてますのよ」

「……何の話でしたっけ？　ああそう。馬鹿ね私ったら。〝愛と青春の旅立ち〟を六川さんと観たものだからつい。もうずいぶん昔の話なのにね」

「そそそりゃそうでしょう」

ぼくは回りくどい女の話にいらいらしながらも、六川の名前が出てくるとたんに胸を熱くした。誰かの口から六川の名前を聞くなんて、何年ぶりのことだろう。去年、一昨年、と胸の中で指を折って数えてみる。あの事故があってから、もう三年になるのだ。

「そ、そ、それで、ななな何故ぼくに電話を？」

「そうなんです。私、今日は昼間から冷蔵庫の整理をしてたんですの。小型の古い冷蔵庫なんですけどね。そうしたら、製氷器が霜だらけで手に負えなくて。もう何年も霜取りをしなかったものですから、氷河期みたいでしたのよ。で、私考えまして、お湯をかけたりしてその霜を溶かしたんです。だってそのままにしておくわけにはいかないでしょう。引越しのトラックの中で溶け出したら、他の荷物が水びたしになってしまいますからね。前の引越しの時に、苦い経験があるんですの」

「あの、ちょっといいですか」

堪えきれなくなって口を挟む。話を聞いている内に、ふと思い当たることがあったのだ。

「あ、あなたは、もしかしてぼくと会ったことがありませんか？　ろ六川の部屋で」

「え？　私がですか？」

六川が付き合っていた女は色々いたが、中でも特に話の回りくどい女がいたことを思い出したのだ。五、六年も前の話になろうか。六川の部屋を訪ねた時に、後からやってきた女だ。ぼくはすぐに気を利かせて入れ違いに帰ったのだが、その女の話し方によく似ている。プレイボーイ誌のピンナップから抜け出たような、ゴージャスな印象のグラマーだった。

「キ、キリンの絵が描いてある枕をろ六川にプレゼントしませんでしたか？」

「ええ、しましたしました。大学へ入って、お付き合いを始めたばかりの頃に。よく御存知なのね」

「ぼぼぼく、入れ違いでしたけど、ちらっとお会いしましたよ」

「まあ、そう。びっくりしちゃったわ……」

マリノレイコは少女のような笑い声をたてた。つられてぼくも微笑(ほほえ)み、キリン枕を思い浮かべながら条件反射的に鼻孔を開いた。今ならあの時の匂いを反芻できそうな気がした。もちろん錯覚にすぎなかったけれども。

「は話の腰を折っちゃいましたね。で？　れ冷蔵庫が？」

「はい？　ああ、そうそう。冷蔵庫の製氷器の霜取りをしたんですのよ。夕方になってやっと全部溶けましたの。私ホッとしました。それで何気なく中を見たら、妙なものが入っていたんです。霜の中に閉じ込められていたみたいですの。全然見覚えのない、何て言うのかしら……理科の実験に使う丸いガラス容器があるでしょう？」

「し、し、シャーレですか？」

「それそれ。それが厚いビニールのパックで何重にも包まれてて、すごく重要そうなの。私、何が入っているのか見ようと思って、ビニールパックのチャックを開けようとしたらこれが硬くてなかなか開かないんです。まだ半分凍ってたからかしら……とにかくそういうわけで中はまだ確かめてないんですけど、ビニールパックの外側をよくよく眺めると、何か書いてあるんです。W・Rというアルファベット……」

「ろろろ六川のイニシャル？」

「あら、すごいわ！　私、気が付くまで一時間もかかりましたのよ。そうなんです、こんなイニシャルってちょっと他にありませんものね。それから、アルファベットの隣に数字も書いてあって……読みますわね。４９９４３２１」

「ぼぼぼくの電話番号！」

「でしょう！　でも受話器を取って番号を回すまでかなり迷いましたわ。全然意味のない数字かもしれないし。私ってよくそういう見当違いなことを……」

「そその中はまだ確かめてないんですか？」

機先(きせん)を制してぼくは尋ねた。彼女は言いかけていた言葉を引っ込め、ええまあ、と答えた。

「ぜひぼぼぼくに見せて下さい」

「それは構いませんのよ。どうしたらいいか私も困ってたのですから」

「こここれからすぐに伺います。お宅はどちらです？」

「あら、それは困るわ。だって引越し前で、部屋の中がひどくて……」

「じゃあああの、近くの喫茶店でも構いません」

「そうねえ……」

マリノレイコは何かぶつぶつ言いながら考え込んだ。気が遠くなるほど長い時間彼女は悩み、ぼくは電話コードを食いちぎらんばかりに焦(じ)れた。

「あ！　こうしましょう。私があなたのお家にお邪魔すればいいんだわ。そう思いません？」

「おお思います思います」

「じゃあすぐに出ますわ。お住まいはどちらですの？」

「しし下北沢です」

「あらあ！」

マリノレイコは感極まったかのように叫び、笑い出した。

「じゃあ歩いて行けるわ。私、笹塚ですもの。で、下北沢のどのあたり？」

ぼくはマリノレイコの躁的な勢いにたじたじとなりながら、近所の地理を説明した。彼女は一々相槌を打ち、分かる分かると何度も言った。一通り説明を終えてほっと一息つく。と、彼女は受話器を置く前に、こう訊いた。

「で、あなたは何とおっしゃる方？」

ぼくの部屋へ女性が訪ねてくるという事態は、かれこれ一年半ぶりのことだ。最後に訪ねてきたのは〝出張売春婦〟のマサヨさんという女性だった。もちろんぼくが呼んだのだ。マンションの郵便受けに入っていた名刺サイズのビラを見て、電話をかけた。言い訳をするつもりはないが、別にセックスがしたくて堪らなかったわけではない。早い話がただ単に淋しかったのだ。

　ぼくはいつも明け方に寝床へ入る習慣なのだが、テレビの深夜番組が終了してから眠くなるまでの数時間ほど孤独なものはない。普段は洋画のビデオを観ることにしている。毎日夕方になると近所のレンタルビデオショップへ行って、二、三本借りておく。これは唯一ぼくの日課とよべるものだ。その日借りたのはソビエト映画の『ジプシーは空に消える』とチェコ映画の『ピロスマニ』だった。ぼくがビデオを選ぶ基準はただひとつ、〝できるだけ眠くなりそうな映画〟であることだ。この二本はタイトルといい制作国といいケース裏の解説といい、その条件を十分に満たしているもののように思えた。

　ところがいざ深夜番組が終わりいよいよビデオを観る段になって、困った事態が勃発した。ビデオの機械自体が壊れてしまったのだ。日頃の酷使がたたったのか、『ピロスマニ』のカセットを挿入したとたん、機械の内部で妙な音がしてテープが目茶苦茶に絡み、それこそピロスマヌ状態になってしまった。エジェクトを押すと一応カセットは吐き出されてきたが、テープは内部のどこかに引っ掛かったまま、まるで船へ投げる紙テープのように伸びきって千切れそうになった。ぼくはうんざりしてスイッチを切り、放ったらかしのまま寝床へ入った。が、目はらんらんと冴え、一向に眠くなる気配もない。夜が、重くのしかかってくる。とりとめもない思いが闇の中を飛び交い、胸を塞ぐ。

そういう状態の中でぼくは夕刊の中に偶然挟まっていたエロビラの電話番号を回してしまったのだった。時刻は既に午前四時を回っていた。店（というかつまりその連絡先）の名前は『ピンクマリリン』といって、ビラのデザインやロゴマークがなかなか洒落（しゃれ）ていたのを覚えている。電話に出た若い声の男は、明け方近かったのにもかかわらずテキパキした口調で「十五分で行けますよォ」と得意げに言った。

そしてその言葉通り、十五分後にやって来たのがマサヨさんだった。彼女は決してブスではなかった。ただ年齢に関して言えば、ぼくの世代よりもオフクロの世代に近いと断言できる女性だ。しかも女相撲そこのけのがっしりした体格で、腕などはたぶんぼくよりも太いと思われる。

「基本的には私、マッサージ専門なの」

照れ隠しかそれとも脅しか、よく分からないけれどもとにかく彼女は部屋に入ってくるなりそう言った。ぼくとしてはセックスが目的で呼んだわけではなかったから、それはそれで好都合だった。だからその旨（むね）を告げると彼女は不思議そうな顔をして、

「あんたインポ？」

と訊き返してきた。まあ似たようなものです、とお茶を濁してぼくは彼女を居間へ通した。そして我ながら気恥ずかしいほど浮き浮きした様子で灰皿を出したり、酒の用意をしたりした。何しろこの部屋へ客が来るということ自体、非常に珍しいことだったから、つい浮き足立ってしまったのだ。マサヨさんはぼくのウイスキーやバーボン、スコッチなどのコレクションにまず驚いた様子だった。

「あんたの実家は酒屋かい？」

と、彼女はハイライトの煙を鼻から吹き出しながら訊いた。

「いえ。しし趣味で集めてるんです。ほほ他に楽しみがなくて」

ぼくはちょっと自慢げに答えた。十二畳ほどの居間の左右の壁は天井まである棚が占めているのだが、そこには一センチの隙間もなく酒壜が並んでいるのだ。数えたことはないが、おそらく七百本以上ある。嗅覚を失ってからというもの、一週間に三本買っては二本飲むようなことをしていた結果だ。もちろんバーボンを飲もうがブランデーを飲もうが、美味いと思ったことは一度もなかったけれども。

「すす好きなヤツをのの飲んで下さい」

勧めてやるとマサヨさんも嫌いな方ではないらしく、マーテルＶＳＯＰを選んでぐいぐい飲み始めた。ぼくもそのペースに引きずられて、かなり深酒をした。マサヨさんは酔いが回ってくると商売上のグチをこぼしたり、中学三年の息子の進学について話したりした。

「ナルヒトはねえ、頭が良すぎる子なのよ。本当だよ。知能指数が二百二十もあるんだから。でもねえ、おかげで天狗になっちまって、高校なんぞ行かないって言い出す始末さ。何だか知らないけど、毎日毎日パソコンにへばりついちまってさ。あたしゃほとほと困ってんのよ」

マサヨさんはその話を五分おきに何度も何度も繰り返した。ぼくは聞き役に回り、「ななななるほど」とか「そそそりゃひどい」とか相槌を打つだけだったが、とても新鮮な気分だった。マサヨさんは決して話上手とは言えなかったが、その口調はいわゆる〝魚屋風〟で、頭ではなく心意気で喋っている印象があって快かった。

やがて窓の外が白み始め、酔っぱらったぼくらが意気投合し始めた頃、マサヨさんのデジタル腕時計が電子音を立てて規定時間の終わりを告げた。

「いやあ、た、楽しかったです」

ぼくは本心からそう言って、料金の二万円を払った。マサヨさんはひどく恐縮して「本当にいいのかい」と何度も念を押した末に一万円だけ受け取り、千鳥足で帰っていった。

それが今から一年半前のことだ。以来、ぼくの部屋を訪れた女性はいない。

ぼくはマサヨさんのがっしりした体つきや、キップの良い喋りっぷりをなつかしく思い出しながら、部屋の掃除を始めた。あの時〝ピンクマリリン〟のエロビラを失くしさえしなければ、ぼくは毎日でもマサヨさんを呼んだだろう。そして二人して居間の酒棚が空になるまで飲み続けただろう。

台所から居間へ続くフローリングの床に掃除機をかけながら、ぼくは横目で酒棚をちらちら見やった。一年半前には七百本だった酒のコレクションも、今ではゆうに千本を越えている。最近は以前ほど痛飲することはなくなったとはいえ、毎土曜日には銀座の西武へ出掛けて四、五本目新しい酒を買ってきてしまう。正直言って、棚の強度が心配だ。

何年か前、歌舞伎町で六川から「何か集中できることを見つけるべきだ」と忠告を受けて以来、ぼくは手当たり次第に様々なことを試してみた。哲学、心理学、政治学などの学問を手始めに、絵画教室や陶芸教室へ通ったり、エレクトーンやバイオリンを習ったり、熱帯魚を飼ったり切手を集めてみたり。およそぼくの頭で思いつくことは一通り何でもやってみた。しかし二ヵ月と続いたものは何ひとつない。しいて言えば酒のコレクションだろうか。しかしながらこれは〝集中できること〟と呼ぶにはあまりにも面映ゆく、単に惰性で続けているに過ぎない。
休学していた大学への復学も考えてみたが、山葉みどりをはじめ元クラスメートたちはとうに卒業し就職していることを思うと、腰が重くなった。今さら見知らぬ若い連中に囲まれて、教養課程の二年めからやりなおすなんて気恥ずかしい。第一大学で何を学ぼうというのか。学部は文学部だったが、およそ二年間通った経験から言わせてもらうと、そこにはぼくの興味を引くものはこれっぽっちもない。

そんなわけでぼくは二十歳で嗅覚を失ってから今日にいたるまで、六年間の長きにわたって生きているような死んでいるような生活を続けてきた。下北沢の１ＬＤＫのマンション、埃（ほこり）をかぶったシトロエン、三菱の超高級ＡＶシステム。六年間の大きな買い物といえばこの三つくらいだったので、銀行にはまだ五千万近い金が残っている。月に四十万ずつ使ったとしても、年四百八十万。約十年は暮らせる計算だ。

ぼくが母親を失った代償、つまりは嗅覚を失った代償がこういう生活なのだと、時々考えることがある。しかし考えるだけで、何の意味もない。もしぼくが母親を失うことなく嗅覚も正常であったなら、と想像してみても、頭がぼんやりするだけだ。今の自分の生活と比較して、どちらが良いとか悪いとか判断することなどできはしない。そんなことを考えるくらいなら、五千万の貯蓄がなくなる十一年後の身の振り方について考える方がずっと建設的だ。

　十一年後、つまり三十七歳。この件については、最近けっこう真剣に考えている。結論として〝死〟を思い浮かべたのは、つい先週のことだ。あまりにも安易だと非難されるかもしれないが、ぼくとしては気に入っている。ようするに『三十七歳で死ぬ』と決めることによって、そこへ至るまでの十一年間が変わってくるのではないかという期待があるのだ。人間というヤツはいつ死ぬか分からないからこそ、暇つぶしのような人生を送ってしまうのではないか。ならばいっそ自分で自分の死ぬ日を決めてしまえば、一日一日が生き生きと輝くに違いない。そう哲学したのだ。

　だからぼくは今日一日かけて、十一年後の何月何日に死ぬべきか検討していた。最初は誕生日の三月二十五日がいいだろうと思ったが、母親の命日である五月十八日も捨てがたいことに気がつき、悩んでいたのだ。結果として後者に決めた理由は二つある。一つは、やはりぼくの死は母親の死に捧げたいというロマンチックな思いがあったから。もう一つはただ単純に、その方が二ヵ月近く長生きできるからだった。

　決定を下すと同時に、ぼくはスケッチブックのページを一枚破いて、太マジックを取り出し、

『千九百九十八年五月十八日　ぼく没』

と大書した。お世辞にも達筆とは言いがたかったが、それでも身の引き締まる思いがした。マリノレイコからの電話は、そんなところへ掛かってきたのだ。

掃除の途中、ぼくは長椅子の上に置いてあるその紙を目にし、壁に貼るべきか迷った末に、結局二つ折りにして引き出しの中へしまいこんだ。初対面の女性に説明するにはあまりにも時間がかかりそうだし、一部始終説明したところで変態扱いされるかもしれないと思ったからだ。

居間の酒棚にハタキをかけ化学雑巾で拭った後、奥のベッドルームに取り掛かる。こちらは、あまりきれいにしておくとかえって誤解を招くおそれがある。一見乱れているような清潔さが必要だ。ベッドのシーツを代え、毛布は起きた時のままらしく乱しながら、ぼくはまた六川の部屋にあったキリン枕へ思いを馳せた。

まさかあの枕の君にこういう形で再会するとは思わなかった。顔はほとんど思い出せないが、六川が長く付き合った女なのだから、美形でないはずはない。話がくどいのは玉に瑕だが、まあよしとしよう。六川に縁のある女性ということだけでも、会う価値は十分にある。

それにしても六川が彼女の冷蔵庫の中に残していったものとは何だろう。シャーレのようなガラス容器に入っていると言っていたが……。六川のイニシャルと、ぼくの電話番号？　四九九の四三二一という番号は、この部屋へ引越してからのものだ。六川にそれを教えたのは、いつごろだったろうか。曖昧な記憶しか残っていないが、たぶん事故の一、二週間前だと思う。深夜、彼の研究室へ電話をかけて、引越しの日取りを伝えた覚えがある。

だとしたらそのガラス容器は比較的新しいものだ。新しいと言っても、三年も前の話だが。六川が死ぬ少し前に残したものと考えられる。ぼくの電話番号が書いてあったということは、ぼくに渡したい何かだったのだろうか？　しかしそれならば何故、マリノレイコの冷蔵庫の中などに入れてあったのか……。

掃除の手を止め、物思いに耽りかけたところへ玄関のチャイムが鳴った。反射的に時計を見ると、受話器を置いてからまだ三十分も経っていない。あわてて掃除機とハタキを押し入れへ放り込み、髪を撫でつけながら玄関の扉へ飛びつく。内鍵を外そうとしている最中に、もう一度チャイムが鳴る。

「ははははい。いい今……」

扉を開ける。と、そこに立っていたのは、一風変わった女性だった。

「はじめまして。先程お電話したマリノです」

ぼくがきょとんとして見つめていると、彼女の方からそう挨拶した。確かに一度、六川の部屋で会ったことがある。もっとグラマラスな印象があったが、今はすらりと痩せてすっかり大人っぽくなっている。真顔は若い時分のジェーン・フォンダのように意志的で我儘な感じだが、少しでも微笑むと急に愛嬌のある表情に変わる。早い話がすこぶる美人だ。一目見て〝一風変わった女性〟と思ったのはその顔やスタイルではなく、洋服のせいだった。彼女は友人の結婚式にでも出席するようなドレスを着ていた。べっこう色で、てらてら光るワンピースだ。袖と裾の部分には黒いレースが縁取りしてあり、夜風にひらひら揺れている。靴は、先っぽが刺身包丁みたいにとんがったエナメルのハイヒール。しかもその恰好で『スーパー　てなもんや』と印刷された大袋を胸に抱えてるのだ。

「あの、こちらタケイさんのお部屋ですよね……？」

ぼくが呆気に取られているので心配になったらしく、彼女は身を引くようにして尋ねた。

「ははは、はい。どどどどうぞ」

「ああ、びっくりしてしまいましたわ。私って方向オンチでしょう。だからよく部屋とか間違えてしまうんですのよ」

「い、いえ、ここでまま間違いありません。ぼぼぼくは……」

「以前もね、名古屋から東京へ新幹線で帰る時にホームを間違って、博多まで行ってしまったことがありますの。驚きましたわ。降りてみたら山手線がないんですもの。空は真っ青だし、売店でメンタイコを売ってるし……まあ、素敵なお部屋ですのね」

マリノレイコはマッハ３はあろうかという勢いで喋りながら、台所を通り抜け、居間のソファに腰を下ろした。そして『スーパー　てなもんや』の大袋をテーブルへ置き、あらためて室内を見回した。ぼくは向かい側に座り、一体どういう風に話しかければいいのか困惑した。彼女の方もいったん口を閉じてしまうと、登場が派手だっただけに次の言葉が見つからないらしく、急におとなしくなった。何とも間の悪い沈黙が、二人の間でモヤモヤし始める。それを振り払うようにしてぼくの方から、

「なな何か飲みます？」

ととりあえず訊いた。言ったとたん、それが下心（したごころ）のある言葉のように思えて恥ずかしくなる。

「そうですわね……」

マリノレイコは両壁の酒棚を上から下まで眺め、手近にあるブルーの小壜を手に取った。

「じゃあ、これいただくわ」

「そそそれは、かなり強いから……」

彼女が手に取ったのはフランスの薬草酒で、アルコール度数七十二パーセントもある代物（しろもの）だ。お猪口（ちょこ）に二杯も飲めば足元が覚束（おぼつか）なくなる。

「でもこれ、壜がきれいだから。一杯頂くわ」

「そそそうですか」

ぼくは酒棚の下段からショット・グラスを二つ取り出し、テーブルに並べた。情けないことに、緊張して手が震えているのが自分でも分かる。

「お注（つ）ぎしますわ」

マリノレイコは止める間もなく小壜の蓋（ふた）を開け、グラスになみなみと注いでしまった。そしてそのグラスを捧げ持ち、

「六川さんに」

と妙な陽気さで言い、一息に飲み干した。ぼくはソファから腰を浮かした状態で静止し、その様子をあんぐりと見守った。ぶったおれてしまうのではないかと思ったのだ。しかし彼女はけろりとした表情で、おいしいと呟きさえした。

「あの……へへ平気ですか」

「おかげで落ち着きましたわ。なにしろ私、夕方から気が動転してて……自分の知ら

ない物が冷蔵庫から出てくるなんて、何だか気味が悪いでしょう。しかも亡くなった人の持ち物だなんて、ねえ。あなたに連絡が取れて、本当に私……」

彼女は急にそこで言葉を切り、ぼくの顔をじっと見つめた。その瞳の強い光にぼくはおどおどしてしまい、視線を避けつつソファへ座りなおした。

「あの、私どこかでお会いしました？」

「あ、そそそれはだから、ごご五年くらい前にろろ六川の部屋で一度だけ。さっきで電話でもはは話しましたよね」

「は？　ああそうでしたわ。馬鹿ね私。道理で拝見したことのあるお顔だと……あらこのグラス、素敵だわ」

「で、そそその冷蔵庫の……」

「お酒はかなり召し上がりますの？」

「ええまあ。ほほ他に楽しみがないもので」

「でもこんなふうに再会できるなんて、本当に不思議。六川さんとは、古いお友達でしたの？　あらこの灰皿。家にあるのと同じだわ」

「ろろ六川とは高校の……」

「六川さんも同じ灰皿を持ってたんですの？」

「いやそうじゃなくて」

　ぼくは二人の会話が嚙み合わないことに苛々し始めた。六川の奴、よくこんな回りくどい女と長く付き合ったな。もっともあいつには何人も彼女がいたから、こういう風変わりなのが一人くらい混じっていても面白いと思ったのかも知れないけど。インテリの好みというのは、まったく理解に苦しむな。

　そんなふうにぼくが考えている間も、マリノレイコは延々と喋り続けている。どこか話が途切れたところでシャーレの件を切り出そうと待ち構えていたのだが、全然きっかけが摑めない。仕方なく耳を傾けてみると、どうやら彼女は六川とのなれそめを語っているらしい。大学一年の春に、彼女の通う短大と六川の農学部が合コンを催してその時に云々……という内容だ。六川の思い出を聞くのはぼくにとって嬉しいことなのだが、なにしろ「朝起きて顔を洗って歯を磨いて」から話すのだから始末に負えない。その言葉の一々を解釈し自分なりの感想を思い浮かべようとするなら、広辞苑を丸暗記するほどの無謀な情熱が必要だ。あきらめてぼくは、彼女の話の中に〝六川〟という単語が出てきた時だけ、鋭く反応するように聴覚をコントロールした。ちょうどラジオを聞きながら勉強している受験生が、贔屓の曲がかかった時だけ鉛筆の手を止めるように。

「六川さんはとても親切で……六川さんが就職なさった時、私万年筆をプレゼントしました……六川さんが亡くなったのは本当にショックで……六川さんのお葬式の時は私、一言も喋れませんでした……」

聴覚にそのコントロール方式を採用すると、彼女の話はこんな風に聞こえた。ようするにこれだけのことを言うために、彼女は四十五分もの時間を費やしたのだ。ぼくは壁の時計へ目をやったり、時々「あのですねえ」とか呟いてみたが何の効果もなく、彼女はさらに十五分近く喋り続けた。

「……その時、秋葉原で買った冷蔵庫なんですのよ。それで……そうそう、これがさっきお話しした物なんですの」

思いがけず、彼女の話は突然そこへ落ち着いた。例の『スーパー　てなもんや』の袋から四角いものを取り出し、テーブルへ置く。ぼくは思わず身を乗り出し、手に取ってみた。どこの家にでもある平凡なタッパーウェアだ。

「こここの状態で入っていたんですか？」

「あ、タッパーは私のですの。まだ半分凍ってまして、水が滲み出そうだったものですから。その中に……」

また回りくどくなりそうな彼女の言葉を聞き流して、タッパーウェアの蓋を開く。

中に入っていたのは、文庫本ほどのビニールケースだ。半透明で、中に入っているシャーレらしき容器がうっすらと見て取れる。裏返すと、確かに六川のイニシャルとぼくの電話番号が書いてある。細いマジックペンで、走り書きしたらしい。特にぼくの電話番号の方は乱雑な字だ。ケース自体は耐熱性を思わせる厚さがあり、口のところにスライド式のチャックがついている。開けようとすると噛み合わせが悪いのか、なかなかスライドしない。

「硬いでしょう?」

脇あいからマリノレイコが口を挟む。無視して、力まかせに引くとチャックの取手自体が外れて、ぱっくり口が開いた。見ると、中にもう一回り小さなビニールケースが入っている。同じ材質だ。このチャックは簡単にスライドした。指先を差し入れると、また一回り小さなビニールケースが出てくる。今度は、チャックがついてない。熱いコテのようなものを押し当てて、完璧にパックしてある。

「た棚の下の引き出しにカッターナイフが入ってるから、取ってくれます?」

さすがのマリノレイコも、神妙な顔をしてぼくの言葉に従った。渡されたカッターナイフでビニールケースの口を切る。ぷしゅう、と空気の漏れる音がかすかに響く。中から出てきたシャーレは、思ったほど大きいものではなかった。直径四センチほどだろうか。中学校の理科の実験で使うそれとは違い、蓋にネジ溝が刻んであり、しっかり締まる仕掛けになっている。

「何だろう……？」

口に出して呟きながら、シャーレの蓋を開ける。まだ半ば凍結状態で、ひんやりとした感触がある。中には、スプーン一杯ほどの黄色い軟膏のようなものが収められていた。人差指で触ってみると、シャーベット状に凍っている。

「何ですの、それ？」

マリノレイコがおそるおそる顔を近づけて訊く。ぼくらは額が触れ合うほどの距離で見つめ合った。こうして黙っていれば本当にきれいなのにな。ふとそんなことを思う。

「なな何かな。よよよく分からない」

「心当たりもないんですの？」

「全然。ままマリノさんはどうなんです？」

「さあ……」

「ろろ六川がこれをれれ冷蔵庫に入れるのを見た覚えはありませんか？」

「どうでしょう……もうずいぶん前の話ですから」

「ささ最後に六川があああなたの部屋へいいい行ったのは、いいいつです？」

彼女はソファへ深く座り直し、眉根に皺を寄せた。さっきのフランス産薬草酒をもう一杯注ぎ、ゆっくりグラスを傾ける。

「ええと……あれは、亡くなる二日ほど前でしたかしら。もしかしたら前の日かもしれないわ」

「そその時、冷蔵庫に何か入れるような素振りは？」

「……さあ？　私、ただでさえ記憶力が悪いものですから。三年も前のことになると歴史の教科書でも読んでいるみたいなんです」

「ぼぼぼくにこれを渡すようなことは、言ってませんでした？」

「いいえ……言ってなかったと思いますけど」

ぼくはもう一度そのシャーベット状のものに触ってみた。親指と人差指の腹でこすり合わせると、体温で解け始め、クリームのような肌触りが残る。

「なんか臭くありませんこと？」

何気なく漏らしたマリノレイコの呟きに、ひやりとする。ぼく自身あるいはこの部屋が臭いのかと勘違いしたのだ。

「こここれが、ですか？」

ぼくはシャーレを彼女の鼻先へ突き出した。

「ええ……。匂いません？」

「いえあのぼぼぼぼくは、ちょっとははは鼻が利かなくて」

「お風邪か何か？」

ええまあ、と曖昧に答える。余計なことを話せば、また長くなるに違いない。彼女はシャーレの表面へ鼻を近づけ、

「これって……何て言うか、あの……チーズの匂いみたいですわ」

そう言って、急に表情を曇らせた。よほど強烈なのだろうか。すごい匂い、と小声で呟きながらソファへぐったりと体を預ける。

「……何だか変だわ。急にだるくなって……」

「さささ酒のせいじゃないかな」

「ああ、そうですわね。きっとそうだわ」

「よよよ横になりますか？」

手を貸してやろうと腰を浮かしかける。と、彼女は手を振ってそれを制し、べっこうタマムシ色のドレスをばさばさ言わせながらソファへ横になった。

「ははは吐きそうですか？」

「いえ……」

「………」

「みみみ水飲みます？」

テーブル越しに身を乗り出して顔を覗き込むと、彼女は既に寝息を漏らしていた。

幾分苦しそうに口元を歪め、何かに腹を立てているかのような表情だ。

「……マリノさん？」

そう呼んでも、何の反応もない。ぼくはフランス産薬草酒の壜を手に取り、中を透かし見た。ショット・グラスに二杯飲んだのだから、平気でいる方が不思議なくらいだ。以前ぼくが飲んだ時も、突然腰へドスンと効いて立てなくなった記憶がある。

大丈夫だろうかという不安と、彼女のお喋りが止んだ安堵感を同時に抱きながら、ベッドルームへ毛布を取りに行く。それにしても何て無警戒な女なのだろう。もしぼくがごく正常な性欲を持ち合わせていたら、ただでは済まないところだ。第一ほとんど初対面の男の部屋へ来て、勧められたとは言え強い酒をかぱかぱ飲むなんて、あまりにも無邪気すぎる。

毛布を手に居間へ戻り、掛けてやる前にあらためてその寝姿を眺める。乱れたドレスの裾からすらりとした太腿が覗き、まるでその部分だけ陽の光が当たっているかのようだ。ぼくはどきりとして視線を横顔へ移した。こんなふうにして女性の顔を眺めるなんて、初めてのような気がする。額から瞼、鼻梁から唇へかけての優しい稜線。頬へ垂れかかった髪の隙間に、形の良い耳が咲いている。

黙ってさえいれば、本当に魅力的な女性なのに。

ぼくは軽い性欲を覚えた。実に何年ぶりかのことだ。しかしすぐに六川の顔を思い浮かべて、それを揉み消した。生きている間もその徴候はあったが、死んでしまってからは如実に、六川はぼくの中で神聖化している。生前、彼が大切にしていたものをぼくのちょっとした気紛れで、弄ぶことは許されない。そう自分に言いきかせて、マリノレイコの体に毛布を掛けた。

室内はいつもの静けさを取り戻していたが、洪水のようなお喋りに溺れかけた後だけに、秒針の震えまで聞こえそうでなんだか居心地が悪い。かといってテレビをつけたりレコードをかけたりするのも憚られる。

ぼくはソファへ戻り、例のシャーレやビニールケースを再度手に取って一々確かめた。チーズのような匂いだとマリノレイコは言っていたが、チーズというのは一体どんな匂いだったろうか。そう考えたとたん、ふと思い当たることがある。

「……カマンベールチーズの匂いの元になっているバクテリアの研究から始めている

んだ」

一番最後に六川と会った時、別れ際にそんなことを言っていた……。じゃがぼちゃの開発と並行して、匂いの研究を始めると。ぼくはあの時の六川の表情や声の調子、吹きっさらしのホームの寒さなどを鮮明に思い出した。もしかしたらこの軟膏のようなものが、研究の成果なのではなかろうか。ぼくの嗅覚喪失に対して六川が弾き出した答えが、このシャーレの中身なのではなかろうか。だからこそ六川はぼくの電話番号をビニールケースに書いておいたのかもしれない……。

ぼくはマリノレイコを叩き起こして、六川がぼくの嗅覚異常について何か言っていなかったか確かめたくなった。しかし彼女の安らかな寝息を聞くと、無理強いするのが気の毒でもある。何年も無嗅覚とつきあってきたのだ、焦ることはない。そう自分に言いきかせる。明日になれば彼女とももっと落ち着いて話せるだろうし、六川の勤めていた製薬会社へ電話を掛けて事情も聞けるだろう。

眠るつもりはなかったが、そのままソファへ横になる。ちょうどテーブル越しにマリノレイコと向かい合う位置だ。ブルーの毛布に半分隠れたその顔は、赤ん坊のように無防備で、だからこそ胸を締めつけられるような愛らしさを湛えている。睫毛が長いんだな……。

そんなことを考えている内にぼく自身も深い眠りに誘われ、瞼が次第に重くなっていく……。

5

夢の中で、ぼくは高校の広々とした校庭に立っている。季節は間違いなく夏だ。真正面に野球用のバックネットがあり、その向こう側の杉木立から油蟬（あぶらぜみ）の声がぎざぎざ響いてくる。左手に軟式のテニスコート、右手には体育用具室のプレハブと二十五メートルプールが見える。空は真っ青で、容赦のない直射日光がぼくの髪の毛をフライパンのように熱くする。白い開襟シャツの背中が汗で濡れて、肌にぺったりと貼りつく感触。ズックの中で足先が蒸（む）れ、むずむずしてくる。

なのにぼくはその場から動こうとしない。杉木立の下へ入れば涼しいだろうな、という気持を我慢して、校庭のど真ん中に立っている。何故なら、そこにいると夏の匂いがするからだ。校庭に白いダイヤモンドを描いた石灰粉と乾いた土埃（つちぼこり）の匂い、汗に濡れた自分の若い体臭、日向（ひなた）に晒（さら）された緑やプールのカルキ臭をかすかに運んでくる風、それから太陽そのものの匂い。

「夏の匂いがしよるがな」

声を掛けられてふと見ると、高校生の六川が傍らに立っている。ぼくと同じ白い開襟シャツに黒いズボン、左腕にシチズンのごつい時計をはめている。夏休みの特別補習授業を受けた帰りなのだろう。右手にガリ版刷りのプリントと、『試験に出る英単語』を持っている。

「ほんまじゃ。夏の匂いがしよる」

ドモることなく、岡山弁でぼくは答える。ぼくらは十七歳で、夏の真ん中にいる。そして体じゅうに発散し切れない力がみなぎっている。夏の匂いのせいだ。季節が夏であるというただそれだけのことで、ぼくらは肉汁の匂いを嗅いだ犬さながら、今にも鎖を引き千切ろうと筋肉を緊張させ、生臭い舌をだらりと出してハアハア興奮している。ぼくはひそかにポケットへ手を突っ込み、ペニスの向きを変える。無意識のうちに勃起してしまい、具合が悪かったのだ。たぶん六川も同じだろう。さっきから『でる単』をズボンの前へ持ってきて、隆起を隠そうとしている。

ぼくらは互いに相手の股間を意識し、そのうち照れ臭くなって笑い出してしまう。いったん吹き出すと自分の若さがますます滑稽に思えて、笑いが止まらない。六川は腹を抱え、体をくの字に折って地面へ屈み込んだ。

と、どこかでトーストの焼ける匂いがする。学食の方からだろうか。肩越しに振り返ろうとした瞬間、頭上の様子がおかしいのに気付く。太陽が音を立てて加熱し始めているのだ。油蟬の声が、巨大なモーターの回転音に変わる。夕方でもないのに、空が真っ赤に染まっていく。ぼくは驚いて棒立ちになり、辺りを見回す。しかし六川は体を丸くし、膝をついた恰好のまま笑い続けている。

「ろろろ六川……」

見ると六川の白い開襟シャツの背中にいくつもの焦げ跡ができ始め、突然ワッと炎を上げた。その体が、あっというまに変色していく。こんがりとキツネ色に、焦げていく。六川はまだ笑い続けている。噎せ返るような芳ばしい香りが、ぼくを包み込む。

「なんちゅうエエ匂いじゃッ！」

大地に向かって六川が大声で叫ぶ。ジュウジュウと音を立て、豚肉のショーガ焼きみたいな色に変わった横顔が、恍惚としている。啞然として後ずさると、背後に置いてあった何かに躓きそうになる。巨大なじゃが芋だ。既に焼き上がり、ほかほかと湯気を立てている。上に何か載せてある……あのシャーレだ。

不思議なことにシャーレだけは凍ったまま、ガラスの内側を曇らせている。手に取り、中を確かめる。シャーベット状のカマンベールチーズ？

「ろろろ六川、こここれは……？」

振り向いて尋ねる。

しかしそこにはもう六川の姿はない。高校のあの広い校庭に、ぼくはたった一人でぽつんと立ち尽くしている。野球用のバックネットと、その向こう側の杉木立。油蟬の声。真っ青な空と、強烈な直射日光。背中にひっつく開襟シャツの感触。なのに、何かが足りない。

夏の匂いが消えてしまったのだ……。

重たい瞼の隙間から覗くと、テーブルの上のグラスが見えた。背後の窓に、朝の気配がある。ソファに寝ているのだと気付くまで、結構時間がかかった。顎に触れるのは、毛布の縁だ。いつのまに毛布を？

慌てて上半身を起こす。向かいのソファに、マリノレイコの姿がない。室内を見回そうとして首を巡らせると、後頭部が鋭く痛んだ。たぶんフランス産薬草酒のせいだろう。ベッドルームにも台所にも人気がないことを確かめてから、立ち上がる。少々足元が覚束ない。

壁の時計は六時半を指している。そしてその時計の下に、見覚えのない紙が貼ってある。近づいて目を凝らすと、華奢（きゃしゃ）な文字でこう書いてあった。

『寝顔を見られてしまうなんて、思いもよりませんでした。私ってほんとうに馬鹿なのです。あなたが優しい方であったことを、神様に感謝しなくてはいけませんわね。なんだか恥ずかしいので、ご挨拶せずにいったん部屋へ帰ります。後日、またご連絡差し上げます。玲子』

裏返すとぼくの字で『千九百九十八年五月十八日　ぼく没』とある。昨日の夕方にしたためた例の紙だ。恥ずかしさで一気に目が覚める。ぼくのこの幼稚な決意表明書を何と思ったろう。ここへ至るまでの深い事情も知らずにこれだけを見たら、死にたがりの文学青年みたいではないか。『ぼく没』ではなく『ばか没』と思われても弁解の余地がない。

ぼくは何度も舌打ちしながらその紙をくしゃくしゃに丸め、ポケットへ突っこんだ。それから頭をぼりぼり掻き、不精髭をいじり、溜め息を漏らしたりした。こんなことなら最初に壁に貼っておくべきだった。そしてあのお喋りを黙らせて、ぼくの口からきちんと説明すればよかった。この件についてはマリノレイコにもう一度問い質（ただ）す必要がある。紙の裏を見たのかどうか。もし見たとしたら、詳細を話して誤解を解いておきたい。せっかく本気で考え抜いたぼくの決意を、他人に、しかもあんな女に鼻でせせら笑われるなんて堪え難いことだ。残り十一年を生きる上でも、士気にかかわる問題ではないか。

ぼくは寝起きの脳を目まぐるしく働かせ、くすくす思い出し笑いを漏らしているマリノレイコの顔を想像した。恥ずかしさの余り、髪が巻き毛になりそうだ。それを振り払うようにして台所へ行き、冷蔵庫を開ける。とりあえず喉の渇きを癒し、頭をすっきりさせようと考えたのだ。

オレンジジュースを取り出そうとして手を突っ込んだとたん、シャーレのことを思い出す。あわてて居間へ引き返すと、それは昨夜の状態のままテーブルの上に載せてあった。ほっとして手に取り、間近に眺める。シャーベット状に凍っていた黄色い内容物はすっかり溶け、シャーレの底に薄く溜まっている。斜めにすると、とろりと動く。サラダオイルのような感じだ。

冷凍庫の中に保存されていたのだから、溶かしてしまったのは拙かったろうか。台所へ持って行き、遅ればせながら冷凍庫へ仕舞う前に、もう一度蓋を開けてみる。まず鼻を近づけ、息を吸い込む。やはり何の匂いもしない。次に指を浸し、擦り合わせてみる。クリームの肌触りというよりも、もうただの水のような感触に変わっている。ほんの少し指先が粘つくが、たいして気にもならない程度だ。

一体これは何なのだ?

ぼくはチエの輪を渡された猿さながらに困惑し、徐々に苛立(いらだ)っていった。火をつけてみたり、あるいは飲んでみたりすることも考えられるが、何の手掛かりも得られないままそれを試すのは、余りにも危険だ。やはり六川の勤めていた製薬会社へ連絡を取り、意見を聞いてからの方がいいだろう。

そう自分に言い聞かせて、シャーレを冷凍庫の奥深く仕舞いこむ。時計を見ると、まだ七時前だ。いつも昼近くまで眠っているので、こんな時間に一体何をしたらいいのか見当もつかない。さっそく製薬会社へ電話を掛けてみてもいいのだが、まだ誰も出勤していないだろう。ひょっとしたら一人くらい六川のように熱心な研究員がいて、徹夜で実験をしているかもしれないが、だとしてもこの時間は疲労困憊(こんぱい)しているはずだ。そういうところへ電話を掛けて、いい加減に応対されたのでは堪らない。

ぼくは電話のそばに座り込み、ぼんやりと宙に視点を結んだ。手持ち無沙汰な時間を過ごすのは、それほど苦痛ではない。これまで既に六年間も過ごしてきたのだから。ただ、こんな毎日をあと十一年も送るのかと思うと、うんざりしてしまう。昨日と同じ今日、今日と同じ明日、明日と同じ明後日。それならば別に十一年後に死を設定しなくても、今すぐに死んでしまえばいいのだ。

確かに昨日、十一年後の五月十八日に死ぬ決意をした瞬間は「これからの十一年間は俺にとって一分一秒たりとも無駄にできないのだぞ」という興奮があった。毎日が生き生きと輝く予感があった。しかし実際には何も変わらない。ぼくは相変わらず無嗅覚で、無気力で、無関心なままだ。マリノレイコに鼻でせせら笑われても仕方がない。その程度の決意に過ぎなかったのだ。

ぼくはくしゃくしゃに丸めた例の紙をポケットから引きずり出し、あらためて眺めてみた。『ばか没』もいいところだ。十一年後に本当に死ぬ勇気があるのなら、ここでこんなふうにぼんやりしているわけがない。ぼくはきっと寿命の続く限り、昨日と同じ今日を手持ち無沙汰に生き続けるのだ。そしていよいよ死を迎える瞬間になって、自分がいかにつまらない男であるか思い知るのだ。

考えている内にすっかり気が滅入ってしまい、シャワーを浴びに風呂場へ行く。無嗅覚になってからというもの、日に何度もシャワーを浴びるのは習慣になっている。自分の体が臭うのではないかと、気掛かりで仕方ないのだ。誰に会うというわけではないのだが、ただ単に街を歩いている時でも、擦れ違う人がかすかに表情を歪めると自分が臭いせいではなかろうかと疑ってしまう。だから夏などは特に、ほぼ二時間置きにシャワーを浴びる。

裸になり、ユニットバスのシャワーの前に立つと、何となく気持が落ち着く。ぼくは今一人だし、もし体が臭いとしてもすぐに洗い流すことができる。そう思うと、この上なく幸福な気分なのだ。コックをひねる。適温の湯が細かい飛沫（ひまつ）となってバスタブを打つ。

朝（といってもいつもは昼過ぎだが）髪を洗いながら考えるのは、前の晩に見た夢の内容だ。まぶたを強く閉じ髪を泡立てていると、寝起きの頭がぼうっとしてきて、夢の中へ戻りかける。今朝、覚めぎわに見た夢……高校の校庭が浮かんでくる。それから、燃えてしまった六川。彼の夢はひじょうにしばしば見るが、今朝ほどその顔や表情、声の調子などがはっきりしていることは珍しい。あれは、十七歳当時の六川そのものだった。背は低いが、柔道選手を思わせるがっしりした体つき（彼はよくクラスメートたちから、ゴジラの息子のミニラという小さな怪物に例えられた）。色白でニキビひとつない頬。薄い唇と、意志的な鼻。ぎょろりと大きな瞳に、黒縁の学生メガネ……。

彼は、実に生（き）真面目な高校生だった。素行とか授業態度が良い、ということではない。まだ十七年しか経験していないにもかかわらず、自分の人生に対して真摯（しんし）な態度で臨んでいたという意味だ。両親の不仲やちょっとした貧しさが彼をそんな高校生にしたのか、それとも生来の性格なのかは分からない。いずれにしても彼は、今自分は何をなすべきか、ということに異常なほどこだわる青年だった。

「ワシのビジョンはなあ……」

と言うのが、十七歳当時六川が好んで使った台詞(せりふ)だ。彼は中間テストに向けて勉強をする場合でも、隠れて煙草を吸う相談をする場合でも、つまりどんな小さな行動に対しても自分のビジョンを持っていた。そしてそのビジョンを実現させるためなら、苦労も危険も厭(いと)わない気概があった。ようするに彼は、いつも必要以上に本気だったのだ。

一種求道者風の彼の生真面目さはぼくらクラスメートの間だけではなく、他校にまで鳴り響いているほどだったので、不良といえども彼に手出しする者はいなかった。下手にからかったり喧嘩を売ったりして、彼の〝ビジョン〟の邪魔でもしようものなら、どんな報復が返ってくるのか皆な良く知っていたのだ。

「六川は中学時代に人を二人殺してる」

というまことしやかな伝説が、彼にはついてまわっていた。同じ中学に通っていたクラスメートによれば、本当に怒り狂った時の六川にはオカルトじみた恐ろしさがあるらしい。

「最初に殺されたんは、理科の先公じゃ。イヤな奴でなあ、殺されてもしゃあない奴じゃったけどな。生徒のことすぐ殴る先公じゃって、PTAでも問題になっとってのお。へーでも六川が怒ったんは殴られたからとちゃう。いい加減な授業をしよったんよ。ほれ、過酸化水素水をマンガンに加えて何ちゃらする実験があるじゃろう？　あれん時に六川が何か質問しよったのに、冗談半分に嘘を教えたんよ。ほいで六川がムッとして意見したら、何かカテーカンキョーのこと馬鹿にしたようなことを言ったんよね。おめえん家は母ちゃんアホじゃとか何とか……六川は真っ青な顔になってのお、〝おまえは明日死ぬ〟て宣言したんよ。ほしたら次の日、その理科の先公、ほんまに死によったんじゃ。それも並みの死に方とちゃうで……」

その〝理科の先公〟が死んだ事件は、全国版の新聞でも取り上げられるほど奇怪なものだった。自家用車に乗って帰宅する途中に、交通標識の杭に胸を刺し貫かれて死んだのだ。一方通行の曲がり角に立っていた標識が何の拍子か根本から折れて、杭の部分が路上へ斜めに突き出ていた。その上を〝理科の先公〟の車が時速四十キロで通過した際に、杭が車底の鉄板を貫き、続けて彼の下腹を串刺しにしたのだ。

もちろんそれが六川の仕業であるという証拠は何もない。しかし中学時代の友人たちは口は揃えて「あれは六川の計画的犯行だ」と言う。

「女子生徒の中になあ、マサムラ良子言うんがおってん。そいつがなあ、見とったんじゃ。前の晩、六川が標識を折っとるとこを目撃しとんじゃ。ほいでな、次の日な、理科の先公が授業終わって車で帰るとこも見とったんよ。六川がな、助手席に乗っとった言う話なんじゃゃこれが。事件があってからマサムラの奴、よせばいいのに教室で六川のことを問い詰めようとしたんよ。〝六川くん、あの標識折っとったがあ。私見とったんよ。それに昨日も先生と一緒に車に乗っとったがあ〟言うて。六川は最初ニヤニヤして何も答えんかったんじゃけど、マサムラがあんまりしつこいもんじゃけ、一言だけ言葉を返したんよ。何て言うたと思う？〝そんなん言うとるとおめえも死ぬど〟言うたんじゃが。ほしたらマサムラの奴、泣き出してなあ。〝警察に言うたるんじゃ〟てワメキ散らして早引けしたんよ。ほいでそのまんま。帰って来なかったんじゃ。ホンマじゃて。蒸発してしもうたんよ。また偶然かも知らんけど、六川もその日早引けしとってなあ……」

真偽のほどはともかくとして、六川に関するこの噂は岡山じゅうの高校生の間では有名な話だった。噂は別の噂を呼ぶらしく、〝喧嘩を売ってきた商業高校の不良が翌日食中毒に罹って死んだ〟とか〝奴をコケにした美術教師の家は火事にあった〟とか、邪推めいたいくつもの話が六川の周辺で取り沙汰された。しかしながらぼくの知る六川は、殺人などとは掛け離れた、温厚そのものの高校生だった。確かに自分の企てた〝ビジョン〟に対しては異常なほどのこだわりを持ち、例えば農学部へ進学するという計画を誰かに非難されようものならグウの音も出なくなるまで相手を論破するほどではあったが、決して暴力に訴えることはなかった。その後、大学生活から社会人に至る付き合いの中でも、人を傷つける場面などは見たことがない。特に社会人となってからの彼は、例のじゃがぼちゃによる飢餓撲滅というビジョンにも明らかなように〝博愛主義〟的な人生に生き甲斐を見出していたほどだ。人殺しの凶悪さが彼の中に潜んでいるとはとても考えられない……。

　ぼくは覚め際に見た夢の反芻に触発されて、優しげな六川の瞳を思い出しながらシャワーを浴び終えた。体じゅうの毛穴に石鹸のすがしい香りが入り込み、薄い膜に覆われているような気がする。乾いたバスタオルが、この上なく肌に心地良い。夜であれば、ビールからウイスキーへと始めたいところだ。その気持を堪えて、冷蔵庫からポカリスエットを取り出す。最近、アルコール依存症を通り越してアルコール中毒になりつつある自分に、軽い危機感を覚えている。六年間ほとんど休むことなく毎晩飲み続けてきたのだから無理もない。しかも美味いとも思わない酒を、だ。時折胃が雑巾でも絞るような具合に痛むせいもあって、ここ二、三ヵ月はせめて陽の高い内はやめておこうと自分を律している。

体を拭き終えた後は奥のベッドルームへ行って、クローゼットの片隅に置いてあるベビーパウダーを全身にハタく。子供の時分から汗疹のできやすい体質で、特に腋の下がデリケートなのだ。風呂上がりのベビーパウダーを欠かすと、歩く時に腕を振れないほどひどい汗疹ができてしまう。

ぼくは素っ裸のままベッドに寝転がって、両方の腋の下へ念入りにベビーパウダーをハタきつけた。我ながら間の抜けた図だ。毎日のことながら、この瞬間いつもぼくは人間というモノの情けなさや儚さについて考える。どんなに鍛え抜いた肉体を持っていても、どんなに金があっても、どんなに明晰な頭脳を誇っていても、人間というやつは腋の下に汗疹ができたり踵がちょっと擦り剝けたりしただけで明らかなダメージを受けてしまう。ぼくの無嗅覚こそその最たる例だ。たかが鼻がバカになっただけで六年間もふさぎ込み、人生からリタイアしようとしている……。

と、腋の下にちょっとした痒みを感じて、パウダーの手を止める。何かこう、炭酸が発泡するようなチリチリした感じ。汗疹とは違う痒みだ。腕を上げ、間近に眺めてみると、腋毛の下の生っちょろい肌が赤くなっている。指で押すと若干腫れぼったい感触がある。左右ともに、同じような状態だ。

　昨夜まで、と言うかついさっきシャワーを浴びるまでは何ともなかったはずだ。ベビーパウダーが変質して、肌に悪かったのだろうか。それほど古いものではなかったはずだが。

　とりあえずベビーパウダーを仕舞い、そそくさとTシャツを被る。木綿地と腋の下の擦れる感触が心配だったが、痛みはなく、かえって快いくらいだった。ほっとしてブリーフを穿き、電話の前にあぐらをかく。

八時五分前。まだちょっと早いような気もするが、受話器を取る。すぐ脇の棚に並んでいる文庫本の上に載せたままのアドレス帳……埃が薄く積もっていて鼠色に見えるが、もとは漆黒の革製だった。大学一年の時に生協で買ったもので、けっこう高かったのを覚えている。岡山から上京したばかりだったから、友人を作るのに必死だったのだと思う。知り合うとすぐに住所と電話番号を聞き、律儀にアドレス帳の空欄を埋めていったものだ。

　二、三度床に叩きつけて埃を払ってから、後半の頁を開く。大学時代のなつかしい友人の名前がいくつか並んでいる。山口、山本、谷津……『や』行の頁だ。山葉みどりの電話番号もある。今頃どうしているのだろう。まさかまだカンザキ君と付き合っているとは思えないが。某テレビ局へ入社したという噂を聞いた記憶があるのだが、誰から聞いたのだったか……。

『ら』行の頁には、たった一人の名前しか書いていない。六川渉。アパートの方の電話番号は、今でもそらで覚えている。もうひとつの番号……勤め先のバイアス製薬の番号を指で辿り、口の中で復唱しながらダイアルを回す。妙に胸がどきどきする。まるで六川自身へ電話をかけているような気持だ。そう。彼が死んだという記事を新聞で読み、あわてて電話をかけた時もこんな気分だった。ぼくの中では、未だに六川は死んでいないのだ。この胸の高鳴りがその証拠だ……。呼出音が響き始めるまでの短い間に、そんなことを思う。

ところが、電話は繋がらなかった。呼出音の代わりに響いてきたのは、あの無機的な案内嬢の声だった。

「オカケニナッタ電話番号ハ現在使ワレテオリマセン。モウ一度番号ヲオ確カメノ上オカケ直シ下サイ。オカケニナッタ電話番号ハ……」

いったん受話器を置き、念のためもう一度同じ番号を回してみたが無駄だった。ぼくは途方に暮れ、受話器を耳に当てたまましばらく考え込んだ。ひょっとしたらこの番号は六川の研究室の直通番号だったかもしれない。だとしたら取り外されたとしても不思議ではない。

そう思って、今度は一〇四を回してみる。呼出音が響くか響かないかの内に繋がり、案内嬢のつっけんどんな声が返ってくる。

「NTTイチレーヨンです」

「あの、ししし新宿区ににに西早稲田のばばばバイアス製薬の番号をお願いします」

「はい？　ババババイア……何でしょう？」

「バ、バ、バイアス製薬です」

「バイアス製薬ですね。しばらくお待ち下さい……」

ぶつり、と嫌な音がして、テープの声が案内嬢と入れ代わる。『タダイマオ調ベシテオリマス。シバラクオ待チ下サイ……』。その声色は、ぼくを苛々させた。時間にしてほんの一分少々だろうが、ずいぶん長く感じる間があってから、

「……そういう名前の会社は見当たりませんが」

という冷たい答えが返ってきた。

「あ？　あの、そうですか？　じゃあその、しし新宿区以外で……」

「都内全域でお調べしましたが、そういう名前の会社はございません」

「それは……そう、かなあ？　そうですか」

「よろしいですか？」

「ええ。はあ、まあ」

「ありがとうございました」

何がありがとうなのかさっぱり分からないが、案内嬢はそう言って一方的に電話を切ってしまった。その瞬間、ぼくは「ああ六川は本当に死んだのだな」と改めて思った。そしてツーツー言う受話器を握りしめたまま、アドレス帳の六川の名前をいつまでも見つめていた。

6

翌日、ぼくは新宿へ出た。

第一の目的は伊勢丹へ行って、新しいベビーパウダーを買うことだ。ついでに地下の食料品売場へ寄り、カマンベールチーズと輸入ブランデーを物色しようかという肚もあった。第二の目的は紀伊國屋書店へ行き、カマンベールチーズについての本を探すこと。こちらの目的の方は、はなっからあまり収穫を期待していなかった。

新宿に着いてから約二時間後、ぼくは二つの目的を果たし終えて紀伊國屋書店の前に立っていた。ベビーパウダーと輸入ブランデー二本、カマンベールチーズ三百グラムは手に入ったが、案の定カマンベールチーズについての文献は見つからなかった。あったのは『チーズを使った美味しい料理』とか『あなたもチーズグルメになろう』とかいう料理関係の本ばかりだ。あのシャーレの中の物質を知る手掛かりになるとはとても思えない。

ぼくは二階へ上がるエスカレーターの脇に佇み、辺りにたむろする雑多な人種を見るともなく眺めていた。平日の午後とあって、人待ち顔をした学生らしき連中の姿が多い。どいつもこいつも若く、健康そうで、肌なんか瑪瑙みたいにつやつやしている。そして全員が誰かを待っている。何の約束もなくそこに立っている人間は、おそらくぼく一人だろう。そう思うとぼくはひがみっぽい年寄りのような気分になった。歩き出そうとして伊勢丹の袋を抱えなおしたところへ、向かいからワンレングスの若い女が待ち合わせに遅れたらしく小走りに駆けてくる。ぼくのすぐ隣にいた黒ずくめの痩せた男がそれに反応し、

「もうォ、来ないのかと思っちゃったァ」

と粘っこい声を上げる。女の方は女の方で「ごみーん」とか言いながら男にまとわりつく。

——馬鹿と馬鹿が待ち合わせして、馬鹿の二乗だッ。

ぼくは肩をいからせてその場を離れた。人間をひとまとめに世代でとらえて何となく分かった気分になるのは、いわゆる世のリョーシキ家の得意技だが、ああいうアベックとぼくとを同じ〝新人類〟などという区分の中に押し込むのだけは勘弁してもらいたい。確かにぼくはまだ二十代で、同い年の連中のほとんどはその呼称をむしろ誇っているかのような印象さえあるが、冗談じゃない。その昔『ぼくらの名前を覚えて欲しい　戦争を知らない子供たちさあー』なんて唄が流行(はや)ったけれど、ぼくは勝手に名前を付けられるのは御免だ。〝新人類〟も〝戦争を知らない子供たち〟も〝優しい世代〟も〝ニューファミリー〟も糞(くそ)くらえだ。

新宿へ来るたび、ぼくはいつもこんな風に八つ当たり的な興奮状態に陥る。たぶん嗅覚が正常だった頃の楽しい思い出が、この街に集中しているからだろう。大学に入りたての頃のクラスコンパや、山葉みどりとのデート、六川と飲みに行く約束……すべてが、新宿でまかなわれていた。なのに何故、今この街とぼくはこれほどまでに相容れないのか……。

伊勢丹の角を曲がり、なおも歩き続けたところへ、背後から池袋(いけぶくろ)行きのバスが象の叫び声のようなクラクションを鳴らして来る。ちょうど目の前に並んでいた十人ほどていた。乗降口の上にある通過停留所の表示に『西早稲田』と書かれているのが目を引いた。ふと、バイアス製薬のことを思い出す。西早稲田三丁目三十一番地八号、というのがその住所だった。訪れたことは一度もない。が、六川の働いていた場所を見ることで、この憂鬱な新宿の午後を紛らわすことができれば。そう思ってぼくは列の後に従った。

バイアス製薬についてぼくが知っていることは、ごくわずかだ。外資系であること。売薬は作らず、主に病院や研究者向けの試薬品を開発したり、データを提供したりする会社であること。そして六川が勤務していたのは、人体用ではなく、農畜産物に対応する部署であったということ。それぐらいだ。

「一度職場を見てみたいものだな」

とずいぶん前に六川との雑談の中で言ってみたことがある。が、それに対する六川の反応はちょっと冷たいものだった。彼は声をくぐもらせ、困惑気味に、

「残念だがそれは無理だな」

と答えた。

「上司とか、うるさいのか？」

「まあそうだな。機密事項が多いもんで、けっこう神経質なんだ。見ると言ってもロビーまでで、研究室への入室許可は出ないだろうなあ。俺だって自分の研究室以外へは入室許可が必要なんだから。ロビーにいる受付の女はひどいブスだぞ。そいつを見に来るだけじゃ、つまらんだろう」

人の命を救うべく研究をしている会社にどんな機密事項があるというのか、ぼくにはさっぱり分からなかったが、その矛盾を六川に問い質しはしなかった。歌舞伎町で六川が口にした〝飢餓撲滅〟のビジョンが、本当に純粋なものであるならば、他社に隠すべき機密などあってはならないのではないか？　むしろその成果は、過程段階から公にして世の知性に問い掛け、完成を一刻も早めるべきなのではないか？　本当はそう訊きたかったのだが。

しかし今にして思えば、六川には彼なりの功名心があったのだろう。彼のビジョンをそのまま〝人類愛〟に結びつけるのは、ぼくの中に六川をひたすら美化しようとする働きがあるからなのかもしれない。自分にないものをすべて六川に託そうとするのは、昔からぼくの悪い癖だ。あのシャーレにしても、本当はつまらないものである可能性の方が強い。ぼくが勝手に騒ぎたてているだけではないのか？　例えば彼が、じゃがぼちゃを擦ったものをパックにして味の具合を調べようとしていたとする。ビニールケースに入れ終えたところへ、ぼくからの電話がかかってきて引越し先の電話番号を告げる。手近にメモ用紙がなかったので、とりあえずその番号をビニールケースにメモする……。真相はそんなところなのかもしれない。

池袋行きのバスは意外なほどスムースに明治通りを走り抜け、十分もしない内に天井のスピーカーが『ツギハニシワセダデス』と告げた。ぼくが押すまでもなく車内のあちこちに趣味の悪いどピンクの停車ランプが灯り、下腹を踏まれた猫の叫び声のようなブザーが響き渡った。ややあってバスは左側のウインカーを出し、ゆるやかに減速し始める。

西早稲田で降りた乗客は五人ほどだった。ぼくを除く四人はステップを降り切るとすぐに次の一歩を踏み出し、三々五々散っていった。そしてバスも走り去り、ぼくだけが停留所のベンチの脇へ取り残された。こんなふうに予定外の行動に身をまかすのは久し振りのことなので、妙な緊張感がある。このまま道を渡って向かい側の停留所からバスに乗り、新宿経由で我が家へ帰りたい気もする。その気持を押し殺して、ぼくはやみくもに歩き出した。幸いなことにしばらく行くと付近の地図が歩道脇に掲示されており、西早稲田三丁目三十一番の位置が分かった。

歩道をやや急ぎ足に歩きながらぼくは、数年前にこの道を通っていたはずの六川の姿を想った。前かがみに、何か思いつめたような表情で黙々と歩くのが、彼のスタイルだった。夏はTシャツ、冬は臙脂色のセーターの上にだぶだぶのコートを羽織って。信号待ちの度に眼鏡を外し、唾を塗りつけて拭いていた姿が目に浮かぶ。

もとバイアス製薬のあった場所は、すぐに分かった。古ぼけたマンションが二つ並んで建っていて、手前が〝三丁目三十一番十号〟続いて〝三丁目三十一番九号〟と表示されている。つまりその隣がバイアス製薬の〝三丁目三十一番八号〟だ。

ところがその場所は、ただの空き地だった。いや、ただの空き地と言うのは適当ではない。周囲に張り巡らされた異様に高い網フェンスや『立ち入り厳禁』と朱書した看板は、〝管理地〟という言葉を連想させる。しかも体育館が三つも建ちそうなほどの広さだ。普通ならこういうスペースには雑草が生い茂り、まさに原っぱという言葉通りの様相を呈するはずなのに、ここはちょっと違っていた。一握りの緑もなく、昨日爆撃を受けたばかりのような瓦礫の山が累々と連なっている。どう見ても〝破壊された〟という感じなのだ。

ぼくはその網フェンスの回りをゆっくりと巡りながら、内側の瓦礫を見るともなしに眺めた。本当にここがバイアス製薬のあった場所なのだろうか。一体いつ、どんな理由でこのように無残な姿を晒すはめになったのだろう。

フェンスを半分回り、神田川沿いの細い遊歩道へ出たところへ、反対側からやはりフェンスを回ってきた老婆と擦れ違う。飛行船のような形に太ったダックスフントを連れ、自分自身もだらしなく肥満した老婆だ。擦れ違いざま、その犬が生意気にも低い唸り声を立て、ぼくは道を譲った。

「ごめんなさいよ」

そうつぶやいて、通り過ぎていく。ぼくはいったん後姿を見送ってから、急に思いついて駆け寄り「すみませんが」と声をかけた。

「こ、ここにですね、バイアス製薬という、か会社があったはずなんですが。御存知ありませんか？」

老婆は歩を止め、振り返った。ヤニ色に濁った目が、ぼくの全身をくまなく品定めする。近くにいて、彼女の吐いた息を吸うとそれだけでこちらの肉体が衰えてしまいそうな気がする。

「製薬だか何だか知らんに。けーど、変な会社があったがに」

「あの、ここはいつからこんなふうにですね……」

「あーれは何年前だったかにぃ、ダデちゃん？」

老婆は飛行船型ダックスフントに問いかけた。どうやら〝ダデちゃん〟というのがその名前らしい。しかしながら答えが返ってくるはずもなく、ダデちゃんは桃色の舌を伸ばして細かく呼吸しながら、足元へポタポタと脱糞した。ぼくが大袈裟な声を上げて飛び退いたのには、ちゃんとした理由がある。何しろ匂いを感じないものだから、うっかり踏んでも気づかないままデパートへ入ったりしてしまうではないか。前に一度、苦い経験がある。マンションから駅までの間に犬の糞を踏み、そうとは知らずに小田急線に乗ってしまったのだ。あの時の周囲の乗客たちの嫌悪に満ちた表情は、生涯忘れることができない。午後二時頃のことで車内は比較的空いていたが、四、五十人の乗客たちは一人残らず、ぼくが糞を漏らしたと思い込んだのだ！

ぼくはその屈辱を思い出して頬を紅潮させ、抗議の意味をこめて老婆を睨みつけたが、彼女はまるで頓着する様子もなくのんびりと空を見上げている。

「まあだいたい二年くれえ前だがに。明け方に大きい音がして、こんなんなっちまっただがや」

「……それはつまり、じ事故だったんですか？」

「よく分かんね、な、ダデちゃん」

「じゃあ、あの、こうクレーン車とかブルドーザーとかが来て、取り壊しの作業をしたわけではないんですね」

「ブルドーザー？　来てたかも知れね。とにかくアッという間だあ。私ぁ、川隔てた向こうっ側に息子夫婦と住んでんだけどよ、朝起きて歯あ磨く時にはちゃんとここへ建ってたがや。それが朝のダデちゃんの散歩へ出た時にゃ、もう無くなってたんだがに」

「そそそんな……」

「……あれだ、あのう、キャラメルの箱みてえなもんでよ。窓がいっこもねえから、何かの工場だと思ってたんだがに。ケシズミみてえな色のよ……そういや出来た時もまず唐突だったがに。大男が運んできてぽんと置いたふうに、一日で建ったがや、なあダデちゃん」

老婆は入れ歯の具合が悪いのか、しきりに前歯をいじりながら答えた。その間、ダデちゃんは自分の頭の大きさと同じほどの糞をし、申し訳程度に後足で砂をかけるともうこれ以上この場所に留まるのは我慢ならないらしく、勢いよく吠えたてて彼女を急かした。

「おお、行こう行こう。ダデちゃんここ嫌いだもんにぃ」

促されて去りかける老婆の背中に、

「あのう、ここにあった会社の連絡先とか、分かりませんよね？」

と未練がましく訊いてみる。彼女はもう振り向きもせずに、ただ右手を肩の辺りまで上げてヒラヒラさせた。ぼくは遠ざかる彼女の背中と、フェンス越しの瓦礫を交互に眺め、猫の死骸でも見た時のような後味の悪さを嚙みしめた。

——この広大な敷地に見合うような建物が、わずか一日で建ったり、一瞬にして壊れたりするものだろうか？

老人には過去を大袈裟に彩ろうとする性癖がある。全部嘘とは言わないが、おそらくかなり脚色をしているのだろう。しかしそれにしてもこのフェンスの高さや、敷地内の散乱ぶりは異常だ。目を凝らすと、瓦礫の表面にはバーナーであぶったような焦げ跡さえ見えるじゃないか。

ぼくはダデちゃんをはじめとする近所の犬どもが点々と残している糞を踏まないように注意しながら、フェンスを一周する。胸に抱えた伊勢丹の袋の中でブランデーの壜が一足ごとにカチカチと音を立て、不安を煽る効果音の役割を果たす。六川の体をローストしたという、巨大オーブン。その機械も、この瓦礫の下に埋まっているのだろうか……。

「……武井さん？」

どこかで、ぼくの名を呼ぶ声がする。不意だったので、針を踏んだかのように飛び上がりそうになる。

「武井さんでしょう？」

声はフェンスの向こう側から響いてくる。ちょうど逆光になって、誰かの姿が塗り潰されている。目を凝らす。声の主は子供のように駆け出し、フェンスの角を曲がって近づいてくる。

「何をしてらっしゃるの、こんな所で？」

それは、マリノレイコだった。一昨日、夜に会った印象とは大分違う。あの妙ちきりんなべっこうタマムシ色のワンピースを着ていないし、髪も後ろへ束ねてすっきりしている。『WE ARE NOT ALONE』とプリントされたTシャツに、細身のジーンズ、グリーンのスニーカーを履いて、ぼくと同じく伊勢丹の袋を抱えている。

「きききき君こそここでななな何を……？」

あわてて訊き返したのでひどくドモってしまい、ぼくはたちまち赤面した。マリノレイコはぼくのあわてぶりが可笑しかったのか、それともこの偶発的な再会自体が嬉しかったのか、顔じゅう微笑みだらけにして「びっくりしちゃったわ」と何度も言った。そしてぼくの手を取り、ぶんぶん振り回した。

「私、このすぐ近くへ引越すんですのよ。引越すことはお話ししましたっけ？　ああしましたわよね。ほらあそこ、信号が見えるでしょう？　あの角を入って二軒めのマンションですのよ。それで今日は伊勢丹で新しいカーテンを買ってきましたの。そしたらもうすぐにでも付けてみたくなっちゃって……」

例によって彼女はくどくどと話し始めた。ファッションはずいぶん大人しくなっていたが、この癖だけは控え目になることがないらしい。

「……で、武井さんは？　どうしてここにいらっしゃるの？」

「ぼぼぼくはバババイアス製薬の場所を確かめに……」

「バババイアス製薬？」

「ろろ六川の勤めてた会社ですよ」

「あーあ。そうですわ！　そうでしたそうでした。それが何？　このあたりなんですの？」

「ここだったらしいんですけど」

ぼくはフェンスの中を顎で指し、

「昨日君がかか勝手に帰ってしまってから、バババイアス製薬へ電話をしてみたんです。例のシャーレのことをきき訊いてみようと思って。そしたら不通になっていたんでじじ住所を頼りに来てみたら……」

「……そう」

マリノレイコは神妙な顔で、あらためてフェンスの中を眺めやった。

「そ、それより君にはまだ訊きたいことが沢山あったのに、どうしていなくなっちゃったんです？　き昨日だって連絡くれると思ってずうっと待ってたのに」

勢い込んで責めたてると、マリノレイコはすっかり恐縮した様子で小さな体をますます縮こまらせて素直に詫びた。その印象はいつだったか『野生の王国』か何かで観た、尻から巣穴へ隠れるリスのような小動物に似ていた。

「……私、あわててしまって。本当にごめんなさいね。でも初対面の男の方の部屋へ行っていきなり眠りこんでしまうなんて、普通あわてますでしょう。だから昨日もね、何だか恥ずかしくて電話できなかったんですの。あの時私、鼾かいたりしませんでした？」

「いえべべ別に」

あの夜彼女の愛らしい寝顔を眺め軽い性欲を催したことを思い出して、ぼくはひそかに狼狽した。

「まあよかった！」

彼女は肌の内側から光が射すような具合に表情を赤らめて、ぼくの腕にむしゃぶりついた。人間の感情というものはごく一部の突発的な状況を除いては、ちょうど車のシフトギアのようにローからセカンド、サードとエンジンの回転数に合わせて上げていくのが普通だ。ところが彼女の場合は、いきなりトップギアに（あるいはバックギアに）入るらしい。しかも床に穴が開くほどアクセルを踏みつけたままで、だ。一方ぼくときたらもともと人付き合いが苦手な上に数年来の〝自宅鎖国状態〟を引きずっているものだから、彼女の感情速度にまったくついていけない。フォーミュラーカーと飛脚が一緒に走っているようなものだ。そういえばその昔、ペリーの黒船が浦賀沖へ現れた時、幕府は一計を案じて浜辺に何人もの相撲取りを配し、米俵を四俵ずつ担がせシコを踏ませて威嚇したという話だが、何だかそんな気分になってくる。自宅に引き籠もり、鎖国状態を何年も続けていたために、ぼくの感情はひどく時代遅れな緩慢さで「どすこいどすこい」と動いているのではなかろうか。

　腕を取られたままそんなことを考えている内、彼女の方はすぐさま次の感情へとギアを切り換えた。もう一方のぼくの腕が抱えている伊勢丹の袋に目をつけたのである。

「あら、お酒なんか持って。これからどちらかでパーティ？」

「いえこれは、ただ、ちょっと……」

彼女は好奇心で瞳をきらきらさせて、ぼくの手元を覗き込んだ。それから急に手を打って「そうだわ」と一声叫び、

「よかったら私の新居、ご覧になります？　まだ家具も何にもないんですけど」

「え、あのうそれは……」

ぼくは伊勢丹の袋に入ったブランデーについての弁明をのろのろと考えていたところだったので、不意の誘いに面食らい、すっかり混乱して「ブランデーがバスに乗って、ですね」などと口走った。しかし彼女にとって重要なのはぼくの返事ではなく、自分の発した提案自体であるらしい。仮にはっきり「ノー」と答えたところで、彼女はこれっぽちも意に介さずマイペースで話を進めるだろう。おそらく二十数年間そうやって、自分の申し出を誰にも断らせずに（あるいは断られたと意識せずに）生きてきたのだ。

「そうねそうね。カーテンつけるの手伝って預けるわね！」

もう有無を言わさずぼくの腕を引っぱって歩き出す。細身からは想像できないほどの腕力だ。ぼくは伊勢丹の袋を取り落としそうになり、短い叫びを喉の奥で小爆発させた。と、今度は不意に足を止める。眉をひそめ、何やら鼻孔に神経を集中させている。

「……チーズの匂いがしませんこと？」

「え？」

訊き返した後、ぼくはなかなか質問の内容が理解できず、しばらくの間ぼうっと口を開けて彼女の横顔を眺めていた。

「ほら。チーズの匂いよ」

もう一度言われてようやく気付き、袋の中からカマンベールチーズを取り出して半ば得意げに示した。彼女は一瞬表情を弛緩させたが、それを手に取って嗅ぐと、

「いいえこれは……だって真空パックしてあるもの。もっと別の……」

言いながらフェンスの方へ駆け戻り、

「この中よ」

と鼻をひくひくさせる。

「チーズの匂い？　この中から？」

「そうよ。しませんこと？」

「いやぼぼぼくは、ははは鼻がだめで」

彼女は自分の意見に同意が得られなかったことが気に入らないらしく、つまらなそうに鼻を鳴らし「でも本当よ」とつぶやいた。ぼくはフェンスに取り縋り、未練がま

しく鼻の穴をひくひくさせたが、当然のことながら何の匂いも感じなかった。六川の研究とあのシャーレの中身と、この廃墟(はいきょ)。三つはチーズの匂いで繋がっているらしいのだが、肝心の匂いがぼくには分からない。そのことでぼくは、鶴(つる)の家に招待され壺入りの食事を出されたキツネさながらに苛立ちを募らせた。

「チーズ工場でもあったのかしら」

そんなぼくの懊悩(おうのう)をよそにマリノレイコは的外れな感想を漏らした後、再びぼくの腕を掴み「カーテンカーテン」とつぶやきながらフェンスを離れた。

マリノレイコの新居というのは広めの1LDKで、ちょうどぼくの部屋と同じような間取りだった。前の住人が引越した後、内装をやりかえたのだろう。マンション自体の外観はかなり老朽化したものだったが、室内は明るく、壁紙にも手垢(てあか)ひとつ付いていない。ぼくの鼻がもしも利いたなら、乾きたてのペンキの匂いや青畳の匂いを嗅いで、すがしい気分を味わったはずだ。

玄関を入るとすぐに台所があり、十畳ほどの洋間、その奥に六畳の和室と続いている。まだ家具らしいものは運び込まれておらず、放課後の校舎のようにがらんとした物足りなさと自由な空気が同居している。ただひとつの例外は、奥の和室にぽつんと置いてあるセミダブルのベッドだ。

「こ、このベッドは、どうしたんです？」

洗面所で熱心に手を洗っているマリノレイコに向かって、ぼくは尋ねた。

「はい？　何ですって？」

水音に掻き消されたのか、訊き返してくる。

「わ和室にあるベッドは、ですね……」

「ああ。ベッドね。それ、前の人がここへ置いていったんですのよ。いらなければ棄(す)ててくれっておっしゃって。私、お布団の方が好きなんですけど、せっかくだからどうしようかなって、今迷ってるんですの」

「あ、あそう」

どうでもよい質問だったが、女の部屋（といってもまだ部屋らしくはなかったが）へ招かれた第一声としては妥当だったかなと、自分を慰めながらベッドへ腰を下ろす。先程から『ここは女の部屋だ』と意識してしまい、少なからず緊張している自分を隠すことができない。ひそかに深呼吸をして気を落ち着かせ、ここへ来る道すがらマリノレイコと交わした会話を反芻(はんすう)してみる。勤め先のバイアス製薬のことや、六川が進めていた〝匂い〟の研究のこと、シャーレについての心当たり。矢継早(やつぎばや)に質問してみたが、はかばかしい答えは得られなかった。けっこう長い間恋人であったのだから、彼の仕事についてはぼくよりも知っているだろうと期待していたのだが、仕事に関して六川の秘密主義は徹底していたらしく、彼女はじゃがぼちゃの研究についてすら知らされていなかった。

――お腹がいっぱいになるお薬を作ってらっしゃったんでしょう？

と、無邪気な調子で訊き返され、ぼくはそれ以上深入りした質問をする気が失せてしまった。ただひとつ、彼女のお喋りの中で興味深かったのは、六川が大規模な飢餓と同時に戦争に関してもまた、何かユニークなビジョンを持っていたらしいという話だ。彼はテレビのニュースで〝核兵器肯定の町〟ワシントン州リッチランドが紹介された際に、マリノレイコにこう漏らしたそうだ。

――原爆がなければ、もっともっと戦争の犠牲者は増えていただろう。だから原爆はエライ。という考え方は実にこうデジタルな思考だなあ！　今インタビューに答えたジジイの顔を見たかい？　アナログに手足をつけたような年寄りのくせに、核兵器に関してだけは突然デジタルなことを言い出すんだからな。ああいう奴に限って鯨を食うことは許さんとか、イルカを殺すなとか言うんだろうなあ。（それにしてもアメリカの動物愛護協会会員の何パーセントが菜食主義者なのか、ちょっと知りたいもんだね）あんなジジイに0と1しか存在しない真にデジタルな思考で戦争を捉えることが本当にできるのかな。俺か？　俺は科学者だからな。もちろん真にデジタルな思考の世界に生きてるつもりだ。0と1の組み合わせだけであらゆる事象を説明したり表現したりできると信じている。だから……。

六川はそこで言葉を切り、不敵とも思える笑みを浮かべながら「まあいつか分かることさ」と言って話題を変えたのだそうだ。

「何を考えてらっしゃるの？」

手を洗い終えたマリノレイコがいつのまにかすぐ脇へ来て、ぼくの物思いを中断させた。ぼくはベッドから腰を浮かしかけ、

「いえあの、さささっきのろ六川の話を……」

「六川さん六川さん、か」

マリノレイコはちょっと拗ねたような表情を浮かべて、ぼくの隣へ腰を下ろした。

「あの人ったらこうやって、いつまでも私を解放してくれないのね。言ってる意味、分かりますわよね？」

「はは、はい」

ぼくもあなたとまったく同じ立場です、という言葉を心の中に響かせる。口に出せ

なかったのは、妙に勘繰られてぼくと六川との仲を誤解されたくなかったからだ。マリノレイコはぼくの横顔を子供のような遠慮のなさで見つめ、しばらく沈黙した。まるでぼくの顔を通して、内側に存在している六川の顔と対峙するかのように。そのしんみりとした緊張感に堪えられずに、ぼくは当たり障りのない質問をした。

「ろ六川はき君にとってどんな恋人だったんです？」

マリノレイコはそう訊かれたことが嬉しかったのか急に頬を緩め、あれこれ考え込んだ末に、

「私ってお喋りでしょう？　時々自分でも嫌になる時があるんですの。でも六川さんは私に喋る暇を与えない唯一の男性でしたのよ」

と告白した。それを聞いただけで、ぼくには六川とマリノレイコがいかに理想的なカップルであったかが分かった。六川の腕枕に埋まって口を閉ざし、朗々と語られる彼の話に聞き入っているマリノレイコの姿が髣髴としたほどだ。黙っている彼女は、他のどんな状態にいる時よりも美しい。つまり六川はマリノレイコを一番美しい状態に保つことのできる男性だったわけだ。

「もちろん身勝手なところもあって、私いつも振り回されっぱなしでしたけど。毎日のように訪ねてくるかと思えば、半年も音信不通だったりして……あなたは今、彼の

ことを〝恋人〟と言って下さったけど、世間一般の恋人同士とはずいぶん様子が違っていたと思いますわ。だってそうでしょう。何て言うか、とても変わった関係でしたの……ああ、そうだわカーテンを付けなくっちゃ」

マリノレイコはしんみりと語っていたかと思うと、得意の方向転換をして立ち上がった。そして台所の方から伊勢丹の袋を持ってくるとカーテンを取り出し、レールに吊るすための金具を取り付け始めた。ぼくは突然手持ち無沙汰になり、彼女の手元を覗き込んだり天井を見上げたりしたあげく、足元の袋からブランデーを取り出し、

「い一杯やりますか」

とまたもや間の抜けたことを言ってしまった。つい先日マリノレイコはぼくの勧めた酒で失敗したわけだし、第一この部屋にはコップすらないではないか。ぼくはすぐに自分の言ったことを後悔し、赤面して「まままだ陽も高いですね」とつぶやきながら壜を袋へ戻そうとした。が、意外なことにマリノレイコは「あらいいですわね」と明るく答え、

「でもコップがないから……このまま飲んでも構いませんの？」

と訊き返してきた。うなずきながらぼくはブランデーの一本を開け、彼女に手渡した。ぼくらは同じ壜から少量ずつ飲み、なんとなく打ちとけて微笑みあった。

「今度は飲み過ぎないから、大丈夫。それにここは私の部屋ですしね」

マリノレイコは吊り金具を付け終え、窓際へとぼくを促した。ぼくらはまるで新婚の若夫婦のように睦まじく協力してカーテンを取り付けた。その間彼女は六川と自分との関係について何か哲学的な感想を述べたが、ぼくはカーテンを取り付ける作業そのものに熱中していて真剣に耳を傾けはしなかった。彼女は例によって実に長々と喋り、結論として「私と六川さんは男同士の友達のようだった、と思うの」と楽しそうに言った。

「つまり夜一緒に寝ることを除いては、ね」

彼女はごく気軽にそう付け加えてから発言の内容を反芻しなおしたのか、不意に真っ赤になって黙り込んだ。その羞恥心はぼくにも伝染し、ぼくらはフォークダンスを踊る小学生のように顔を背けてひそかに甘い溜め息を吐いた。あの夜、すれ違いに六川の部屋へ入って行ったマリノレイコのグラマラスな後姿が思い出される。それが引金になってぼくは、二人が裸になって絡みあっている様子を、まるで最前列で観る映画のワンシーンのように脳裏一杯に想像した。それはきっと素晴らしいセックスだったのだろう。嗅覚を失ってから後ぼくが体験した味気ない快楽とは異なり、互いに相手を頭からばりばりと食い合うような凄まじい快楽だったに違いない。マリノレイコにそういう資質があることは見ただけでも分かる。六川が彼女と完全に別れてしまわずに長く付き合ってきた最大の理由は、おそらくそこにあるのではなかろうか。もちろん逆もまた真なりで、六川が強く女を魅きつけるセックスの巧者であることは彼自身の口からも聞いたことがあった。

——俺は高校三年の時に女を知ってから、完全無欠のセックスを自分のものにするビジョンを打ち立てたんだよ。それは今八十パーセントまで成功している。かなり授業料は高かったし、息子にも辛い試練だったけどなあ。でもまあ何とかホームラン率八割というわけだ。言っとくが打率八割じゃないぞ。俺が仕方なく流し打ちをしてライト前のヒットに甘んじるのは、相手が六十のババアだったり、ゲイだったりする場合だけだ。このあいだ知り合ったスペイン人のフラメンコダンサーは四十五歳で、千本切りを勲章にしているベテラン中のベテランだったけど、その女でさえ俺は終始リードしてホームランをかっ飛ばしたぜ。彼女は俺のことを〝鉄騎兵〟だと言ったよ。これは嬉しかったねえ。なにしろ〝鉄騎兵〟だからな。とはいえ、こんなふうに話しても理解しがたいだろうな。快楽なんて口じゃ説明できないものな。お前が女じゃないのが残念だよ。もしお前が女だったら、俺の鉄騎兵で無嗅覚の壁なんか楽々と打ち破って、もの凄い高みへ連れて行ってやれるのに。

　六川は普段あまり自分の成功を吹聴したりするタイプの男ではなかったが、この時は酒が入っていたことも手伝ってか、実に饒舌に自分のセックスを語った。二十三歳。あらゆる意味で上り坂の頃だった。

　その時の六川の上気した顔を思い浮かべながら、ぼくは黙々とカーテンを取り付けた。マリノレイコも同じく黙り込んで、反対側から順々に吊り具をレールに引っ掛けている。六川の〝鉄騎兵〟を思い出しているのかもしれない。時折放心したように宙を見つめている。

　両側からカーテンを取り付けていって、ぼくらはちょうど中央で肩を触れ合わせた。何とも言えず甘い弾力のある肩だった。ぼくは最後の吊り具を引っ掛けながら、このカーテンレールがどこまでも続いていればいいのに、と思った。そしてマリノレイコの肩の感触から想像される、彼女の体の匂いをイメージしてみようとした。香水をつけているのだろうか。それとも石鹸？　少し汗の匂いがするかもしれないが、それは甘酸っぱく、熟れた果物のように香りたっているのではないか……。

　鼻孔をひらき、その肩先に漂う匂いの粒子を、かけらでもいいから捉えようとした矢先に、彼女は伏せていた瞳を上げた。ぼくらは思いがけぬ至近距離で見つめ合い、写真のシャッターでも待つような具合にしばらく静止した。吊り具を付け終えたカーテンを両側から閉じた状態だったので、室内は仮りの薄暗さに包まれている。居心地の良い、乾いた暗さだ。彼女の顔の左半分はその薄闇に沈み、まばたきを繰り返す眼の白い部分だけが、草陰へ走りこむとかげの背のようにちらちらと輝いている。黙り込んでいる表情のすべてを間近に眺めている内、ぼくは六川が一体どういう気持で彼女を愛していたのか、確信を得た。彼女は、まだ黙っている。右手で青いカーテンの端を摑んだまま、何かを訝るように首を少し傾け、黙っている。ぼくの胸の中に棒状の飴が一本屹立していて、それがゆっくり溶け始め、ぐにゃりと変形するような気がする。何か言おう。何か言わなければいけない。それが彼女を魅きつけるために言うのか、あるいは逆に遠ざけるために言わなければいけないのか、自分でもよく分からない。

「もう少し頂いてもいいかしら……」

彼女はようやく口を開き、握っていたカーテンの縁を放して、ぼくの手に軽く触れた。そしてベッドの傍らまで戻ってブランデーの壜を取り上げ、腰を下ろした。ぼくは胸の中の棒飴が加速度を増して溶け出すのを感じながら、その隣へ座る。ベッドのスプリングが、冷やかしの声のようにキイイと軋む。

ぼくらはそうやってベッドの縁に並んで腰掛け、また黙り込んでブランデーの壜を渡したり渡されたりしながら交互に飲んだ。

「……あの、キリンの枕」

しばらくして、ぼくは自分でも思いがけないことを口走った。喋り出してみると、このベッドを見た瞬間からそのことが気にかかっていたのだと、初めて気付いた。

「あれ、とてもいい枕でした。ぼぼぼくは六川のところに泊まるといつも、あの枕を貸してもらってました。よく思い出すんです。あの……」

「キリンの枕ね。今私が持ってるんですのよ」

マリノレイコは酔いのために潤(うる)んできた瞳を嬉しそうに輝かせてそう言った。

「六川さんが亡くなった後、お部屋へ行ってね。ご家族の方が遺品を整理してたんですけど、そこへ行って頼んだんですの。本当は何か別の……何でもよかったんですけども。あの枕、棄てられるところでしたの。黒いビニールのゴミ袋、あるでしょう。その中へ放り込まれてるのを見つけたら、私、悲しくなってしまって」

ぼくは彼女がキリン枕を抱きしめて泣いているところを想像した。あの木造アパートの急な階段を下りながら、何度も立ち止まり、しゃくりあげている姿が浮かんでくる。彼女は正面から六川の死と向かい合い、悲しみの中に身を置いたのだ。立派だ。なのにお前はどうだ。卑怯(ひきょう)にも東京から逃げ出し、温泉宿のだだっ広い和室の真ん中に寝そべって飲み明かし、ゲーゲー吐いていただけとは。

ぼくは三年前の泣いているマリノレイコの肩に向かって、手を伸ばした。緊張しているわけでも、いやらしい下心があるわけでもない。ごく自然に、彼女の肩を抱いた。彼女は一瞬身を硬くして縮こまったが、すぐに力を抜いて体重を預けてきた。心地好い重さだった。

やがてぼくは彼女の肩を抱いたまま、ベッドにゆっくりと仰向いた。彼女の左の乳房がぼくの左の脇腹に当たり、柔らかい弾力を伝えてくる。ぼくらはその状態のまま一言も喋らずに、一時間近く抱き合っていた。そして青いカーテンの向こう側に本物の夕闇が訪れる頃になって、接吻（せっぷん）を交わし、裸になった。

7

ぼくの父親は、曾祖父の代から数えて三代目の由緒ある左官屋だったという。中学の半ばから祖父の下について修業を積み、一人前になったところで戦争へ行ったと聞く。一枚だけ残っている写真は、出征当時の若々しい姿のものだ。ぼくの母親はこの写真をいつも身につけていて、ことあるごとに取り出しては、

「あんたのお父んはなあ、写真が嫌いじゃったんよ。私と結婚した時ですら、嫌がって写真をよう撮らんかったもの。兵隊さんへ行った時だけは、もう死ぬ思うてたもんじゃけ、こうやって撮ったらしいんじゃ。じゃからこれ一枚だけ」

そう言ってぼくに父親の写真を見せるのだった。

ぼくの父親と母親が初めて出会ったのは、昭和三十五年のこと。つまりぼくが生まれる一年前だ。保険の外交員をしていた母親が、父親が詰めていた飯場へ勧誘に行って出会ったのだそうだ。左官という仕事の危険性を強調した上で生命保険を勧める彼女に向かって、父親はこう言った。

「わしゃこの年んなるまで一人者じゃやけ、死んでも金え受け取ってくれるモンがおらんけえのお。それとも何じゃ、あんたぁが受け取り人になってくれる言うんかや。んならナンボでも生命保険入ったるがな」

これが実質上のプロポーズだったのだそうだ。出会って、その日に二人は岡山市内にある洋風旅館へ行ったらしい。その旅館はぼくが中学生になる頃まで残っていて、買い物などへ行った際にその前を通ると、母親はいつも、

「ここでおまえを作ったんじゃが」

と実に嬉しげに笑って言ったものだ。二人は、今で言う〝電撃結婚〟だった。出会

ったその日に意気投合して最後まで行ってしまい、翌週には一緒に暮らしていたという。そしてぼくは、ちょうど彼らが出会った十月十日後に生まれた。しかしながら父親は、ぼくが生まれる時点ではもうこの世の人ではなかった。母親が「どうやら妊娠したらしい」と告げた日に、作業中の建物に組んだ足場から転落して、呆気なく死んでしまったのだ。その建物というのは、奇しくも後にぼくの通っていた高校の校舎だった。四階の踊り場に面した壁面へセメントを塗りつけている最中に、何の拍子かバランスを崩して落ちたらしい。首の骨を折って、ほとんど即死だった。

周囲の反対を押し切ってぼくを生んだ母親に、ぼくは感謝しなければならないだろう。本当に、よくそんな勇気があったものだと思う。

ぼくは自分の生いたちを考えるにつけ、セックスの一発がもたらす大きな影響に感じ入る。愛とか恋とかそういうしち面倒くさいものを省いた上で、セックスそのものが持つ、男女を結びつける力に驚かされる。

あのがらんとした引越し前の部屋でマリノレイコと寝た夜、ぼくは彼女の髪をゆっくり撫でながら、ずっとそのことを考えていた。彼女とのセックスそのものは、互いに遠慮がちで、爆発的な快楽を伴う内容ではなかった。まるで水すましが水面を進むような具合に体を動かしいつのまにか果てた次第で、六川の〝鉄騎兵〟的セックスとは対極的なものだったと思われる。しかしながらぼくはマリノレイコと深く結びつく自分を感じた。おそらく彼女の方も同じ気持だったろう。大切なのは、快楽の大きさではなかった。セックスをしなければ絶対に滲み出てこない種類の、優しさ。押しつけがましくなく、例えば自分の体が日向で十分に干されたふかふかの布団になって、そこへ相手が横たわってくれるのを待つような気持。そういう柔らかい何かを、ぼくらは胸の内に抱き合っていた。そしてそのことに気付くためには、かえって快楽が邪魔に思えたほどなのだ。

ぼくは出会ったその日に性急なセックスをしてぼくを作った父親と母親を思い、そこに自分とマリノレイコを重ねてみて、懐かしいような誇らしいような気分を味わった。そしてここ数年間ゆだねたことのない深い眠りの中へ落ちていった。

翌週、マリノレイコが引越しをするまでに、ぼくらは三回会った。一回は誘い合って映画へ行き（それはリチャード・ギア主演のつまらないラブロマンス物だった）、二回めはぼくの部屋で。三回めは引越し直前の彼女の部屋で、手料理を食べさせてもらった。

笹塚（ささづか）の彼女の部屋は少し手狭ではあったが、実に居心地の良いワンルームだった。

ぼくは積み重ねられたダンボール箱や、紐のかかった本などの間に腰を下ろし、

「どうしてここから引越す必要があるんだ？」

としきりに尋ねた。半分は、自分の部屋から近いこの場所を離れずにいて欲しいという気持が働いていたためだが。

「見つかっちゃったの」

彼女はいったん仕舞った鍋や皿をダンボール箱の中から取り出しながら、そう答えた。

「みみ見つかった？」

「あら。その辺にいません？　ヒー」

「ヒー？」

「犬なの。ヒーちゃん？」

彼女は鍋を手に立ち上がり、部屋のあちこちへ向けて口笛を吹いた。ややあって、背後の押し入れの奥から低い唸り声が聞こえてくる。

「あら、出てらっしゃいな」

彼女が優しい声で呼ぶと、ようやく犬は姿を現した。気の毒なほど貧相な痩せっぽちのチワワだ。

「おいで、ヒー」

呼ばれるとヒーは警戒心の強い瞳でぼくの様子を窺いながら、わざわざ壁際を通って彼女のもとへちょこまかと移動した。それを抱き上げて頬ずりしながら彼女は、

「この子が大家さんにね、見つかっちゃったの。何年もずうっと、うまくいっていたのに」

「ヒーって、な名前なの？」

「正式名は〝非常食〟って言うの。ひどい名前でしょう？　六川さんが付けたんですのよ」

ぼくは爆笑した。いかにも六川らしいネーミングだ。その痩せてひょろひょろしたチワワの姿はちょうど毛を毟られたニワトリのようで、まさに〝非常食〟という印象だ。ヒーはマリノレイコに抱かれると、急に勇気づけられたのか、ぼくに向かってけたたましく吠えた。貧弱な体のくせに、声だけは一人前だ。マリノレイコに口を押さえつけられ、たしなめられてもなかなか啼き止まない。

「おかしいわね……お客様に吠えるなんて、初めてのことよ」

吠え方があまり激しいので、マリノレイコは顔色を変え始めていた。夜中というにはまだ早かったが、それにしても近所迷惑には変わりない。もしぼくの隣室にこんな

勢いで啼く犬がいたら、思わず気色ばむだろう。そのことが気になって、ぼくは精一杯笑顔を装い、機嫌を取り持とうとした。口笛を吹き、よしよしと呟きながら近づいていく。危害を加える気はないのだと分かってもらえれば、手を嘗めるとは言わないまでも啼き声くらいは収めてくれるだろう。

ところがヒーはぼくが近づくにつれ、ますます激しく吠えたてた。マリノレイコの腕の中でもがき、口の端からは泡さえ吹き出して、ほとんどパニック状態に陥っている。その形相が恐ろしくて、ぼくは思わず一歩退いた。するとヒーはマリノレイコの腕を嚙んで足元へ落下し、野鼠のような素早さで押し入れの奥へと逃げ込んだ。

「だだ大丈夫？」

駆け寄ってみるとマリノレイコの二の腕からは鮮血が一筋、滴っていた。驚きのあまり言葉を失っている様子だ。ぼくはひやりとして辺りを見回し、流しの脇に置いてあったペーパータオルを一枚ちぎって手渡した。

「どうしたのかしら。こんなことって……」

「し知らない人間がいるんで、お驚いたんだろう。ひ引越し前で部屋の様子も変わってるし、こ興奮したんだよ」

傷を負った彼女の腕を覗き込みながら、ぼくは落ち着いた声で言った。が、本当は彼女よりもさらに驚いていたのだ。これほどまでに逆上して騒ぎたてる犬を見たのは、初めてだった。

「それにしても私を嚙むなんて……」

マリノレイコは二の腕をペーパータオルで押さえたまま、ダンボール箱の間を縫(ぬ)って押し入れへ近づいた。

「ヒー？」

奥へ呼び掛けると、低く弱々しい唸り声が返ってくる。ぼくもそっと近づき、彼女の肩越しに覗き込んだ。ヒーはがらんとした押し入れの一番隅っこに、ぐったりと横たわっていた。すっかり元気を失った様子で四肢を伸ばし、舌を出して細かい呼吸を繰り返している。にもかかわらずぼくと目が合うと後ずさろうとし、牙を剝(む)いて軽く唸るのだ。

マリノレイコは腹を立てて「勝手になさい」と言い残し、台所へ戻った。そしていつも通りのまわりくどさでこれから作る料理について話し、ぼくは時折相槌(あいづち)を打ちながら曖昧に耳を傾けた。どうやらマーボドウフと陸(おか)ヒジキのおひたしという献立らしい。空腹ではあったが、料理への興味は半減してしまっている。

ヒーのぼくに対する反応は、はっきり言って異常だった。ぼくの中のどの部分があれほどまでに犬を混乱させたのか？　そのことがどうにも気にかかった。今まで、犬に好かれこそすれ嫌われたことなど、ただの一度もない。確かに犬の糞については敵意を持っているが、犬自体に関しては愛情を感じているつもりだ。ヒーというチワワにしても、六川が名付けたということだけで無条件に友情を抱きかけたのに。それともぼくの中に、あの犬だけにしか分からない危険な何かがあったのだろうか？

「はい出来ました。ヒーは御飯抜きよ」

やがてマリノレイコは大きめのダンボール箱をテーブルに見立て、出来上がった料理を並べ始めた。まるでままごとのようだな、と微笑みながらぼくもそれを手伝おうとする。と、その矢先。押し入れから黒い小さな影が飛び出し、一直線にぼくの肩へぶつかってきた。息を飲んで振り向く。瞬間、影はもう宙を舞っている。マリノレイコの短い叫び声。ヒーがぼくの背中を踏み台にして、窓の隙間目掛けてジャンプしたのだ。その小さなスピードの塊は十五センチほど開いた窓の隙間を抜け、表の景色の中へすっと消えた。

「大変……」

部屋は、三階にあった。マリノレイコは裸足のまま表へ飛び出していった。ぼくは窓を開け放ち、身を乗り出して真下を眺めた。が、そこにはもう姿はない。見ると建物の右手へ延びる砂利敷きの私道を、一目散に駆けて行くヒーの姿があった。三階から落下した後とは思えない力強さで、逃げていく。マリノレイコの足では到底追いつきそうにない。

　そしてヒーはそのまま姿を消してしまい、二度とぼくらの前には現れなかった。

　もともと犬を飼う飼わないのトラブルが原因だったのだから、その失踪によって、マリノレイコの引越しは本来の目的を失ってしまった。彼女はすっかり元気をなくし、引越しの当日までの二日間で四キロも痩せた。ろくに食事も取らずに町内中探し回ったのだから、無理もないが。

　ぼくらは『尋ね犬』の文句を書いた紙にヒーの写真を添付し、コピーを取ってあちこちへ貼って歩いた。写真はかなり古いもので、ヒーを抱いたマリノレイコと、その肩に手を回した六川の姿まで写っていた。

「ヒーの写ってる部分だけ切り取った方がいいかしら？」

と、彼女はコピーを取る前に訊いた。

「いや、こ、このままの方が、いかにも大事にしている犬らしい感じが出てて、いいんじゃないかな」

ぼくはそう答えて、鋏を入れずに添付することを勧めた。しかしながら実際に一枚一枚電柱やブロック塀へ貼りつけて回ってみると、妙な錯覚に囚われる自分に気付いた。何だか犬ではなくて、六川のことを探しているような気になってしまうのだ。

写真は、おそらくセルフタイマーで撮ったものだろう。背景に、マリノレイコの部屋のベランダが写っている。六川はあの優しげな瞳で微笑み、マリノレイコの肩を抱いて力強く自分の方へ引き寄せている。これほど自信に満ちた様子で、ぼくは彼女の肩を抱けるだろうか……。

ごく自然な成り行きとはいえ、マリノレイコと関係を持ってしまったことが、六川への後ろめたさとなって胸を塞ぐ。死者に遠慮する必要などない、というのは言葉の上だけのことだ。相手が死者だからこそ、遣り場のない申し訳なさが蟠る。しかしだからといって、数年ぶりにぼくの自宅鎖国状態の間隙をついて入国してきた女性を、あっさりあきらめる気にはなれない。

そういう複雑な心境で、ぼくはマリノレイコと行動を共にしていた。とはいえ、実際にセックスをしたのは、カーテンを付けた後の一回きりだ。それ以後はせいぜい手を握りあって眠る程度のことで、性的な関係は深まっていない。六川を長兄とする、兄妹。たとえて言えば、そんな関係に近かったろうか。

彼女と一緒に犬探しに没頭した二日間、ぼくは自分の部屋へも戻らなかったし、酒も飲まなかった。生活がいつもの単調さを失ったおかげで、アルコールの助けを借りなくても眠れたのだ。たった一晩の禁酒で、ぼくの体は見違えるように軽くなった。いつもの朝、起き抜けに胃の腑から背中にべったりと張りついている泥。その汚れた重みが、ぱさぱさに乾いて剥げ落ちたような感じだった。

ところが、実際にはぼくの体はひどく病んでいたのだ。本人であるぼくですら分からなかったのだが。もちろんマリノレイコも、ぼくの体の異常には気付かなかった。知っていたのは、犬だけだったのだ……。

8

その朝、ぼくは犬たちの遠吠えで目が覚めた。

ベッドの上で何度か寝返りを打ち、その声を遣り過ごそうとする。眠りが足りないのだ。昨夜、マリノレイコの部屋から戻ったのが明け方の五時半。枕元の時計を見るとまだ十時半だから、五時間ほどしか眠っていない。ぼくは枕を抱きしめ、足に絡めた毛布を全身へ巻きつけて惰眠を貪ろうとした。が、うとうとしかけると、犬の遠吠えが眠りを切り裂く。何とも哀切な、無視できない声だ。あきらめて耳を澄ますと、どうやら一匹ではないらしい。複数の犬が息を揃えて吠え、それに呼応して別の場所の複数が吠えるといった具合に、町内じゅうの犬が騒いでいる。まるで犬の輪唱だ。始めのうちは、眠りを妨げられた腹立たしさだけがあった。しかしながらあまりにも長い間続くので、徐々に不安が頭をもたげてくる。何かあったのだろうか？　近所で大火事が発生しているとか……。

そう思い至ると、一気に目が醒めた。あわてて起き上がり、表の様子を窺おうとしてベランダへ駆け寄る。寝起きのためか、体のキレが悪い。そのせいで、跨ごうとしたサッシの縁に左足の小指を嫌というほどぶつけてしまった。火の玉のような痛みが足の小指から脳天へ突き抜ける。ぼくは鋭く呻いてベランダへ倒れこんだ。足を抱えこみ、丸くなったまましばらく動けなくなる。まるで足首から下を地雷で吹き飛ばされたような痛みだ。

——折れたかな。

薄目を開けて、おそるおそる左足の小指を観察する。反対側へ『く』の字に折れ曲がっている様子を想像したが、見たところは何ともなさそうだ。ほっとしたとたん、辺りに響き渡っている犬の遠吠えが甦ってきた。当初の目的を思い出し、しかしながらすぐには立ち上がれそうもなかったので、ベランダに横たわったまま付近の様子を眺め回す。

一見して大災害が勃発した気配はない。晴れ渡った空のもと、いつもの変わらぬ平和な住宅街の風景が広がっている。違うのは、そこらじゅうから犬の遠吠えが聞こえるという点だけだ。

マンションの隣に去年建った、地味な二階家。その狭苦しい庭の中央に、いかにも素人が日曜大工で作った感じのひしゃげた犬小屋があって、柴犬が鎖に繋がれている。いつだったかその家の子供が「チロ」と声高に呼んでいるのを聞いたことがある。穏和で物静かな性格らしく、家の前を通る歩行者に吠えているところなど見たこともない。そのチロが、空を仰いで長い遠吠えを漏らしている。息の続く限り引き伸ばして啼いては、がっくりとうなだれ、呼応して啼く他犬の遠吠えに聞き入る。ややあってまた切なそうに啼く。その繰り返しだ。

「これ、チロ！　静かになさいったら！」

サンダルをつっかけたその家の主婦が脇に立って、しきりに窘めている。が、効果はない。チロは頭を叩かれても鼻面をぎゅっと押さえ込まれても、吠え続けている。

何かに敵意を燃やしてそうしているのではなく、内側から湧き上がるものがあって仕方なく遠吠えしている、といった風情だ。その証拠に、瞳だけは申し訳なさそうな色を湛えて時折主人の顔色を窺っている。「実は私自身も困惑してるんです」と訴えているかのようだ。

　そこへ、道を挟んだ向かいの家から、もう一人の主婦が犬を連れてやってくる。こちらの方はスピッツ系の雑種で、チロよりも一回り小さい。普通、犬というのは散歩へ行くとなれば発狂寸前のハシャぎぶりで主人を引っ張り回すものだが、このスピッツ系雑種はちょっと様子が違った。ひどく脅え、外出を嫌がって後ずさりしているのだ。主婦の方はそれを無理やり引きずって、舗道にジャジャジャジャと抵抗する爪の音を響かせながら隣家を訪ねた。

　主婦たちは短い挨拶の後、

「どしたのかしらどしたのかしら」

と口々に言いあった。その横で二匹の犬は、じゃれ合うわけでもなく、向かいあって遠吠えのデュエットを奏でている。互いに同志を目の前にした心強さからか、先程よりも一層大きく哀切に吠え続ける。

　やがて主婦たちは互いに犬を引き連れ、散歩へ出掛ける算段をまとめた。もしそれでも啼き止まないようならかかりつけの獣医まで連れていきましょう、という計画であるらしい。二人は、その場に居残って遠吠えし続けようとする犬たちを叱りつけ、追い立てながら、駅の方角へと出掛けていった。

ぼくはベランダに横になったままその一部始終を眺め、主婦たちと二匹の犬を見送った。が、彼らが去ったからといって、辺りが静かになったわけではない。この五階のベランダから見渡せる住宅街の風景、そこに飼われている数百数千という犬たちは相変わらず疲労するでも反省するでもなく、吠え続けていた。

ぼくは打撲のために見る見る膨れ上がった左足の小指を用心深く観察し、軽く触れて痛みの程度を計りながら立ち上がった。踏ん張ろうとすると、思わずオペラ歌手のような声を上げてしまうほどの激痛が走る。犬どもの遠吠えも確かに気掛かりではあるが、当面はこちらの方が問題だ。

一足ごとにオウオウ唸りながら、とりあえず室内へ戻る。前のめりにベッドへ倒れ込み、あらためて事態の深刻さを噛みしめる。ただうつ伏せに寝ているだけでも、相当痛いのだ。間の悪いことに、その日は昼からマリノレイコの引越しを手伝う約束があった。小一時間ほどで、この激痛が治まるだろうか。

三十分ほどその状態のままじっとしていたが、痛みは治まるどころか勢力範囲を大幅に広げ、足首のあたりまでが鈍痛に覆われた。仕方なく受話器を取り、マリノレイコの番号を回す。もしかしたらもう電話機を取り外しているかもしれないという危惧(きぐ)もあったが、呼出音が響くか響かないかの内に彼女の声が返ってきた。

「ああ、あの武井ですけど」

ぼくは哀れっぽい声で小指の悲劇について説明し、悪いんだけど医者へ寄ってから手伝いに行くのでかなり遅れそうだと告げた。

「私の方なら引越屋さんも来るし、大丈夫だから」

彼女は優しい声でそう答えた。声の調子にいつもの張りがないのは、たぶんまだヒーが見つからないからだろう。そのことを思い出してぼくは、

「ヒーは、まだ？」

と訊いた。

「まだなの。今朝も町内を一周して探したんだけど、影も形も見当たらなかったわ。貼り紙の反響もないし……」

電話の向こうでがっくりと肩を落とし、ベソを掻きかけている彼女の姿が髣髴(ほうふつ)とした。ぼくは慰めの言葉をいくつか頭の中でこねくりまわし、結局は、

「ででも大丈夫だよ」

と毒にも薬にもならないことを言った。そしてその後に続く間の悪い沈黙を嫌い、

「……そっちの方、近所の犬が騒いでない？」

「あら、聞こえる？」

「いや、この辺りでもすす凄いんだよ。町内じゅうの犬が遠吠えして」

「下北沢の方もそうなの？」

　マリノレイコは好奇心が働いたのか、しばらくの間いつもの饒舌を取り戻した。彼女によれば、今朝方ヒーを探しに表へ出た時は一匹も騒いでいなかったという。十時半頃、辺りが暖かくなるにつれ騒ぎ始めたらしい。

「何だかどの犬も、こう、苦しそうなのね。何かが堪らなく嫌で、悲鳴を上げているみたいなの。何かが起こるのかしら……」

「そそそれは考えすぎさ。実際何も起きちゃいないだろう」

「ええ。それはそうなんだけど……」

　話の最中に、引越屋が来たらしい。マリノレイコの声が一瞬受話器から遠ざかり、戸口へ向かって「どうぞ」と叫ぶのが聞こえる。

「じゃあ急いで医者へ行くよ」

「私の方は本当に無理して来なくていいのよ。もともと一人でやるつもりだったんだし。あなたの足の方がずうっと大切なんだから」

てくる。

「ありがとう」

ぼくは心から感謝して受話器を置いた。同時に、犬どもの遠吠えが新しく耳に甦ってくる。

下北沢の駅から小田急線の線路沿いを二、三分歩いたところに、『大垣総合病院』という看板だけは立派な病院がある。内科外科に始まり、婦人科、皮膚科、耳鼻科、泌尿器科、眼科に至るまで、ありとあらゆる病気に対応している。さぞや専門の医師が何人もいて忙しげに立ち働いているのかと思いきや、その実医師はたった一人しかいない。大垣一郎太という、年寄りのくせにやたら元気のいい院長だ。別に腕が良いというわけでもないのだが、あらゆる病気の治療が一ヵ所でまかなえる便利さと院長自身の人徳のためか、付近の年寄り連中には評判が高い。

ぼくが初めてこの病院を訪れたのは母親が亡くなったすぐ後だから、もうずいぶん前の話だ。嗅覚に異常をきたしたことに気付き、最初に通院したのがこの大垣総合病院だった。大学病院へ行ったのは、ここの院長の紹介だ。以来、風邪をひいたり腹痛を起こしたりする度に、何度か利用している。ぼくの場合は近所の年寄り連中とは違って、院長の人柄にひかれたわけではなく、ただ単に他の医者を探すのが面倒臭いだけなのだが。

　さて左足の小指を痛打したぼくはまともに歩くこともかなわず、久々にシトロエンを駆って大垣総合病院を訪れた。大したことがなければ、そのまま車でマリノレイコの引越し先へ乗り付けようという肚（はら）だった。

　受付に保険証を出したのは十二時少し前。昼休みの寸前だからか、待合室に患者の姿は一人もなかった。長椅子に座って一、二分待つと、ひどく喉が乾いた。これはいつものことだ。病院の待合室にいると、別に空気が乾燥しているわけでもないのに、喉の粘膜がからからに干上がってしまう。昔、病院へ行くと母親によく言われたものだ。「唇をぺろぺろ嘗めるのを止めんせえ」と。あの頃は病院内に漂う消毒液の匂いが、ぼくの喉を乾かすのだとばかり思っていた。

　診療室へ通じる扉の横に掲示板があって、そこにはもう数年前から同じポスターが貼ってある。『さまざまな皮膚病』というタイトルのついた、皮膚病症例の紹介ポスターだ。正直言って昼飯前にはあまり見たくない種類の写真がいくつも載っているので、待合室で順番を待つ患者たちは、できるだけこのポスターから目を逸らそうとする。と、視線を動かした先には大袈裟な額縁に入った何枚かの賞状、長い年月のためヤニ色に黄ばんだ魚拓（ぎょたく）の数々などが飾られている。大垣一郎太院長は、診察の際に待合室の賞状または魚拓について尋ねられることを、至上の喜びとしているのだ。特に初診の患者は、このどちらかについての質問をしないと、ぞんざいな治療しか受けられないことになる。

ぼくは名前が呼ばれるまでの五分ほどの間に、比較的新しい魚拓を発見し、左隅に記されている昨年の日付を記憶した。ちょうどそこへ診療室の扉越しに、

「武井君どうぞ」

と院長自身の声が響いてくる。張りのある、まるで四十代のような声だ。その威勢の良さにつられ、つい左足を踏ん張って立ち上がってしまい、ぼくは短い呻き声を漏らした。受付にいた看護婦が駆け寄ろうとするのを目で制して、診療室へ向かう。

大垣一郎太院長は数年前に会った時と同じ容貌、同じ恰好で、同じスチールの机に向かっていた。過去ぼくを診察した際のカルテを引っ張り出してきて、読み返しているらしい。足を引きずりながら入っていくと、彼は老眼鏡と額の隙間から一瞥を投げ、下士官の敬礼を受け流す上官みたいに、鷹揚に右手を上げて見せた。

「掛けなさい」

勧められて回転イスに腰を下ろすと、院長はカルテを置いてぼくと向かい合った。真っ白い顎鬚と、大きなイボのある眉。額は後頭部まで禿げ上がっているが、シミひ

とつなく、かえって若々しい印象だ。

「どうしたね」

明治生まれの老医師は顎鬚を撫でながらそう尋ねた。たぶん耳が遠いのだろう。至近距離なのに、ものすごい大声だ。ぼくはたじたじとなりながら、

「ああ足のだだ打撲です。左足のここ小指」

と答えて左足をちょっと持ち上げて見せた。老医師はなるほどとうなずいて身を屈めかけ、ふと動きを止めた。ほんの一瞬、その横顔が曇るのをぼくは見逃さなかった。とたんに魚拓のことを思い出し、

「あのき去年の七月につつ釣ったのは、あれはメメメバルですか」

と、我ながら唐突に言った。しかしながら老医師は表情を緩めることなく、渋い顔で看護婦に「君、換気扇」と命じた。中年の太った看護婦は既に換気扇の下にいて、スイッチを引っ張ろうとしているところだった。

「ここへ足をのせなさい」

老医師は自分の膝をぽんと叩いて言った。ぼくは何故彼が換気扇を回させたのか理解できず、ひょっとして足が臭いのだろうかという危惧も湧いてきて、おそるおそる靴下を脱いだ。

「あれはメバルではなく、スズキだよ君」

彼は膝の上にのったぼくの左足を診察しながら、そう言った。いつもなら、言葉の後に闊達な笑い声が続くはずだった。ところが今日は眉間に皺を寄せ、溜め息まで吐く始末だ。小指をいじられ、呻き声を漏らしながらもぼくは老医師の反応を心の隅で訝っていた。

「……恐らく骨折はしておらんだろう。君、レントゲン」

老医師は机に向き、カルテに何事か書きつけた。ぼくは看護婦の手を借りてレントゲン室へ行き、天体望遠鏡で夜空を観測するような椅子に座らされた。その際に気付いたのは、看護婦の反応だった。彼女はぼくに肩を貸してレントゲン室へ歩く間、息を止めていた。ぼくは今朝起きてから、足の痛みのためにシャワーを浴びていないことを思い出し、青くなった。

——息を止めなければならないほどひどい匂いがするのだろうか。ぼくの体が？

ぼくは看護婦の指示を上の空で聞き、いつのまにかレントゲンを撮り終えた。再び老医師のもとへ戻る間も、看護婦は唇を真一文字に結んで息を止めていた。

現像が上がる間。普段ならこういう時間に、釣りの話が出るはずだった。しかしながら老医師は深刻な顔をして、カルテを睨みつけている。ぼくは段々不安になってきた。こちらから尋ねてみるべきだろうか。臭いますか、と。

「君、鼻の方はどうなんだ」

ややあって老医師の方から水を向けてきた。間近で注意深く観察すると、口だけで息をしている。

「いえあの、相変わらずで、ぜぜ全然匂わないんです」

老医師は、そうか、と残念そうにうなずき、顎鬚を撫でて間を置いた後、

「時に君は以前からあれか、ワキガの体質だったかね」

とやや声を低めて訊いてきた。ぼくは愕然として、思わず「いいえ」と大声を上げた。

「そそそんなことはまったく……ぼぼぼく臭います？」

「うむ」

老医師は真摯な表情をぼくに向け、

「これは君、問題ありだな」

「けけ今朝風呂に入らなかったから、そそそのせいでしょうか」

「いや。風呂とかそういうレベルの問題ではない。診ようか？」

「ぜぜぜぜひお願いします」

「では上を脱ぎたまえ」

言われるままにぼくはTシャツを脱ぎ、両腕を上げた。腋の下に、軽くツネられたような痛みがある。老医師は診察のために椅子を前へ出して近付こうとし、途中で不意に「ウッ」と唸った。

「驚いたな……」

指先で鼻をつまみ、

「こいつは強烈だ」

「そそそんなにひひひどいですか」

老医師はぼくの問いには答えず、ただ頭を振りながら「前代未聞だ」と呟いた。

「あるいはこの場合、前代未嗅と言うべきか」

そう付け加えたのは、患者をリラックスさせる冗談のつもりだったのだろう。が、ぼくは微笑む気にもなれず、着地直後の体操選手のようにバンザイの姿勢を保ったまま、不安のあまり背後へひっくり返りそうだった。

「普通のワキガ臭とは違うようだが……、君、腋の下が腫れとるじゃないか」

「いやそそそれはあああ汗疹です」

「汗疹？　馬鹿を言うな」

老医師は左手で鼻をつまんだまま、右手で指診を始めた。腋の下からかなり離れた場所、ちょうど左乳首の上あたりをぐいっと押す。思いがけず鈍い痛みがあって、ぼくは身を引いた。

「痛むだろう？」

「ははははい」

「胸のあたりまで腫れが広がって、熱を持っとるぞ」

鼻をつまんで喋っているため、老医師の声はまるでドナルド・ダックのようで真実味に欠ける。腋の下から胸まで腫れてる？　にわかには信じられずにぼくは不自然な具合に首をひねり、自分の腋の下を観察した。どう見ても、腫れ上がっているようには見えない。腋毛が邪魔をしているせいだろうか。確かに腋毛の生えている皮膚の表面が、薄すら赤みを帯びているのは認められる。しかしそれは長年悩まされてきた汗疹としか思えない。

「ははは腫れてますか？」

「腫れとるじゃないか、両腋とも。ほら……」

老医師の指先が容赦のない力で腋の下を押す。同時に、ものすごい悪寒が腋の下から全身に走った。痛み、というよりも吐き気の前兆みたいな感覚だ。思わず脱力してしまい、差し上げていた両腕を下ろして身もだえる。

「汗腺炎だろうか……それにしては……」

老医師はカルテに何か書きつけ、まだぼくの方へ向き直って腕を上げるよう要求しかけた。そこへ中年看護婦が右手でレントゲン写真、左手で自分の鼻をつまんで現れた。不快の色もあらわに彼女はレントゲン写真をライトボックスの上に載せ、スイッチを入れた。明かりが灯り、ぼくの左足の骨の様子が浮かび上がる。老医師は一瞥をくわえただけで、

「ああ捻挫だな」

と呟き、入口脇の寝台へ横になるようぼくに命じた。ぼくは腋の下を押された際の悪寒から立ち直れず、動き出す気力が湧いてこない。

「さあ横になって」

苛立たしげに看護婦が急かす。ぼくは左足の痛みも上の空で寝台まで歩き、ロボットのようにぎこちなく横たわった。看護婦はどこから持ってきたのか、書類を挟む銀色の大きなクリップで鼻をつまみ、自由になった両手で湿布の準備をしている。

「……どうしたんですかこの匂い？」

それまで受付の方にいた若い看護婦が顔を覗かせ、ぼくと目が合うと急に口を噤ん

だ。ぼくは恥ずかしさで真っ赤になり、唇を噛む。うつむいて腋の下へ鼻を近づけ、無駄とは知りながらも呼吸してみる。何も匂わない。

「いくつか質問をしてもいいかね」

二人の看護婦によって足の手当てを受けている間、老医師はぼくの頭の近くへ椅子を引き寄せ、相変わらず片手で鼻をつまんだまま訊いてきた。

「今までワキガの体質ではなかったのだね？」

「ちち違います」

「もう一度腕を上げて……や、片方だけでよろしい。あー、やはり腫れてるなあ。気が付かなかったのかね？」

「いえあのななな何となくぴぴぴぴりぴりする感じはあああありました」

「いつごろから？」

「……いいい一週間くらい前です」

「不潔にしていたろう？」

「まままさか！」

ぼくは足の手当てをしながら耳をそばだてている若い看護婦にも聞こえるよう、必死で否定した。

「膿の臭いなのか、それとも……。リンパ腺の腫れにしては……」

老医師は独り言のように呟きながら、何度も腋の下を押した。そのたびに全身を駆け抜ける堪え難い悪寒のために、ぼくは気が遠くなった。

「一週間くらい前に風邪をひいたりしなかったかね。或いは君、薬のアレルギーは？今まで服用したことのない薬を使った記憶はないかね」

ぼくは気絶する寸前のところで踏みとどまり、ぼんやりと一週間前の記憶を探ってみた。風邪をひいたことも、薬を服用したこともない。一週間前といえば、マリノレイコが初めてぼくの部屋を訪れた翌日だ。あの朝、シャワーを浴びた後に腋の下がぴりぴりしたのを覚えている。ベビーパウダー？　そうだベビーパウダーが悪くなっていたのだ……。

「べべべベビーパウダーが、へへへ変質してて……」

「ベビーパウダー？　初めて使用したものかね？」

「いえ、いいいつもつけてたヤツですが」

「しかしカブレではないものなあ」

老医師は考え込んだ。看護婦たちは左足の手当てを終え、いつのまにか窓際へ退避している。急に診察室内が静まり返り、換気扇の回る音が際立ち始める。モーターが唸っているように聞こえるのは、たぶん窓外から響いてくる犬どもの遠吠えだろう。もう昼過ぎだというのに、一向に収まる気配もない。

「切開してみるか」

やがて老医師は顎鬚をいじりながらそう漏らした。

「せせせ切開って、きききき切るんですか！」

「汗腺炎を起こして膿んでいるのだとしたら、膿をしぼり出すのが一番手っ取り早い方法だよ君。なあに、切開といってもほんの一センチだ」

「いやしししかし……」

「君たち、切開の準備」

老医師は振り返って看護婦たちに告げた。そして自らも手を洗いに、いったん洗面所へ消えた。ぼくはおろおろして室内を見回し、しかしながら立ち上がって逃げ出すわけにもいかず、結局は観念して待つしかない自分を再確認した。ステンレス製のトレイの上に揃えられるメス。大量の脱脂綿。軟膏の壜。包帯……。鼻をクリップで挟んだ二人の看護婦は、実に手際よく切開の準備を進めている。やがて中年の方の看護婦が剃刀(かみそり)を片手に近づいて来、

「腕を上げて」

と鼻詰まりの声で高圧的に命じた。ぼくは剃刀のぎらぎらした光に恐れをなし、顔を背けてしっかりと目をつぶった。左腕を上げると、何かクリームのようなものを塗りつける感触がある。続いて、剃刀のひやりとした感触。腋毛を剃っているのだ。

「はい右側も」

顔を左側へ背け、剃られた方の腋の下をひそかに観察する。粗雑な剃り方で、所々残っている毛が何とも無残な感じだ。剃刀負けして、血が滲んでいる箇所すらある。中年看護婦が剃り終えると、そこへ若い方の看護婦がやって来て濡れた脱脂綿をこすりつける。匂いは分からないが、たぶん消毒用のアルコールだろう。塗りつけられる際に、ぼくはまた例の悪寒を感じて声を上げそうになる。

「よろしい。メスを」

ふと目を開けると、手を洗い終えた老医師が傍らに立っていた。中年の看護婦に目くばせして、メスを受け取る。ぞっとして身を硬くすると、上げていた左腕が自然と縮こまった。

「君、腕を押さえて。武井君、力を抜きたまえ」

若い看護婦がぼくの左手首を、中年看護婦が胴体を押さえつける。ぼくはますます全身を緊張させ、息を飲んだ。動悸が激しくなり、耳の後ろやこめかみが脈を打ち始める。視覚が異常なほどはっきりとし、近づいてくるメスの切っ先を拡大して捉える。全身の血液が逆流し、左腋の下へ向かって一直線に流れ込もうとする。

「ままま麻酔は？　麻酔！」

　ぼくは叫んだ。しかし老医師は硬い表情で、

「そんな大袈裟なものではない。膿の出る穴を開けるだけだ」

　言いながら素早くメスを腋の下へ突き立てた。

「あッ！」

　とてつもない痛みが、腋の下から飛び出してきた。ぼくの体はその痛みを拒否しようとして、大きくバウンドした。同時に、驚いた老医師の手からメスが離れ、宙に舞う様子がスローモーションで目に映る。

「こら！　君……」

　必死で叫ぶ老医師の顔。その表情の変化も、スローモーションだ。目を見開き、一語ごとに口元へ皺が寄り、鼻孔がぷくっと膨れて……。彼が鼻から息を吸った様子をぼくの瞳ははっきりと捉えた。

　次の瞬間、老医師は獣のように呻いた。ちょうど、町じゅうで騒いでいる犬どものように。顔を歪め、叫び声を長く引っ張った末に、彼は嘔吐した。胃の中で溶けかけ

ていた朝食のすべてを、ぼくの腹の上へぶちまけた。決壊したダムのような勢いだった。

「先生！」

ぼくの胴を押さえていた中年看護婦が叫ぶ。若い方の看護婦は吐瀉物を避けてぼくの腕を放し、素早く後ずさる。老医師は嘔吐したその勢いで、アッパーカットを食らったボクサーのように背後へひっくり返る。

「先生！　先生！」

中年看護婦がそばへ駆け寄る。ぼくは腹の上の吐瀉物を手の甲で払いのけ、足の痛みも忘れて立ち上がった。老医師は寝台の足元へ仰向けに倒れ、白目を剥いている。喉の奥からごぼごぼと気味の悪い音を響かせて、時折手足を痙攣させる。

「ちょっとあなた、手を貸して！」

中年看護婦がぼくに向かって声を張り上げる。老医師の足を持って、寝台に担ぎ上げろと言うのだ。若い方の看護婦がようやく自分の職分を思い出したのか、駆け寄ってくる。ぼくらは三人がかりで老医師の体を持ち上げ、寝台の上へ横たえた。ぼくの体も、老医師の胸元も、診療室の床も、吐瀉物が飛び散ってひどい有様だ。

二人の看護婦は顔色を変えて、老医師の腕の脈を計ったり、喉の中に溜まった嘔吐物を掻き出したりしている。その横でぼくはただ茫然として、立ち尽くす。一体何が起こったのか、よく分からなかった。ややあって、左の腋の下が鈍く痛み始める。右手で触れてみると、血膿が指先にぬめった。辺りを見回すと、スチール机の上に脱脂綿があったのでそれを当てがう。

「ヨーコさん。先生の方は私やるから、患者さんの腋の下。絆創膏お願い」

ようやく息を吹き返した老医師の様子に安心したのか、中年看護婦が若い看護婦に命じる。その言葉にぼくがほっとしたのは言うまでもない。若い看護婦は立場上「はい」と素直に答えたが、いざぼくの腋の下へ絆創膏を貼る段になって、露骨に嫌そうな顔をした。

「絆創膏を貼ったら、今日のところはお引き取り下さい。治療については先生と相談して、後日ご連絡しますから」

中年看護婦は老医師の口の周りをガーゼで拭った後、事務的にそう言った。ぼくは乱雑に貼られた絆創膏の具合を気にしながら、うなずいた。脱衣籠の中からTシャツを取り上げ、素早く袖を通す。ああ大丈夫だ、と呟いている老医師の言葉が背後の寝台から響いてくる。Tシャツを被り終えてから横目で窺うと、老医師はよろよろした足取りで洗面所へ向かうところだ。左手で、しっかり鼻をつまんでいる。

ぼくは挨拶もせずに診療室を飛び出し、待合室を抜けた。頓着せずに歩いたので、急に左足がうずき始める。湿布をしているためにスニーカーが上手く履けず、玄関先で苛々してしまう。

病院の玄関扉を押し開くと、そこらじゅうから聞こえてくる犬の遠吠えがぼくを取り囲んだ。ぼくが表へ出たとたんに、一際高くなったような気がする。

――前代未嗅と言うべきか。

老医師が口にした他愛もない冗談が、脳裏に甦ってくる。一体どんな匂いなんだ？　ぼくは人気のない裏通りを急ぎながら、しきりに腋の下へ鼻を押しつけた。無嗅覚は承知の上で、そうせずにはいられない。シトロエンが停めてある場所までの数百メートル。ぼくは腕組みをするような恰好で、両方の腋の下を掌で押さえ、左足をひきずって歩いた。老医師の吐瀉物の名残で、胸のあたりがべたべたする。正直、声を放って全面的に泣き出したい気分だった。

落日とともに犬たちの遠吠えは徐々に収まっていき、午後七時半頃になると辺りはいつもの静けさを取り戻した。しかしながらぼくが抱え込む羽目になった不安は、収まるどころかますます巨大に膨れ上がっていくばかりだった。

大垣総合病院を出た後、ぼくは自分の部屋へ戻り、マリノレイコへ連絡も取らずに一人で悶々としていた。左足の小指はもとより、切開されたままの左腋の下もひどく痛み、いずれにしても引越しの手伝いどころではなかった。それに腋の下の匂いのことを考えると、表へ出る勇気さえ湧いてこない。

とはいえ一人で考え込んでいても、事態は何ひとつ進展しない。一番の問題は、匂いがどの程度なのか、ということだ。ぼくの体は今、どれくらい臭いのか？　しかしこの疑問は、どうがんばってみてもぼくには答えようがないのだ。ならば誰かを呼んで、実際に匂いを嗅いでもらうしかない。頼める人物は、マリノレイコをおいては他にいないだろう。しかしこんなにも恥ずかしく、屈辱的なことがあるだろうか。一体どんな顔をして訊けばいいのだ？

「どう？　どれくらいクサイ？」

陽気に訊いても陰気に訊いても、うまくいきそうにない。第一臭さが分かったからといって、何がどうなるんだ。例えば彼女が「死ぬほど臭いわ」と言って、あの老医師のように吐いたとしたら？　それはぼくの置かれている立場を、ますます不利な状況へ追い込むことにしかならない。やはり一人で解決するしかないのだ。しかし解決するといっても、ぼくには〝解決したかどうか〟が分からないではないか。ということは遅かれ早かれ、誰かに匂いを嗅いでもらわないことには……。

まるでメビウスの帯の上を歩いているような気分だった。半日の間、ぼくはあれやこれやと考え続け、堂々巡りをし続けた。もちろんその間、何の行動も起こさなかったわけではない。まず帰宅してからすぐにシャワーを浴び、三十分もかけて体じゅう念入りに洗った。切開したばかりの左腕の下まで、痛いのを我慢してヘチマでゴシゴシ擦ったほどだ。当然傷口が開き、ヘチマは血に染まった。足元へ流れ落ちる湯がコンソメスープのような色に濁る様子は、ヒッチコックの映画を髣髴とさせた。しかしシャワーを止め、よくよく傷口を観察してみると、大量に流れ出たのは血液ではなく、大部分が膿のようなものであることが分かった。ついでに無傷の方の腋の下も観察すると、毛を剃られて何だか卑猥な感じに剝き出しになっている地肌の下が、なるほど腫れ上がっている。指で押してみると、例の気が遠くなりそうな悪寒が体を走り抜ける。

次にバスルームを出てから、傷口に軟膏をすりこみ絆創膏を当てがい直して、オードトワレを体じゅうにふりかけた。これはいつも外出前にほんの数滴使用していたものだが、ここぞとばかりに一壜のおよそ半分を使った。何だか息苦しくなったのは、揮発性のアルコール分がぼくの体の周りを取り巻いたからだろう。おそらくこの時マッチを擦ったなら、ぼくの体はカフェロワイヤルのように青白い炎に包まれたはずだ。しかしそれでも安心できずに、髪にはヘアリキッドをつけ、練り歯磨きを大量に使って歯を磨き、三十分もしない内にもう一度シャワーを浴びた。

そういうことを繰り返している内に、夕方になったのだ。

ぼくは〝陽の高い内は飲まない〟という誓いを破り、帰宅直後からブランデーをがぶ飲みした。傷口やこの匂いの元に悪影響を及ぼすかもしれない、という危惧もあったが、飲まずにはいられなかった。表が暗くなり、四度目のシャワーを浴びる頃までにはすっかり出来上がり、ほんの少し楽観的な気分も湧いてきた。アルコールの良いところは、事態を都合の良い方向へ解釈するガイド役を買って出てくれる点だ。

──大垣一郎太院長が突然吐いたのはぼくの体臭を嗅いだからだと、果たして断定できるだろうか。

ぼくは二本目のブランデーを開封しながら、そんなふうに考えた。

──彼はとにかく年寄りだ。内臓を病んでいて、あの時不意に発作を起こしたのかもしれないじゃないか。第一嗅いだだけで自制も働かずに嘔吐してしまうような体臭なんて、この世にあるだろうか。そんなもの聞いたことがない。しかもぼくは犬どもが遠吠えしている原因まで、自分の体臭のせいじゃなかろうかと考え始めているが、それこそナンセンスだ。匂いが分からない分だけ、神経質になっているのだ。いつもの汗疹が悪化して腋の下が腫れ、その膿がちょっと臭かっただけと考える方がずっと自然だ……。

そこへ電話が鳴った。ぼくは不意に現実へ引き戻され、元通り悲観的になって受話器を取ることをひどく躊躇った。相手はマリノレイコに間違いない。出れば、色々訊かれるだろう。ぼくは上手くごまかせるだろうか。それとも本当のことを話して、匂いを嗅ぎに来てもらった方がいいのだろうか。

「もももしもし……」

結局考えもまとまらないまま、ぼくは受話器を取った。居留守を使ってこの場はやり過ごしたとしても、彼女の場合、予告なしにいきなり訪ねて来かねない。その可能性の方が恐ろしかったのだ。

「引越し、完了しました！」

ゴム毬のようにぴちぴちと弾んだマリノレイコの声が返ってきた。ぼくはそんな彼女と引き比べて急に自分が可哀そうになり、言葉に詰まった。

「そちらの足の具合はいかがでしたか、どうぞ」

「あああああの……いいい医者へ行ったんだけど、あまりよよよよくなくて」

マリノレイコは心配そうに声をひそめ「大丈夫？」と言ったきり、黙り込んだ。ぼくとしては、いつものように喋りまくってくれた方が気が楽だったのだが。

「あああの、足はへへへ平気なんだけど。ちょっとほほほ他に……」

「私これから行くわ」

ぼくの言葉を遮(さえぎ)って彼女は言った。

「本当に、どうしてこう上手くいかないのかしら。ひとついいことがあると、ひとつ悪いことがあって。引越しの最中にね、ヒーが帰ってきたの。そのことを言いたくて電話したのに」

「そう……」

「とにかくこれからお見舞いに行きます」

「ちょちょちょっと待って。じじ実はその、ぼぼぼぼくはね、何て言うかへへ変なことになっちゃったんだよ」

「変なこと？」

「まままだはっきりしたわけじゃないんだけど、かかか体がね、ふふふ普通じゃなくなったみたいなんだ」

「どこが悪いの？　足を打っただけじゃなくて？」

「そそそれがその、すすすごくこう何て言うか……」

体が臭うらしいんだ、という一言がどうしても言えない。ぼくは脂汗をたらたら流し、何とか上手い言葉を探そうとしたが無駄だった。臭いというものは、実に決定的なものだ。特に男女間においては、他のすべてがパーフェクトでもただ単に口が臭いとかワキガだというだけで、関係が御破算になりかねないほどのインパクトを持っているではないか。ぼくは大垣総合病院の若い看護婦が見せた、露骨に不快な表情を思い出してぞっとした。マリノレイコがあんな顔でぼくを見たら、どう対処すればいいのだろう。

「いいい今はまままだ話せないんだ。とととにかくここ今夜は眠りたいから、わわ悪いけど明日の朝来てくれないかな」

ぼくは咄嗟の思いつきでそう言った。明日になれば体が回復し匂いが収まるという保証は何もなかったが、少なくとも今夜すぐに会うよりはマシなのではないかと思ったのだ。

「大丈夫なの？　一人で」

「ねねね眠りたいんだ」

きっぱりとした調子でぼくは言った。それでもなおマリノレイコは食い下がろうとし、食事のことや薬のことについてあれこれ心配した挙句、ようやくあきらめて言葉を切った。

「サンドイッチを作っていくわ。たまごサンド」

受話器を置く直前に、彼女はそう言って少し笑った。子供みたいかしら、と。

「ありがとう」

「じゃあ、明日の午前中にね」

それで彼女は電話を切った。受話器が置かれた後も、ぼくはもう一度ありがとうと呟いた。誰かのことをこんなにありがたいと思うなんて、初めてのことだった。

9

寝返りを打った拍子に、腋の下に猛烈な痛みが走ってぼくは飛び起きた。鋭利な刃物でえぐられたような痛みだった。

ベッドの上で体を硬直させ、脂汗を流してその痛みに堪える。妙に視覚がはっきりしている。天井にぶら下がった蛍光灯のカバーの内側に死んでいる羽虫。その輪郭までがくっきりと見えるほどだ。五分ほどもそうやって息を詰めていたろうか。痛みは少しずつ遠のいた。それからあらためてぼくは朝になっていることを知った。

窓の外から響いてくる犬どもの遠吠え。まるきり昨日の朝と同じだ。いや、昨日に比べると弱々しい。瀕死の赤ん坊のような調子の声だ。

ゆるゆると上半身を起こし、枕を背中にあてがう。痛みがあったのは左の腋の下だ。好奇心よりも恐ろしさが先にたって、確かめてみるのが何だか厭だった。しかし黙殺して立ち上がることもできずに、ゆっくり腕を上げてみる。眠っている間に絆創膏は外れてしまったらしく、Tシャツの内側を移動して脇腹のあたりに貼りついてゴワゴワしている。腋の下の傷口は剝き出しになり、じくじくと滲み出た血膿がTシャツの袖を汚していた。ふとベッドの上へ目を遣ると、シーツもひどく汚れている。点々と付いた血膿の跡。その傍らに、週刊誌と鉛筆が転がっている。昨夜、寝入ってしまう前にクロスワードパズルをしていたことを思い出す。鉛筆を拾い上げてよくよく見ると、芯の先が折れている。どうやら寝返りを打った際に、この先端が腋の下に突き刺さったらしい。

ぼくは背筋を寒くして、腋の下の方をもう一度確かめた。傷口へ指を当てがい、両脇へそっと押し開いてみる。予想していたほどの痛みはなかったが、驚くべき量の血膿が吹き出てきた。あわてて枕元からティッシュを抜きとり、そっと当てる。しばらくそうやっていると、みるみるティッシュは赤く染まった。広げて確かめてみると、膿と一緒に鉛筆の折れた芯も流れ出てきていた。

ほっとしてベッドから離れ、薬箱を取りに台所へ行く。すると一足ごとに今度は左足の小指が痛む。まったく踏んだり蹴ったりだ。歩きながら壁の時計へ目を遣ると、十時半になるところだった。まもなくマリノレイコが来る。そう思うと、傷の手当てよりも先にシャワーを浴びたい気持が募った。ぼくの体臭は今どういう状態なのか？　どれくらい臭いのか？　ぼくは昨夜じゅう考え続けた命題をまた蒸し返す。マリノレイコは何と言うだろうか。あの老医師のように、いきなり嘔吐したらどうしよう。あらかじめ洗面器を用意しといた方がいいだろうか？　いや、問題はそういうことじゃないんだ……。

と、思い悩みながらTシャツを脱ぎかけているところへ、玄関のチャイムが鳴った。ぼくは気絶しそうなほど驚き、うろたえて、バスルームへ隠れようとした。シャワーの栓をひねって全開にし、とりあえず顔を濡らし、石鹸を取り上げて腋の下へ擦りつける。引きちぎるような痛みが走り、必死で歯を食いしばる。正面にある鏡にその顔が映っている。まるで弁慶（べんけい）役の歌舞伎役者が「カッカッカッ！」と見得を切っている時のような表情だ。もう一度、チャイムが鳴る。ぼくは観念してバスルームを後にし、扉の前へ立った。腕の下も左足もひどく痛んで、もうどうにでもしてくれという気分だった。無言のまま、扉を開ける……。

ピンク色のワンピースを着たマリノレイコが、そこに立っていた。右手に、籐(とう)でできたピクニックバスケット。左手はしっかり鼻をつまんでいる。ぼくははっとして両方の腕の下へ掌を当て、一歩後ずさった。目が合う。見開かれた瞳が涙ぐんでいる。

「どうしたのこの臭い……」

彼女は開口一番、鼻詰まりの声でそう言った。ぼくは言葉に詰まり、ただ首を振ってみせた。

「何の臭いなの？」

それでも彼女は怯(ひる)むことなく、部屋の中へ入ってきた。後ろ手で扉を閉め、靴を脱ぐ。しかし左手は鼻をつまんだままだ。

「すすすすごい？　ににに臭いが？」

「そうよ。臭わないこと？」

「ぼぼぼぼくは鼻がダメで……」

「ダメって言っても、これは臭うでしょう」

「ああああのぼぼぼぼくはね、はははは話さなかったけど、むむむ無嗅覚症っていうびびび病気なんだよ。ぜぜぜ全然臭いがわわ分からないんだ」

　ぼくは続けて無嗅覚の症状について、大いにドモりながら詳しく話した。もっと前に話しておくべきだったのだ。例えば初めて寝た日、あるいは笹塚の部屋へ行った時でもよかった。告白の機会はいくらでもあったのに、彼女に奇異な目で見られるのが怖くて話しそびれていたのだ。

「体が変になったたって昨日電話で言ってたのは、そのこと？」

「いやははは鼻が利かないのはずっとまま前からで……」

「そう……でもそれはあれね、こういう場合便利ね」

　彼女はそう言ってソファに腰を下ろし、室内を見回した。

「で、これは一体何の臭いなの？」

「そそそれがあのう……ききき昨日電話で言ったのは、ここここのことなんだ」

「体が変になったたって？」

「そそそう」

「この臭いが？　あなたの体と関係あるの？」

「わわわ分からない」

「分からないって、自分の体でしょう」

「分からないんだ！」

ぼくは半泣きの状態で叫んだ。マリノレイコは鼻をつまんだまま、ぽかんとした表情でぼくを見つめた。どうにも合点がいかないらしい。それはそうだろう。ぼく自身も何がどうなったのかさっぱり分からないのだ。

「とととにかく昨日、ああ足のことで医者へ行ったら、わわわ腋の下が腫れてるって言われて、いいいいきなり切られたんだ。そそそしたら、急に体が……」

「ちょっと待って。落ち着いて話して。最初から」

マリノレイコは立ち上がってぼくの肩へ手を置き、ソファへ座るよう促した。ぼくらは並んで腰を下ろし、しばらく互いの呼吸を聞いた。特に彼女の息は、鼻をつまんでいるために苦しそうだった。ぼくは背後の棚から無造作に酒壜を一本取り、喇叭飲みした。喉が焼ける。そのせいで落ち着きを取り戻し、昨日の一部始終を話し始める。マリノレイコは時折力強く相槌を打ちながら、熱心に耳を傾けた。

「……だからぼぼぼくは自分じゃわわ分からないんだよ。一体どういうにに臭いなのか。ほほ本当にぼくの体がにに臭ってるのか。どどう思う？」

マリノレイコは神妙な顔つきでぼくを見つめ、しばらく言いにくそうに口籠もった末に、

「どうって……よく分からないけど、もしこの臭いがあなたの体から出てるのだとしたら、大変なことよ」

「そそそんなに凄い？」

「あの、私が鼻をつまんでいることで気を悪くしないでね。まさかあなたの体の臭いだなんて……私はまた部屋の中で何か煮てるのかと思ったの。かなり離れたところまで臭いが漂ってたから……」

「そそ外まで！」

興奮して絶叫すると彼女はあわててぼくを宥めにかかり「でも私の気のせいかも」と付け加えた。

「どどどの辺から臭った？」

「それはあのう、マンションの外っていうか……この先の十字路の辺でね、何か変な臭いがするなあって。でもあれはゴミ置き場の生ゴミの臭いだったかもしれない。十字路の角のところにゴミ置き場、あるでしょう？」

「なななな生ゴミみたいな臭い！　ぼぼぼぼくが！」

「ちょっと、ちょっと待って。だからそれは違うの。違うのよ。落ち着いて」

「なな生ゴミ……」

「よく考えてみて。そんなことあるわけないじゃないの。体臭が百メートルも先まで臭うなんて。あれはあなたとは無関係の臭いだったのよ。ね」

「ここの部屋はどどうなんだ？　どどんなふうに臭う？」

「それは……」

　マリノレイコは口籠もった。

「言ってくれ。どどどうなんだ」

　ぼくは必死で彼女に詰め寄り、思わずその両手を取った。同時に、鼻をつまんでいた指先が外れ、彼女はハッと息を飲んだ。解放された可愛らしい小さな鼻孔(びこう)がぷくりと膨れる。何か言おうとしたのかもしれない。しまった、と思ったがもう遅かった。彼女はサカリのついた雌猫のような呻きを漏らし、一気に嘔吐した。胸のあたりを押さえて体を丸くし、ぼくの足元へがばがば吐いた。反射的にぼくは後ろへ飛び退き、その拍子にテーブルの脚へ捻挫した左足の小指をしたたかに打った。獣のように叫んで床へ倒れ込み悶絶(もんぜつ)していると、その上へまた彼女が嘔吐する。ぼくはまるで親子丼の卵とじの中を泳いでいるような状態で、身をよじった。

　マリノレイコはひとしきり吐いて我にかえると、口許を押さえてバスルームへ駆け込んだ。急に辺りが静まり返る。しばらくして、トイレの水を流す音が響いてくる。

ぼくは嘔吐の海に横たわったまま、立ち上がる気力すら湧いてこない。ただ茫然としてすべての感情を放棄し、棒のように転がっている。

やがてバスルームの扉が開き、マリノレイコがおずおずした様子で現れた。洗面台の下に置いてあった籠から探し出したのだろう、黄色い洗濯挟みで鼻を挟んでいる。青白い顔で台所へ行き、タオルを濡らす。それを手に、無言のまま近づいてくる。

ぼくらは互いに黙り込んでうつむいたまま、吐瀉物の後始末をした。ソファやテーブルをどけて床を拭き、倒れて割れた酒壜を片づけ……まるであらかじめ定められた仕事のようにそれらを整えた。そしてすべてを元通りにしてから、最後にぼくも汚れた服を着替えた。

「ごめんなさい……」

あらためてソファに向かいあって座ると、まず彼女はそう言った。力のない声だった。ぼくは首を振って「いいんだ」と言おうとしたが、言葉にならない。ぼくらはまた黙り込み、うつむいて交互に溜め息をついた。三つめの溜め息をついた後彼女がもう一度「ごめんなさい」と言ったのをしおに、ぼくはようやく落ち着きを取り戻し、

「平気かい?」

と小声で訊いた。

「私はもう大丈夫。ただびっくりしちゃって……」

「すすすまなかった」

「あなたは悪くないわ……とにかく、その、落ち着いてよく考えましょう。この臭いがあなたの体臭なのだとしたら、何かひどい病気なんだわ。他に症状はないの？　どこか痛いとか、気分が悪いとか」

「ささ最悪の気分さ」

「そうじゃなくて。だから症状としてよ」

「わわ分からない……痛いのはわわ腋の下だけど、こここれは昨日切られたんだからああ当たり前だろ」

「どこから臭ってるのかしら。本当にあなたの体？」

「ぼぼぼくの方がき、訊きたい」

「昨日切ったのはどっちの腋の下？」

「ひひ左。だだだから多分、左側がにに臭ってるんだと思う。う膿の臭いかもしれない」

根拠がないわけではなかった。少なくとも一昨日までは、人を嘔吐させるほどの臭いは発してなかったのだから。悪化し、異臭を放つようになったのはおそらく昨日の朝。大垣総合病院へ行く少し前からだと思われる。病院へ行き、診療室へ入った時にあの老医師は「換気扇を回せ」と看護婦に命じた。ということは、異臭は感じたものの、まだ嘔吐するほどではなかったという推理が成り立つ。吐いたのは、ぼくの腋の下を切開した直後の臭いに対してだ。つまり、膿の臭いだったのでは？

マリノレイコはぼくの推理にうなずき、そうねきっとそうだわ病気なんだわと何度も繰り返し呟いた。

「とにかくお医者様へ行った方がいいわ。こういう場合、何科へ行くのかしら？　外科なら私、いいお医者様知ってるんだけど……」

「げげ外科は厭だ」

「そんなこと言ってる場合じゃないでしょう。ちょっと電話貸してね」

「どどどこへ電話する？」

「高校の時のお友達で、看護婦になった子がいるの。まずその子に訊いてみるわ」

マリノレイコは受話器を取り上げ、ダイアルを回す前に口の中で番号を復唱した。そして最初の番号を回しかけて不意に振り向き、

「そうだわ……」

と素頓狂（すっとんきょう）な声を上げた。その拍子に鼻を挟んでいた洗濯挟みが外れそうになる。あ

わて挟みなおし、

「……あのシャーレよ」

そう続ける。しかしぼくは何のことか分からず、首をかしげて見せた。

「六川さんの残していったシャーレよ。私がここへ持ってきて……あなたあれに触ったでしょう？　もしかしたら……」

「まままさか」

反射的にぼくは否定したが、同時に胸の中で数々の疑惑が小爆発を起こした。実験用のシャーレ。あの厳重な包装。六川が手がけ始めていた研究。カマンベールチーズの匂いの元。ブレビバクテリア……。

「ででも君は？　きき君だってこここにいたじゃないか」

「私は直接触ってないわ。あなた、あの後どうしたの？　中に入ってた黄色いゼリーみたいなもの、飲んだりしなかった？」

「ばばば馬鹿な」

「でも触ったわよね。指につけて……その指で腋の下を掻いたりしなかった？」

ぼくは言葉を失い、台所の冷蔵庫を顧みた。シャーレは今もその中で息をひそめているはずだった。確かにあの翌朝、ぼくはもう一度シャーレの中身を指につけ、その後シャワーを浴びた。しかしただそれだけのことが、こんなにも深刻な事態を引き起こすものだろうか。

「しししかしそそそんな……」

ぼくは必死で反駁を試みようとし、そのくせ秒刻みで膨れ上がっていく不安に喉を詰まらせた。

と、緊迫した沈黙をドアチャイムの音が切り裂いた。ぼくもマリノレイコも肩先をぴくりと震わせて玄関を見た。間を置かず、今度は激しく扉を叩く音が響く。

「武井さん！　武井さん！」

野太い男の声だ。もちろん聞き覚えなどない。しかしながらその声の調子には、無視できない性急さがあった。

「武井さん！　ここを開けて下さい！」

促されて立ち上がり、玄関の覗き穴から外を確かめてみる。魚眼レンズを通して向こう側に、歪んだいくつもの顔が並んでいる。一番手前にいる男は紺色の帽子を被っている。それが警官なのだと気付くまで、ちょっとした間があった。

「誰もいないんですかっ！」

乱暴に扉を叩いているのは、その若い警官だった。あわててロックを解除し、扉を押し開く。同時に室内の空気がゆらりと動く。扉の外の踊り場にいた連中が、申し合わせたように鼻をつまむ。あらためて見ると、警官以外の顔には見覚えがあった。総勢七人。いずれもこのマンションの住人か、近所の家の人だ。ベランダから眺められる家の、チロの飼い主の姿もある。

「武井さんですか」

いきなり扉が開いたことで一瞬怯(ひる)んだ警官が、一歩前へ出て口火を切る。制服のせいで老けて見えるが、間近から顔を眺めるとぼくよりも年下のようだ。

「はははい」

「ご近所の方から通報がありまして、ちょっと調べさせて下さい」

「調べる？　どどどうしてです？」

「この異臭ですよ。苦情が出てまして」

若い警官は威厳を保つべく、鼻をつままずに堂々と言った。ただし匂いを嗅ぐまいとして、口だけで息をしていることは明らかだ。ぼくは言葉を凍りつかせ、一歩退いた。不意の緊張のために体が硬直し、足元が覚束ない。胸の中で心臓が肥大し、肺を押しやろうとする。息苦しい。ものすごい勢いで血液が体内を巡り、沸騰(ふっとう)して、両耳がカッと熱くなる。警官の後ろに控えている近所の連中が、中世の絵画に描かれた魔女狩りの処刑執行人のように思えてくる。七人が七人とも鼻をつまんでいるのは、魔女除けのためのまじないであるかのようだ。

「何の臭いなのです？」

警官はぼくが怯んだ様子を見てとり、眼光を鋭くして一歩前へ出た。犯罪者を見る目だ。ようするに彼はこの部屋に腐乱死体でも隠されているのではないかと、疑っているのだ。そのことに気付いてぼくはますます萎縮(いしゅく)し、言葉が出ない。

「どうなさったの？」

マリノレイコが居間の方から現れてくれなかったら、ぼくは七人の処刑執行人たちを掻き分けて表へ逃げ出していたかもしれない。若い警官は黄色い洗濯挟みで鼻をつまんだ美女の登場に、少なからずたじろいだ様子だった。

「この部屋から異臭が出ていると苦情がありまして」

彼は生真面目(きまじめ)にもう一度同じ台詞を繰り返した。マリノレイコはぼくと目を合わせると『奥へ行ってなさい』と合図を送ってくれた。

「この臭いはあの、あれですの。病気なんですの、この人が。昨日手術をしまして、何だか経過が思わしくないんですのよ」

マリノレイコが必死に抗弁する声を背中で聞きながら、奥のベッドへ向かう。途中哀れっぽく足を引きずり、腋の下を押さえたのは咄嗟の演技だ。もっとも、演技など必要ないほど足も腋の下も痛かったのだけれど。

「ああご病気ですか……」

若い警官はあっさり納得したかのように、声の調子を和らげた。ピストルでも抜きかねない勢いで飛び込んできた自分への反省も籠められている。と、警官の背後で控えていた一人が、不意に声を放つ。

「ちょっと。こんなひどい臭いのする病気なんてあるの！　そこいらじゅう臭くて堪らないのよ。いいかげんなこと言わないでちょうだい」

マンションの二階に一人で住んでいる、大川モンという名の老婆だ。口やかましいことで有名で、近所中から疎まれている。被害を一番被っているのはマンションの管理人で、あまりにもしょっちゅう苦情を持ち込まれるものだから、ここ二年で五人も辞めては交代している。ぼくも半年ほど前に、夜中に観ているビデオの音が大きいと怒鳴り込まれた経験がある。

「きっと何かあるのよ。調べなさい。あなた警官でしょう」

大川モンはものすごい剣幕で警官をけしかけた。ぼくはちょうどベッドへ横になるところで彼女と目を合わせてしまい、あわてて視線を逸らした。若い警官は今やマリノレイコと大川モンの間に挟まれ、おたおたしている。

「一応ですね、中を検めさせてもらっていいでしょうか」

制帽を脱ぎ、申し訳なさそうに言う。マリノレイコは動揺を押し殺して、どうぞと答えた。

「ではお邪魔します」

警官は若々しい機敏さで部屋へ入ると、台所からバスルーム、居間の順に調べ始めた。やじうま根性で押し掛けて来た近所の連中は、さすがに部屋の中までは入れずに玄関口にたむろしている。ただし、大川モンだけは別だ。彼女は果敢にも警官の後に続いて室内へ乗り込み、台所の戸棚や流しのゴミ入れ、酒壜の並んだ戸棚の裏まで熱心に調べている。

やがて警官はぼくの寝ているベッドルームへ足を踏み入れ、軽い会釈を投げてよこした。横顔が苦しそうなのは、やはり臭いのせいなのだろうか。ぼくはベッドの上で身を硬くし、毛布を腋の下へぎゅっと押しつけて、臭いができるだけ表へ漏れないことを祈った。警官は耐えられなくなったのか片手で鼻をつまみ、空いた方の手で押し入れを開けたり、洋服簞笥を調べたりしている。

「何が出てくるとお考えですの？　何もないでしょう」

後から付いてきたマリノレイコが、両手を腰に当てて勝ち誇ったように言う。警官に対してというよりも、大川モンに対しての非難だ。

「いやあ、しかしこの臭いですから。苦情も出ているわけですし、放っておくわけにはいかないでしょう。失礼ですが、一体何のご病気ですか」

警官はポケットから黒い手帳を取り出し、ぼくに向かって尋ねた。

「まだはっきりした病名は分かってないんですの」

答えあぐねているぼくの様子を見兼ねて、マリノレイコが助け船を出す。この時ばかりは、彼女にお喋りな性質を与えてくれた神に感謝したい気持だった。

「一応手術をしたのは左の腋の下なんですけれど。ひどく膿んで。本当に気の毒なんですのよ」

「ハ！」

居間の酒壜を一々透かし見ていた大川モンが、大声で揶揄する。

「じゃあ何、ワキガの臭いだっていうのかい。これが！　冗談じゃないわよ。ガダルカナルで戦死した私の兄がね、ワキガだったけど、こんな臭いじゃなかった。全然違うよ。あんたら何か隠してる。ダメダメ、私には分かるんだから」

「じゃあ何の臭いだとおっしゃるんですの。教えて下さい」

「それが分からないから、こうやってお巡りさんに来てもらってるんじゃないの。とにかくね、迷惑ですよ。二、三日前から犬まで騒いでるじゃない。きっとあれもこの臭いのせいよ。どうしてくれるの」

「大川さん大川さん、そう興奮しないで……」

見兼ねた警官が仲裁に入る。大川モンから苦情を言われて出動したのは、おそらくこれが初めてではないのだろう。やれやれ始まったよ、という気配が明らかに感じられる。

「武井さんね、正直私もこういうことは初めてなので、どう対処すべきか上司と相談した上でお電話なり差し上げますから、電話番号を教えて頂けますか。あ、それから手術をした病院の名前も」

警官が態度を軟化して訊いてきたので、ぼくはほっとして電話番号と大垣総合病院の名を告げた。その間、大川モンはないがしろにされた怒りで顔を真っ赤にし、何かぶつぶつ呟きながら居間のソファの周囲を巡っている。と、不意に屈み込み、床のカーペットへ手を当て、

「お巡りさんお巡りさん！」

と大声を上げた。

「ここ！　来て来て！　ほらここ。濡れてるわ。これ血じゃないの！」

　室内の空気が、またたくまに緊張する。特に警官は鋭く反応して、ベッドルームから居間までのほんの数歩の距離を、ラグビー選手のようにダッシュした。

「ここ、ほらテーブルの下よ。濡れてるでしょう！」

　大川モンはカーペットを触って濡れた掌を広げ、水戸黄門が印籠をかざすような具合にぼくらの方へ向けた。真剣な顔で屈み込む警官の背後でマリノレイコが表情を曇らせ、何度も「あのう」と言いあぐねてから、蚊の鳴くような声で告げる。

「それ、私がさっき吐いたんですの。そこに」

　しかしながら頭に血がのぼっている大川モンは、あくまでも好戦的な態度を崩そうとせずに、

「ハイタ？　ハイタって何さ」

「あの、ですから……ちょっと申し上げにくいんですけど。こう、ゲーッて」

「ゲー？」

　大川モンはようやく意味を理解したのか、自分の掌とカーペットの染みを見比べて困惑した表情を漏らした。そしてつい反射的に、掌を鼻に近づけて匂いを嗅ごうとした。あっと叫んだのは、ぼくとマリノレイコだ。ぼくらが息を飲むのとほとんど同時

に、大川モンは呻き声を上げ、胃から逆流してくるものを堪えようとして、トランペットを吹く黒人のようにほっぺたを膨らませた。普通ならそのまま足元へ吐いてしまうところだろう。が、さすがは古い日本の女だ。ものすごい精神力で堪え抜き、両手で口を押さえてトイレへ駆け込んだ。低く籠もった嘔吐の音が、ひとしきり室内に響き渡る。それを聞いて、玄関口にたむろしていた連中がぞろぞろ引き上げていく。すっかり気分が滅入ってしまったらしい。

「大川さん。大川のお婆ちゃん？　大丈夫ですか」

トイレの扉を叩きながら、一人残った警官が言う。左手で鼻をつまみ、頭痛を堪えているかのような表情だ。早く引き上げたくてしかたないらしい。

やがてトイレの水が轟々（ごうごう）と流され、真っ青な顔の大川モンが現れた。右手で鼻、左手で口を押さえ、地獄でも垣間（かいま）見たかのような表情だ。つい今しがたの剣幕もどこへやら、目尻から涙すら流している。

「大丈夫ですか……」

警官が遠慮がちに声を掛ける。

「……部屋まで送ってちょうだい」

大川モンはやっとそれだけ言うと、また吐き気を催したのか、大きなげっぷを立て続けに漏らした。そして警官の腕にすがり、ぼくらには一瞥もくれずに部屋を出て行く。

「どうもお邪魔しました。先程申し上げた通り、上司と相談の上でご連絡差しあげますから」

玄関の扉を閉めつつ、その隙間から警官が言い残す。ぼくはベッドの上に上半身だけ起こした状態でお辞儀し、扉が閉ざされると同時にマリノレイコと顔を見合わせた。状況がますます悪い方向へと突き進んでいるのは確かだったが、とりあえず警官たちの奇襲を遣り過ごしたことで安堵感が先に立つ。しかしマリノレイコは真摯な顔つきを崩さずに、

「どうする？」

と訊いてきた。ぼくは彼女が具体的に何のことを〝どうする〟と言っているのか分からずに、首をかしげ、

「どどどうしよう」

と答えた。本当に何をどうしたらいいのか見当もつかない。ぼくは南極に取り残された樺太犬（からふとけん）のように途方に暮れ、吠えたてる元気すら失って、ただマリノレイコの鼻をつまんだ黄色い洗濯挟みを見つめるばかりだった。

10

異臭苦情が九百件　東京・世田谷／渋谷／新宿

三日午前十一時ごろから午後六時すぎにかけて、東京都世田谷区、渋谷区、新宿区にまたがる広い範囲の住民から「腐ったような悪臭が漂い、吐き気がする」といった訴えや問い合わせが警察、消防署などに九百件近く殺到した。悪臭は世田谷区大原付近から風に乗って、渋谷、新宿方面へ漂ってきた。同地域ではここ数日、同時間内に多数の飼い犬が騒ぐという訴えも相次いでおり、東京都環境部は世田谷区内のゴミ集積所および汚水処理場の排気システムに異常があるのではないかと見て、都衛生局などとともに調査を急いでいる。

異臭が漂ったのは、世田谷区内の甲州街道と環状七号線が交わる大原交差点付近を中心とした、東西十五キロ、南北十キロにわたる地域。住民の訴えはまず世田谷区大原から始まり、交通量の多い環状七号や甲州街道に沿って広がっていった。

苦情は警察や消防署の他ガス会社、区役所、都環境部などに次々と入り、時間を追うごとに増えた。

都環境部によると、世田谷区内の悪臭騒ぎは極めて異例のことで、前例としては昭和四十七年九月に同区内上馬(かみうま)で発生したガス漏れ事故以来のこと。他区内の例では、夢の島のゴミ処理場を原因とする江東(こうとう)区一帯の異臭苦情や、最近では昭和六十年に新宿区西早稲田で発生した原因不明の異臭騒ぎなどがある。都環境部では今回の場合、特に新宿区西早稲田のケースに類似するものと見て調査を進めている。

11

「で、この記事が何か?」

外科医は切り抜きへ落としていた視線を上げ、真正面からぼくを見つめて言った。

スパゲッティの宣伝に登場するイタリア人のように、丸々と太った男だ。好色そうな禿頭と無骨な指先、動きの鈍い上半身など、どこを見ても外科医という職業とはかけ離れた印象しかない。

「でででですから……」

ぼくは振り返り、背後の長椅子へ腰掛けているマリノレイコに助けを求めた。彼女は組んでいた脚を下ろし、ぼくのために話し出そうとして身を乗り出す。生成りのワンピースに黒いジャケット。きちんとした化粧をした横顔は、外国映画に出てくる有能な秘書みたいだ。ただ一点、鼻をつまんでいる妙な器具を除いては。シンクロナイズドスイミングの選手が使用する鼻栓を買ってきて、改良を加えたのだそうだ。黄色い洗濯挟みよりはずっといいでしょう、と彼女は明るい声で言ったが、ぼくに対して疎外感を与えるという点においては五十歩百歩だ。〝鼻つまみ者〟という言葉が、これほどまでに残酷でしかも適切な表現であるとは思いもよらなかった。

「つまりその記事に載っている異臭の原因が、この人の病気と関係があると思うんですの」

マリノレイコはぼくの手前、遠慮があるのか声を低めて言った。外科医は眉をひそめ、マリノレイコとぼくと新聞の切り抜きとを交互に見比べた。そして鼻をつまんだまま、実に屈託なく笑った。

「それはまたスケールの大きな話だなあ！」

「冗談のつもりではなくてよ、正木のおじさま」

マリノレイコは真剣な表情で立ち上がり、外科医に詰め寄った。

「しかしレイちゃんねえ、それはあまりにも荒唐無稽だよ。非科学的なんだな」

「ですから今、順を追ってお話ししますわ」

そう言って彼女は爪を噛みながら、室内を落ち着きなく歩き回った。ハイヒールの踵がリノリウムの床に鳴る音が、際限のないノックのように響き続ける。

閉じられたブラインドの外は既に夜だった。七時半を少し回ったくらいだろうか。ぼくはマリノレイコに連れられ、都内にある私立の大学病院を訪れていた。夜を選んだのには、二つ理由がある。一つは診療時間後の方が人目を忍べるという点。もう一つは、ぼくの体の異臭が午後六時を過ぎるとやや和らぐからだ。といっても完全に臭わなくなるわけではなく、半径百メートル以内は相変わらず堪えがたい異臭に包まれたままらしいのだが。

その外科医はマリノレイコの叔父であり、彼女の言を借りれば「世界でも十本の指に入る名医なの」だそうだ。確かにその部屋は名医にふさわしい清潔さと豪華さを兼ね備えた、素晴らしいオフィスだった。マホガニーの大きな机と、座り心地のよさそうなソファ。左手の書棚には洋書がずらりと並んでいる。奥の窓際には三台のパソコンが設置され、その内の一台はさっきから自動的に何かを計算しているらしく、ものすごいスピードで画面がスクロールしている。一見して、外科医が使っている部屋というよりも、証券会社の重役室みたいな印象だ。おそらく実際の診察室は、右手にあるドアの向こう側なのだろう。

　しかしながら肝心の外科医自身の印象は、どう贔屓目に見てもそのオフィスの立派さとは不釣合いなものだ。その体型も、顔立ちも、喋り方も、すべてが大雑把で無責任な印象を与える。一番いけないのはそのファッションだ。黄ばんだランニングシャツに、学校指定体操着みたいな臙脂色のジャージを穿き、イボイボのついた健康サンダルをつっかけている。普段はおそらく上から白衣を羽織るのだろうが、このままではどう見ても銭湯へ行く呑気なトウサンとしか思えない。訪れる前にマリノレイコが言っていた「世界でも十本の指に入る」というのは、下から数えて十本なのではなかろうか。ぼくは大垣総合病院の老医師によって腋の下へメスを入れられた瞬間の、あの途方もない苦痛を思い出し、ひそかに身震いした。

「まず例のシャーレをお見せするのがいいのかしら……」

ずいぶん長い間考え込んだ末にマリノレイコはそう言い、同意を求めるかのようにぼくを見た。ぼくはうなずき、傍らの紙袋の中からシャーレをそっと取り出した。何か爆発物でも扱う気分だ。もちろん裸のままではなく、元通りに三重のビニールケースへ収め直し、さらに新しいビニールケースの中へ入れて口の所を蠟で固めた上で、ドライアイスとともにクッキーの箱へ入れてある。

「ああ、ぼくは甘いものはちょっとね……」

差し出すと何を誤解したのか、外科医は苦笑いを漏らした。

「あのそそうじゃなくて、ここここの中に」

ぼくはあわててクッキーの箱を開け、とたんに立ち昇るドライアイスの煙の中からビニールケースを取り出した。背後にいるマリノレイコが一瞬緊張して後ずさる気配が伝わってくる。

「や失敬。ぼくはまた気の早いお中元かと思って……何だいこれは？」

外科医はビニールケースを宙に掲げ、レントゲン写真を検討する時のように透かし見た。

「中にガラス製のシャーレが入ってますの」

「ふん。それで？」

「その中に何ていうのかしら、黄色いゼリーみたいなものが入っていて……何なのか私たちには分からないんですけど、多分それがこの臭いの原因なのではないか、と」

「ほう……何故冷凍してあるんだい」

「もともとそういう状態でしたの。それが……あれはいつだったかしら、十日ほど前になる？」

「そそそそうだね」

「十日ほど前に、解凍した状態でこの人が触ってしまったんですの」

「じゃ臭い出したのはその後？」

「はははい」

「それ以前からワキガの体質だったということは？」

「けけけけ決して」

「お言葉ですけどおじさま、この臭いをワキガだなんておっしゃることこそ非科学的じゃありません」

外科医はさも嬉しそうに表情を崩し、まいったまいったと言いながらカルテに何か書き込んだ。マリノレイコは肩越しに彼の手元を覗き込み、シャーレの由来について早口に話し始める。亡くなった六川のことや、彼が取り組んでいた研究のこと。特に後者に関しては、所々ぼくが口を差し挟みながらできるだけ詳しく述べた。遺伝子組み換え……カマンベールチーズ……ブレビバクテリア……。

「それで、さっきの新聞記事をもう一度見て下さる？　ほら最後のところに『新宿区西早稲田で発生した原因不明の異臭騒ぎ』ってあるでしょう。その六川さんが勤めていたバイアス製薬っていう会社が、西早稲田にあったんですの」

「バイアス製薬ねえ」

「御存知？」

「いや。聞いたことないねえ。しかしシャーレの中身に関しては、そこへ問い合わせるのが一番近道なんじゃないのかな。ぼくみたいな一介の外科医に尋ねるよりもさ」

「それができないからこうして伺ったんですのよ。その異臭騒ぎの後、なくなっちゃったんです。バイアス製薬」

「なくなった？」

「ええ影も形も」

外科医は苦笑し、ドイツ語らしき言葉で何事か呟いた。それからおもむろに電話機を引き寄せ、受話器を取った。三桁の番号を回し、しばらく待つ。

「ああ。病理のミヤケくん、まだいるかな？」

そう言って、またしばらく黙り込む。机の下の脚が貧乏揺すりをしている。ぼくは改めて室内を見回し、右手の壁に架かっている鏡に映る自分の顔と向き合う。緊張のために表情が角ばり、ゴワゴワした感じだ。背後から心配そうに覗き込むマリノレイコの瞳と、鏡の中で見つめあう。

「ああミヤケくん？　正木だけど。熱心だねえ。いやいや感心してるのさ。え……？へえ！　そこまで臭うかね。それは驚きだなあ。本当に？　そいつあ驚いた」

外科医は横目でぼくの様子を窺い、大袈裟に目を丸くして見せた。

「いや実は相談なんだけどね。その、今言った臭いのことさ。うん。いやいやそうじゃなくて。ちょっと頼みがあるんだなあ。今、大丈夫？　そう？　じゃあ、ちょっとぼくの部屋まで来てくれないかなあ。恩にきるよ、いや本当。そう？　悪いね。あ、それからね、これは忠告なんだけど、部屋へ入る時に鼻をつまんでおいた方がいいよ。冗談じゃなくてさ。ま、来れば分かるか。うん、待ってるから」

そう言って受話器を置き、ぼくの方へ向き直る。頬が紅潮しているのはもともと太っているせいだろうか。それとも長い間鼻をつまんでいたせいか。ぼくはこれから一体何が起きるのか予測がつかず、頭の中で〝病理〟〝ミヤケくん〟〝頼みがある〟という断片的な言葉を必死で組み合わせようとする。

「や、驚いたねえ。別棟の方まで臭ってるらしいよ」

外科医はまるで『よかったねえ』とでも言うようにぼくの膝を叩いた。ぼくはぴくりと肩先を震わせ、複雑な泣き笑いの表情を漏らす。我ながら情けない話だが、彼の前で自分の臭いの甚大な影響力を多少なりとも証明できたことで、安堵を覚えないでもなかったのだ。

「でしょう。とにかく尋常じゃないんですのよ。今はまだ夜だから比較的範囲が狭いんですけど、これが昼間だったら大変」

マリノレイコも勝ち誇ったように言う。

「ほう。時間に関係あるのかい」

「新聞にもあったでしょう？　午前十一時頃から午後六時にかけてって。この時間帯が一番ひどいんですの」

「新宿渋谷世田谷ねえ……」

「おじさま、私決して大袈裟なことを言っているのではなくてよ」

「ああ分かった分かった。どれ。とりあえず外科医の仕事として、腋の下を見せてもらおうかな」

外科医はようやく自らの職業意識に目覚めたのか、立ち上がり、右手のドアを押して診察室へとぼくをいざなった。同時に、室内の空気がほんの少し動く。ぼくの鼻では感知できないが、おそらく診察室の方から消毒液や薬の匂いが漂ってきたのだろう。それまで証券会社の重役室然としていた室内が、急に命に関わるスペースとしての色を帯び始める。病院特有の、不安の分子がぎっしり詰まった緊密な雰囲気が漂う。

「心配しないで。大丈夫よ」

なかなか立ち上がろうとしないぼくを見兼ねて、マリノレイコが声を掛ける。ぼくは弱々しくうなずき、牧師に促された死刑囚のようにふらふらと歩み出す。

ドア一枚隔てた隣にある診察室は、一渡り眺めたところ清く正しく美しい印象だった。ようするにあまりにも明るいのだ。ぼくは目を細め、うつむきがちに外科医の方へ近づいていった。

「そこの、寝台へ横になって。上を脱いで」

外科医は信用ならないファッションの上に、案の定白衣を羽織った。消毒液で両手を洗い、丁寧に拭う。シャツを脱ぎながら垣間見ると、既に医師の顔になっている。まるで仮面を被ったかのようだ。つい先程までの屈託のない赤ら顔は、マリノレイコに対する叔父の顔であったわけだ。ぼくは少なからず緊張し、全身の皮膚を粟立たせる。

「ではまず左の腋の下から見よう。ゆっくり上げて……」

ぼくは痛みを堪えながら、左腕を上げようとする。が、体が拒否反応を示し、半ばで止まってしまう。ちぎれるような痛みがあるのだ。苦痛に顔を歪めると、外科医は素早く手を添えて力を加えてくる。まるで岩肌にへばりついた牡蠣を剥がすような勢いだ。ぼくはアッと叫び、痛みのあまり全身を弓なりに硬直させる。

「おう痛い痛い……」

外科医は歌うようにそう呟き、枕元のライトを点ける。腋の下に貼ってある絆創膏が剥がされ、ガーゼが取り除かれる。

「うわあ……」

外科医は苦しげな声を漏らし、後ずさる。臭いを嗅いでしまったのかもしれない。二、三メートル離れて、息を整える気配が伝わってくる。

「こいつは猛烈だ……」

言いながら近づき、何か硬い物で腋の下をいじくる。薄目を開けて見ると、実験用のプレパラートに膿をなすりつけているらしい。腋の下は、先日大垣総合病院で見た時よりもさらに腫れ上がっていた。ゴルフボールほどの大きさ、と言えば適当だろうか。

「レイちゃん、そこの脱脂綿を取ってくれないかな」

やがて外科医はそう言って、いきなり腋の下を押し始めた。気も遠くなる悪寒がぼくの全身へ走る。膿をしぼっているのだ。ぼくは恥も外聞もなく、獣じみた叫び声を上げた。どうしても我慢できない。脳細胞の中の苦痛を感じる部位に、直接針を打ち込まれる痛み。腕をごっそり切り落とされた方が、まだマシなのではないだろうか。水揚げされたばかりの海老のように、ぼくは寝台の上でバタバタと身悶えた。その痛みが伝染したのか、離れた場所でマリノレイコが「ひいい」と乾いた叫びを漏らす。しかしだからといって、ぼくの痛みが軽減されるわけではない。

「よおし、今度は右。はい上げて」

ずいぶん遠い場所から、外科医の声が響く。ぼくは熱い鉄の棒を飲まされたような状態で、一ミリも動けない。外科医の手が、ぼくの右腕を押し上げる。既に痛みの飽和状態に達しているため、何も感じない。どこか遥かな高みで、ぼくの体が扱われているような感じだ。

「……ああ、こっちも腫れてるなあ」

「止めて下さいな！」

叫んだのはマリノレイコだ。さすがに見兼ねたらしい。ぼくにとっては天使の一言だ。

「何とか、あの、薬で散らすとかできないんですの？」

外科医はぼくの体に屈み込んでいた上体を起こし、

「レイちゃん。簡単に言うなよ」

と獲物のお預けをくったハイエナのように不平を漏らした。

「これは彼のためなんだから……」

そこへ診察室のドアを勢いよく開き、

「うおわぁ……こいつはすごいな」

と、予期せぬ闖入者が叫んだ。外科医の手が怯み、同時にぼくは腋の下を庇って腕を下ろした。子供の頃にさんざからかった丸虫のように、体をくるりと丸くする。

「何ですこの臭いは？」

闖入者は素頓狂な声を上げ、近づいてくる。

「ああ早かったね」

外科医はそれを迎え、何事か囁く。ここへ至る事情を説明しているのだろう。ぼくは壁際へ向かって丸くなったまま、二人の遣り取りに耳を澄ます。

「それはまた特殊ですね……でもまあ……はい」

「だから分析を……そのシャーレとね。それからこれ。膿なんだが……」

「ええ。ええ。しかし……へえ！　驚きだな……」

「十分注意して……ひょっとすると……」

「まさかねえ……そうですか」

二人の会話は、そんなふうに聞こえた。ぼくはようやく痛みから立ち直り、そろそろと体を伸ばした。呼吸を忘れていたかのように、溜め息を漏らす。生きている自分の体を、改めて感じる。

「ああ、こちらミヤケくん。若いけどウチの病理研究室じゃ遣り手でね。これは姪のレイコちゃんだ」

「どうも。ミヤケと申します」

何事もなかったように交わされる社交辞令を背中に聞いて、ぼくは実に不幸な気分を味わった。ぼくの体の臭いや苦痛はしょせんぼく個人の問題であって、世の中の時間というのはまったく無関係に流れていくのだなあと改めて感じたのだ。

「で、その彼が問題の臭いの主だ」

「大丈夫ですか……」

腋の下を庇いながら寝返りを打つと、ミヤケという名の医師とまともに見つめあってしまった。まだ二十代後半だろう。丸顔に眼鏡をかけ、口の周りに濃い髭をたくわえている。瞬間、六川に似ているなと思ったのは、優しげな瞳のせいだろうか。

「それにしても病理の棟まで臭ったっていうのは、本当かい？」

消毒液で手を洗いながら、外科医が尋ねる。用心深く口だけの息遣いで喋るので、声が妙に籠もっている。

「ええ。実験用の薬品が燃えてるんじゃないかって、研究室の連中が大騒ぎしてましたよ。いやしかし驚いたな」

言いながらミヤケ医師は鼻をつまんでいた指を放し、神経を鼻孔に集中させる素振りを見せた。

「か嗅ぐなっ！」

痛みを忘れて大声で止めると、ミヤケ医師はあわてて息を詰め、みるみる青ざめて表情を歪めた。そして壁際まで退き、背中を向けて息を整えようとする。

「こいつは防臭マスクが必要だな……」

喘ぎながらそう言う。マリノレイコが心配そうに駆け寄り、

「よかったらこれ、お使いになります？」

　と、予備の鼻栓を出して手渡す。

「ありがたい。彼自身は？　平気なんですか」

　横たわったままのぼくに代わり、マリノレイコが無嗅覚症について説明を加えてくれる。そして例の新聞の切り抜きを示し、これまでの事情をもう一度話し始める。ミヤケ医師は思慮深そうな瞳を徐々に輝かせながら、話に聞き入った。

　その間、外科医はガーゼと軟膏を用意して、ぼくの傷口を念入りに手当てする。腕を上げる際にはやはり痛んだが、さっきほどのことはない。外科医はぼくの腕から肩にかけて手際よく包帯を巻きながら、

「レイちゃんの言うことは話半分に聞いておいた方がいいぜ」

　と茶々を入れる。マリノレイコがむっとして反論しかけると、ミヤケ医師は助け船を出すようにして、

「いや実に興味深い話です」

「そうかねえ」

　外科医は包帯を巻き終え、ぼくの背中へ手を回して助け起こした。軽い眩暈を覚えたが、左腕の方は膿をしぼられる前よりも軽くなった感じだ。

「その、何とかバクテリアっていうヤツ。君聞いたことあるかい」

「ブレビバクテリアでしょう。カマンベールチーズの臭いの元と言われてますね。それから足の臭いなんかもそうです。去年だったかなあ、マイアミ医科大学の研究チームが発表してました」

「学会で？」

「いや。私はナショナル・エグザミナー紙で読んだんですけど」

「足の臭いの研究チームねえ……」

外科医は鼻で笑おうとして臭いを嗅ぎそうになり、ひどく狼狽(ろうばい)した。それを見てマリノレイコが愉快そうに笑う。

「そうはおっしゃいますけど正木先生、臭いの研究っていうのはまだ歴史が浅いから狙い目なんですよ」

「ぼくは門外漢だから何とも言えんが……」

外科医は部屋の隅にあるロッカーから背広を取り出し、何の遠慮もなく着替え始めながら、

「まあとにかく君がいてくれて助かるよ。実は八時半から約束があってね、そろそろ出掛けたいんだが。いいかな」

「や、ちょっと待って下さい」

「そうよおじさま。無責任よ」

「おいおい、勘弁してくれよ。傷の方の治療だったら明日また同じ時間に診てあげるからさ。そのバクテリアとか何とかっていう話なら、ぼくよりもミヤケくんの方が適任なんだから……」

「しかし正木先生、ひょっとして隔離の必要があった場合……」

ミヤケ医師が何気なく漏らした〝隔離〟という言葉が、弾丸のようにぼくの胸を貫く。マリノレイコも鋭く反応し、顔色を変えてぼくを顧みた。

「それは考え過ぎだよ。ちょっと来たまえ」

外科医に呼ばれ、そばへ行ったミヤケ医師は何事か窘められている。小声で、しかも鼻をつまんだ会話なのでひどく聞き取りにくい。ぼくは寝台に腰掛けたまま、一心に耳を澄ます。

「そんなことを言ったら……気密室が必要だよ……様子を見て……」

「解析できるまでは……大丈夫ですか……」

「その心配はないだろう……」

聞き取れたのはその程度の内容で、後は専門的なドイツ語をちりばめた会話が続いた。必死になって話の前後関係から意味を推察しようとすると、たちまち脳が加熱して耳から煙が出そうになる。やがて外科医はミヤケ医師の肩をぽんと叩き、ネクタイを締めながら今度はマリノレイコをそばへ呼び寄せる。

「レイちゃんなあ……」

またひそひそ話だ。ぼくは激しい疎外感に苛(さいな)まれ、深くうつむいて溜め息を漏らした。ややあって、近づいてくるミヤケ医師の気配がある。短い躊躇の後、おずおずと伸びた手がぼくの肩へ置かれ、鼻詰まりの声がこう響く。

「心配ないですよ」

とてもあたたかい感じの声だ。ぼくは顔を上げ、何とか笑顔を作ろうとしたが、なかなか上手くいかなかった。

12

「フェロモンという物質を知っていますか？　ほら、高校の生物の時間なんかに習ったでしょう。主に昆虫が分泌する物質なんですけど。例えばカイコ蛾(が)。雄(おす)のカイコ蛾を性的に興奮させるために必要なフェロモンの量といったら、一立方メートルの空気中に百万分の一ピコグラムあれば十分なんです。一ピコグラムっていうのは、百万分の一グラムのさらに百万分の一で……ああ分かりにくい例えだな……ええと、つまり十キロメートル立方の箱に、一グラムってことか。分かりますか？　十キロメートル立方の箱にわずか一グラムあれば、カイコ蛾の雄はその匂いを感知して興奮するわけですよ！

　もっと身近な例で言うと、犬ですね。犬の嗅覚が人間の百万倍も鋭いことはご存じでしょう？　ほら、警察犬なんかは、事故発生後数時間経ってからでも、犯人の匂いを追えますよね。あれは犯人の足の裏から汗とともに靴底を通して滲み出てくる、酪酸の分子のわずか数個を嗅ぎ分けているんですよ。信じられないでしょう。それから鮭もそうです。産卵の時期になると川を遡って自分の生まれた場所へ戻ってきますよね。あれは匂いを辿っているのだという説があるんです。まだ完全には解明されていないけど、かなり有力な学説ですよ。

　つまり匂いというのは目に見えないけれども、動物にとってはそれくらいインパクトのあるものなのです。無論人間だって例外じゃありません。普段は気がつかないけれど、意識下で匂いの影響をかなり強く受けているはずだと私は思います」

　ミヤケ医師は興奮して一気にまくしたて、不意に立ち上がると部屋の隅にある流しへ行った。ビーカーに水を入れながら、

「コーヒー飲むでしょう？　インスタントだけど」

と訊いた。ぼくは小声で「はい」と答え、改めて部屋の中を見渡した。

先刻訪れた正木外科区のオフィスとはずいぶん様子が違う。まず広さが五分の一ほどしかない。約六畳と言えば適当だろうか。古ぼけた木製の机と、折り畳みの椅子が二脚。薄汚れた流しには食器だの実験用具だのが山積みになり、床には雑誌や医学書が散乱して足の踏み場もない。にもかかわらず不愉快な印象がないのは、昔訪れた六川のアパートとその様子とが重なって見えたからだろうか。

ぼくは腋の下を庇ってやや左側へ体を傾けた姿勢で折り畳み椅子へ腰を下ろし、甘酸っぱいなつかしさを嚙みしめた。そういえばミヤケ医師の後姿も、六川によく似ている。

「こないだ読んだ学会誌に載ってたんですけど……あれは確かテネシー州のヴァンダービルト大学だったかな。同じ家族に属する子供を二人ずつ十組集めてね、三晩続けて同じ白いＴシャツを着せて寝かせる実験をしたそうです。四日目の朝、Ｔシャツを脱がせて、蓋に小さな穴の開いたプラスチック容器に入れ、母親にその匂いを嗅がせたんですよ。その結果、実に九十パーセントの確率で母親は自分の子供の着ていたＴシャツを当てた。しかも二人の兄弟の内、どちらが着ていたＴシャツかまで正確に嗅ぎ分けたという話です」

机の上のアルコールランプに火を入れ、その上へビーカーをかける。中学校の理科の実験みたいだ。煮立つのを待たずにインスタントコーヒーの粉末を入れ、長いスポイトの先で掻き回す。

「つまりまあ、人間の嗅覚もまだまだ捨てたものじゃないってことです。その気になれば相当な能力を発揮できるはずなんですね。しかし今の世の中はほら、こういう時代でしょう。匂いが至る所に氾濫している。だから嗅覚能力にあらかじめセーブ機能が働いているのではないか、と私は思うわけです。この仮説には根拠もあります。普通人間の嗅覚機能というのは、かなり臭いものを嗅いでも一定時間その刺激が続くと臭いを感知しなくなるでしょう。鼻が慣れる、って言うんでしょうか。あれもひとつのセーブ機能だと思うんですよ。それが嵩(こう)じると、あなたの症状のように無嗅覚状態に陥ったりする。砂糖は、入れますか？」

ミヤケ医師はスポイトでコーヒーを数滴吸い上げ、味見をしながら訊いた。見るからに不味(まず)そうだったので、「沢山入れて下さい」と頼む。もともとコーヒーはあまり好きではない。香りが分からないために、ブラックで飲むとただの苦湯のような味わいしかないのだ。本当はウイスキーの水割りか何かの方がありがたかったのだが、そんな贅沢が通るはずもない。

マリノレイコは正木外科医の進言によって渋々ながら帰宅し、部屋にはぼくとミヤケ医師の二人だけが向かいあっていた。ホーローのマグカップと縁の欠けたガラスコップにコーヒーが注がれ、覗き込んでいたミヤケ医師の眼鏡がたちまち曇る。その様子を見て、ぼくは肩先に蟠っている緊張感がゆっくりと溶けていくのを感じた。

「……その嗅覚のセーブ機能というのは、人間だけでなく、当然犬にも働いているはずなんです。人間の百万倍も鋭い嗅覚を持っていながら、これほどまでに臭いに満ちた人間社会で犬が暮らしていけるのは、このセーブ機能によるものだと私は思います。ところがあなたが発している臭いに関しては、このセーブ機能がうまく働いていない。近所の犬が騒いだという話ですよね。それも延々と一日じゅう」

「ごご午前十一時から午後七時くらいまでです」

「そう！　その限られた時刻というのも問題を解く鍵なんですよねえ。まあその点については後ほど述べるとして。ええと……セーブ機能の話でしたよね、嗅覚の。そうそう、犬だけでなくて人間に対しても同様のことが起きている様子なんですよね。セーブ機能がうまく働かない。つまり、いくら長時間嗅いでも鼻が慣れてこない。これは前例のない、珍しいことです。それから、臭いの広がる範囲。新聞によると東西十五キロ、南北十キロの範囲ですよね。これはいくらなんでも異常です。普通、臭いというものは範囲が広がれば広がるほど空気中の成分によって薄まり、鼻に与える刺激も弱まるはずなんです。たかがワキガの臭いが十数キロ四方へ広がるなんて、常識では考えられませんよね」

ぼくはコーヒーを一口飲み、あまりの不味さに顔をしかめた。おそらくビーカーの底に薬品がこびりついていたのだろう。あるいは砂糖ではない何かを入れたのか。舌がぴりぴりして、とても飲めたものではない。しかしミヤケ医師は喉を鳴らして一気に飲み干し、

「つまり私の言いたいのはこういうことです」

と、身を乗り出してきた。至近距離でその顔を眺めると、長い時間鼻栓をしているために鼻孔の周囲が赤く変色し始めているのがよく分かる。喋り通しなので、息つぎも苦しそうだ。

「あなたの体から発している臭いの分子が、空気中の分子と化合し、連鎖反応を起こしながらますます強い臭いに変わっていくのではないか。空気中の分子というのは、例えば酸素、二酸化炭素、窒素などです。中でも怪しいのは窒素ですね。まあ詳しく調べてみないことには、断定はできませんが。あくまでも仮説として聞いて下さい。

さてもう一点。先程言いかけた〝限られた時間〟と臭いとの関連です。午前十一時から午後六時の間だけ特に強く、広範囲にわたって臭うということはですね、この時間内に限って何らかの外的条件が揃っているという仮説が成立しますよね。何だと思いますか？」

問いかけられて初めて、ぼくは自分のことが話されているのだと気付いた。それまではまるで理科の授業を受けているような気分だったのだ。フェロモンだとか、連鎖反応だとか、窒素だとか……そんなものがぼくの体と何らかの関係があるだなんて、非現実的すぎて切実な気分になれなかった。

「ががが外的条件て、どどどういう意味です？」

「私は気温なのではないかと思います」

「ききキオン？」

「つまり低温度では臭いの勢力範囲が狭まるのではないかと……低温度というか、十五度とか十度以下。これも調べないことには分かりませんが」

「すすすると、ひひひ冷やせばいいわけですね！」

「結論を急ぐのは危険ですがね。第一人間には体温というものがあるから……」

「じゃあへへ部屋の温度を下げれば、そそ外へは広がっていかないんですね」

「私が言ったのはあくまでも仮説です。でもまあ何もしないよりはいいでしょう。真説というのは、仮説の積み重ねの上に立つんですからね。そう思いませんか」

「おお思います思います」

　ミヤケ医師はコップの底に残ったコーヒーをスポイトの先で吸い上げ、掌へ受けて嘗めながら、

「お預かりしたシャーレの中身とあなたの腋の下から採った膿は、今お話しした仮説に沿って調べてみたいと思います。時間はかなりかかりますがその方が……」

「いいい今すぐけけ結果は分からないんですか？」

「それはちょっと……明後日分かるかもしれないし、半年かかるかもしれません。病気というのは、鷹揚（おうよう）に構えた方が気が楽ですよ」

「ししししかし」

「検査結果は逐一報告しますし、可能性のある治療方法も見つかり次第ご連絡差し上げます。とりあえず明日の日中は先程お話しした〝低温度〟をヒントにして、室内温度を下げてみるとか、腋の下を冷やすとかしてみて下さい」

　ぼくは神妙にうなずき、右手で左の腋の下を軽く押さえた。明朝の十一時に爆発する時限爆弾を抱えているような気分だ。ミヤケ医師はぼくの飲み残したコーヒーを一

瞥し、残念そうに首を振りながら立ち上がった。

「では、私はさっそく実験室の方へ行って検査を……」

「ああああの!」

すぐにでも行ってしまいそうな気配を感じて、ぼくは大声で引き止めた。どうしても訊いておきたいことがあったのだ。

「何です?」

「ここここの病気なんですが、いいいい命にかかか関わるようなことはないでしょうか」

ミヤケ医師はぼくのドモリ方に驚いたらしく、一瞬答えに詰まり、それから医師特有の笑顔を見せた。商売用のスマイルというやつだ。

「心配しなくても大丈夫ですよ……」

言いながら肩へ手を置く。

「しししかしさささっき、かかか隔離の必要があるとか言ってませんでしたか」

「それはですね、本当に最悪の場合ですよ。ぼくが心配したのは、伝染性とか集中治療の必要とか、そういうことではないんです。いいですか。あなたの症状はですね、外科的に言えば単なる汗腺炎です。これは正木先生の診断ですから間違いないでしょう。で、分からないのはこの強烈な臭いの発生原因。こちらの方はぼくの、病理の担当ですが、もちろん命に関わる問題とは思えません。あなたがおっしゃっていたように、あのシャーレの中の物質が臭いの原因だったとしてもですよ、それが命に関わるほど危険な物質である可能性はゼロに近いと思います」

「ブブブブレビバクテリアがですか？」

「もちろんブレビバクテリアなんて、その辺にうようよいる生物ですよ。何しろチーズとして食っているんですから。何の心配もありません。もし仮にブレビバクテリアでなかったとしても、危険度は低いものだと思います。というのはその……バイアス製薬？　バイアス製薬というのは民間レベルの研究所ですよね。ぼくなんか名前も聞いたことがない。ということは、Ｐ－３やＰ－４などという危険なバイオ研究は法的にもできないはずなんです。おそらくＰ－２レベルでもないでしょう」

「つつつつまりひひひ人にはでで伝染しないんですね？」

「今のところ可能性は極めて低い、と申し上げておきましょう」

「ゼゼゼゼロではないんですか」

「医学や科学にゼロあるいは百パーセントということはあり得ませんからね」

この時、ぼくの胸中を占めていた懸念はマリノレイコのことだった。彼女の体がぼくのように臭い始めてしまったら……。考えるだに恐ろしいことだ。不幸中の幸いとも言うべきかぼくは無嗅覚症だから何も感じないが、果たして彼女の正常な嗅覚が自分の体から立ちのぼる強烈な臭いに堪えることができるだろうか？

「たたたた例えばのはは話ですけど。ぼぼぼぼくに恋人がいたとして、にににに肉体交渉があったら、かかか彼女には伝染しませんか？」

コーヒーを作ったビーカーを流しへ運ぶ途中だったミヤケ医師はふと動きを止め、ゆっくり振り向いた。しばらく口の中で言葉の飴玉(あめだま)をしゃぶり、適当な大きさにしてからぽろりと吐き出す。

「それは控えておいた方が無難でしょう。今の段階では何とも言えませんが……とにかく過度な接触は控えて下さい」

〝控えて〟ではなく、既に〝して〟しまった場合はどうなのだ！　とぼくは大声で尋ねたかった。が、ミヤケ医師はそれ以上を話すのを避けるかのようにさっさと背中を向け、ビーカーを洗い始めてしまう。その六川に似た後ろ姿は、まるで何かの符号のようだ。ぼくは避妊の気配りもせずに行ってしまったマリノレイコとのセックスを反芻し、頭の皮が引き攣(つ)るほど後悔した。

「まあ、あれです。まだ二、三日のことでしょう。もしかしたら明日には臭わなくなるかもしれないし。とにかく鷹揚に構えることですよ。でないと先に精神の方がまいってしまいますからね」

水音を響かせながら、ミヤケ医師は不自然なほどの明るい声で言った。ぼくは「はあ」と小声で答え、本当にそうだったらどんなにか嬉しいだろうと夢想した。

この時点でのミヤケ医師の予想は、一週間後に半分が当たり半分が外れることとなる。つまり〝明日には臭わなくなるかもしれない〟という予想は外れ、〝先に精神の方がまいってしまいます〟という予想は当たったのだ。

13

異臭の原因未だ不明　東京都下全域

今月三日以来続いている東京都下の異臭騒ぎは、原因不明のまま一週間経過した。当初は世田谷、新宿、渋谷の三区を中心としていた異臭は日を追うごとに範囲を広め、九日の時点で都内全域からの苦情電話が警察、消防署などに殺到している。三日から九日までの苦情件数は延べ九万件にのぼり、特に世田谷区内の警察、消防署、保健所などでは電話回線が処理能力を越えて不通になるという事態を引き起こしている。苦情の内容はほとんどが「腐ったような臭いがし、吐き気を催す」「強烈な臭いが漂い、目がチカチカする」「屋外で深呼吸をすると、頭痛がする」などといったもの。事態を重くみた都環境部は対策本部を設け、原因の究明にあたっているが、今日に至るまで明確な答えは得られていない。

異臭は毎日午前十一時から午後六時すぎにかけてほぼ都内全域に漂い、風向きによっては千葉、埼玉などの周辺地域へも波及している模様。特に臭いが強いのは環状七号線や甲州街道など二車線以上の幹線道路に沿った地域で、このことから「特殊な光化学スモッグでは」と推察する向きもある。都環境部対策本部では都内の大気汚染度を調べるとともに、河川、下水、汚水処理場、ゴミ集積場などの調査を続けている。

『匂いの科学』著者・医学博士斉藤悟さん「匂いというものについては未だに解明されていない問題が山積しているのだが、特に今回の異臭騒ぎは謎が多い。これほどまでに広範囲へ漂うということは、大気と何らかの関係があると考えざるを得ないのだが、光化学スモッグの臭いとは明らかに種類が違う。観点を変えて取り組まなければ原因は究明できないのではないか」

14

ぼくは絶望的な気分で新聞を放り出し、クーラーへ駆け寄って送風を『強』にした後、壁の温度計を見た。十六度までは下がっているが、どうしてもそれ以下にはならないのだ。舌打ちを漏らしてソファへ掛け直すと、腋の下に当ててあるアイスノンが捩じれて背中へ回り、耳障りな音で鳴った。

向かいの酒棚に立て掛けてある姿見へ目を遣り、改めて自分の姿を観察する。史上最強の馬鹿といっても過言ではない恰好だ。

服は、自動車の修理工などが着ている白いツナギ。足首の部分と、袖、襟首はガムテープで肌へ貼りつけ、体の臭いが外へ漏らないように涙ぐましい努力をしている。体のあちこちがゴツゴツして見えるのは、内側に冷蔵庫の脱臭剤『ノンスメル』のパッケージをいくつも入れてあるからだ。腋の下は特に念入りな細工を施した。傷口へガーゼを貼り絆創膏で止めた上に、ノンスメルの中に入っていた活性炭を振りかけ、ビニールで被いをしてある。そしてカチンカチンに冷やしたアイスノンを当て、ガムテープと包帯で厳重に止めた。さらに服の上からもアイスノンを当てて紐で肩口へ縛り、生ゴミを捨てる時に使う黒いビニール袋に首・両腕の穴を三ヵ所開け、セーターのように頭からすっぽり被ってこれもガムテープで止めてある。

両方の腋の下へ二つずつアイスノンを当て、無数のノンスメルを体じゅうに忍ばせているために腕を下げることができず、さながら旧式のロボットが威張り散らしているかのようなポーズだ。ソファへ腰掛けていても、少しも体が休まらない。しかも室内のいたるところに、マリノレイコが買ってきてくれた『臭いを取る博多人形』という奇妙な置物が四十体も置いてある。ぼくはちょうど経文やお札に囲まれた耳なし芳一のように、『臭いを取る博多人形』に囲まれて息をひそめているわけだ。それだけではない。〝森の香りをあなたの部屋へ〟というキャッチフレーズのエア・クリーナーも十台まとめ買いし、部屋の四隅、酒棚、テーブルの下などへ設置してある。しかしながらこのエア・クリーナーはアンペア数が高いらしく、十台稼働させた上でテレビとエアコンをつけると、ブレーカーが落ちてしまう。だから今はその内の七台だけが動いて〝森の香り〟をこの部屋へ振りまいている。

それなのに、ぼくの努力はまったくむくわれていないのだ。

この一週間というものマスコミの報道によれば、日中の異臭はますます勢力を増して、都内全域を覆い尽くしているらしい。新聞の記事スペースも当初は小さな囲み記事だったのが、日を追うごとに見出しが大きくなり、臭いの激しさを物語るかのようだ。もちろんテレビ、ラジオのニュースでも必ず取り扱われている。特に一昨日の夜九時のＮＨＫニュースでは異臭問題を大きく取り上げ、各方面の識者を呼び集めてフリートーク方式で原因に迫ろうとしていた。その際にレポーターがぼくのマンションの近辺を取材し、

「ここが都内でも最も異臭が強いと思われる場所、世田谷区大原です」

と鼻栓をした状態で喋っていたのには肝を冷やした。録画だということに気付いて胸を撫で下ろしたものの、今にもぼくの部屋の扉を叩いて新聞記者やレポーターが訪ねてくるのではないかという不安は今日に至るまで続いている。

その番組の中では異臭がもたらした様々な社会事変をまず取り上げていた。一番めは、学級閉鎖となった小中学校の問題。都内全域でおよそ四千五百クラスが学級閉鎖となり、七十八校が休校となっているらしい。これはインフルエンザが猛威を振った昭和何年だかの冬よりもはるかにひどい状態で、都教育委員会も頭を痛めているとの

ことだ。二番めは都内各所の薬屋やスーパー、デパートなどで芳香剤や脱臭剤が爆発的に売れているという事象。シンクロナイズドスイミング用の鼻栓や、香水を染みこませたマスクなども飛ぶような売れ行きだそうだ。三番めはこれら〝異臭グッズ〟とも呼ぶべき商品を扱っている製造元の株が、ものすごい勢いで上がり続けているということ。文字通り鼻の利くプロが異臭騒ぎにつけこんで、製薬会社やサニタリー関係の会社の株を大量に買い集めた結果らしい。

フリートークに参加した識者は医者、科学者、文化人類学者、都環境部〝異臭対策本部〟部長、動物学者などいずれも臭いの問題について造詣の深い人物ばかりだったが、肝心の異臭の原因に関してはこれといった結論も導けないまま堂々巡りの議論を続けるに留まった。一番有力なのは『新種の光化学スモッグ』という説だが、言い出しっぺの科学者自身も半信半疑の様子だった。興味深かったのは都環境部〝異臭対策本部〟部長が、終わり近くにふと漏らした報告だ。それは例の新宿区西早稲田で数年前に発生した、原因不明の異臭騒ぎについてだった。

「この時は今回ほどの事態には発展しなかったのですが、およそ三日の間、西早稲田三丁目を中心とする半径五百メートル以内の地域にかなり強い刺激臭が漂いました。今回との類似点はですね、まず事前に近隣の犬たちが騒いだという点。それから異臭の漂う時間帯も一致してますね。ただまあ、わずか三日間のことでしたので、我々が腰を上げかけた時点では既に問題は解決していたわけでして……原因の方は不明のままであります」

彼は役人にありがちな、髪を七三に分けた真面目一本槍風の男だったが、知っていることを正直に喋ろうとする態度には好感が持てた。不思議なのは、どうしてバイアス製薬の名前が出てこないのかという点だ。いくら腰を上げかけた時点で異臭が消えていたからといっても、再発の可能性だってあるわけだから、近隣の事後調査くらいはしたはずだ。

ぼくは瓦礫の山と化したバイアス製薬跡地の風景を思い出し、夢でも見ていたかのような錯覚に陥った。あれは、本当の風景だったのだろうか。考えれば考えるほど、色々なことが非現実的に思えてくる。

この一週間の間にぼくの部屋を訪れた人物は四人。これはここ四、五年のぼくの歴史を振り返ってみると、かなり頻繁な人の出入りであると言っていい。四人の人物はそれぞれ〝ありがたい訪問者〟と〝ありがたくない訪問者〟の二グループに分けることができる。

まず〝ありがたい訪問者〟の代表は、言うまでもなくマリノレイコだ。彼女はほぼ毎日、陽が落ちてから大量の差し入れを持って訪れてくれた。日中を避けたのは臭いが強いせいと、彼女の仕事の都合のためだ。ぼくは本当に間抜けな男で、この時まで彼女が何をして生計を立てている女性なのか知らずにいた。自分と同じ境遇で働かずにブラブラしているのだと、勝手に思い込んでいたのだ。聞けば、父親が銀座で経営している大きな画廊で働いているのだと言う。とはいえ毎日出勤する義務があるわけではなく、規模の大きい展示会がある時だけ駆り出されているらしい。

「いてもいなくてもいい存在であることが気に入らないの」

そう愚痴をこぼした後に、「でも贅沢な言い分よね」と舌を出して見せたのがいかにも彼女らしくて、ぼくは何か暖かいものを懐に抱くような気分を味わった。

二人めの〝ありがたい訪問者〟は、ミヤケ医師だ。四日前、ちょうどマリノレイコが来て一緒にオニギリを食べているところへ訪ねてきた。腋の下へ塗る薬と内服薬を正木外科医から預かってきたと彼は説明し、気を利かしたのかすぐに帰ろうとする。あわてて引き止め検査の進み具合を尋ねると、あまり捗々しくないという答えが返ってきた。

「まずシャーレの中身なんですが……やはりブレビバクテリアでした。いくら調べても何の変哲もないバクテリアなんですよ。もちろんこんな異臭を発するなんて考えられません。それから膿の方ですがね。こちらもまた何の変哲もないただの膿なんですよ。明日、友人のバイオケミカルの専門家を呼んで、一緒に調べてもらおうと思っているのですが、進展があるかどうか……」

ようするに臭いの原因は不明のままなのだ。しかし一番心配していた伝染性については、はっきりと否定できる材料が揃ったわけなのだから、それだけでも喜ぶべきだろう。ミヤケ医師は連日の検査実験のためかかなりやつれた様子だったが、ぼくの部屋で一休みすることもなく病院へ帰っていった。別れ際に、

「もう一度腋の下の膿を取りたいので、近い内病院の方へ来て下さい。電話を入れますから」

とだけ言い残していったのが、ぼくの治療に躍起になっている証拠のように思えて実に頼もしく、また申し訳なくもあった。

さて〝ありがたくない訪問者〟の方だが、こちらは二人とも見知らぬ人物だった。一人はもう五日前になろうか、日中ぼくの体が一番臭い立つ時刻に訪ねてきた。部下からの報告を受け、自分の目で（というか鼻で）事の次第を確かめに来た中年の警察官だ。

ドアチャイムを苛立たしげに鳴らして、彼は勢いこんで登場した。元柔道部を想わ

せる立派な体格の大男だ。制服を脱いでサングラスをかけると、ヤクザの幹部と区別がつかないのではなかろうか。彼はぼくが両方の腋の下へアイスノンをあて、黒いゴミ袋を上半身に被っている格好を見て、不審げに瞳を曇らせた。そして、

「先日、警らのアベという者がお邪魔しましたよね……」

と話そうとした途中で鼻から息を吸ってしまったらしく、実に呆気なく足元へ嘔吐した。おそらく昼飯を食ったばかりだったのだろう。大量のラーメンがそっくりそのまま玄関先にぶちまけられ、ぼくは後ろへ三メートルも飛び退いた。大男の警察官は両方の鼻の穴から一本ずつ黄色い麺をぶら下げたまま、

「これはとんだことを……」

と、嘔吐の余韻のためになかなか定まらない声でしきりに恐縮した。人間というものは人前で嘔吐すると、ずいぶん気弱になるものらしい。あの大川モンという老婆もこの警察官も、嘔吐したとたん急に控え目な人間に変貌して、叱られた犬のような目をぼくに向けてきた。警察官はぼくが差し出した雑巾と新聞紙とペーパータオルで足元の不始末を掃除し、それから申し訳なさそうに二、三の質問をした後すぐに引き下がった。ようするに、ぼくの部屋の玄関先へゲロを吐きに訪れたようなものだ。不愉快な訪問者と呼んでしかるべきだろう。

もう一人の〝ありがたくない訪問者〟は、その翌日にやって来た保健所所員だ。見るからに疑り深そうな顔つきをした、初老の男だった。常に眉の間へ皺を寄せ、上目遣いにこちらの様子をじろじろと眺め回す。用心深い性質らしく、あらかじめ鼻をクリップでつまんでいる。玄関の扉を開くなり彼は、

「これは一体どういうことです」

とヒステリックな声を上げた。そして自分が保健所所員であること、警察から連絡を受けてぼくの部屋を訪れたこと、室内を点検したい旨などを矢継早に告げた。

「ひどい。これはひどい」

彼は何度もそう呟きながら室内を一巡りし、

「報告によるとご病気だということですが、どちらの病院へかかっています？」

と質問してきた。ぼくはその傍若無人な態度に反感を覚えながら、大学病院の名を告げた。彼はメモ帳を出して書きつけた後「ただじゃ済みませんよこれは」という内容のことをくどくどと漏らし、逃げるように去った。砂まじりの風が部屋を吹き抜け、後にざらざらした肌触りを残していったかのような印象だ。ぼくは不愉快で堪らず、彼が去った後もしばらく遣り場のない怒りを持て余していた。

——人のことをまるで害虫みたいに……。

る。その時の男の顔を思い出して屈辱的な気分を味わい、酒棚から赤ワインを取り上げる。昼間の禁酒などもうどこへやらだ。体が臭い出してからというもの、四時間ほどの短い眠りの間を除いてはほとんど酒びたりになっている。腋の下の傷に悪いからとマリノレイコにたしなめられても、止めることができない。頭の中を朦朧とさせておかないと恐ろしくて仕方ないのだ。

赤ワインを壜ごと傾けて飲む拍子に横目で壁の時計を見やると、十一時になるところだった。そろそろ表の気温が上がり始め、東京中が臭いたつ時刻だ。ぼくはアイスノンを挟んだ腋の下をぐっと締め、体を固くした。耳を澄ますと、近所の犬たちが呻き声を上げているのが聞こえる。もうとうに遠吠えをする元気を失い、萎えた声で唸るだけなのだ。

ぼくは目を閉じ、マリノレイコの電話から始まったこの一連の事件をゆっくりと反芻した。あの時、シャーレの中身に触りさえしなければ……。黒い水飴のような後悔が、胸の底でどろりと渦を巻く。それにしても六川は何故、こんなものを残していったのだろう。こういう事態を引き起こすと知っていたのだろうか……。

半眠半醒の状態で脳裏に高校時代の六川の姿が浮かびかけた時、ドアチャイムが二回遠慮がちに鳴った。時間帯から推察して、マリノレイコではない。〝ありがたい訪問者〟か、それとも〝ありがたくない訪問者〟か。厭な予感がして、ソファから立ち上がる気になれない。そこへもう一回、チャイムが響く。

覗き穴から様子を窺って、会いたくない人物だったら居留守を使おう。そう決心して、ようやく重い腰を上げる。一足ごとにガサガサ音がするのは、体じゅうに忍ばせてあるノンスメルの活性炭だ。あちこちで嵩張(かさば)り、歩きにくいことこの上ない。昔、『底抜け脱線ゲーム』というテレビ番組で、相撲取りの肉じゅばんを着せられて平均台を渡るタレントたちの滑稽(こっけい)な姿を観た記憶があるのだが、ちょうどそんな感じだ。舌打ちを漏らし、誰にともなく愚痴をこぼしながら玄関へ歩み寄る。前屈みにドアへ体を押しつけ、覗き穴へ瞳を近づける。

丸く歪んだ表の風景の中央に立っていたのは、女性だった。しかも驚いたことに、その顔には見覚えがあった。昔どこかで……。

「……山葉みどりだ」

かなり長い間観察してから、ぼくは気付いた。大学時代よりもかなり痩せ、濃い化粧をしているために老けた印象だが、間違いなく山葉みどりだった。実に何年ぶりのことだろう。ぼくは自分が今置かれている状況を一瞬だけ忘れ去り、なつかしさに胸を熱くして内鍵を外した。

扉を開けながら何か言おうと思ったのだが、言葉にならなかった。ぼくはただ無音の空気をドモるかのように口をぱくぱくさせ、だらしなく頬を緩めて笑いかけた。しかしながら山葉みどりは警戒して一歩退き、不愉快そうに眉をひそめた。

「……やっぱり武井くんだったのね」

鼻をつまんだ声で呟き、あらためてぼくの全身を見回す。ぼくは自分がとんでもない格好で応対していることに気付き、ひどく狼狽した。理由を説明しようとした矢先、彼女はエレベーターホールの方へ向かって、

「ここよ。ここ！」

と手を振って見せた。身を乗り出して眺めると、数人の男たちがこちらへ向かってくる。何やら重そうな機械を手押し車に載せた、若い屈強な男たちだ。大型の照明器具を運んでいるらしい。それから太い電気ケーブルやレフ板、マイクロフォン、ビデオカメラ……！

「お久しぶりね」

山葉みどりはぼくの方へ向き直ると、苦しそうに笑って見せた。昔は丸顔でぽっちゃりした印象だったのに、すっかり痩せて般若（はんにゃ）の面のようだ。髪も流行のベリーショートにして、口紅と同じ真っ赤なワンピースを着ている。

「や、きききき君はその……」

「ちょっとお邪魔するわよ。いいでしょう。はあい、こっちよ。この部屋」

「いやあのそそそそ……」

止める間もなく山葉みどりはぼくの脇をすばしっこく擦り抜け、室内へ踏み込んだ。大量のノンスメルとアイスノンのせいで体の切れが悪く、彼女の動きについていくのがやっとだ。

「変わった部屋ねえ」

彼女は居間へ入るなり部屋じゅうに散らばっている『臭いを取る博多人形』を取り上げ、

「これはあれかしら、何かの宗教？」

「ちちちち……」

「それにどうしてクーラーなんかつけてるの。寒いでしょう。わあ、すごいお酒ね。これ全部武井くんの？　しかしその格好は何とかならないの。そんな格好でテレビに出ちゃうと、後々悔いが残るわよ。はあい、ここね。このソファで話すから。そこの台所から撮ればいいんじゃない」

振り向くと既に玄関には数人の男たちが到着し、てきぱきした動作で機材を室内へ運び込み始めている。誰もがうつむきがちに無言で作業しているのは、おそらく鼻から息を吸うまいと呼吸を止めているせいだろう。

「ききき君は……」

彼らの無言の圧力で居間へ追いやられたぼくは、山葉みどりに食ってかかろうとした。あまりの展開に頭が混乱し、耳の後ろが脈打っている。しかし彼女はぼくの剣幕に微塵(みじん)もたじろぐことなく、肩にかけていたポシェットから名刺を取り出した。機先を制された格好で受け取ると、そこにはこんな文字が並んでいた。

YTV スーパーアフタヌーンショウ
〝突撃みどり〟レポーター
山葉みどり

ぼくは唖然として言葉を失い、名刺と彼女の顔を何度も見比べた。テレビ局へ就職したらしいという噂は聞いたが、レポーターになっているなどとは予想だにしなかった。しかもこうしてぼくを取材に来るなんて。

「観てくれてる？」

彼女はソファへ腰を下ろし、ひらりと足を組んだ。臭いさえなければ、煙草をくわえるところだろう。ぼくは何のことを訊かれたのか分からず、首をかしげて見せる。

「だから私の番組よ。観てくれてる？」

「いやみみみ観てない。ぼぼぼぼくは……」

「何よ友達甲斐がないわねえ」

山葉みどりは心底不愉快そうに鼻を鳴らし、何かとても忌まわしい言葉を口の中で呟いた。ぼくは台所で着々と進んでいる撮影の準備に気を取られ、その言葉を聞き逃した。半開きになった玄関の扉の外からケーブルが引き込まれ、大型のトランスの電源が入る。四方へ伸びるコード。扇型のレフ板が開き、角度が調節される。大きな炎が燃え上がるような音を立てて、照明が一気に灯る。あまりの光量に、一瞬目の前が真っ白になる。光の照射を避けてうつむき、瞼をごしごし擦りながら「困るよ、困るよ」とぼくは必死で訴えた。

「十五分だけ。ね。十分でもいいわ。私が訊くことに答えてくれればいいの。簡単でしょう」

「いやここ困る……」

「これ明日の放送分なのよ。正午からYTVでやってるスーパーアフタヌーンショウって、知ってるでしょう？　観たことはなくても番組名くらいは聞いたことあるはずよね。私その中で水曜日に十分間のコーナーを持ってるのよ。もう半年になるんだけど。〝突撃みどり〟っていうコーナーでね。すごく評判がいいの。先週は赤ん坊を三人殺した二十代の母親をインタビューしたし、その前の週は後足がなくて車椅子に乗ってる犬を取材したのよ。で、今週は武井くん、あなたよ。どうしても協力してもらいたいの。でないと私困るのよ」

「いいいい嫌だ。どどどうしてぼくが……」

「でもあなたには責任があるのよ。そうでしょう」

「せせせせせせ責任？」

「この臭いよ。惚(とぼ)けるつもり？　私たちの方じゃ、もうすっかり裏は取ってあるんだから。言い逃れしようとしても無駄よ」

「うううううううう裏？」

興奮と混乱のせいでぼくはまともに話せなくなっている。山葉みどりは確信に満ちた表情でぼくを見据え、ポシェットから小さなメモ用紙の束を取り出した。

「臭いの問題を取り上げようってことは先週の企画会議の段階で決まっていたの。原因の徹底追究ってことでね。都の環境部や衛生局で取材して、結構大変だったのよ。それで……専門家の意見を聞いた上で臭いの中心地を絞って、一体どこが臭ってるのか探してたのよ。そうやって調べてる間も、東京がどんどん臭くなっていったでしょう。私、ぜったいにこの企画は当たると思って、もう必死だったわ。そこへ視聴者から電話が入ったわけよ。ええと、ああここに書いてある。大川モンっていう人。このマンションの人でしょう？　臭いの原因を教えるっていう電話だったのよ。びっくりしたわ。だって武井くんの名前が出てくるんですもの。まさかと思ったけど。それで裏を取ったのよ。管轄の警察と保健所へ問い合わせて様子を聞いたり、それからあなたの通っている病院のお医者さん……正木さんとミヤケさん？　この二人にも昨日会ったわ。特にミヤケさんの方からはかなり詳しい話を聞いて……彼も確信してたわよ、この臭いの原因はあなただって。二、三日中には都の環境部の方へ申し出るつもりだって言ってたわ」

「もも申し出る⁉」

身震いが背筋を伝い、体じゅうのノンスメルが一斉にガサガサと鳴った。まるで人間マラカスのような具合だ。

「だって放っておくわけにはいかないでしょう。その話を聞いて私も急遽ここへ来たわけよ。隔離されたりしたら、取材できないもんね。いい？ これは私にとってもチャンスなの。昼の番組からゴールデンタイムへジャンプ・アップする足掛かりにしたいのよ」

「ぼぼぼぼぼくは……」

「まだ他の局はもちろん、新聞社も感付いていないでしょう？ スクープなのよこれは！ ね、お願い。取材させて。山葉みどり一生のお願い。もちろんお礼はたっぷり出すし、どうしても嫌だって言うんなら顔の部分はモザイクにして、匿名にしてあげてもいいから。ね」

鼻をつまんだまま機関銃のように喋りつづける山葉みどりには、一種異様な迫力があった。その勢いに気圧されてぼくは後ずさり、魔女ゴーゴンの視線を避ける船乗りのようにうつむいた。整理し切れない言葉の断片が両耳の間を右往左往し、頭が加熱して悲鳴を上げている。

ミヤケ医師。都環境部。申し出る。隔離。スクープ……。

何とかこの場を逃げ出せないかと玄関の方へ目を遣ると、半開きになった扉の隙間から覗いている沢山の瞳と出くわした。大川モンをはじめとする、マンション内の物見高い連中だ。表の踊り場にたむろして、決定的瞬間を見物しようとざわめいている。そして室内の台所付近には、スタッフの男たちが六人、鮨詰めの状態で機材にしがみついている。一番手前にカメラを構えた男がいて、ぼくと山葉みどりの方を……。

「とととととと撮ってるッ！」

ぼくは両腕で顔を隠し、あわてて部屋の奥へ走り込んだ。一体どの時点から撮っていたのだろう。背後から撮られていたために、全然気付かなかった。心臓の鼓動に合わせて、体じゅうのノンスメルが乾いた音を立てる。ベッドルームと居間とを仕切る襖（ふすま）を閉め、ほんの二センチほどの隙間から居間の様子を窺う。カメラを肩へ載せた男はゆっくりと居間へ進み、山葉みどりの正面で足を止めた。彼女はソファへきちんと座り直し、鼻をつまんだまま笑顔を作る。

「山葉み・ど・り、でえええす！」

割れんばかりの大声が響き渡った。彼女はいつのまにかマイクを手にし、三方からの照明を浴びて、セルロイド人形のようにてらてらと輝いている。

「私がどうして鼻をつまんでいるかお分かりですか？　東京にお住まいの皆さんはお

分かりですよね。そうです東京は今、すっごくクサイんです。今日の〝突撃みどり〟は、東京人たちをすっかり辟易(へきえき)させている異臭問題を取り上げてみました」

彼女はそこでいったん話を切り、カメラの脇に立っているディレクターらしき小男に「ここでCM？」と尋ねた。

「いや。別撮りが入ります」

「何がくるの。街の声？　それとも専門家の意見が先？」

「街の声だね。それからあの婆さんの話がきて、専門家、医者と」

「新聞記事や図表も忘れないでね。街の声の後へ入れるのがいいと思う」

「ＯＫ」

「大学病院の医者の方も大丈夫よね」

「別班が今行ってるよ。ああひどい臭いだ。むかむかする……」

小男のディレクターは苦しげに喘ぎながらこめかみを押さえ、外の空気を吸いに部屋を出ていった。後をまかされた体格のいいカメラマンが、代わって秒読みを開始する。五本立てた指を、一本ずつ折っていく。四、三、二、一……。

「この物凄い悪臭。今のところ都環境部や衛生局では原因が摑めないまま、頭を悩ませています。新種の光化学スモッグとか、汚水処理場の換気システムの故障とか、様々な憶測が乱れ飛んでいますが、実は私、独自の情報網を駆使して悪臭の原因を突き止めました！　正直言って自分でもまだ信じられないことが原因なのです。この東京中を汚染している大規模な臭いは、元を辿っていくと何と！　私がいまお邪魔しているこの部屋、世田谷区大原にあるマンションの一室から始まっていることが判明したのです。しかもこの部屋の持ち主……仮にTさんとしておきましょう……この人の体から東京中へ向けて、悪臭が広がっているのです。信じられないでしょう？　無理ありませんよね。私だって半信半疑なんですから。でも裏付けもあるのです。二、三日中には、都環境部もTさんの隔離について検討を始めるはずです。今日は私、山葉みどりがすべてのマスコミに先んじて、Tさんに独占インタビューいたします。突撃、みどりー！」

彼女は拳を高く差し上げて叫び、衝突するほどの勢いでカメラに顔を近づけた。それからおもむろに立ち上がり、ぼくのいるベッドルームへ突進してくる。襖の隙間からそれを見たぼくは逃げ場を探して後ずさり、ベランダへ駆け出した。しかしサッシ戸の鍵を外そうとしてもたもたしているところへ背後の襖が開かれ、山葉みどりのカン高い声に引き止められた。

「Tさん！　カメラが回ってますよ！」

振り向くと台所や居間からの大型照明の光が、一斉にぼくを照らし出した。その光の束を背に、山葉みどりの姿がシルエットで浮かび上がっている。まぶしさにうつむき、両手で顔を覆う。

「こちらが今お話しした問題のTさんです。Tさん？　こんにちは山葉みどりです。はじめまして」

ぼくはうつむいて顔を隠したまま、激しく首を振った。カメラマンを引き連れた山葉みどりが、ゆっくりと近づいてくる気配。逃れようとして後ろへ下がると、すぐにサッシ戸に行き当たってしまう。逃げ場がない。

「いくつか質問させてくださいね。まず最初に……Tさんご自身は、東京中が迷惑を被っているこの悪臭の原因についてどうお考えですか？　ご自分に原因があるということを知っていますか？」

ぼくは固く口を噤（つぐ）み、カメラへ背中を向けた。

「Tさん？　質問に答えてくださるお約束でしょう？　お願いします」

山葉みどりはぼくの肩へ手をかけ、強く揺さぶった。それでも黙秘していると、尖（とが）った爪の先で肩の肉を思い切りツネり上げてくる。

「どうして答えて下さらないんですか？」

山葉みどりの声は徐々に熱を帯び、爪の先に力が籠められる。あまりの痛みにぼくは声を上げそうになり、逃れようとして体をひねった。その拍子に彼女は足元のバランスを失い、ぼくの両腕に倒れ込んでくる。ちょうど腋の下へ顔を突っ込むような格好だ。鼻をつまんでいた手でぼくを突き飛ばし、彼女は何か言おうとした。と、その顔が見る見る青ざめる。

次の瞬間、彼女は一気に嘔吐した。食事前だったせいか、黄色い水のようなものが足元へ飛び散る。背後で、カメラマンが何か叫ぶ。彼女はその場へうずくまり、喉の奥から上がってこようとするものを必死で堪えた。かなり長い間しゃっくりとげっぷを繰り返しながら、

「……カメラ止めて」

と苦しげに訴える。

「だだだ大丈夫？」

心配になってそばへ寄ろうとすると、彼女は鋭い刃物のような視線でぼくを制止した。そして傍らのベッドへ横たわり、カメラマンを呼んで耳元へ何か囁いた。台所の方から遠巻きに眺めていたスタッフの一人が駆け寄って来、ピンク色の鼻栓を彼女に手渡す。短い密談が交わされる間、ぼくは妙に手持ち無沙汰な状態になって足元の吐

瀉物をティッシュで拭き取ったりした。怒りと羞恥心の入り混じった複雑な気持だった。

「撮影は中止よ」

やがて彼女はそう宣言し、ぼくに向かって苦しげに微笑した。カメラマンや音声の男たちが居間の方へ引き上げる。ぼくは心底ほっとして彼らの後ろ姿を見送り、腋の下からずれたアイスノンの位置を直した。

「……しばらく休ませてね」

ベッドに横たわったまま、山葉みどりはうって変わって殊勝な様子で嘆願する。ぼくは急に申し訳ない気持でいっぱいになり、

「もももちろんだよ」

と答えながら、汚れたティッシュの塊を屑箱（くずばこ）へ始末した。

「本当にすごい臭いね……びっくりしちゃったわ」

彼女は静かに上体を起こし、ピンクの鼻栓で鼻孔をつまんだ。すっかり疲労し切った様子で、言葉の調子までぐったりしている。

「大学時代のクラスメートとして言うんだけど、これは放っておいたら大変なことになるわよ。どういうふうに考えてるの？　このままだと確実に隔離されるわよ。あの

ミヤケっていう医者の話だと、今のところ治療の見込みはないらしいじゃない。一体何が原因なの？」

彼女は営業用ではなく、昔の恋人としての顔に戻って訊いてきた。不意に声を放って泣き出したい気持にかられたのは、彼女との幸せなセックスに明け暮れていた大学時代を思い出したからだ。あの頃は母親も元気でいたし、嗅覚も正常だったし、もちろん体から異臭を放つこともなかった。甘い怠惰な時間がぼくを柔らかく包み、それはまるで一生続くかのような錯覚さえ抱いていた。晴れ上がった青空の真ん中で微風になびく旗のように、明るく穏やかな日々……。そういう時代がぼくにもあったのだということが、今のぼくをかえって絶望的な気分にさせる。

山葉みどりの少し年取った顔を見つめながら、ぼくは事の顚末をぽつりぽつりと語り始めた。我ながら弁解がましい口調になってしまったのは、昔の恋人の前であまりにも惨めな自分の境遇を裸のまま晒すのが堪えがたかったからだと思う。話していく内にぼくはこの異臭事件の元が自分であることを素直に認め、同時にぼく自身が一番の被害者でもあることを強調していた。

山葉みどりは時折短い質問を差し挟みながらぼくの話に聞き入った。そして徐々に体の位置をずらし、おおまかに話し終える頃にはぼくと並んでベッドの縁へ腰掛けていた。ぼくは間近にその横顔を眺め、肩口へ触れる髪の気配を感じて、ずいぶん感傷的な気分になった。もしも大学の時にぼくの母親が死ななければ、もしも嗅覚が正常なままだったら……彼女とぼくはもっと長い間恋人でいられただろう。そして、ひょっとしたらぼくらは結婚していたかもしれないのだ。話に相槌を打つ彼女の瞳を見つめながら、そんなことをひそかに考えたりする。

「大丈夫。きっとよくなるわ」

ほとんどすべてを話し終えて黙り込んだぼくに向かって、彼女はそう言った。

「私も知り合いの医者や学者に意見を聞いたり……とにかくできるだけのことをするわ。だから悪く思わないでね」

「悪く？　そそそんなこと……」

ぼくの言葉が終わらない内に彼女は素早く立ち上がり、

「OK？　じゃあシメのところをお願い」

と居間のスタッフたちに言った。振り向いたとたん、ぼくは言葉を失った。居間のソファのあたりから、ビデオカメラがぼくの背中をとらえていたのだ。録画中を表す赤いランプが灯り、その脇では小男のディレクターがモニターを眺めている。一部始終撮られていたのだ。山葉みどりはあらためてビデオカメラの前に立ち、

「事実は小説よりも奇なり。私は今、この言葉をあらためて嚙みしめています。悪臭の最前線から、山葉みどりがお届けしました」

「ようし。お疲れさん」

小男のディレクターが膝を打ち、スタッフの間に溜め息が漏れる。呆気に取られたままのぼくを尻目に片づけが始まり、室内が騒然とする。山葉みどりはさっさと玄関へ向かい、靴を履きながら振り返ってこう言った。

「オン・エアは明日の正午よ。絶対に悪いようにはしないから。私を信用して」

15

ミヤケ医師はブラインドをほんの少し引き上げて表の様子を窺い、

「こいつは壮観だなあ」

と大声を上げた。ぼくは相槌を打つ気にもなれず、治療室の中央に据えられたリクライニング式シートに腰掛けたまま溜め息を漏らした。わざわざ窓へ寄って眺めなくても、表の様子は手に取るように分かる。病院前の駐車場から正面玄関にかけて、押し寄せた報道陣やヤジ馬たちの数は百人を下らない。ここへ入って来る際にも囲まれてしまい、ひどく手間取ったのだ。一斉に浴びせかけられるフラッシュや、カウンターパンチのように繰り出されるマイク、容赦のない質問、罵声……。

「こういう状態だと、通院は困難だなあ。自宅の方はどうなんです？」

「ももももっとたた沢山来てます」

「本来なら入院を考えるべきなんだが……気密室のある病院でないと、対応できませんからね。弱ったな……。や、あんなところから望遠で狙ってる奴がいる。危ないなあ」

スーパーアフタヌーンショウがオン・エアになったその日から、ぼくの生活は一変した。ひっきりなしに鳴り出す電話。押し寄せる記者やレポーター。マンションを囲むヤジ馬たち。これらは昼となく夜となく、死肉に群がるハエのようにつきまとってきた。聞きしにまさる大攻勢とはこのことだ。

始めの内は馬鹿正直に応対し、果てしなくドモりながら必死で弁解したりしていたのだが、あまりにも無礼な取材や脅迫電話などが相次ぎ、ぼくはすっかり対人恐怖症になってしまった。中でも特に非常識だったのはスーパーアフタヌーンショウのオン・エア当日に掛かってきた、大谷という男からの電話だ。彼はまずぼくの電話番号を調べるのにひどく苦労したと訴え、それから〝突撃みどり〟を観たとたんに天啓を受けたのだと熱っぽく語った。

「あなたを大スターにするのが私の使命だと感じたのです」

その口調には狂信者めいたところがあったのでぼくは恐れをなし、適当に相槌を打ちながら受話器を置く口実を考えていた。と、彼はこんなことを言った。

「実は私、大谷大サーカスという見世物小屋の座長でして。あなたはぜひウチへ来るべきだと思うのです。〝世界一クサイ男〟。これは絶対にウケますよ。大ヒット間違いなし！　契約金も二百五十万用意します。もちろん月給は別で。一緒に旅公演を打ちましょう。日本だけじゃなくて、世界中回るんです。五年も公演すればあなたも私も大金持ちになれること、うけあいますよ……」

返す言葉もないまま、ぼくは受話器を置いた。しかしこの大谷という男はその後も執拗に電話を掛けて寄越した。他にもタレント事務所、大手広告代理店などからも、ワケの分からない契約の誘いがあった。もちろんテレビ局やラジオ局からの出演依頼や、新聞雑誌の取材申込みの電話も後を絶たない。そのうちどうにも捌き切れなくなってぼくは沈黙を決め込むことにした。電話が鳴っても、ドアチャイムが鳴っても絶対に出ない。ぼくのような無名人が相手なのだから、しばらく蟄居すればあきらめると思ったのだ。ところがこの考えはまるで認識不足だった。マスコミ連中はぼくが喋ろうが黙っていようがそれなりの記事やニュースをでっち上げ、あきらめるどころかますます激しい取材攻勢をかけてきた。もちろんその規模も日を追うごとに大きくなり、ぼくのマンション前の細い道はまるで縁日みたいな賑わいだ。今朝方などはどこかの馬鹿なタコ焼き屋が表通りへ折れる角地に店を開こうとし、整理にあたっていた警官（これは例のアベという若い警官だ）に注意される一幕さえ眺められた。

マスコミによって与えられたぼくの呼び名は各社様々だが、共通点がひとつある。どれも興味本位でネーミングしており、まるで容赦がないという点だ。

『スメル男』『悪臭野郎』『超ワキガ人間』『ウルトラ・ワキガ男』『異臭人間』『史上最悪臭の男』『東京を臭くした張本人』

ざっと挙げてみてもこれだけの呼び名やキャッチフレーズがぼくに与えられた。始めの数日こそ本名は伏せられていたが、いつのまにかこの人道的な措置も反故にされてしまい、ぼくは武井武留として記事やニュースに登場するようになった。千五百万の東京都民に大迷惑をかけているのだから、人権など無視しても構わないという風潮がマスコミ内に蔓延していた。

これらマスコミの加熱ぶりは腰の重い公的機関をも動かしたらしく、山葉みどりの予告通り都環境部からの通達がミヤケ医師を通じてぼくの元へ入った。一度大学病院の方で会って、ミヤケ医師ともども対策を練りたいという申し入れだ。それを受けてぼくは今日、久々に部屋を出てミヤケ医師の研究室を訪れたのだった……。

「気密室となると……隔離施設か。あるいは生物化学研究所か。しかしなあ」

ミヤケ医師は窓のそばを離れ、腕組みをしながら治療室の中を歩き回った。

「ふふ船に乗せて、むむ無人島にしし島流しにでもしますか」

ぼくは皮肉たっぷりに呟いた。それはついさっき別れたばかりの都環境部職員が、半分本気で言っていた提案だ。彼は見るからに小心そうな四十代前半の貧相な男だったが、ぼくが絶望し切った様子の若者でしかもドモリの癖があることを察知するや否や、不意に態度を変えて威張り散らした。温厚なミヤケ医師さえも、彼の豹変ぶりには眉をひそめ明らかに不愉快そうな表情を漏らしたほどだ。その男は約三十分間を一人で喋りまくり、極論ばかりを展開した挙句にぼくのことを産業廃棄物と同じレベルで扱おうとした。そして座が静まり返った瞬間に鼻で息継ぎをしたらしく、呆気なく嘔吐しながら「医者医者！」と騒ぎ立て、内科病棟の方へ運ばれていったのだ。

「あんな馬鹿者の言ったことを真に受けてはいけませんよ」

ミヤケ医師は力強く言って、ぼくの肩を叩いた。

「おのれの保身しか考えていない小役人ですよ。あなたは人間なんだ。産業廃棄物とはワケが違う」

「ででも、放っておけばとと都民に迷惑がかかるという点ではにに似たようなものでしょう。ぼぼぼくはやはりどどこかにかか隔離されるべきなんです」

「それは……最終的にはそうせざるを得ない状況になるかもしれませんが。それにしたって、あなたの人権をきちんと守った上の隔離でなければならないはずです。臭いを発しているということを除けば、あなたはまったくの正常人なんですから。ヤシの木が一本生えているだけの無人島へ置いてきたり、ただ単に閉じ込めておくだけの隔離施設へ入れるなんて納得できませんよ。第一今のままの状態では、法定伝染病などの隔離施設では対応し切れないでしょう。現実問題として、他の患者に与える影響が大きすぎます。もう少し臭いが弱まらないことには、同じ施設内にいる患者がみんな呼吸困難になって死んでしまいますよ」

ミヤケ医師は慰めるつもりでそう言ったのだろうが、結果としてぼくを傷付けていることに気付かない様子だ。ようするにぼくの体から発する臭いは、体力のない病人を殺しかねないほどの悪臭なのだ。

「かか帰ります」

ぽつりと漏らして、リクライニング・シートから下りる。まったく暗澹たる気持だった。いっそのこと高熱を発したり、身も痩せ細るほどの下痢でも併発すればいいのだ。そうすればマスコミも少しは同情してくれるだろうし、ぼくとしても免罪符を手に入れた気分になれるだろうに。

「いや、ちょっと待って」

「まだけけ検査があるんですか？」

靴を履きながらうんざりした声を出す。ミヤケ医師は髪の毛を掻きむしりながら近づいて来、どういうつもりなのか頭を深く下げた。

「本当に申し訳ない。こんな大事になったのは私にも責任があります。テレビ局に取材されて軽々しくあなたのことを喋ってしまったのは、私の大きな過ちでした」

「いえそそそんな……」

「それに私は正木さんからあなたを預かった時点で、安請け合いをしすぎたようです。すぐに治療の手立てが見つかるようなことを言って……。まったくお恥ずかしい。正直言って、私一人の手に余るような状態なのです。しかしそのう、悲観的にならないで下さいね。医大内の同僚や昔の仲間に声をかけて、昨日からプロジェクトチームも組みましたし。今こうしている間にも、二十人近くのスタッフが検査や分析を進めていますから」

「あああありがとうございます」

ぼくはもう少しで泣くところだった。潤みかけた瞳を上げると、寝不足と過労から粉を吹いたように荒れたミヤケ医師の肌が間近に眺められた。たぶん顕微鏡の覗きすぎなのだろう、眼球も真っ赤に血走っている。彼がぼくのためにどれほどの努力をしてくれているのかは、その表情を見れば明らかなことだ。

「これを着て、裏門から出るといい」

治療室を出がけにミヤケ医師は自分の着ていた白衣を渡してくれた。

「いえあの、ちち地下の駐車場から出ます。ままマリノさんが車でたた待機してくれてるから……」

「ああ、それはいい。裏門よりもっと安全でしょう」

「ぼぼぼくに連絡を取る時は、ままマリノさんへ電話して下さい。ちち直接かけても出ないことにしてますから」

「分かりました」

ぼくはポケットからサングラスを出してかけ、白衣を肩に羽織って治療室を後にした。扉を開けると、左右に長い廊下が続いている。天井が低く、まるで四角いトンネルのような眺めだ。幸い人の気配はない。腕時計を見ると、五時を少し回ったところだ。病院に着いたのは二時だったから、三時間もマリノレイコを待たせた計算になる。勢い小走りになって、エレベーターへ急ぐ。

「非常階段を使った方がいいですよ！」

背後から声が響く。振り向くとミヤケ医師が治療室の扉のところへ立って、右手の方を指さしている。軽く会釈して突き当たりを右へ折れる。すぐに非常階段への扉があった。手前へ引くと、下方から生あたたかい風が吹き上げてくる。その風音以外には何も聞こえない、不気味なほど静かな空間だ。できるだけ足音を忍ばせて下りていくが、スニーカーのゴム底がリノリウムのタイルを擦り、鼠の鳴くような音を響かせてしまう。下から誰かが昇ってくるのではないかと、気が気ではない。五階から地階までの、ほんの十数秒の距離が果てしなく長く感じられる。

と、ちょうど三階へ差し掛かった辺りでぼくはふと足を止めた。物音を聞いたような気がしたのだ。ずっと下の方……地階のガレージへ通じる扉の開く音が、長く尾を引いて響いてくる。誰かが、非常階段を上がってくるらしい。あわてて周囲を見回すが、当然のことながら身を隠すような場所はない。三階の扉を開いて、いったん廊下へ出るべきだろうか……？　迷っている内に、足音はどんどん近づいてくる。革底の靴音だ。ゆっくりと一段一段、昇ってくる。おそるおそる手すりから身を乗り出して見下ろすと、白衣を着た男の左半身がちらりと見えた。どうやらこの病院の医者であるらしい。胸を撫で下ろし、動揺を押し隠して下り始める。二つの足音が非常階段の細長い空間に跳ね返り、交錯する。

二階と一階の間で、ぼくらは擦れ違った。白衣を着、大きなボストンバッグを持ったその男はぼくの姿をみとめると一瞬たじろいだが、すぐに視線を逸らして階段を昇っていった。無事擦れ違ったことでぼくは安堵の溜め息を漏らし、地階へ急いだ。と次の瞬間、

「ちょと待つある！」

頭上で男の声が響いた。日本人とは思えない、妙なイントネーションだった。びくりと肩を震わせて仰ぎ見ると、異様に緊張した男の瞳がぼくを睨みつけている。

「おまえちょと待つ！　おまえ名前なに言う？」

「……え？」

男は一歩階段を下り、ぼくに近づいた。その靴音が硬く、力強く、非常階段の遥か上方まで響き渡る。痩身で背の高い、植物的な印象の男だ。ポマードで撫でつけて真ん中から分けた髪、鋭角的に張り出した頬骨、釣り上がった細い目。一度も会った覚えはない。なのにどこかでその声を聞いたような気がする。

「ちょと来る！」

男はもう一歩踏み出す。同時にぼくは身を翻し、転がるように階段を駆け下りた。男の靴音が、後を追ってくる。二つの足音がそこらじゅうに反響して耳を塞ぐ。男の靴音はぼくのそれよりも小刻みに加速して近づいてくる。すぐ背後まで追いつかれたような気がして、振り向けない。首筋に息がかかりそうな距離で、はあはあと獣じみた音がする。誰だ。誰だ。こいつは誰だ？　頭の中が真っ赤になり、果てしなく続く階段の一段一段が瞳へ飛び込んでくる。

もうだめだと思った瞬間、視界の隅をガレージへの扉がかすめ、ぼくは最後の十五段近くを一気に翔んだ。着地と同時に、癒えたばかりの左足の小指に電気が走る。前のめりに転びながらちらりと背後を振り返ると、男との距離はまだ思ったよりも離れていた。扉へ体当たりしてノブをひねり、ガレージへ飛び出す。

「待つ！」

男の声が四、五メートル後ろで、火花のように爆ぜる。ガレージ内は薄暗く、目が慣れるまでに一瞬の間があった。かなり広いスペース。二十台近い車が壁に沿って整然と並んでいる。足を引きずりながら走り始める。シトロエン……シトロエン……。背後で勢いよく扉が押し開かれる。振り向くと男が階段室からの明かりを背に、真っ黒なシルエットで立っている。すぐに革靴の音がガレージの低い天井に反響し始める。ものすごい駿足だ。ぼくは半ばあきらめ、しかし立ち止まって迎え撃つこともできずに、足を引きずりながら走り続ける。

と、背後でエンジンのかかる音が響いた。ほとんど同時にタイヤを軋ませて発進する一台の車。上向きに点灯したヘッドライトが目を射る。クラクションが二回、続けざまに叫び声を上げる。車は、すぐ背後まで迫っていた男の脇を猛スピードで擦り抜け、ぼくを追い越して二、三メートル先で急ブレーキをかけた。助手席のドアが勢いよく開き、

「乗って！」

マリノレイコの声が平手打ちのようにぼくを撲つ。足の痛みも忘れて助手席へ飛び込むと、彼女は床を踏み抜くばかりにアクセルを踏んだ。後輪が煙を吐いて空転し、シトロエンはとんでもないスピードで発車した。あっという間に地上へ出、通用門のあたりにたむろしている報道陣の輪が間近に迫る。が、マリノレイコはアクセルから足を離そうとしない。クラクションを押さえつけたまま、何人もの人間を轢く寸前でかわしていく。狂った猛牛のようなシトロエンは病院の敷地内から出ても減速せず、信号をふたつ無視して大通りへ折れ、車の流れに紛れ込んだ。

「映画みたいね」

歯を食いしばってアクセルを踏んでいたマリノレイコが、ようやく表情を緩めてそう言った。ぼくは後ろ向きにシートにへばりついていたのだが、なかなかその姿勢を変えることができない。体じゅうに力が入ってしまい、指先がシートのクッションにめりこんでいたほどだ。

「リチャード・ギアの映画でこういうシーンがあったわ。逃げる途中で電柱へ激突して悪者に捕まっちゃうんだけど。でも最後には……」

「たた頼むからしばらくしし静かにしていてくれないか」

ぼくは深く座り直し、肩からシートベルトをかけて言った。背中がひんやりするのは、汗のせいだろう。動悸（どうき）もまだ激しいままで、まるで心臓を口にくわえているかのようだ。マリノレイコは軽口を窘められて反省したのか、真顔に戻って街の流れを見つめている。その横顔から目を逸らし、息を整える。少しずつ落ち着きを取り戻す。

車は、甲州街道を西へ走っていた。両脇の車の流れやバックミラーの景色を見るかぎり、尾行されている気配はない。もっともあのスピードに張り合える車があるとは思えないが。

「きき君がリチャード・ギアのファンでたた助かったよ」

息遣いが正常に戻ったことを確かめてから、ぼくは言った。マリノレイコは口許だけで微笑み、軽くうなずいた。

「ほほ本当にここ殺されるかと思った……」

あの男の殺気に満ちた目を反芻して、あらためて冷汗をかく。

「ガレージで走ってた男？」

「そそそう」

「マスコミ関係じゃなくて？」

「いや……違う」

マスコミ関係の人間とどこが違うのかと問われれば、具体的な答えはなにもない。しかし確かに違うのだ。ぼくはそれを肌で感じた。ほとんど本能的に危険を察知して逃げ出したのだ。

何日か前に脅迫の手紙を寄越した右翼だろうか。『我ガ愛スル日本国ノ首都タル東京ヲ臭クスル張本人ニ告グ。即時コノ臭イヲ止メヨ。サモナクバ我々ノ手デ貴様ノ息ノ根ヲ止メル也』と毛筆でしたためた手紙だ。あれを書いた人物が、さっきの男だったのだろうか。しかし中国訛はどう解釈すればいい？　中国人の右翼というのは何だか妙ではないか。それに、どうしてぼくはあの男の声を聞いた覚えがあるのだろう。

一体どこで……？

「それで……都の環境部との話はどうだったの？」

マリノレイコの質問が物思いを妨げた。ぼくは気のない返事をし、大体のあらましを説明した。ひょっとしたら島流しになるかもしれないということ。ミヤケ医師たちのグループが検査と分析にあたっているが、今のところ進展はないということ。

「ああ相変わらずぜぜ絶望的な状況だよ」

ぼくは自虐的な薄ら笑いを浮かべながら言った。しかしマリノレイコはいつものように気を遣って慰めてもくれず、硬い表情のまま正面を見つめている。何か彼女なりの物思いに耽っているらしい。ぼくは嘘泣きに失敗した子供のように拍子抜けして、目を逸らした。

「こんな時に話すべきかどうか。分からないんだけど……」

長い沈黙の後、マリノレイコはいつになくゆっくりとした口調で言った。言いながらも逡巡しているらしく、唇を嘗めたり咳をしたりして間を置いている。ひどく言いにくそうだ。反射的にぼくは別れ話をされるのだと悟り、ようやく落ち着いた心臓が再び激しく鼓動し始める音を聞いた。堪えようもなく頬が紅潮し、頭が熱くなる。ところが背中は、大きな穴が開いて血液がどんどん流れ出ているかのように、冷めていく。喉の粘膜がぱさぱさに渇き、唾を飲み込む気にもなれない。

別れ話、と呼ぶのもおこがましい。もともと彼女はぼくに同情して一緒にいるだけなのだから、別れるもくっつくもないじゃないか。今だってこうして、一緒に車に乗っていること自体が不思議なほどだ。東京中を臭くしている張本人と一緒にいるなんて。ちょっとでも気を抜けば嘔吐するほど臭い男と！　もし逆の立場なら、ぼくはとっくに逃げ出しているだろう。縋ってはいけない。できるだけ良心の呵責を覚えないようにして、行かせてあげなくては。それがぼくにできる精一杯のことだ。彼女がどんなふうに切り出してきても、決して動揺するんじゃないぞ……。

ぼくは必死で頬の火照りをおさえ、平静を装った。正面の信号が赤に変わる。マリノレイコは静かにブレーキを踏み、車を歩道脇へ寄せてパーキングランプを点灯させた。サイドブレーキを引き、溜め息をひとつついてから、こう言う。

「赤ちゃんができたらしいの」

「え！」

あまりの驚きに体が痙攣し、後頭部をサイドガラスにぶつけてしまった。頭蓋骨かガラスか、どちらかが割れたのではないかと疑うほどの鈍い音がした。しかし少しも痛みを感じなかったのは、やはり気が動転していたせいだろう。

「そそそそそ……」

「あなたの子供よ」

「けけけけけ検査しししし……」

「まだ病院へは行ってないわ。今日もあなたを待っている間によっぽど行こうかと思ったんだけど、あの病院はほら、叔父さまがいるでしょう。でもね、検査なんかしなくたって、私には分かるの」

「しししし……」

「まだ話してなかったけど、昔ね……昔の話よ。六川さんとの間にも赤ちゃんができたことがあってね、その時も私、病院へ行く前から分かったもの」

マリノレイコは瞳を大きく開いて、真正面からぼくを見つめた。そして、そのままの状態で大粒の涙をぽろぽろ落とした。しゃくり上げようとも、拭おうともしない。彼女はまるで瞳に何か仕掛けがしてあるかのように、とめどなく涙を流した。

「……生まなかったの。六川さんが死んだ後だったから、誰にも相談できなくて。一人で病院へ行ったの。馬鹿だったわ。ずっとずっと、ずうっと後悔してるの。もし生んでいれば六ヵ月、這い始める頃……もし生んでいれば一歳の誕生日、ケーキに蠟燭を一本立ててましょう。もし生んでいれば二歳、おませなことを言うんだわ……って、どうしても考えてしまうのよ」

マリノレイコはようやく手の甲で涙を拭った。鼻栓を外し、ハンカチで鼻をかむ。同時に激しくしゃくり上げ、しばらく話にならない。ぼくはまばたきを忘れてその横顔を見つめ、何をどうしたらいいのか必死で考えようとした。が、考えれば考えるほど頭は混乱し、まるで収拾がつかない。

「……私ね、今度こそ生むわ。あなたが反対しても、親が反対しても生む。もし今のあなたの病気が遺伝している子でも生むわ」

マリノレイコは何度も鼻をかみ、その拍子に臭いを嗅いでしまったらしく、こみ上げてくる嘔吐を必死で堪えながら絞り出すように言った。

16

電灯を点けてもいないのに室内が妙に明るいのは、表からサーチライトのような強い照明を窓へ当てられているからだ。夜十時を過ぎたというのに、マンションを取り囲んだ取材陣は一向に減る気配もない。

ぼくは『臭いを取る博多人形』を胸に抱いて、ソファに座っている。甲州街道沿いでマリノレイコと別れ、部屋へ戻ってからというもの、ずっとその状態のままぼんやりしている。酒を飲むグラスを取りに台所へ行く気にもなれない。テーブルの上でコオロギの鳴き声のような音を立て続ける電話機も、ひっきりなしに叩かれるドアの音も、今はたいして神経に障らない。

体のあちこちが鈍く痛むのは、部屋へ入る際に表の取材陣と揉み合って小突かれたせいだろう。昨日は猛然と挑みかかり数人の鼻栓を取り上げて嘔吐させてやったが、さっきは腹も立たなかった。

ぼくの頭の中を占めているのはただひとつの風景。マリノレイコとぼくと赤んぼうとが、日曜の午後の公園を散歩している風景だ。想像すると、何だか涙が出てきてしまう。そんなふうにして泣いたことは今までなかったので、ぼくはその架空の幸せに一秒でも長く浸っていたかった。

もちろんマリノレイコの妊娠が確実なものでないことは、重々承知の上だ。もし仮に妊娠していたとしても、色々な事情で生むことはできないだろう。また、生んだとしても、この病気が治癒しないかぎりは二人の隣にぼくがいることは許されない。どう考えてもその風景は想像上のものに過ぎない。けれどたとえ想像の上だけでも、そういう幸せの図をぼくに見せてくれた神さまに今は感謝したい気持だった。

ぼくはずいぶん長いこと泣いた末にソファから立ち上がり、ウイスキーを一杯だけ飲んだ。とてもおいしかった。何だか今夜、このままそっと死んでもいいような気がした。

マリノレイコと取り決めておいた合図で電話が鳴ったのは、ウイスキーを飲み終えた直後だった。二回鳴っていったん切れる呼び出し音だ。ぼくは目尻に溜まった涙を拭い、息を整えて受話器を取った。

「もしもし……」

「ああ繋がった。よし、切るなよ。頼む！　切らないでぼくの話を聞いてくれ」

聞き覚えのない、若い男の声だった。男は驚くべき早口で、ぼくが受話器を置くのを恐れながらまくし立てた。

「ぼくはマスコミの人間じゃない。いいかい、よく聞いてくれ。これから言うことは全部本当で、嘘偽りのない事実だ。切らないでくれよ。君の命にかかわる問題だ。くそ、どうやったら信じてもらえるかな。あんまりくどくど説明している暇はないんだよ。ええと……そこに夕刊はあるかい？　あるなら社会面を開いてみてくれないかな。頼む！　新聞を開くだけでいいんだ」

男の声にはひどく切迫した響きがあり、説得力に満ちていた。ちょうどテーブルの

上に夕刊があったので社会面を開き、

「ああ、みみ見てる」

と答えた。紙面を見て最初に目に飛び込んできたのは、やはり東京の異臭問題の記事だった。都環境部が、世田谷区在住の男性（Tさん二十六歳）の調査に乗り出したという内容だ。その他に大きく取り上げられているのは、大阪で起きた発砲事件。他は小さな記事ばかりだ。東名高速の事故、震度二の地震、火事……。

「ありがたい。ぼくが問題にしているのは、君の……臭いの記事じゃないよ。小さく火事の記事が載っているだろう？　世田谷区の。今日の午前中に起きたんだ。その記事を読んでみてくれないか」

言われるままにぼくは目を走らせた。『世田谷区で病院全焼　三人死亡』という見出しだ。読んでいく内、背筋に冷たいものが走った。

焼けたのは大垣総合病院だった。死亡したのは大垣一郎太院長と、二人の看護婦。火災の原因は調査中ということだが、放火の疑いが強いと書いてある。

「読んだかい？　その大垣総合病院、もちろん覚えがあるだろう。君が関係したからそうなったんだよ。これは嘘じゃない。そして今度は大学病院の番だ。今、大火災を起こしてるよ。この目で見てきたんだ。もう少し早くぼくが気付けば、何とかできたかもしれないのに……」

「ちちちょっと、何だって？」

「だから大学病院が燃えてるんだよ。たった今！　ミヤケとかマサキとかいう医者も、たぶん命はないだろう」

「きききき脅迫かそれは？」

「違う違う。どうしてぼくが君を……ああまいったな。助けようとしてるんだよ。いいかい、よく聞いてくれ。次に火をつけられるのは、君の部屋なんだよ。だからその前にぼくは……」

「ふふふふざけるな！」

「頼むから冷静に聞いてくれよ。順を追って説明している暇がないんだ。いいかい？　今夜その部屋へ三、四人の男たちが訪ねていく。もしかしたらもうマンションの下まで来てるかもしれない。たぶん都の環境部の人間だとか、衛生局から来たとか言うだろうが、嘘っぱちだ。都の職員がこんな時間に動くわけはないだろう？　それくらいの理屈は分かるよな。こいつらはニセ者だ。絶対に付いていっちゃいけない。さもないと二度と生きてその部屋へ帰れないぞ。しかし正面切って拒めば、連中は実力行使に出るだろう。だから君は、一刻も早くそこを離れなければ……」

「どどどういうことかわわ分からない。ななな何故ぼくが？　そその連中って一体だだ誰だ」

「元バイアス製薬の連中さ」

瞬間、病院の非常階段で出会った中国訛の男の顔が浮かんだ。猛烈な勢いで古い記憶が甦る。六川が死んだ翌日のことだ……彼の部屋へ電話をした時に、中国訛の男が応対した……六川の部屋を整理しているところだと……あの時の声！　あいつだ。

「ババババ……」

「とにかく今からすぐにその部屋を出るんだ。ぼくは環七沿いのガソリンスタンドのところにいる。マンションの前の道を突き当たって左へ行くと、環七にぶつかるだろう。その角のガソリンスタンドだよ。黒のバイクに跨がってるのがぼくだ。ぐずぐずしてる暇はないんだよ。詳しいことは会ってから話そうじゃないか。信用してくれ、頼む」

その時、一際強い力で玄関の扉が叩かれた。ノックというよりも、扉を破壊するかのような勢いだ。

「ココヲ開ケナサイ！」

ハンドスピーカーの声が、辺りに響き渡る。

「我々ハ東京都環境部ノ者デス。ココヲ開ケナサイ！」

あわてて受話器を置き、玄関へ走る。扉へ身を寄せ、覗き穴へ目を当てる。魚眼の風景の中に立っているのは、奇妙な格好の人物たちだった。ぶ厚そうな白い防護服を着、ガスマスクで顔を覆った三人の男たち。二人は縄を、もう一人は斧とハンドスピーカーを手にしている。その背後をマスコミの連中が遠巻きに囲み、しきりにフラッシュを焚いている。

「開ケナサイ！　サモナクバ扉ヲ破リマス！」

ぼくは一旦後ずさり、たった今電話で忠告された内容を反芻した。一体どちらを信用していいものだろうか。しかし確かにこんな時間に都の職員が動くのはおかしい。扉を打ち破るという強引さも、公的機関にはあるまじきことだ……。

「タダチニココヲ開ケナサイ！」

長く逡巡している暇はなかった。ぼくは内鍵を外し、ゆっくりと扉を押し開いた。同時に、扉の外でどよめきが起きる。カメラのフラッシュが一斉に焚かれ、目の前が一瞬真っ白になる。

「我々は東京都環境部から派遣された者です。環境部規定第三条四十五項目の特殊措置により、あなたの身柄を拘束します。我々に従って下さい」

斧を持った男が、台本を読むように言う。両脇で、縄を持った二人が身構える。ガスマスクとゴーグルのせいで、顔立ちはまったく分からない。ぼくはうなだれて一歩前へ踏み出し、両手を差し出す。三人は得たりといった様子で、顔を見合わせる。決定的瞬間をとらえようと、カメラのフラッシュが一層激しく焚かれる。白い光の洪水だ。やり過ごそうとして、防護服の男たちは反射的に顔を伏せる。

その間隙をついてぼくは身をかがめ、低い姿勢から一気に駆け出した。行く手を阻む取材陣を突き飛ばし、エレベーターではなく階段へ向かう。狂ったように奇声を発すると、廊下に陣取った連中はあっさり道を開けた。ありがたいことに防護服の連中の反応は遅かった。しかもぶ厚い防護服を着ているために動きが鈍い。ぼくは十段飛ばしで階段を駆け下り、後も見ずに一階の非常口から表へ出た。

マンションの前の道にいる連中は突然のことに鼻もつまめず、ぼくが駆け抜けるそばから嘔吐した。両脇でゲーゲー吐く音を背中に聞きながら、突き当たりの路地を左へ折れる。途中、腋の下へ当てたアイスノンが腹へ回り、ぽたりと足元へ落ちる。構わず大きく腕を振って、ひた走る。

環七沿いのガソリンスタンドまでは、あっという間だった。黒いバイクが確かにそこに待っている。赤いヘルメットを被った男が、ぼくに向かって激しく手を振ってい

る。嘘ではなかった。息を切らせて駆け寄ると、男はシートの後ろを指して、

「乗れ！」

と一言叫んだ。背後に追ってくる気配がある。防護服の連中だろうか。振り向いて確かめる余裕などない。跳び箱の要領でバイクのシートへ飛び乗る。スロットルが思い切り開かれ、バイクは前輪を浮かして走り出した。両脇の風景が空気に溶け、斜線となって流れ出す。数え切れない車の間を抜けてバイクは加速し、ぼくは男の背にしがみつく。

「命拾いしたね、武井さん！」

いくつめかの信号でブレーキをかけ、男は潑剌とした声で言った。

「ぼくは津田ナルヒト。君の味方だよ」

17

近くに、海の気配がある。

途中、銀座から築地を抜けて勝鬨橋を渡ったから、たぶんここは晴海か夢の島のあたりなのだろう。やけに道路が広く、その割には交通量が少ない。建物もまばらで、

夜の底にぽつりぽつりと明かりが灯っている程度だ。

バイクが止まったのはそんな明かりの中のひとつ、三階建ての小ぢんまりしたビルの前だった。見上げると二階の一部屋だけ、蛍光灯が点いている。

「急いで。人に見られないように」

男はキーを抜くと、足早に建物へ入って行く。後へ従いながら、入口脇に嵌め込んである真鍮製の表札へ目を走らせる。

『日本天才アカデミー』

どうやら専門学校のようなものらしい。中の造りも、それらしい雰囲気だ。小さなロビーに、休憩用のソファア。右手が受付で、奥へ向かって真っすぐに廊下が延びている。非常灯だけが点いた薄暗いロビーを抜け、階段を上がる。ぼくらの足音の他に物音はない。昇り切ると、長い廊下の一番奥の部屋に蛍光灯の明かりが見える。男はふと足を止め、「おやおや」と呟きながらヘルメットを脱いだ。同時に、どこからかラジオの音声が漏れてくる。

「ニュースだ。聞いてごらんよ」

言いながらヘルメットを投げて寄越す。どうやらその内側にラジオが内蔵されているらしい。後頭部にスイッチとチューニングボタンがついている。触れてみると急に音量が上がり、男性アナウンサーの声が廊下に響き渡った。

――……の一部分を焼き、死者四名、重軽傷者十三名を出した模様。亡くなったのはいずれもK大学付属病院勤務の医師で、ミヤケショウゴさん三十一歳、マサキシゲルさん五十二歳、ナカタニフミオさん二十九歳、タナカヤスジさん三十一歳の四名。火災の原因については今のところ調査中ですが、現場付近に発火性物質の残骸がみつかったことから、悪質な放火である疑いが強いと見られています。

呆気にとられて顔を上げると男は既に廊下の奥まで進んでおり、明かりのついた部屋の扉をノックしている。

「マキジャク？　ぼくだ。ナルヒトだよ」

ややあって鍵の外される音が響き、扉が開かれる。明かりが、一気に洩れてくる。

「さあどうぞ。当分はここが君の隠れ家になるんだ」

明かりの下であらためて眺めると、ナルヒトという男は予想以上に若かった。どう見ても高校生。ひょっとしたら中学生かもしれない。切れ長の涼しげな目をした美少年だ。もう少し撫肩で胸が膨らんでいれば、女子高生として通用するだろう。

「ぼくが若いから驚いてるのか？」

ナルヒトはぼくの心を見透かすようなことを言い、あどけない笑い声をたてた。ぼくは赤面しながらも警戒心を解き、室内を見渡した。小学校の教室ほどのコンピュータ・ルームだ。大型のCRT画面が四台、正面の机上に据えてある。キーボードが二台。そして両側の壁は、巨大なテープレコーダーのようなもので占められている。虫の羽音のような響きが低く唸っているのは、そのテープが回転しているせいだ。すべてが白で統一されているため、病院のような印象もある。

「後ろにもっと若いのがいるぜ」

言われて振り向くといつの間に回り込んだのか、背後にもう一人の少年が立っていた。ずんぐりした体型で、背は小学生ほどしかない。ところが顔は妙に大人びていて、年齢不詳だ。目や鼻や口が顔の中央に集まっていて、出っ張った額だけが目立つ。昔SF映画で観た火星人のような容貌をしている。

「マキジャク、挨拶しろよ」

ナルヒトが楽しげにそう言うと、マキジャクと呼ばれた火星人風少年は無言のまま近づいてきた。疑い深そうな目でぼくを見上げ、ポケットからステンレス製の巻き尺を取り出す。そして人間業とは思えない素早さでぼくのウエストやバスト、脚の長さなどを計り始めた。まるでビデオの早回しを見ているような具合だ。

マキジャクはぼくの身体のあらゆるサイズを一瞬の内に計り終えると、何事か呟きながらキーボードに向かった。そして何かに憑かれたかのようにインプットし始めた。部屋の入口に茫然と立ちつくしたままナルヒトの方を見やると、

「今のがマキジャクの挨拶なんだよ」

彼は愉快そうに言い、折り畳み式の椅子を出してきてぼくに勧めた。

「さて。君がこれから質問すると予想される事柄について、あらかじめ答えてしまおうかな」

「そそそ……」

「まず〝ここは一体何だ？　お前らは誰だ？〟という質問からだな。朝まで時間はたっぷりある。ゆっくり語り合おうじゃないか……しかし凄い臭いだな。まったく驚きだ。これって、昼間はもっと凄いんだろう？」

「あ、ああ」

ナルヒトは鼻をつまんでいたクリップを外して眺め、

「対策を練る必要があるな……」

と言って考え込んだ。が、ほんの数秒後には良いアイデアが浮かんだらしく、膝を打って立ち上がった。何事かと思ってその顔を覗き込むと、まるで別人のように弛緩した表情をしている。口を半開きにし、涎でも垂らしそうな表情だ。

「そうそう、それがいいや。明日作ってみよう……」

指揮者のように両手で虚空を掻きながら、満足そうな声を出す。しかしその狂人じみた様子も、長くは続かない。椅子に掛けなおした次の瞬間には、元通り紅顔の美少年に戻っている。照れ臭そうな笑みを浮かべながら、

「……ごめん。これはぼくの癖なんだよ。考え事をすると、自分の世界へ入っちゃうんだ。たいてい一分も続かないんだけどね。すごくいい気持になっちゃうんだな。ええと、とりあえずコーヒーでもどう？」

「もももらおうか」

ナルヒトはぼくがドモる様子に苦笑し、部屋の隅へ行って奇妙な形のコーヒーメーカーを取り出した。スイッチを入れて豆を挽き、いったん部屋を出て水を汲んでくる。その間、マキジャクはキーボードにへばりついたまま振り向こうともしない。やがてコーヒーメーカーがこぽこぽと音を立て始める。

三杯ぶんのコーヒーを準備してから、ナルヒトはようやく話し出した。

18

「この施設は一体何だ、という質問から答えようか。

さっき入口のところで見ただろうけど、ここは『日本天才アカデミー』という冗談みたいな名前の施設なんだよ。ところが中身は本気も本気。いい大人たちが大まじめで作ったものなのさ。いい大人どころか、各界の錚々たる人物たちだよ。顧問や役員の名前を聞けば、君も驚くだろう。もちろん教授陣も日本屈指のスタッフが揃っていてね、暇さえあればここへやってきてしたり顔で授業しやがるのさ。何でそんなスタッフが揃うのかと言うとだな、つまりは創始者の力なんだろうなあ。前の総理大臣は知ってるだろ？　そう、あの戦争好きのジジイさ。あいつがここの創始者だ。

二年前、日本全国の中学校である特殊なテストが行われたことは知ってるかなあ？　ああそう、そりゃ知らないよな。まあ表面上は単に知能指数を調べるテストのようなものだった。しかし裏を返せば、こいつは前総理の肝入りで行われたものだったんだよ。秘密裡にね。

で、このテストで上位から三十人が選ばれたんだな。ちなみに今、そこでパソコンをいじくっているマキジャクこと井上牧夫君が、トップの成績だった。つまり彼は日本で一番頭の良い中学生であるわけだ。と言うかまあ、世界で一番頭の良い人間であるとぼくは思うな。こんな奴は見たことないよ。なにしろそのテストは知能指数三百五十まで計る内容だったらしいけど、彼の場合それじゃ足りなかったんだから。ぼくかい？　ぼくは二百二十そこいらだよ。全体では五番目くらいだったかな。マキジャクに比べたら、きっと半分くらいさ。

ＯＫ、じゃあついでだから先にマキジャクの話をしようか。

彼の頭の良さは回転の早さや応用力もさることながら、桁外れの記憶力に負うところが大きい。普通人間の脳というものは、全能力の一部分しか使われていないと言うだろう。十五パーセントとか、三十パーセントとか。しかしマキジャクはそれを百パーセント使っているんだと思う。とにかく彼の記憶力ときたら……言いかえれば想像力との相互作用なんだろうけど、一度記憶したことは絶対に忘れない。記憶した時点とまったく同じ状態で反芻できるらしいんだ。分かるかい？　ようするに目をつぶって思い出せば、体験した時そのままの状態で、脳裏に甦ってくるんだよ。

君はそうやって感心するけど、よく考えてみてくれ。これは恐ろしい能力だと思わないか。ぼくだったらそんな能力はお断りだ。そりゃ人の名前とか、電話番号とか、女の誕生日や数学の方程式なんかは、記憶しておいても別に支障はない。でもマキジャクは体験そのものを、つまりはその時点で抱いた感情そのものを反芻できるんだ。人間というのは、忘れる動物だろう？　どんなに悲しいことがあっても、その記憶は時間の流れと正比例して薄れていく。特に感情なんてものは瞬間的な現象だから、秒単位で移り変わっていくじゃないか。だからこそぼくも君も、何とか人間やってられるワケさ。忘れられるからこそ、生きていけるんだよ。

ところがマキジャクは違う。忘れられないんだ。すべてを記憶してしまう。そしてちょっとでも気を抜けば、もう一度体験しているかのような鮮明さで思い出してしまう。これはもう拷問(ごうもん)に等しいよ。特に彼の場合、まだ若いのに辛い思い出ばかりらしくてね。そう、ロクなことがなかったんだ。大きい声じゃ言えないから、ちょっと耳を貸しなよ……。

あいつさ、まだ幼稚園の時分に母親に殺されかけたんだよ。詳しい理由は話してくれないんだけど、どうやら無理心中だったらしいな。母親の方は睡眠薬を二百錠もバリバリ食ってさ、それからマキジャクの首を締め始めたんだよ。おっかねえよなあ。マキジャクは必死で抵抗してさ、小便を漏らしながら狭い四畳半の部屋の中を這いずり回って逃げたらしいんだな。母親の方も必死の形相で追いかけて来て、マキジャクに馬乗りになった。それで首をこう摑んで、じわじわ締め上げてきた。ところが睡眠薬を二百錠も飲んでるもんだから、とどめを刺す力が出なかったらしいんだな。やがて母親はマキジャクの首を締め上げた状態のまま眠りこけてしまい、半日ほどして死んだ。翌日発見された時、マキジャクは自分の身体に馬乗りになったまま死んでいる母親の顔をまばたきもしないで見つめていたそうだよ……。

後ろからだとちょっと分かりにくいけど、ほら、あいつの首筋のところを見てみなよ。両側に五つずつ、小さな痣(あざ)があるだろう。母親の爪が食い込んだ時にできた傷の跡さ。なあ、そういう思い出っていうのは、忘れなきゃいけないことだろう？　忘れなきゃ生きていけないよな。

ところがあいつは記憶しているんだ。ちょっとでも気を抜くと、自分の首を締める母親の形相やその時味わった恐怖感が、ものすごい鮮明さで甦ってくるらしいんだな。だからあいつはああやって、いつも巻き尺を持ち歩いてさ、そこらじゅうにある物のサイズを計っては記憶しているんだよ。ようするに頭の中を意味のない数字でいっぱいにしておかないと、嫌な思い出が過去から襲いかかってくるのさ。

ええと……話が横道へ逸れちゃったな。どこまで話したっけ。そうそう。前の総理大臣の肝入(きもい)りでテストが行われて、全国から三十人の中学生が選ばれた。そのトップがマキジャクだったってことを話してたんだな。

で、その三十人は半強制的にここへ連れてこられたんだよ。男ばかりさ。二十一世紀の日本国家を担う青年たちとか何とかおだてられて、しかも前総理大臣が直々に出張ってきたとあっちゃ、親としても悪い気はしなかったんだろう。寄宿舎へ預けるようなものさ。ここの三階が近代的タコ部屋とも呼ぶべき造りになってるんだ。

そういう経緯があって、ぼくら三十人の天才少年たちはここで暮らし、学ぶようになったわけさ。前総理が何の酔狂(すいきょう)でこんなものを作りぼくらを集めたのか、本心は今や神のみぞ知る、だ。あのジジイ、今死にかけてんだよ。先月から入院してて、もう口もきけない状態さ。でもまあ想像するに、この施設はあいつの大好きな戦争ごっこの一環だったんだと思うよ。去年一昨年の二年間の授業は、ごく普通の大学の理工学部で教えているような内容だったんだ。ところが今年に入ってから、どうも授業の内容がキナ臭くなっていたからね。そこでこっちから探りを入れてやったら、あのジジイ何て言ったと思う?

『実は日本初の有人ロケットを諸君の力で飛ばしてもらいたい。それが私の夢だ』

と、まあこんなことをしゃあしゃあと言うんだな。まったく食えねえジジイさ。知能指数百やそこらで、ぼくらを欺(あざむ)けると思ってんのかね。まあいいけどさ、どうせ今年中には死ぬ運命なんだから。

前置きがずいぶん長くなっちゃって申し訳なかったけど、とにかくここはそういう施設だ。今は一応春休みだから、親のいる連中はみんな帰省してる。つまりぼくとマキジャクだけは、帰る所がないんだよ。ここが学校であり家であるわけさ。可哀そうなミナシゴでございい、だ。そうか、そういや君も身寄りがないんだったな。

さて本題に入ろう。君の……臭いに関する事件のことだ。これはぼくがミナシゴになってしまった事件と、複雑に繋がりあっている。どうしてぼくがバイアス製薬に興味を持ち、君を助けようと思うに至ったのか。ちょっと長い話だ。

今は天涯孤独の身だが、つい一年半ほど前まではぼくにも身寄りがあった。母親がいたんだ。といっても本物の母子じゃなくてさ。生みの母親はぼくが三つの時に亡くなった。で、ぼくは私生児だったもんだから、母親の姉にあたる人が引き取ってくれてね。育ての母親ってわけだ。津田マサヨっていう名前の女傑だよ。すごく変わった女性だったけど、キップがよくて皆に好かれていた。旦那はいなくてね……それはまあ商売上の理由もあってさ。

彼女は一語でいうと、風俗関係のエキスパートだったんだ。若い頃は〝新宿小町〟

と呼ばれるほどの美人売春婦だったらしいよ。いや、別にぼくは気にしてない。むしろ誇りに思ってるよ。体張ってぼくを育ててくれたんだもの。彼女の下半身に感謝しなくちゃ、バチが当たるってもんだ。マサヨさんは本当のことを言おうとしなかったけど、たぶんぼくの生みの母親も同じ商売をしてたんじゃないかな。そう考えれば、ぼくが私生児であることも納得がいくだろう。ま、そんなことはどっちでもいいんだけどさ。

さて母親つまりマサヨさんとぼくは、およそ十年余りの年月を実に楽しく暮らしてきた。彼女の商売上の都合で、小学校の頃は札幌のススキノに二年、福岡に三年。それから後は東京へ戻って、新大久保にアパートを借りて住んでいた。ぼくが中学へ入った時点で、マサヨさんは既に四十歳を過ぎていたはずなんだけど（本当の年は最後まで教えてくれなかったよ）、現役の売春婦として立派に商売していた。ちょっと信じられないだろう？　いくら昔〝新宿小町〟と呼ばれていたってさ、四十過ぎのオバサン売春婦を買う客がいるなんて。でも実際、彼女のファンは沢山いたんだ。最後に所属していた〝ピンクマリリン〟という出張専門の売春屋でも、彼女を指名してくる客が何人もいたらしい。

これには理由があってね。彼女の同僚（ぼくの筆おろしをしてくれた桃子（ももこ）ちゃんと

いう女子大生さ）の話によると、

『マサヨさんて、いわゆる〃福マン〃の持ち主なのよ』

ということなんだ。ようするに彼女とセックスをした男は、ことごとく幸運に恵まれるらしいんだな。こういう噂っていうのは、よく当たる占師みたいなもんでさ、口コミでどんどん広がるんだよ。客の中では、まず博打ウチが縁起を担いでマサヨさんを買う。すると噂は本当なのか、連中はことごとく大勝負に勝つらしいんだな。ススキノでも、福岡でも、新宿でもそうだった。噂が定着してしまえば、シメたもんさ。一回五十万積んでもいいから一発お願いしたい、という物好きが出てきたりするんだよ。余談だけど、さっき話した前総理のクソジジイ。あいつもずいぶん昔、まだ政治家としてウダツが上がらなかった頃にさ、マサヨさんを買ったことがあるらしいんだ。で、総理まで昇り詰めたんだから、あながち嘘とも思えないだろう？

え？　何それ。どういう意味……へえ！　ピンクマリリンで？　君が！　そいつは驚きだなあ。奇遇以外の何ものでもないな。じゃあ君も福マンの恩恵に……いやぼくのことなら気を使ってくれなくても結構。ヤラなかったの？　そういやあまり幸運に恵まれたとは言えないか。馬鹿だなあ、その時マサヨさんに面倒見てもらっていたらこんな目には会わなかったかもしれないのに。それっていつ頃のこと？　一年半くらい前……というと失踪直前か。そうか……その時はあのう、元気そうだった？　ああお酒をね。うん、彼女酒豪だったから。そうかあ……。

や、平気さ。すまないね。ちょっと湿っぽくなっちゃって。

ええと……とにかくマサヨさんは君も見たとおり福マンを駆使して、四十幾つになった時点でも結構いいお金を稼ぎ、ぼくを私立中学なんかへ通わせてくれていた。もちろんぼくにしてみれば中学の授業なんてちゃんちゃら可笑しくて、まともに聞いてられなかったけど。でもぼくを立派な人間に育てたいと願う彼女の熱意には応えたいと思っていたからさ、降って湧いたような『日本天才アカデミー』の話にも乗ったワケだ。ところが、ぼくがここへ寝泊まりするようになってから半年ほどして、彼女は突然消息を絶った。何の前触れもなしに、だ。今から一年半ほど前……君の部屋へ出張売春したちょっと後のことだ。

ぼくに何も告げずにいなくなるなんて考えられないよ。だから絶対に何かあったんだと思って、一生懸命調べたんだ。その結果、とある場所へ出張売春したところで消息が絶えている事実が判明した。ピンクマリリンのマネージャーに訊いて分かったんだ。その場所ってのがどこだったと思う？　バイアス製薬だったんだよ。

話によるとマサヨさんは午前三時から三時半の間に、バイアス製薬のタナカという男からの指名で西早稲田へ行ったらしいんだな。タナカなんて、偽名に違いないさ。依頼電話を受けた者が言うには、中国風の訛があってとても日本人とは思えなかったそうだ。

ピンクマリリンの連中は『きっと客に誘われて温泉へでも行ったんだろう』なんて言って取り合ってくれなかったが、ぼくはひどい胸騒ぎがした。マサヨさんが姿をくらましてから既に四日経過していた。で、どうにも心配で、無駄とは思いながらも行ってみたんだよ。どこって、だから西早稲田へさ。

そうそう、そうなんだよ。何だ君も行ったのか。じゃあ話が早いや。バイアス製薬の建物はきれいさっぱり消えてなくなっていたんだ。ぼくが行った時には周りを囲ったフェンスにキャンバス地のシートを張り巡らしてさ、中が覗けないようになっていた。その上、雇われガードマンみたいな連中が警備にあたっていて、そばへ寄ろうとすると追い払うんだな。これはどう考えても不自然だろう。たかがビルを取り壊したくらいで何を厳重に警戒しているのか……。

しかも、その時フェンスの中からは猛烈な悪臭が漂っていたんだな。今回君の悪臭騒ぎでも引き合いに出されていたろう？　規模は小さいが西早稲田で同じような事件があったって。その時の臭いの元はバイアス製薬の跡地さ。ぼくがこの目で、いやこの鼻で確かめたんだから間違いない。

ぼくはもう体じゅうの毛穴が開いてそこから好奇心の針がプチプチ飛び出てくるような状態になってさ、うん、好奇心のウニみたいな状態さ。で、ガードマンの目をかすめて、フェンスの中を覗き込んだんだよ。鼻をつまみながらね。

中は君も見た通り瓦礫の山で、七、八人の妙な格好をした連中がうろうろしていた。全員白い防護服を着て、手には小型の火炎放射器みたいなものを持っている。引金を引くと、先端から強烈な炎が飛び出す仕掛けの機械さ。連中、そいつで瓦礫の山を焼いていたんだよ。いわば『超近代版火炎地獄絵図』みたいな様子だったな。ぼくはすぐにガードマンに見咎(みとが)められ、フェンスから乱暴に引き剥がされたんだけど、一目見ただけで十分だった。

その日の夜から、ぼくは知能指数二百二十の脳味噌をフルに使って、マサヨさんの失踪とバイアス製薬の関係について推理・分析を始めたんだな。愛すべき年下の親友、マキジャクが知恵を貸してくれたのは言うまでもない。何しろ彼は頭を使いたくてウズウズしてるんだからね。

様々な情報収集に手を貸してくれたのは、そら君の隣にいるスクエアな奴……スーパーコンピュータ君だ。名前は〝キャラメル・ママ〟っていうんだけどね。こいつは本当に凄い奴でね。凄すぎて使いこなせる人間がいないくらいだ。日本天才アカデミーの大きな課題のひとつはこのキャラメル・ママをきちんと教育し、ウルトラコンピュータへレベルアップさせること（つまり最終目標は戦略用にさ）だったんだけど、こいつときたら天才少年が三十人がかりでインプットしても全然足りないほど貪欲なんだよ。今もほら、動いてるだろう？　去年マキジャクが開発した画期的な自己学習システムによって、勝手に勉強してるのさ。そうそう。こっちで命令しなくても、自発的に〝勉強の素〟を探して、学んでるんだ。

『ハッカー』って知ってるかい？　うん。勝手に他人のコンピュータへ侵入して情報を覗き見したり、盗んだり、悪戯したりする連中のことさ。なあんてね、他人事みたいに言っちゃったけど、ぼくらのことだ。この学校内部じゃ、必要悪みたいな感じで黙認されてるけどね。キャラメル・ママの教育のためには仕方ないことさ。露顕したところで、ここのバックには揉み消し工作の得意な大物が控えてらっしゃるから、みんな安心してハッキングに精出せるって寸法だ。

アメリカあたりじゃ既にハッカーたちの存在はかなりクローズアップされててね、被害者サイドでも防衛対策に躍起になってる。防衛システムを作ったり、専用回線を引いて外部と遮断したり……。しかし日本はまだまだ甘いんだよ。ほとんどの施設が

ＮＴＴの回線を利用している。防衛庁のコンピュータでさえ！　むしろ民間企業の方が進んでるくらいでね、公的機関の情報のほとんどはぼくらに筒抜けなのさ。今やキャラメル・ママは自分の力でハッキングする能力も備えているから、あっちに侵入しちゃ学び、こっちへ侵入しちゃ情報を盗み、っていう作業を延々繰り返してるわけなんだ。君にはちょっと非現実的な話だったかなあ。分かりやすく言うとだな、ぼくが今キャラメル・ママに命じれば、日本じゅうの自衛隊にスクランブルをかけることもできるわけなんだよ。キーボードを片手で叩くだけで、戦闘機に北方領土のソ連の基地を攻めさせることも理論的には可能なんだ。いやいや。もちろんそんなことはしないさ。ぼくらは何よりも平和を愛する少年さ。

また話が横へそれちゃったな。とにかくそういうわけで、キャラメル・ママの能力とぼくらの能力を駆使して、バイアス製薬とマサヨさんの失踪について調べ始めたんだ。

最初にハッキングしたのは警視庁のメイン・コンピュータだ。これはワケなかったね。ここでまずバイアス製薬の近辺、つまり西早稲田あたりで起きた失踪事件について調べた。それから関係のありそうな事件をキャラメル・ママにチョイスさせて絞り込ませた。するとだな、ちょっと変わったことが明らかになってきた。

約三年前、君の友人の六川という技師がバイアス製薬の中で焼け死んだろう？　知ってるさそれくらいのこと。悪いけど君の預金通帳の残高まで知ってるよぼくは。その六川技師の死を境にして、西早稲田近辺に於ける失踪者の数が増えてるんだなあ。しかも、身寄りのない人間ばかり。一人暮らしの老人とか、親兄弟のいない独身男とかさ。それからほら、高田馬場の駅前に、身元不定者がうじゃうじゃいるだろう？　ああいう連中。ようするに失踪しても誰も騒ぎたてないような人間ばかりが、いなくなってるんだよ。マサヨさんもそういう人間の一人さ。ただ彼女には、戸籍上は繋がりのないぼくという息子がいたけどね。

ここまで話せば君にもおおまかな推理はできるだろう？　バイアス製薬は、そういう身寄りのない人間を秘密裡に確保する何らかの必要に迫られていたんだ。そうさ、人体実験だよ。この平和な日本の中で、そんなことが行われているなんて信じられないだろう。でも事実だ。バイアス製薬はそういうことをする会社、というか団体だったんだな。表向きは農業用の肥料とか薬品を開発してることになってるけど、嘘っぱちさそんなことは。

バイアス製薬の実体。こいつを調べるのは厄介な仕事だった。なにしろ消えてなくなっていたからね。せめて電話番号だけでも分かれば、ことは簡単だったんだが。過去の新聞記事、医学雑誌、会社定款、六川技師の経歴、出入りの業者、それからあの臭いのこと、ありとあらゆる可能性からアプローチしてみたんだけど、これといった手掛かりは摑めなかった。さすがのキャラメル・ママも、天才マキジャック君もお手上げの状態だったよ。そうこうしている内に時間ばかりがどんどん経過した。失踪したままのマサヨさんの生存の可能性をキャラメル・ママに訊くと、日を追うごとにパーセンテージが下がってくる。焦ったね、実際。ほとんど絶望的だった。

しかし嘆いていたって始まらない。そこでぼくはマキジャックの提案に従って、えらく時間がかかる上に成功の可能性も低い方法を選ぶことにした。また賭けみたいなもんだ。

簡単に言うとシミュレーションさ。バイアス製薬についてぼくが握っている情報をもとに、その成り立ちをキャラメル・ママに想像させたんだ。言ってみれば八十のジイさんをぱっと見て、彼の生いたちから少年時代、青年時代、中年、老年という人生のすべてを推理するような作業だよ。何とか納得のいく結果が出るまでに半年かかったね。

そして次に、その結果をもとに移転先探しだ。これも可能性の高い地域を百ヵ所くらいに絞るまでに、半年かかった。しかしここまでやっても最初のシミュレーション自体が間違っていれば、第一ボタンをかけ違えたワイシャツみたいなもんで、すべてが水の泡さ。正直言ってあまり自信がなかった。

この時点でキャラメル・ママが弾き出したバイアス製薬の実体っていうのを、教えてあげようか。信じられない内容だよ。

まずその目的。『戦略用BC兵器ノ開発』。つまりだな、生物化学兵器を作っているって言うんだ。どういう兵器かということまでキャラメル・ママはシミュレーションしてくれたんだが、これもまた現実離れしているんだ。『或ル特殊ナ臭イヲ発スル伝染性細菌ヲ開発。コノ臭イハ人間ノ闘争本能ヲ著シク喪失セシメル也』と、こうだよ。

次に組織の概要。まずバックには『アメリカ陸軍』がいて、密接に関与しているのは『フォート・デトリック細菌戦センター』だそうだ。働いている可能性の高い人物の名前がずらっと挙げられていてさ、ほとんどがアメリカ陸軍の軍人の名前だったな。中に一人、チャイニーズ系の〝ロバート・チャウ〟という名前があったのは、ぼくをちょっと喜ばせた。ほらマサヨさんを電話で呼んだ人物が、中国訛の男だったっていう情報があったろう。だからさ。

それから関与していそうな日本人の名前。これは笑えるよ。化学や医学のオーソリティの名前が並んでてさ、中には第二次大戦の満州で暗躍していた『七三一部隊』の生き残りの人物までいた。そうとうな高齢だよ。そして何と、この日本天才アカデミーの創始者であるクソジジイの名前も挙がっていた。キャラメル・ママが想像するにあのジジイがまだ現職の総理だった頃に、アメリカ陸軍の細菌戦研究施設を日本国内に作ることを了承したって言うんだよ。もちろんトップ・シークレット扱いでね。その隠れ蓑がバイアス製薬だったっていうわけさ。

あのジジイときたら、まるでキンタロウ飴だ。胡散臭いところを切ってみりゃ、必ず顔を出しやがる……。

さてキャラメル・ママが百ヵ所まで絞り込んだバイアス製薬の移転先を、さらに絞り込むという作業もまた大変だった。最終的には十ヵ所。これ以上の絞り込みは不可能だったんだなあ。十ヵ所といったって、町村規模だからね。アクセスを十回試みれば事が足りるというわけじゃないのさ。だからぼくらはキャラメル・ママの自動ダイヤラーで、かたっぱしから電話をかけ、砂浜でコンタクトレンズを探すような無謀で手間のかかるアクセスを試みた。

発見したのは、つい一月半ほど前のことさ。土曜日の朝だったな。ＣＲＴの画面に応答メッセージが出てきた時には、自分の目が信じられなかった。キャラメル・ママの想像したシミュレーションは間違ってなかったんだ。小躍りしたね実際。思わずマキジャクにキスしちゃったほどだよ。

その電話番号から手繰っていくと、場所は福島県の小さな町だった。町というか、海岸沿いの村だな。製薬会社という隠れ蓑の次に、奴らが利用したのは何だったと思う？　あっと言うようなモノだぜ。

原子力発電所だよ。まったく意表をついてくれるよなあ。

キャラメル・ママの推理によると、奴らは原発の地下に研究所を設けたらしいんだな。西早稲田のバイアス製薬は、この施設ができるまでの一時的な隠れ蓑に過ぎなかったんだよ。

どうしてそんなところに作ったのかと、君は訊きたいんだろう？　もっともな疑問だ。色々好都合な面があるからさ。まず第一に、人目に立ちにくい。原発施設の中は一般人にとってはブラック・ボックスだからね。第二に、もし研究所内で細菌漏れの事故などが起きた場合、周辺住民などを欺くのが容易だ。つまりだな、軽い放射能漏れ事故の危険を警告し、スムースに退去させられるだろう。マスコミの目も欺ける。そうやって一般人をできるだけ研究所から遠ざけておき、その間に細菌の封じ込め作業を行おうって肚さ。で、ほとぼりがさめた頃に『ご安心下さい。放射能は漏れてませんでした。お疑いならガイガーカウンターで周辺を計ってごらんなさい』と発表するわけだ。もちろんガイガーカウンターは安全基準内の反応しかしない。当然だよな、漏れたのは放射能じゃなくて細菌なんだから。それから第三に、細菌漏れが最悪の事態を迎えた場合……封じ込めの決定版とも呼ぶべき手段が使える。つまり頭上で稼働している原発を故意に暴走させてだな、チェルノブイリ級の事故を起こして細菌を殺しちまえという実に荒っぽい手段さ。この最終手段については、たぶん研究所内で働いている職員のほとんどが知らないはずだ。了解しているのは、ごく僅(わず)かの人間……バックにいるフォート・デトリック細菌戦センターの上層部と、前総理大臣様くらいのものじゃないかな。連中にとっちゃ福島県の一部が放射能で汚染されるくらいのことは屁でもないのさ。たとえ世界規模で食物汚染が進み、後世に重大な後遺症が残るとしてもね。これは逆に考えてみれば、細菌漏れ事故の破壊力を証明しているわけだ。つまり秤(はかり)にかけて比較したら、細菌を漏らしてしまうよりも原発をぶっとばしちゃう方が小規模の犠牲で済む、ということだろう?

とはいえ、これはあくまでも最終手段だからね。連中にはその前段階で食い止める自信があるんだろう。ただ研究所内で扱われているのは、ペストとエイズとインフルエンザの遺伝子を組み換えたような、言わばウルトラ細菌とも呼ぶべき代物だからね。念には念を入れたというわけさ。

さて、一月半前にぼくらはバイアス製薬の移転先を突き止めたわけだが、それから今日にいたるまで内部事情を完全に把握する努力を続けている。結構手強くてね。まるで電子の要塞だよ。核心に迫ろうとすればするほど、二重三重のパスワードを解いて侵入しなきゃならないんだ。周辺の事実はかなり明らかになってきてる。研究所の規模とか内部の見取り図、実験用具の一覧、職員名簿……しかしぼくが知りたいのはそんなことじゃないんだよ。各研究者が行っている実験のデータ、つまりはマサヨさんがまだ生きているのかどうか。ただそれだけさ。

しかしながらガードが固くてね。キャラメル・ママの訪問に対して、なかなか扉を開けてくれないんだ。正直ぼくは焦れったくて気が狂いそうだった。何かこう、パスワードの手掛かりになるものはないものか。そう思っているところへ、君の悪臭事件が勃発したわけだ。

これは絶対に何か関係があると思って、早速キャラメル・ママに訊いてみたんだ。そしたら君の病気とバイアス製薬との関連性の確率は九十六パーセント、という答えが返ってきた。そしてさらに君が連中に拉致される可能性は、八十九パーセントだと言う。慌てたね実際。マキジャクと相談の上で救出計画を練り、実行に移したのが今夜だったというわけさ。もう拉致された後なんじゃないかと思って、ひやひやしたよ。しかしまあ、間に合ってよかった……。

以上がおおまかだが、ぼくらと君を結びつける赤い糸の説明だ。何か質問があるかい？　ないのなら、今度はぼくの方から二、三質問したいんだが。

……六川技師とバイアス製薬の関係？　どういう意味だい？　ああそうか。彼が細菌兵器開発の片棒を担いでいたのかどうかってことか。さあ、どうだろうなあ。じゃがぼちゃ？　何だそりゃ。遺伝子組み換えで農作物を作るって？　カモフラージュ臭いな。しかし彼の死因から想像するに、他殺の可能性だってあるわけだからね。バイアス製薬の本来の目的を知ってそれに反対を唱えたために、内部の人間の手によって始末されたとも考えられる。や、可能性大だな。しかしまあそんなことは当面の問題じゃないよ。ドライな言い方で君には申し訳ないが、この際死者のことよりも生者の身を案じるべきじゃないのか。

いいや、警察へ届けたって仕方ないだろう。無茶言うなよ。こんな荒唐無稽な話、信じる奴がいるもんか。第一まだ何も具体的な証拠は摑んでないんだぜ。何しろすべてがキャラメル・ママのシミュレーションの上に成り立っているんだから。警察だの自衛隊だのを動かすんなら、まず細菌研究所を白日のもとへ引きずり出さなきゃならない。そりゃあさっきも言った通り、キャラメル・ママの力を借りれば自衛隊や機動隊は動かせるけどさ。でもああいう公的機関はどこかで人為的な歯止めが利くようになってるからなあ。全部コンピュータからの指令で動く機械ばかりだったら可能だけど……例えば、コンピュータ制御のミサイルなんかは発射できるかもしれない。でも細菌研究所を爆破したって始まらないだろう？

他に質問は？

ああ、コーヒーね。いいとも。砂糖は？

じゃあ今度はぼくらの側から質問させてもらおうか。まず……そうだな。君がそんなふうに臭いを発するようになってしまった経緯から聞きたいんだが……」

19

天井の蛍光灯が、徐々に力を失い始める。朝が近いのだ。

ぼくは何杯めかのコーヒーを啜ってアルコールの禁断症状に耐えながら、これまでのことを洗いざらい話した。その間ナルヒトは目を閉じたままうつむき、まるで居眠りをしているかのような様子で聞き入っている。マキジャクは相変わらずぼくらに背を向けたまま、キーボードを叩き続ける。そのカスタネットじみた音とキャラメル・ママの低い唸りをBGMに、夜が明けていく。

「マキジャク、どう思う？」

ぼくが一通り話し終えるのとほとんど同時に、ナルヒトは薄目を開けてそう言った。キーボードを叩く音が止む。

「気になる点はいくつかありますが、当面は二点ですね」

実に透明な声でマキジャクは言った。その容姿からは想像もできないほどの美しい声色（こわいろ）だ。街中でこんな声を小耳に挟んだら、たいていの人間は振り向くのではなかろうか。マキジャクは椅子を回転させてぼくを見つめ、

「ひとつはマリノレイコという女性の身の安全についてです。彼女が拉致（らち）される確率は非常に高いと思われます」

「まままままま……」

「もう一点は、そのシャーレが収められていたビニールケースに書かれていた番号のことです。それは武井さんの電話番号だけが走り書きしてあったのですか？　もっと他に何か書いてありませんでしたか？」

「まままマリノレイコが、ららら拉致!?」

「その問題については、後ほど検討しましょう。ビニールケースに書かれていた番号の方が先決です。思い出して下さい」

マキジャクの澄んだ声は、興奮しかけたぼくの気持を不思議なほど落ち着かせた。決して押しつけがましい調子ではないのに、有無を言わさない強さがある。すべてを委ねても安心できる深さがある。

「でで電話番号のほほ他には何も……ろろ六川のイニシャルがかか書いてあっただけだよ」

「つまりW・R－4994321ということですね」

「そそそうだ」

ぼくがうなずくのと同時にナルヒトとマキジャクは顔を見合わせ、無言のまま瞳で会話を交わした。そして二台のキーボードへ飛びつくと、恐るべき勢いでキーを叩き始めた。背後から眺めると、まるで仲の良い兄弟がピアノの連弾を楽しんでいるかのようだ。室内がにわかに騒がしくなる。キーボードの音色に合わせて、キャラメル・ママの低い唸りが加速し高音に変化する。

「おいおい、近いぞ近いぞ……」

「……コネクトしました」

「何だこれは？　ち、暗号になってやがる。スパイ小説の読み過ぎじゃないのか」

「乱数表を何パターンか充ててみましょう」

「すぐ出せるかい？」

「十五秒で」

二人は互いにCRTの画面を見つめたまま、独り言のように呟き合う。その間、一秒たりとも指先が止まることはない。ややあって、ナルヒトが椅子から飛び上がって奇声を上げる。

「解けたッ！」

あわてて背後に近づき画面を覗き込むと、そこには相変わらず暗号じみた数字や横文字の言葉が並んでいるだけで、ぼくにはさっぱり理解できない。

「組成式だよ。六川技師が残したブレビバクテリアに関する記録さ」

肩越しに振り向いてナルヒトが説明する。口許がほころび、若々しい笑顔がこぼれている。分からないながらもぼくも何だか嬉しくなり、微笑みを返す。

「キャラメル・ママに同パターンでパスワードの検索をやらせましょう」

「OK。じゃあぼくは六川技師の実験記録を追う。プリントアウトした方がいいかな？」

「二番のディスク・ドライブへ直に流して、コピーさせておけばいいでしょう。ぼくはこの六川ブレビバクテリアについてちょっと調べてみましょうか」

「頼むよ」

二人は小気味よく言葉のキャッチボールを繰り返し、自分たちの世界へどんどん入っていった。ぼくのような凡人には近づくこともできない、天才の領域とも呼ぶべき世界だ。まるでこのコンピュータ室全体が、ひとつの頭蓋のように思えてくる。その内部の空気を臭く汚しているぼくは、さしずめ脳内に巣くった腫瘍にでも例えれば適当だろうか。

不意にひどい疲労を感じて一歩退き、少し離れた場所の椅子に腰掛ける。昨夜からあまりにも多くのことが一度に起き過ぎた。瞼が腫れぼったく、後頭部に砲丸玉でもめり込んでいるかのような気分だ。その重苦しい疲労感の底で、ぼんやりとマリノレイコの顔を思い浮かべる。甲州街道沿いで、最後に別れた時の顔だ。

明日医者へ行ってはっきりさせるから、と彼女は言った。泣きはらした後の兎目をしきりに気にしながら、一生懸命笑おうとする。さくらんぼを形取った赤いイヤリングが、耳元に揺れていた。それとコーディネイトした赤い鼻栓をしていたのも、いかにも彼女らしい。別れ際にぼくは彼女の下腹部を見るともなしに眺めた。申し訳ないことに、あまり実感はなかった。彼女はぼくの視線に気付き、恥じらって両手を下腹部の前で重ねた。そして横断歩道を渡り、反対側車線でタクシーを拾った。つい昨夜のことなのに、もう何ヵ月も前のことのようだ。

あのマリノレイコが拉致される？　そんなことをして何になるというのだろう。しかしマキジャクが言うようにその可能性が高いのだとしたら、ぼくはこんなところで座っていていいものだろうか。ナルヒトの話が事実なら、彼女はとんでもない危険に晒されることになる。彼女だけではない。そのお腹の中にいるかもしれないぼくの子も、だ。

「……六川技師がじゃがぼちゃとやらについて研究してたのは事実みたいだな。しかし少々古い記録だ」

ナルヒトが振り返って叫ぶ。かなり興奮している様子で、一睡もしていないのに瞳が生き生きと輝いている。

「キャラメル・ママがコネクトしたみたいですよ」

横からマキジャクが口を挟む。ナルヒトはあわててもう一台のＣＲＴ画面へ飛びつく。そしてキーボードを二、三回叩いた後、

「とんでもないとこへコネクトしたぞ」

と震え気味の声で呟いた。

「こりゃ最終手段の作動システムじゃないか。ほら、さっき話しただろう。研究所の頭上の原発を暴走させるための……へえ、よくできてやがら」

「そそそ……」

「パスワードの桁数やパターンは統一されてるみたいですね」

「らしいな。ということは、半日くらいで他も全部解ける？」

「規模にもよりますけどね」

「ちょちょちょっといいかな」

ぼくは口を尖らし、必死で彼らの会話へ割り込んだ。このまま無視され続けていたのでは、いつまで経っても埒が明かない。

「まままマリノレイコにで電話をかけたいんだが」

二人はぼくの提案に眉をひそめ、顔を見合わせた。同時に、キーボードを叩く音が止む。妙な雰囲気だった。ぼくに対して何かを隠している、そんな気配がある。

「でで電話だよ電話」

「そのことなんですが武井さん……」

マキジャクが立ち上がり、ポケットから出したステンレス製の巻き尺をいじりながら告げる。

「大分前から呼び出しているんですが、繋がらないんです」

「つつつ繋がらない？」

「話し中なんです。もう二時間くらい」

「そそそんな……だだ第一どどどうして君ら、か彼女の電話番号を知ってるんだ」

「キャラメル・ママはＮＴＴの番号案内の検索機とも繋がってますからね。名前さえ分かれば番号なんて……とにかくずっと話し中なんです」

今度ばかりはマキジャクの澄んだ声も、ぼくの気を落ち着かせる助けにはならなかった。もう一度問いかけようとすると、マキジャクは巻き尺を手首に巻きつけ、その目盛りを読む振りをしてぼくの視線を避けた。ナルヒトを見ると、きまり悪そうな様子で爪のゴミを取っている。

「なな何故早くそそそのこと言わないッ！」

ぼくは激怒して立ち上がり、部屋の出口へ向かった。ナルヒトがあわてて追い縋り、背後から腕を取る。

「はは放せ！」

「待ちなよ。待ちなってば」

ナルヒトの声は落ち着きに満ちていて、あらかじめぼくの行動を予測していたことを想わせる。その大人びた対処の仕方がかえってぼくを追い詰め、激怒させるのだ。

「放せ！」

「どこへ行くって言うんだ君は。え？　どこへも行く所なんてないんだぞ。なあ頼むから落ち着いてくれよ」

「けけ警察へ行くんだ！　とと届けを出して、ままマリノレイコを探してもらう。ももちろんぼくの身柄もあ預かってもらうんだ。ろろ牢屋（ろうや）へ入れば妙な連中もてて手を出せないだろう。とととにかくきき君たちはしし信用ならない」

「そりゃ昨日今日出会ったばかりで信用しろってのも無理な話だけどさ。でも警察へ行ったたって奴らは来るぜ。君のその臭いじゃ普通の留置場へ勾留するわけにはいかないんだから。そうだろう？　となると当然、保健所とか都の環境衛生部とかが出てくるわけだ。これは奴らとツーカーの機関なんだからな。君はきっと引き渡される。それでもいいのかい」

「ぼぼぼくは、それでいい。ままマリノレイコを無事に……」

「だからこそ君はここにいた方がいいんだよ。いいかい。彼女が既に連中の手に落ちた後であれば、警察だろうが自衛隊だろうが見つけられないんだぜ。彼女の居場所、つまりバイアス製薬の移転先を知っていて、しかも潜入方法の鍵を握っているのは世界じゅう探しても、ぼくとマキジャクしかいないいんだよ」

「……ししししかし……それは」

「頼む。君にヘタに動かれたら、ぼくらも困るんだ」

ぼくは扉のノブから手を放し、しばらくその場に立ちつくした。一体何を信用し、どうすればいいのか見当もつかない。ナルヒトは背後から手を伸ばして扉を押し開き、ぼくの肩を抱きながら、

「上へ行って少し休むといいよ。案内するからさ」

そう言って先に部屋を出た。廊下の突き当たりの窓から射し込む朝陽が、その横顔にくっきりと陰影を作る。

「君に代わって、ぼくができるだけのことをしようじゃないか。彼女の立ち回りそうな先を教えてくれれば、責任を持って調べてくる。見つけたらもちろんここへ連れてくるからさ」

20

眠れるはずはないと思っていた。

マリノレイコの身を案じると動悸が激しくなるほどなのだから、一睡もできないに決まっている。眠るなんて不謹慎だ。と、まるで眠らないことが彼女に対する忠誠の証(あかし)であるかのように考えていたのだ。

ところがぼくはナルヒトに案内された一室のベッドに身を横たえると、呆気なく眠ってしまった。今まで経験したことのない種類の、深く重苦しい眠りだった。真っ黒な夢の塊に押し潰されているような眠り……。

目が覚めた時ぼくは眉間に深く皺を寄せ、寝小便と間違うほど大量の汗で下着を濡らしていた。頭痛がするのは、眠っている間じゅう顔をしかめていたせいだろうか。意識の内側へ結んでいた瞳の焦点が、徐々に現実と折り合う。一番最初に見えてきたのは、壁紙の模様だった。

寝込む際には全然気付かなかったのだが、よく見るとそれは模様ではなく、誰かが書き込んだ精緻(せいち)な悪戯書きであるらしかった。顔を近づけてみると、もともと白い壁紙が灰色に見えるほどびっしりと数字が書かれている。

「ぼくの部屋は散らかり方がひどいからなあ。マキジャクの部屋を提供するよ。円周率に囲まれた快適な部屋だ」

三階へ上がる階段の途中で、ナルヒトがそんなことを言っていたのを思い出す。するとここはマキジャクの部屋で、この壁の数字は円周率ということになるのか。ぼくは改めて壁に顔を近づけ、蟻の触角ほどの大きさで延々と書き連ねられている数字を眺めてぞっとした。想像するだに気も遠くなる徒労だ。しかしあの少年は、こんな作業に没頭しない限りは眠ることもできないのだ。

部屋は六畳ほどの洋間で、ベッドの他には机すらない。重たい石をどけた跡のような、空々しい空間だ。もしかしたら留置場というのは、こんな雰囲気なのかもしれない。ぼくはマキジャクの火星人風容貌とそれに似つかわしくない澄み切った声色を反芻しながら、ベッドを離れた。

右手の窓をほんの少し開けて覗くと、表は冷たい雨が降っている。自分の吐く息が白い。たちまち寝汗が冷えて、背筋に震えがくるほどだ。

「ありがたい」

声に出して独りごちる。この気温なら、臭いの影響が小さくて済むだろう。続いてぼくはいつもの習慣でシャツをたくし上げ、腋の下の具合を点検した。大垣一郎太院長に切開された左側の傷はもうすっかり塞がり、小さな瘡蓋を残す程度だ。ここ四、五日で両腋とも腫れが引き、痛みもほとんどない。昨日の検診の際にも、ミヤケ医師から回復を告げられたのだ。「腋の下はもうほとんど正常です」と。なのに、臭いは一向に治まる気配がない。むしろ強烈になっているらしいのだ。

疲労困憊したミヤケ医師の顔を思い浮かべ、あの人が死んだのかとしみじみ思う。本当のことなのだろうか。確かに昨夜この耳でラジオのニュースを聞いた。が、ナルヒトの策略でないと言い切れるだろうか。あの恐るべき子供たちなら、ラジオにちょっとした細工を加えるくらいのことは朝飯前だろう。考えてみれば、あの二人がぼくの味方である証拠はまだ何にもないのだ。病院に火を放ったのが、ナルヒトだとしたら……。

急に胸騒ぎがして、部屋の中を見回す。もちろん人影はない。マキジャクは相変わらず下のコンピュータ・ルームにいるのだろう。どれくらい眠っていたのか定かではないが、ナルヒトももう帰って来ているかもしれない。もしかしたら、マリノレイコを連れて。

いずれにしても、この部屋に止まっているわけにはいかない。ぼくは自分を励ましながら、緊張のために覚束ない足取りで扉へ向かった。と、爪先が何かを蹴って音を立てる。血を青くして竦み上がると、それは床の上を軽やかに滑って二、三メートル先に止まった。

プラスチック製の筆入れだ。臆病な自分に舌打ちを漏らしながら拾いあげ、何気なく中を確かめる。使い込んだシャープペンシルが二本。たぶんこれで壁の数字を書き連ねたのだろう。それから消しゴムと……折り畳み式のナイフ。手に取ると、ずしりと重い。鉛筆を削るだけの目的にしては、あまりにも本格的だ。爪の先で刃の部分を引き出すと、小気味よい音を立てて凶器に変貌する。

しばらく考えてからそれをジーパンのポケットに仕舞い込み、筆入れを元の位置へ直す。誰が敵なのかはっきりしないが、いずれにしても自分自身で身を守る必要があるのだ。折り畳み式のナイフを一本失敬するくらいは、神様も大目に見てくれるだろう。

廊下へ出ると、不意に雨音がぼくを包み込んだ。それは下のコンピュータ・ルームで聞いた、キャラメル・ママの低い唸りに似ている。用心深く歩を運んで、階段まで辿り着く。途中、廊下の両脇に並んだ扉のノブを幾つか回してみるが、どれも鍵が掛かっていた。

階段を下りて、すぐ正面の扉がコンピュータ・ルームだ。扉の前で耳を澄ましてみるが、雨音以外は何も聞こえない。一応ノックをして、返事を待つ。が、何の返答もない。ノブを回してみると、やはり鍵がかかっている。

「あのう、たたた武井ですけど……」

馬鹿正直に名乗る自分が、何だか情けない。ぼくのような人間は、彼ら天才少年たちの目には相当下らない男に映るのだろうな。そんなことを考えながら、気休めに自虐的な笑みを浮かべてみる。

ややあって、内鍵が音を立てて外される。扉の隙間に、ちらりとマキジャクの姿が掠(かす)める。どうやらまだナルヒトは帰って来ていないらしい。

「お、お、おはよう」

室内へ足を踏み入れながら、かしこまった口調で言う。ますます情けない気分になる。マキジャクは無言のまま軽い会釈を返し、キーボードの前へ戻った。おそらく眠っていないはずなのに、これっぽっちも疲れた様子はない。手近の椅子に腰掛け、昨夜飲み残した冷たいコーヒーを喉へ流し込む。苦いばかりで、ひとつも美味くなかった。暖かいコーヒーを頼みたかったが、相手が天才であることを考えると気後れを感じてしまう。

「……雨がふふ降ってるね」

黙り込んでいるのも気まずかったので、とりあえずそう話しかけてみる。天気の話題というのはこういう時本当に便利だ。しかしこれは大人たちだけの間で通用する社交辞令でもある。少年たちは特別のこと（その日が遠足であったり、運動会であったり）がない限り、決して天気について話したりしない。そんなことは口にするまでもなく、空を振り仰げば一目瞭然のことなのだから。

「ですね」

案の定マキジャクはつまらなそうに一言返すだけだった。ぼくは自分がみみっちい大人になり下がっているのを感じ、赤面して起死回生の話題を懸命に探した。

「ななナルヒト君はまだなのだろうか？」

この質問は、天気の話題よりもずっと実のある内容に思えた。マキジャクはキーボードの手を止めずに、

「まだですね」

と答え、腕時計へ目を走らせた。

「れれ連絡もないのかな」

「ありませんね。しかしいくら遅くても三時には帰るでしょう」

「さ三時？今三時前か……そうか結構眠ったんだな。きき君は眠らないのか？」

「ええ」

「大丈夫なのか？」

「普通には眠れないんです。深く眠りかけると、夢を見るんですよ。ああ、この話はあまりしたくないな」

「じゃじゃじゃあいい。しなくていい」

　ぼくは昨夜ナルヒトからひそかに聞いた話を思い出し、動揺を隠せなかった。マキジャクはそれを鋭敏に感じ取ったのか、キーボードの手を止め、くるりと椅子を回転させてぼくの方へ向き直った。

「ぼくは途切れ途切れに眠るんです。二分とか、五分とか。一日じゅううつらうつらしていると言っても過言ではありません」

「そそそうか。なななるほど。か感心してしまうなそれは」

　ぼくがますます動揺しうつむきがちになってしまったのは、何かまぶしいものを見ているかのような気分に陥ったからだ。昨夜出会った時は何よりもその澄んだ声ばかりが印象的だったが、今改めて一対一で向かい合うと、この少年はどこかしら神々(こうごう)しい雰囲気すら漂わせているのだ。

　マキジャクはぼくがどぎまぎして空のコーヒーカップを傾ける様子を見て取り、唇の端で微笑しながら立ち上がった。そのまま無言で部屋を出ていく。

　一人残されたぼくは急に手持ち無沙汰になり、室内を何度も見回したり、プリントアウトされてそこらじゅうに散らばっているコンピュータ用紙を眺めたりした。もちろん印刷されている内容など分かるはずもない。が、不思議なもので、そうしていると自分も何だか頭がよくなったような気がする。

「こんなものしかないんですけど」

やがてマキジャクがコーラを二缶と食パンらしきものを手に戻って来た。渡されてよく見ると、重ねた食パンの間にマスタードを塗って、ベーコンとチーズが挟んである。礼を言ってかぶりつくと、これが実に美味かった。食欲を感じて何かを食べるというのは、何年ぶりのことだろう。嗅覚を失ってからこっち、これほど美味いものを食べた記憶はない。

「ひとつしし質問したいんだが」

天才製サンドイッチを食べ終えた後、ぼくは遠慮がちに切り出した。マリノレイコのことがどうしても気掛かりだったのだ。

「マリノレイコという女性が、何故連中に連れ去られるのか。その理由ですね」

マキジャクはぼくの質問を正確に言い当て、コーラのプルトップを静かに引き抜いた。呆気に取られているぼくを横目に、一口飲んでから、

「理由はいくつか考えられます。ひとつは、彼女が六川技師と非常に親しい間柄にあ

ったということ。あなたに渡したシャーレの他にも、何かあるのではないかと疑っているのではないでしょうか。それから、あなたの病気の伝染性についてですね。どうやら空気伝染はしないようですが、例えばエイズのように体液の接触によっては伝染するかもしれないでしょう。だとすれば、あなたから彼女に伝染している可能性もあるわけですからね。連中が彼女を捕捉しようとする理由は、そのあたりにあるのではないかと思います」

ぼくはあからさまに狼狽し、持っていたコーラの缶を取り落としそうになった。マキジャクの指摘する通りなのだ。ぼくのこの病気が彼女に伝染していないという保証は、何もない。もちろんそのお腹の中の子にも……。

マキジャクはぼくの狼狽ぶりを気の毒に思ったのか、椅子を引いて近づき、上目遣いにぼくを見上げた。

「あの……言い方が悪かったのなら、謝ります」

「べべべ別にいいんだ」

「……あなたに話すべきかどうか、ナルヒトと相談してからにしようと思ってたのですが……早く安心させた方がいいから、教えちゃいましょう」

マキジャクはそこでちょっと間を置いて声を低め、こう続けた。

「あなたの病気はごく簡単な方法で治りますよ」

「あ？」

「今日の午前中あなたが眠っている間に、そのことをキャラメル・ママと一緒に考えてみたんです。医学関係のことについては、ぼくもキャラメル・ママもどっちかって言うと不得手なんですけどね。でもまあ、それほど難解ではなかったから……」

「ほほほほほ……」

「本当ですとも。伝染の可能性についても調べましたが（と言うか、そこが入口だったんですが）ほとんどゼロですね。要はあなたの体質自体に問題があったのです。簡単に言うとあなたの体は、六川ブレビバクテリアが突然変異を起こして繁殖しやすい状態にあったのです。本来この菌はとても弱いものらしいですからね。他人に伝染する前に死んでしまうんですよ」

「ななな治るのか、本当に!?」

「ええ、請け合います。あの大学病院の医師たちも、ほんの少し発想の転換をすれば治せたはずですよ」

マキジャクの自信に満ちた物言いは、ぼくを狂喜させた。さきほど感じた彼の神々しさが、ますます光を増して目に映る。まったく何て凄い子供なんだろう。正に世紀の天才とは彼のことだ。ぼくは今にもその手を取ってフォークダンスでも踊り出しそうな自分を感じた。

「ただし……」

と、マキジャクは急に表情を曇らせて付け加える。

「今すぐに治療法を教えるわけにはいかないんです。申し訳ないですけど」

「なななななななな……」

「あなたは言わば生き証人ですからね。事の全貌が公になるまで、被害者として臭いを発している方が色々と都合がいいんです。なあに、すぐに片がつきますよ。そうしたらすぐにも治療して……」

「ばばばばばば馬鹿言うな！」

ぼくはつい数秒前にフォークダンスを踊ろうとして差し出した手でマキジャクの襟首を捕らえ、力まかせに締め上げた。

と、同時に背後で大音響が響き渡った。驚いて振り向くと、扉のぶ厚い板が裂けて大きな穴が開き、そこから斧の切っ先が突き出ている。何が起きたのかさっぱり分からない。マキジャクの首根っこを押さえつけたまま茫然としていると、続けて斧が二度三度と振り下ろされた。あたりに木屑が飛び散り、埃が舞い上がる。やがて扉に開けられた穴から白い手が差し出され、悠々と内鍵を外す。斧の衝撃でひん曲がった扉が、嫌な音を立てて押し開かれる……。

廊下に立っていたのは、昨夜ぼくの部屋を訪れた防護服の男たちだった。

「しまった！」

マキジャクが舌打ちを漏らし、窓の方へとぼくの背中を押しやった。足がもつれ、転びそうになりながら走り出そうとする。と、防護服の男たちは機敏に反応し、あっという間に追い縋ってきた。背後からシャツを掴まれ、床へ転がりこむ。

「これ武井ある！」

聞き覚えのある声……中国訛のあの男だ。四つ這いになって逃げようとするぼくの背中に馬乗りになって、スパナのようなもので肩のあたりを殴りつけてくる。鈍い音がして、激痛が走った。仰向けに倒れながらマキジャクの方を見やると、防護服の男が二人がかりで取り押さえている。一人が、マキジャクの頭を殴ろうとしているところだ。

「やめろ！　その子の頭は！」

ぼくは必死で叫んだが、ほとんど声にならなかった。マキジャクは後頭部を殴打され、低く呻いてその場に倒れ込んだ。

「こいつをどうします？」

殴った男が誇らしげに言う。防臭用のメカニックなマスクを掛けているため、声が籠もって聞き取りにくい。

「連れてくよろしい」

中国訛の男が答え、倒れこんだぼくの腹を思い切り蹴る。爪先が下腹部にめり込み、ぼくはさっき食べたサンドイッチを辺りへ吐き散らしながら転げ回った。

「ガキどもが！」

薄れていく意識の底でそんな声が響き、キャラメル・ママのＣＲＴ画面へ振り下ろされる斧が視界の隅で光を弾いた……。

21

背中の下から規則正しい振動が伝わってくる。高速で回転し続けるエンジンの音と、低い風切り音……。

どうやら車に乗っているらしい。大分前から目覚めているはずなのに、目の前は相変わらず真っ暗だ。闇の中で起き上がろうとすると、体のあちこちが鋭く痛んだ。特に肩から首にかけての痛みがひどい。

手探りで辺りを確かめると、狭い箱のような場所に閉じ込められているのが分かった。天井も低く、中腰になるのがやっとだ。保冷車の荷台の中だろうか。

「ああ……ひどい臭いだ」

すぐ背後から呟きが漏れ、苦しげな嘔吐の音がそれに続く。マキジャクの声だ。あわてて近づこうとすると、吐いた物が腕にかかった。ぼくの臭いがこの狭いスペースに籠もり、堪え難い状態になっているのだろう。

「だだだ大丈夫か……？」

肩を抱いて呼び掛けるが、しばらくは苦しそうに呻くばかりで何も答えない。荒い息を吐き、呼吸を整えようとしている。

「……まいった。鼻栓も効かないや……」

途切れ途切れにそう呟く。

「ああ頭は？　な殴られたろう？」

「ああ、濡れて……血が出てるみたいです。ちきしょう。奴らひどく殴りやがったからなあ」

ハンカチを探そうと思ってポケットへ手を突っ込むと、固い物が指先に触れた。マキジャクの部屋で手に入れたナイフだ。

「ななナイフがある！」

「え？」

「なナイフを持ってるんだ。きき君の筆箱に入ってたヤツさ」

「しッ！」

マキジャクの手が伸び、ぼくの口を塞ぐ。闇の中でぼくらは小さな獣のように寄り添い、声を低める。

「ここここれで扉をここじ開けられないかな」

「どこが扉なんだか……」

ぼくらは手分けして闇の中を手探りで点検し、車の最後部らしき箇所に頑丈な蝶番を発見した。が、とてもナイフ一丁で壊せる代物ではない。がっかりしてその場に座り込み、しばらく放心状態に陥る。

「しかし後々使う機会もあるでしょう。それまでうまく隠し通せるといいんだが」

言いながらぼくのそばを離れ、闇の中を動き回っている。その動作に合わせて金属の擦れ合う音がするのは、たぶんステンレスの巻き尺だ。何かの役に立つのか、それとも単にいつもの習慣からか、辺りを計っているらしい。

「こここのナイフ、ぼぼぼくが持ってる方がいいかな？」

闇に向かって、問い掛けてみる。マキジャクはしばらく黙り込んだ後、

「たぶんその方がいいでしょう。ぼくの予想では、車はこのまま研究所内へ入って……その後はどこかで衣服を滅菌するために、裸にされるはずです。ナイフを使うとしたらそこですね」

「つつ使うって、ぼぼぼぼくがかい？」

「当然です」

「しししかしどどどういう風に使えば……」

「そりゃ隙を見て相手を刺すんですよ。胸はあばらが邪魔をするからだめですよ。腹も身を引いて避けられ易(やす)い。喉を突ければベストですね」

「ききき君やってくれ」

「ぼくは背が低いから、物理的に不利ですよ」

「しししかしししし失敗したら……」

「もちろん逃げられそうな予測が立たない限りは、おとなしくしておくことです」

「れれ冷静だな君は」

マキジャクはようやくそこらじゅうを計り終え、ぼくの隣へ這って来た。

「こうなった以上あわてたって仕方ありませんよ。あああ、服がゲロでベトベトだ。とにかくケース・バイ・ケースで行動することです。幸いぼくらには、ナルヒトという切り札が残っているし」

「そそそうか」

「ひょっとしたら先に拉致されてるかもしれませんがね」

「そんな！」

「可能性は五分ですね。連中が日本天才アカデミーを突き止めた理由を考えると、ナルヒトが捕まって白状させられたか……或いはナルヒトのバイクのナンバーから住所を照合したか、どちらかです。最悪ナルヒトが既に捕まっていたとしても、ぼくらにはまだキャラメル・ママがいますからね。隙を見て研究所内のプッシュホンから電話さえできれば、遠隔操作も……」

「きききキャラメル・ママはここ壊されたぞ」

「何ですって？」

「や奴ら君をぶん殴った後、きききキャラメル・ママに斧をふ振り下ろしてたんだよ」

マキジャクは絶句した。闇に紛れて顔は見えないが、彼がいかに失望したか手に取るように分かる。その気配はぼくにも伝染し、胸の奥で鳴りをひそめていた不安が一気に膨れ上がった。

「端末だけの被害ならいいんだが……奴らまさか火を放ったりしてないだろうな」

マキジャクは独り言を漏らし、両手の間でステンレスの巻き尺を引き出したり引っ込めたりする。その落ち着きのない金属音が、ぼくらの周囲に漂う不安をますます煽り立てる。

と、それまでは滑らかだった車の振動が、不意に激しくなる。路面状態の悪い道へ入ったらしい。体が左右に振られるのは、カーブの多いせいだろう。ぼくらは闇の中で肩をぶつけあい、支えあってそれをやり過ごした。やがて車は徐々にスピードを緩め、静かに停止した。

「いいですか。中へ入ったらぼくの言うことを絶対に聞き逃さないで下さい。連中に聞こえないように小声で指示を出しますから」

マキジャクがぼくの手をしっかり握りしめて言う。その小さな手は、小刻みに震えていた。いや、もしかしたら震えているのはぼくの手の方かも知れない。マキジャクの言葉が終わるか終わらないかの内に、背後で錠前の外れる音が響き、光の束が一気に押し寄せてきた。目を射られてうつむき、呻き声を漏らす。

「出る！」

光の向こうから、中国訛の男の声が響く。まぶしさのあまりしばらく身動きが取れずにもたもたしていると、何かバットのようなもので脛を思い切り叩かれた。悲鳴を上げて転げ回るぼくの様子を眺めて、防護服の男たちが笑い声を立てる。すぐ脇で縮み上がっているマキジャクの表情が、視界の隅をかすめる。やはり頭から出血しているらしく、額から鼻にかけてが真っ赤だ。

「ゲラウ！」

背の高い男が斧で威嚇しながら叫ぶ。それが英語なのだと理解するまでに、しばらく間があった。まずマキジャクが両手をかかげて表へ出る。ぼくは脛の痛みのためになかなか立ち上がれず、転がり落ちるようにして後へ続いた。

そこは、真っ白な矩形の部屋だった。どういう仕掛けなのか車の出入り口らしきものはなく、人がやっと一人通れるほどの鋼鉄製のドアがあるだけだ。ガレージという印象からは程遠い。見上げると天井には大型のフラッシュのような照明があり、低い唸りを立てている。乗って来た車はやはり保冷車で、カモフラージュのためか『太陽漁業K・K』などと横腹に書いてある。

「ドンムーヴ」

ぼくの鼻先へ斧を突きつけて、のっぽが言う。左手で脛を撫で、右手でポケットの中のナイフを握りしめてぼくは静止する。中国訛の男がマキジャクの脇を通り抜け、鋼鉄製のドアへ近づく。把手（とって）の下にボタンの並んだパネルが嵌め込んである。ちょうど銀行のキャッシュディスペンサーの装置のようだ。中国訛の男は手早く暗証番号を打ち込み、ドアの上に備えつけてあるビデオカメラに向かって手を振ってみせた。ややあってドアの向こう側から、ボルトの緩む機械音が漏れてくる。

「入る」

中国訛の男はぶ厚いドアを重たげに引き開け、ぼくらを呼んだ。

「逆らわないで……」

マキジャクが真っ青な顔で囁（ささや）く。のっぽの英語男がぼくの背中を斧の先で軽く押しやる。驚いて小走りになり、ドアをくぐる。

今度は、階段の踊り場のような狭いスペースだ。左右にエレベーターの扉らしきものがあり、それぞれ赤と緑に色分けされている。防護服を着た三人の男たちはぼくらに続いて入り、鋼鉄製のドアを緩慢な速度で閉めた。同時に内側のカンヌキが自動的にかかり、ボルトが回転してしっかりとロックされる。

中国訛の男はまず赤い扉の前にぼくらを並ばせ、壁のビデオカメラに向かってＯＫのサインを出した。音もなく扉が開く。やはりエレベーターだ。

「乗る！」

ぼくらは渋々従い、順に中へ入る。しかし、防護服の三人は乗ろうとする気配がない。不思議に思って振り返ると、反対側の緑色の扉が開くところだった。連中は向こうのエレベーターに乗るのだろう。ほんのひとときかもしれないが、あの乱暴な連中と離れられるのはありがたい。ほっとして隣のマキジャクを見やると、さっそく巻き尺を出してエレベーターの内寸を計ろうとしている。

扉が、ゆっくりと閉まる……。

と、閉まり切る寸前。防護服の男の中の一人が、右手を高く差し上げて妙な仕種を引いた。さっきまで一言も喋らなかった背の低い奴だ。掌を開閉してぼくらの注意を引き、指を三本立てて順に折っていく。最後に一本突き立てた指で、自分の頭を指してみせる。その姿が、扉の隙間に消えていく。

軽い振動とともに、エレベーターが降下し始める。今の男の仕種が残像となって、頭の片隅を占めたままでいる。問いかけようとしてマキジャクを見やると、ぼくのお喋りを制止する瞳が返ってきた。唇の形だけで『ビデオカメラ』と伝えてくる。横目でエレベーターの天井を見ると、なるほど小型のビデオカメラがぼくらを捉えている。マキジャクは身振りでぼくに屈めと命じ、直接耳に唇を押し当ててきた。その澄んだ声が、ぼくの鼓膜（こまく）に直接反響する。

「ナルヒトですよ」

マキジャクはそう囁（ささや）いた。しかしぼくはその意味が分からず、訝しげな視線を投げ返す。

「今、サインを送った男がいたでしょう？　あれナルヒトですよ」

「ばばばばかな」

思わず大きな声を出してしまい、マキジャクにたしなめられる。

「どこで入れ替わったのか分かりませんが……たぶん連中が日本天才アカデミーへ来る前でしょうね。しかし大胆な奴だなあ！　キャラメル・ママを壊していたのは、あの背の低い男でした？」

「そそそそう、だと思う。ぼぼぼくが見ていた限りでは」

「なら手心を加えてるはずだから、一安心です……」

「ばばばバレないかな」

「どうでしょうかねえ。相当危険な綱渡りですよ。ここまでバレずに来たこと自体がほとんど奇蹟です。連中が乗った緑色のエレベーターはすぐ下の階の滅菌室へ降りるはずなんですが、そこで服を全部脱ぎますからね。そこから石灰酸や光や熱を使って、四段階で滅菌されて……」

「ややややけにくわしいな君は」

「ここの図面は頭に入ってますから……。滅菌室の規模から考えると、たぶん一人ずつ通るはずです。運がよければ隠し通せるかもしれませんね」

マキジャクは額にこびりついた血の塊を爪で引っ掻きながら嘔いた。エレベーターはなおも下降し続けている。階数を表すランプがないので、どれくらい下ったのか見当もつかない。下降時間の経過に比例して、ぼくの不安も徐々に募っていく。一方、マキジャクはナルヒトを発見したことで落ち着きを取り戻したらしく、さっきよりはずっと顔色もいい。掌にこそぎ落とした血の塊を、巻き尺で計ったりしている。

「ぼぼぼぼくらはどうなる?」

沈黙に堪え切れなくなって、そう訊いてみる。嘔いたつもりが、ずいぶん大声を上げていたらしい。マキジャクはちょっと顔をしかめ、より低い声で、

「ぼくらはたぶん隔離室へ案内されるでしょう。三つくらい部屋を抜けて……中へ行くほど気圧を下げてあるんですよ。空気が外へ漏れないように。このエレベーターの中も、ほら、聞こえませんか。圧搾ポンプの音」

確かに先程から耳がキーンとして、音が聞こえにくくなっている。エレベーターの

降下のせいだと思っていたが、どうやらそれだけの理由ではないらしい。マキジャクは鼻栓の上からさらに指で鼻をつまみ、息を詰めて耳孔内の気圧を調節している。その際にまたぼくの臭いを嗅いでしまったらしく、喉を逆流してくる嘔吐を堪えようとして目を白黒させる。

「へへ平気かい？」

背中をさすってやりながら声をかけると、マキジャクは片手を上げて応え、途切れ途切れにこう告げた。

「……ああ大丈夫。それよりよく聞いて……エレベーターを降りて二番めの部屋で、ぼくらはたぶん服を脱ぐことになるはずです。その時、例のナイフをうまく隠して下さい。切り札のひとつなんですから……」

「かかか隠す？　どこへ？」

「だから……例えば腋の下に挟むとかして。今の内から腋の下が痛むような振りをして、伏線を張っておくべきです」

「しししかしかか隠し通して、どうする？　ぼぼぼくが使うのか？」

「いざという時にはね」

「でででできない」

「マリノさんを助けたくないんですか」

マキジャクは急に力強く、鋭い刃物を投げつけるような調子で言った。瞬間、泣きじゃくるマリノレイコの姿が脳裏に弾ける。たちまち苦い感情がぼくの胸に広がり始める。彼女にもしものことがあれば、それはすべてぼくの責任なのだ。ぼくの体の、この臭いのせいで彼女は……。

「大丈夫。どんな無茶をしてもあなたは殺されやしませんよ。連中にとっては大切な研究材料なのですから」

マキジャクがそう言い終わるのと同時に、エレベーターが軽い衝撃を伴って停止した。目の前の扉がゆっくりと開く。その向こうにベージュ色の防護服を着た大男が二人、まるで仁王像のように屹立（きつりつ）している。ぼくらを拉致した連中とは別の人物であるらしい。

「出ろ」

促されてエレベーターを降りる。ドーム型の廊下が、左右に延びている。まるで巨大なゴムホースの中に閉じ込められた気分だ。背後でエレベーターの扉が閉じると、また頭上で圧搾機の音が響く。すぐに耳がツンとする。

ぼくらは大男二人に急かさ（せ）れ、廊下を左へと進んだ。四人分の足音が天井に跳ね返る他は、何の物音もしない。壁面には繋ぎ目ひとつなく、完全に密封された空間だ。廊下はすぐに突き当たり、天井ぎりぎりまである巨大な鋼鉄製の扉が行く手を塞いでいる。最初の入口と同じように、防護服の男が把手の下のパネルに暗証番号を打ち込む。ボルトの回転音とともに、扉がゆっくりと開く。

「入れ」

ぼくらの後に続いて、防護服の男が一人だけ入室する。もう一人は廊下に残り、外から扉を閉める。

その細長い部屋の両側には、計器のようなものがずらりと並んでいた。そして壁面を這う、色分けされた何本ものパイプ。家具らしきものは、中央に据えられた作業台だけだ。正面奥と右手に、ふたつの扉が見える。ぼくらは正面奥の扉の方へ案内された。今度は、暗証番号なしに開かれる。

次の部屋はスカッシュのコートのように、だだっ広く何もないスペースだ。扉と壁と床と天井、それだけだ。どこかでモーターの回転音が響き、また鼓膜が緊張して痛み始める。

「着ているものをすべて脱げ」

防護服の大男は居丈高にそう命令した。一見したところ、武器のようなものは持っていない。しかし防護服の下にはいかにも鋼の筋肉が隠されていそうで、とても逆らう気にはなれない。ぼくはマキジャクの言葉を思い出し、急に腋の下が痛む振りをし始めた。まずズボンを脱ぐ際にポケットへ右手を突っこみ、ナイフをしっかりと握る。うまく腋の下へ挟めるだろうか。左手でシャツの裾を引き上げ、マキジャクの様子を窺う。

「ああひどい臭いだ。吐きそうだ……」

上手くタイミングを計って、マキジャクは呻き出した。男は監視の目をそちらの方へ向ける。その隙を見てぼくは素早くナイフを取り出し、大あわてで腋の下へ挟んだ。ひやりとした感触が首筋まで昇ってくる。脱ぎ終えたシャツを肩から羽織り、できるだけ腋の下を隠すように……。

次の瞬間、ナイフはぼくの腋の下から滑り落ちてしまった。床に当たり、硬い金属音が響き渡る。その衝撃で刃が開き、照明を受けて銀色に輝く。振り向いてそれを発見した男はゴーグルの奥の目をかっと見開き、ぼくに向かって突進して来る。ぼくは咄嗟に身を屈めてナイフを拾い上げ、夢中で前へ突き出した。両腕に、男の全体重がのしかかってくる。

ぼくはちょうどサードからの送球を受けるファーストの野球選手みたいな恰好で静

止した。そしてぼくの手の先には、突進して来た男の喉があった。ナイフの握り部分までを深々と食い込ませて。

「馬鹿！」

背後でマキジャクの声が響く。驚いてナイフから手を放すと、男はその場へ倒れ込み、陸揚げされた海老のように激しく痙攣した。見る見る血が流れ出し、白い床を真っ赤に染める。

「こんなところで使うなんて！」

マキジャクは腹立たしげに叫びながら、ぼくの手を取った。

「こっちだ！　急いで！」

入ってきた扉を押し開け、計器類の並んだ部屋へ引き返す。すぐ左手の扉を入り、廊下を駆け出す。またすぐに鋼鉄の扉。その手前を左へ。いつの間にかラセン階段を降りている。ぼくは気が動転して、半分気絶しているような状態だ。マキジャクに手を引かれるまま、惰性で走り続ける。

「急いで！　もっと速く！」

マキジャクは焦れったそうに叫び、ぼくの腕をぶんぶん振り回す。ぼくはようやく我を取り戻し始め、それと同時に右手の痛みを感じる。走りながら確かめると、男を刺した際に自分の掌も傷つけていたようだ。親指の根本がかなり深く切れて、血を吹き出している。

ラセン階段を降り切ると、また鋼鉄製の扉だ。マキジャクは自室にあるコンピュータを扱うような手付きで、素早く暗証番号を入れる。

「どどどこへ？」

「とりあえず一ヵ所だけ、隠れられそうな場所があるんです」

扉が開く。エレベーターを降りて最初に通ったのと同じような、ドーム型の廊下が目の前に延びている。と、壁面に埋め込まれた赤いランプが点滅を始め、施設内に電子サイレンの音が響き渡る。

「けっこう対応が遅いな……奴ら、こういうことに慣れてないんだ」

走りながらマキジャクが自信たっぷりに呟く。ぼくはもう息切れがし始め、まるで心臓自体に足が生えて駆けているかのようだ。

「この先はちょっと危険な所を通ります。周りにある物に絶対触れないで……」

「きき危険？」

「感染した実験動物の檻や、細菌の保存室ですよ」

言いながらマキジャクは突き当たりの扉を静かに開ける。隙間から、中の様子を覗き込む。同時に獣の声が漏れてくる。

思う間もなく手を引かれ、中へ入っていく。小さめの倉庫のような部屋だ。左右には整然と大小様々なガラスケースが積み重ねられている。それまで通過した無機的な部屋や廊下とは、明らかに雰囲気が違う。ぼくらが走り出すと、とたんに獣たちの声が降り注いできた。ガラスケースの中に、猿や犬が閉じ込められているのだ。ぼくの臭いのせいだろう、特に犬たちの反応が著しい。発狂したかのように悶え、声を限りに吠えたてる。その上に響き渡る電子サイレンの音が重なり、鼓膜がどうかなりそうだ。両手で耳をしっかり押さえ、一気に走り抜ける。突き当たりにガラスケースを運ぶための台車が停めてあり、その脇がまた頑丈そうな扉だ。

――猿か？

「もうすぐですからね」

マキジャクが弾む息の下で呟く。次の部屋は、右側だけにガラスケースが並んでいる。ケースというよりも、ほとんど小部屋と呼んでいい。驚いたことに、その中には人間が入っていた。生きているのか、死んでいるのか。誰もぐったりと身を横たえ、ぼくらが走り抜けても何の反応も示さない。最初が男、次が女、また男……。全員が白いパジャマのような服を着、背中と腹に大きく番号が書いてある。

「立ち止まらないで！」

マキジャクに叱りつけられるが、どうしても無視しては走り続けられない。幽閉(ゆうへい)されたその人間たちは、一人残らず異様だった。最初の男は顔じゅう黒い吹出物に覆われ、アボカドの実のようだ。二番目の女は鼻の穴に電極を押し込まれ、コードの先がバッテリーらしき装置に繋がっている。三番目の男は、鼻が腫れ上がり西瓜(すいか)ほどもある。四番目の女は……。

ぼくは足を止めた。その女には見覚えがあった。

「何してるんです！　急いで！」

マキジャクが突き当たりの扉の所から呼び掛ける。しかしぼくはその女から目が離せない。

「マサヨさんだ……」

「いいから早くこっちへ！」

「ままマサヨさんだよ、これ。ななナルヒトのお母さんのマサヨさんだよ。ほら、ここにいる人！」

ぼくの叫びを聞きつけたのか、ガラスケースの中で仰向けになっていたマサヨさんがだるそうにこちらを見る。確かにマサヨさんだ。一度しか会ったことはないが、見間違えるはずもない。顔色は悪いけれども、他の連中に比べればずいぶんまともに見える。マサヨさんはぼくと目を合わすと、不思議そうに首をかしげた。ぼくはケースに近づき、その透明な扉の仕掛けに目を走らせる。銀色の把手の下に様々なデジタルカウンターがついているのは、内部の温度や湿度を表しているのか。材質はかなりぶ厚い硬質ガラスだ。素手で割ることはできないだろう。鍵さえ掛かってなければ出してやれるのだが……。把手を握って力まかせに引いてみる。堅固な鍵の手応えがあり、透明な扉はびくともしない。

「馬鹿！　今はだめだ。どんな細菌に感染してるかも分からないんだぞ」

マキジャクが次の部屋への扉を開きながら叫ぶ。マサヨさんはぼくの顔を思い出したのか、起き上がってケースに顔を押しつけてくる。つられてぼくもケースにへばりつき、

「ななナルヒトがきき来てますから！　あなたを助けに！　きっと助けてくれますから！」

大声で伝え、その場を離れる。聞こえただろうか。あのぶ厚いガラス越しに。聞こえていればいいが。畜生、これは一体どういうことなんだ。こんなことが……どうしてこんな……。

ガラスケースの部屋を後にすると、次はまた廊下が延びている。両側に扉が並んでいて、ホテルの廊下を想わせる。ただし扉の形態は潜水艦のそれに似ている。目の位置に丸窓が取りつけてあり、室内を観察する仕組みになっているのだ。走りながら横目で窺うと、室内には人の気配がある。施設内に響き渡る電子サイレンを耳にして、何事かと丸窓に顔を押しつけている者もいた。ちょうど観光地によくある、顔だけ出して記念写真を撮る絵板のような感じだ。

「早く！　こっちです」

マキジャクが突き当たりの角のところに立って、ぼくを呼んでいる。両側の丸窓に覗く人間たちの顔を避けてうつむき、必死で走る。扉を蹴りつける者がいる。わめき散らす者がいる。それらを引きちぎるような思いで置き去りにして、ぼくはひた走った。と、どこかで名前を呼ばれたような気がする。あわてて止まろうとすると足がもつれ、勢い余って倒れ込んでしまう。

「何してるんです。早くってば！」

マキジャクの呼び掛けを無視して体勢を立てなおし、二つ手前の扉まで引き返す。丸窓から、女の顔が覗いている。マリノレイコだ！

「追手(おって)が来る！　捕まってしまう！」

マキジャクの声と同時に、背後で数人の足音が響く。ブルーの防護服を着た男たちが、前の部屋からの扉を押し開けて現れる。はっとして廊下の突き当たりを見ると、既にマキジャクの姿はない。丸窓の中からマリノレイコが必死の形相で何か訴える。ぼくは扉の把手に取り縋り、激しく上下させてみたがびくともしない。男たちの足音が加速して背後に迫る。もう間にあわない。

抵抗しようとして身構える暇もなく、後頭部を殴りつけられる。痛みとともに床へ這いつくばると、三人の男たちが次々にのしかかってきた。中の一人が黒い拳銃のようなものを取り出し、ぼくの首筋に押し当ててくる。恐怖のあまり眼球の表面にくるりと真っ赤な膜が張る。次の瞬間、強烈な電撃が首筋に走り、脳味噌のヒューズが何本か飛んでしまう……。

22

「左腋の下の膿は？　採取できたか？」

「膿はもうほとんどありませんね」

「大学病院から盗ったものあるヨ。それ良いないか？」

「もちろんそれも検査へ回ってる。血液とリンパは？」

「採りました」

「ひどい臭いネ。吐きそうある」

「やかましいぞチャウ。こんな所で油を売っていてもいいのか」

「博士の言う通り。もう一人のガキ、まだ捕まらないんだろう」

「それは時間の問題あるネ」

「どうせ逃げられやしないと高をくくっていた結果がこのザマだ。大事なスタッフが一人、死んだんだぞ。しかも日本サイドの人間だ。おいそれと補充はきかんのだからな」

「まったくその通り。カーツ少佐には君の方から報告したまえよ。これは明らかに君らSSのミスなんだからねえ」

「イザザギ、おまえ態度でかいある。長生きできないヨ」

「ほう、脅迫ですか。おもしろい」

「よせよせ。施設内の喧嘩は御法度。命に関わる」

「博士、おまえも態度でかいと良いないあるヨ。いいネ……」

「………」

「……虫の好かない奴ですね」

「ふん。ＳＳも普段は暇を持てあましているものだから、彼らなりに興奮しているのさ。まったく粗野な連中だ」

「チャウの奴、施設内に銃を持ち込んでいるっていう噂ですよ」

「銃？　電撃銃ではなくて？」

「ちゃんと鉛の弾が出るやつですよ」

「馬鹿な」

「防護服を着ていると取り出すのに手間がかかるとか、ＳＳの仲間内で愚痴をこぼしていたらしいですよ」

「あれほど念を押しておいたのに。あの激バカが！」

「まさかもう一人のガキを捕まえるからって、使わないでしょうね」

「そのへんの孵卵器(ふらんき)やビーカーに跳弾(ちょうだん)が当たってみろ、どんな騒ぎになるか……」

「しかし奴ならやりかねませんよ」

「………」

「どうします？」

「君、悪いけどフォート・デトリックへ電話を入れて、至急カーツ少佐をつかまえてくれないか」

「で、何と？」

「直ちに銃の携帯を禁止する旨を、カーツから直に命令してもらえ」

「その命令は既に何度も通達されていますよ」

「だからもう一度だ！」

「聞き入れますかねえ」

「じゃあ君、チャウと決闘して銃を奪え」

「滅相もない……。さっきの事故のことは？」

「事故？」

「スタッフの死亡事故のことですよ。伝えますか？」

「伏せておけ。我々の職務とは何ら関係のないことだ。チャウから報告させる」

「分かりました」

「おや、主人公のお目覚めだぞ……いや、君は電話の方を早く頼む」

「では後ほど」

「あ、ちょっと待った。ついでに材料をひとつ下ろしてくれ。できれば生理中の女が

「スメル・チェックをしたいんだよ。生理中の女の嗅覚が一番だろう」

「生理中?」

「ああ、なるほど」

いいんだが」


話し声は天井に埋め込まれたスピーカーから聞こえてきた。やがて若い声の男は部屋を出ていったらしく、足音が遠のいていく。後姿だけでも見てやろうと上体を起こしかけるが、体がついてこない。万歳の姿勢で寝台に横たわったまま、両腕を縛り上げられているのだ。手首に金属の感触がある。縄ではなく、手錠のような装置だろうか。意識がはっきりしてくるにつれ、足首や胴回りにも同じような感触が息づいてくる。完全に固定されているのだ。苦労して首を折り曲げ、自分の腹を眺める。驚いたことに服を着ていない。がっしりと胴を固定する金具の向こうに、陰毛と萎縮し切ったペニスが見える。裸を晒しているということが触媒になって、不安感が恐怖感へと変化する。たった布一枚の違いで、恐怖感までもが剝き出しになる。この上なく無防備な状態を気休め程度でもいいから回避しようとして、体が勝手にもがき出す。室内にとんでもない細菌が浮遊していて、今にも肌の上へ舞い下りてきそうな恐ろしさがあるのだ。獣のように叫び、体を左右に揺さぶる。全身の肌がざわざわする。

「静かにしたまえ」

天井のスピーカーが話しかける。もう一人の〝博士〟と呼ばれていた男だろう。ガサガサして、耳障りな声だ。

「おとなしくしている限り、君は安全だ」

同時に、音もなく寝台が傾き始める。ちょうど歌舞伎の戸板返しのような仕掛けらしい。ほぼ四十五度に傾いたところで静止する。目の前は硬質ガラスで仕切られており、その向こう側に研究室らしきスペースが広がっている。数台の電子顕微鏡や、大型モニター、コンピュータの端末、配電盤のようなもの。壁には色分けされたパイプが何本も這っている。声の主はその部屋の中央、作業台の前に背中を向けて立っていた。背は低いが、がっしりとした体つきで、〝博士〟という呼び名から想像される老人のイメージとはそぐわない。むしろ青年の体格だ。

「君のことは徹底的に検査しなければならない。つまり長い付き合いになるということだ。ぜひおとなしく協力してくれたまえ」

言いながら〝博士〟は振り返った。その顔を見て、ぼくは思わず息を飲んだ。ひどいケロイドなのだ。顔はおろか首筋も、手も、焼けただれて黒ずみ、醜(みにく)くひっつれている。生焼けのお好み焼きの表面のような具合だ。あまりにも怪物じみているため、かえって現実感が薄い。仮面を被ってふざけているのではないか、という疑いすら湧いてくる。しかし作り物だとしたら、相当精巧な出来映えだ。〝博士〟はそんな顔の上に、華奢(きゃしゃ)な眼鏡をかけている。その様子がまた滑稽で、趣味の悪い冗談のように思えて仕方ない。

「そういう目で人を見るのはやめろ！」

〝博士〟は不意に激怒し、そばにある作業台を拳で叩いた。台の上に載っていた灰皿が宙に舞い、床へ落ちて吸殻(すいがら)を撒き散らす。ぼくは縮み上がってその音を遣り過ごし、目を伏せた。

「私としても君を手荒に扱いたくないんだ。分かるか。そのためには、こちらの要求通りのことをしてくれればいい。右と言えば右。黙れと言えば黙る。答えろと言えば答える。そういうことだ」

ぼくはうなだれたまま、かすかにうなずいた。視線を下げると、嫌でも剝き出しになった下半身が目についてしまう。裸にされているということは、抵抗する意欲を根本から削いでしまうらしい。連中にとっては、そういう感情の動きも計算の上なのかもしれないが。

「では、質問に答えてもらおうか……」

〝博士〟は硬質ガラスに沿って配置されたオペレーション・ボードに近づき、数百も並んでいるボタンのひとつを押した。

「これからの会話はすべて録音される。いい加減なことを言うと、後で判明した時に言い訳がきかないからそのつもりで。まず……そうだな。大体のことは大学病院で手に入れたカルテで分かっているから……ブレビバクテリアが突然変異を起こした要因だな。君、常用薬は何かあるか？」

「ジョウヨウ……？　くく薬ですか？」

「そうだ。カルテによると何もないということだが、本当か」

「あああありません」

「塗り薬はどうだ？　使った記憶はないか？」

「ななな何も」

「シャーレに触った後だぞ。思い出せ。肌荒れのクリームとか、そういったものを腋の下あたりへ塗らなかったか」

「…………」

「絶対に何かあるはずだ。何か……バクテリアの培養基となるはずのものだ」

「あのあああります。べべべビーパウダー」

「それだ！　どこの製品だ？」

「ストナ製薬のかかか缶入りのやつ。ぼぼぼくはあああ汗疹ができやすくて。むむ昔からああ愛用してるんです」

「そのことは大学病院では訊かれたか？」

「いえあのう、はい、いいえ」

「どっちなんだ！」

「ききき訊かれてません」

「よしよし。それでいい……あとは血液とリンパだな。君は無嗅覚症になった頃からかなり酒を飲んでいたよな。今もそうか？」

「はははははい。ここ二、三日はのの飲んでませんけど」

「それだそれだ。やはりそうか。何ていう単純な……」

〝博士〟はコンピュータのキーボードに何事かインプットしながら、込み上げてくる笑いを堪え切れない様子だ。途中、何度も手を止めてくすくす笑いを漏らしている。そのたびにケロイドに深い皺が刻まれ、一際面妖な表情になる。ぼくは全身に鳥肌を立て、ひどい寒気を覚えた。実際、ぼくが素裸で固定されている実験室とも呼ぶべき部屋は、かなり室温が低い。毛布でも掛けてもらいたいくらいだ。〝博士〟がインプットに夢中になっている間、ぼくは改めて自分のいる部屋を見回してみた。といっても、四十五度に傾いたまま固定されているわけだから、左右を確かめることができるだけだが。

そこは白で統一された素っ気ない部屋で、ぼくの固定されている寝台を除けばこれといった装置は（もちろん家具も）見当たらない。左手に、例の鋼鉄製ドア。丸窓が開いている。右手は壁で、各種メーターが嵌め込まれて作動している。頭上で低い唸りを立てているのは、エアコンか。あるいは気圧を下げるための圧搾ポンプだろう。ただひとつ気になるのは、鋼鉄製ドアの手前の床に円形の溝が刻まれていることだ。直径一メートル半ほどで、タワー式の駐車場の入口にある回転盆の小さなものを想像させる。

「もしもし。ああ私だ。ストナ製薬のな、ベビーパウダーを手に入れたいんだ。とりあえず一ダース。後から追加する。うん。至急だ」

〝博士〟はコンピュータ脇のインターホンに向かって叫んでいる。かなり興奮しているらしく、声がひどく上ずっている。

と、頭上で電子ブザーが短く響き、床が軽く振動した。見ると円形の溝の部分が、ゆっくりとせり上がってくる。床の中から円筒形の透明なカプセルが現れる。中には人間が一人、乗っている。床屋の椅子のようなものに座らされ、手足を固定されたその女性は、無気力な様子でうなだれていた顔を上げる。

――マサヨさんだ。

ジェット機のパイロットが装着するようなマスクを掛け、顔の半分は隠れているが間違いない。マスクにはゴム製のホースがついていて、その先端は濾過（ろか）装置らしき機械を経て、カプセルの外側へ突き出している。そして恐らくは脳波を測定するために、こめかみや首筋に何本もの電極が貼りつけられている。

カプセルが上昇し切って停止すると同時に、左手の鋼鉄製ドアが開き、ブルーの防護服を着た男が現れた。手慣れた様子で回り込み、カプセルから突き出しているホースの先端に漏斗（ろうと）のような装置を取りつける。

――ナルヒトだろうか？

ぼくは必死で首をねじまげ、防護服の男の顔を確かめようとした。が、防臭マスクとゴーグルのせいで、はっきりとは分からない。背丈の具合からすると、違うような気もする。

「よし。まず首筋からいってみようか。徐々に下へいこう」

〝博士〟は嬉しそうに呟き、手元のボタンを押した。寝台がゆっくりと回転し、カプセル内のマサヨさんと向き合う恰好になる。改めて眺めると、その顔は脅え切って小さく縮んで見える。たぶんぼくも同じような顔をしているに違いない。

寝台の回転が停止すると、防護服の男はマサヨさんのマスクに連結した漏斗の先をぼくの首筋へ押しつけた。スイッチが入り、痛いほどの吸引力で肌へ張りつく。とたんにマサヨさんは激しくもがき始めた。ぼくの臭気を力一杯吸い込まされる仕組みなのだ。

「ややややめろ！」

ぼくは何度も叫んだがそのたびに黙殺され、遣り場のない怒りと虚しさを噛みしめなければならなかった。首筋、口腔、胸、腹、腋の下。漏斗の先がぼくの体の各所へ押しつけられスイッチが入れられるたびに、マサヨさんはのけぞり、マスクの中へ激しく嘔吐した。頃合を見てスイッチが切られると、濾過装置のモーターが反転して吐いた物を取り込み、足元へ伸びる太いパイプの中へドバドバ落とす。

「ほう。腋の下が特に強いというわけではないらしいな……」

プリントアウトされたデータを眺めながら〝博士〟が不思議そうに呟く。こういう非人間的な作業に慣れているのだろうか、どんなにぼくが叫んでも、マサヨさんが苦しげに呻いても、眉ひとつ動かさない。といっても、ケロイドのためにもともと眉などなかったが。

「よし。では続いて下半身へいこう。生殖器の周囲は特に念入りにな」

防護服の男は二、三度うなずき、漏斗の先をぼくの〝生殖器〟に当てがった。あの吸引力で金玉その他が引っ張られたら、と考えるだけで身も竦んでしまう。ぼくは懸命に腰を振って漏斗から逃れようとし、またマサヨさんはマサヨさんで気のふれた野猿みたいに暴れ出した。しかしぼくらの努力は共に両手両足を固定されているために、これっぽっちの効果も期待できない。防護服の男の瞳が、ゴーグルの奥で可笑しそうに緩んでいる。左手が、濾過装置脇のスイッチへ伸びる……。

「あ。ちょっと待ってくれ」

すんでのところで、〝博士〟の声が響く。

「電極が外れてないか？　オシログラフの反応がおかしいぞ」

オペレーション・ボードのメーター類を眺めながらそう言う。防護服の男はマサヨさんの背後へ回り込み、コード類がまとめて接続されているボックスを確かめる。

「別に……異常ありませんが」

「妙だな。何だこのデータは？」

横目で窺うと、コンピュータに接続したプリンターがものすごい勢いで稼働している。プリントシートが後から後から吐き出され、たちまち辺り一面が紙の山に覆われる。〝博士〟はあわててプリンターのスイッチを切り、CRT画面の前へ座った。

「これはどういうことだ？」

キーボードを叩きながら、しきりに首をかしげている。受話器を取り、しばらく待ってから、

「……端末がおかしいぞ。メイン・コンピュータを調べてくれ。接触不良？　違う違う。全然関係のないデータが勝手に出てくるんだ。端末の故障じゃない。メインの方だろう」

ぼくは心の中で快哉を叫んだ。もしかしたら、ナルヒトかマキジャクの仕業かもしれない。いや、きっとそうだ。あの二人が何らかの方法でキャラメル・ママと交信し、ここのメイン・コンピュータをどうにかしたのだ。

〝博士〟は憮然とした表情で受話器を置き、落ち着かぬ様子で室内を歩き回った。硬質ガラス越しにぼくと目が合うと、妙に動揺して視線を逸らす。不意の故障を恥じ入っているのだろうか。それにしては最初からぼくの顔をまともに見ようとしていなかった。ケロイドの醜さのせいか？　それとも……。

「まさかセキュリティ・システムまでイカレちゃいないだろうな。大変なことになるぞ……」

〝博士〟は大声で独り言を漏らした。その後姿を眺めながら、ぼくはあるひとつの錯覚に囚われた。短い白昼夢を見るような、実に不思議な錯覚だ。

その内容とは、死んだ六川がすぐそばにいてぼくの治療のために躍起になっているというものだ。ぼくは裸にひん剝かれているが、危険はなく、すべてを六川に委ねている。六川は治療のための検査がいいところまできたのに、コンピュータの故障のために一時中断を余儀なくされ、ひどく苛立っている。「これは俺のビジョンにはないことだぞ」と、心の中で叫んでいる。そんな姿が、怪物じみたケロイド博士に重なって見えたのだ。

どうしてこんな切羽詰まった状況で六川のことなどを思い出したのだろう。天才少年たちが状況の好転を計っていることを予感し、心に余裕が生まれたせいだろうか。自分でもよく分からない。

「どうします博士？」

ぼくの脇で手持ち無沙汰に突っ立っている防護服の男が訊く。

「続けますか？」

「いや。計測できなくては無意味だ。原因が分かるまでは……」

硬質ガラス越しに二人が話し合っている間、ぼくとマサヨさんは瞳を交わし、互いに相手をはっきりと確認した。一年半ほど前に会った時と比べると、ひどく痩せて疲れ切った様子だ。毎日こんな目にあわされているのだとしたら、無理もない話だが。

――ナ・ル・ヒ・ト。タ・ス・ケ・ル。

ぼくは唇の形だけで、何度もそう繰り返し伝えた。マサヨさんは身を乗り出して瞳を大きく見開き、しばらくしてから首を縦に振った。何度も振った。それまで薄すらと靄（もや）のかかっているようだった瞳が、たちまち力強い色を取り戻す。彼女は知っているのだ。自分の息子がいかに人間離れした才能を持ち合わせているかを。そして自分がいかに愛されているかを。だからこそ彼女は一年半もの長きにわたって、この非人間的な仕打ちに耐えられたのかもしれない。いつかナルヒトが来る。あの子ならきっと何とかしてくれる。そう思って自分を慰め続けていたに違いない。

「……一時中断だな。材料を戻しておいてくれ。後でまた頼む」

やがて〝博士〟はいかにも悔しそうに言い、作業台へ足を投げ出した。メイン・コンピュータの故障がナルヒトたちのせいだとしたら、まったく絶妙のタイミングだった。あれ以上続けられていたらマサヨさんは発狂していたかもしれないし、ぼくにしても金玉関係に重大な支障をきたしていたに違いないのだ。

防護服の男は命令通り引き下がり、マサヨさんを閉じ込めたカプセルも回転しながら降下し始めた。その姿が床の中へ消えていく前に、ぼくはもう一度『ナルヒト、タスケル』のサインを唇で送った。本当にそうなって欲しい。ぜひ助けて貰いたい。心の中で何度も呟く。

「もしもし？　ああ、さっき言い忘れたんだが、セキュリティ・システムの方は正常に作動しているだろうな。念のため調べて……至急だ。当たり前だろう。それからその辺にイザザギはいないか……そうか。見掛けたらミーティングルームで待つように言ってくれ」

〝博士〟は乱暴に受話器を置き、ぼくが見つめているのに気付くと素早く顔を背けた。やはり顔のケロイドを相当気にしているらしい。二人の間に、何とも言えず白けた時間が流れる。〝博士〟はゆっくりオペレーション・ボードに近づき、無言のままボタンを幾つか押した。同時に、ぼくを乗せた寝台が傾きを失い始め、床と平行を保つ位置まで戻る。そして両手足と胴をしっかり固定していた金属帯が、小気味よい音を立てて外れた。

ぼくは呆気にとられてしばらく横たわったまま、予期せぬ解放感を味わった。何かの罠ではないだろうか、という疑惑が半分胸を占めている。君が寝ている台の下に棚があるだろう。そこにある服を着てくれ」

言われるままに寝台から下り、服を出してみるがどうも信用ならない。拘束衣のようなもの……あるいは毒でも塗りつけてあるのではなかろうか。そう思って服を広げ、一々点検してみる。白い木綿のパジャマだ。マサヨさんや、他の囚人たちも同じものを着ていた。

「心配するな。何も仕掛けはない」

〝博士〟は含み笑いを漏らしながら眼鏡を取り、ポケットからハンカチを取り出した。ぼくはパジャマに袖を通しながら、ぼんやりとその様子を見守る。

「……君はどうも猜疑心が強くてかなわん」

〝博士〟はハンカチの角を唾で湿らせ、メガネのレンズに塗り付けて拭き始めた。その様子はまるで……どこか……なつかしい癖だ……六川がいつも……。

「おおおおおおい！」

ぼくは穿きかけていたズボンを引きずりながら、一歩前へ出た。自分の目が信じられない。硬質ガラスにぴたりと張りつき、

「おまえ……ろろろろ六川……か？」

思わず口走る。次の瞬間、〝博士〟がひどく狼狽してうつむくのをぼくは見逃さなかった。あわてて眼鏡を掛け、あらぬ方向を見つめながら、

「六川？ 誰だそれは？」

と浮わついた声で言う。その声質は痰(たん)がからんだようにガサガサして年寄り臭く、六川のそれとはまったく違う。しかしあの唾をつけて眼鏡を拭く癖は……。

「ろろ六川はここここの研究所で働いていたんだ。しし知らないわけはないだろう」

「ああ、そうかあの六川か。死んだ奴だな。知ってるとも」

〝博士〟は明らかに動揺し、できるだけぼくから離れようとする。奥に見える出入口へ向かって、歩き出す。

「ぼぼぼぼくの親友だったんだ」

「ああそう、らしいな」

「たたたたった一人の友達だ。ぼぼぼくの、だだ大事な……」

ぼくは言葉に詰まった。不意に喉の奥が脈打って膨らみ、嗚咽(おえつ)となって口へ昇ってくる。悲しさや懐かしさや怒りが一塊になって、胸をいっぱいに満たす。何なの

だ、この感情は。分からない。自分でも分からない。

「ろろ六川！」

ぼくは叫んだ。〝博士〟は後も振り返らずに、そそくさと部屋を出ていく。

「六川じゃないか。お前、そうだろう？　六川なんだろう！」

既に見えなくなってしまった〝博士〟の後姿を反芻しながら、ぼくは叫び続ける。

硬質ガラスを両手で叩きながら、六川の名を呼び続ける。

23

案内されたその部屋はホテルの一室にも似て、一見快適そうに見えた。寝心地の良さそうなセミダブルのベッドと、サイドテーブル。間接照明が部屋の角に二つ。入ってすぐ左手にあるドアは、たぶん洗面所だろう。ただし、窓はひとつもない。

「入れ」

防護服の男はぼくの背を押して自分も部屋の中へ入り、後ろ手でドアを閉めた。今までの誰よりも図体の大きな男だ。身の丈一メートル九十、防護服の下にフットボールのプロテクターでも装着しているかのような体格を誇っている。ぼくは一通り室内を見回した後、おそるおそるベッドへ腰掛けた。今度はどんな目にあわされるのか、気が気ではない。男はドアの前へ椅子を一脚引き寄せ、窮屈そうに座った。漫画に描かれる原始人が持っているような、いかつい棍棒を手にしている。

「この室内では自由に振る舞っていい。ただし風呂はないぞ」

大男はぶっきらぼうな口調で言った。しかしぼくはその言葉の真意がよく理解できなかった。自由に振る舞っていい、というのはどういう意味なのだろう。ベッドとサイドテーブルしかないこの部屋で、しかも威嚇的な大男の目の前で、どんな風にすれば自由に振る舞ったことになるのだろうか。ぼくは乾いた咳を漏らし、とりあえずひきつった笑顔を大男にサービスした。しかし大男はそれを黙殺し、

「そこのテーブルの上に酒があるだろう。それを飲め」

言われて振り返ると、確かにサイドテーブルの上にバーボンが一壜置いてある。フオア・ローゼズという、ぼくの好きな銘柄だ。が、とてもこの場で飲む気にはなれない。一応手に取ってみせるが、すぐにテーブルへ返し、

「いいい今はけけ結構です」

「飲ませろという命令なんだ。俺としても手荒なことはしたくない」

言いながら大男は棍棒を自分の太腿へ叩きつけてみせた。その威嚇は、実際に殴る

よりもっとぼくを震撼させた。あわてて封を切り、喇叭飲みで一口含む。舌の根が燃えたち、喉の内側を起点に体じゅうが火照り出す。味などもとより分からないが、瞬間「美味い」と思った。ぼくは興奮し、混乱し、そして疲労していた。体が酒を要求したとしても、無理のないことではないか。

　大男は腕組みをした姿勢のまま、ぼくの様子をじっと窺っている。ぼくは何だか排泄を観察されているような気分を味わい、背中を向けてもう一口飲んだ。すると背後で立ち上がる音がし、大男が近づいてくる気配が伝わってきた。

「ひとつ訊きたい」

　大男は一歩ずつ近づいて来ながら言った。

「何故おまえは特別扱いなのだ？」

　ぼくはバーボンの壜を何かの護符のように胸に抱え、振り返った。棍棒で殴られるに違いない、と思ったのだ。

「ととと特別扱い？　ぼぼぼぼくがですか？」

「そうだ。この部屋は通常、所内のスタッフが発病した場合に使用される施設だ。なのに何故、お前は特別扱いを受けてここに入れるのだ？」

　あの〝博士〟、つまり六川であるかもしれない人物の配慮だろうか、という推測が一瞬頭をよぎったが、口に出すのは控えた。

「ぜぜぜんぜんここ心あたりがありません」

「そんなはずはないだろう。理由もなくこんな特例が認められるわけはない。つい一昨日までは所員の一人がここに入っていたのだ。まだ回復半ばだったにもかかわらず、突然部屋を空け渡し現場へ戻るよう命じられた。これはどういうことだ」

「分かりません」

「嘘を言え」

大男はぼくの前に立ちはだかり、野太い声で言った。ぼくをいびって楽しむつもりなのだろうか。あまりにも追及の仕方が執拗だ。ぼくはもう一口、今度は大量にガブ飲みして、素早く酔ってしまうことでこの恐怖に堪えようとした。大男はしばらく黙り込んでいたが、その内急にうなだれて、

「分からん……」

と、独り言を漏らした。それまでの威圧的な口調とは異なり、どこかしら弱気な印象がある。

「一昨日までここに入っていた所員というのはな、俺なのだ。まだ体が臭うのに、何故現場復帰を命じられたのか……お前のせいか？　それとも俺はもう本当に治ったの

か？　さっぱり事情が飲み込めないのだ」

「ににに臭うって、あなたがですか？」

思わず明るい口調で訊き返してしまい、語尾を押さえ込む。

「そうだ。今もこの防護服の中は我ながら堪え難くクサイ」

「でででもあなたはここここのすすスタッフなんでしょう？」

「何も自分から進んで感染したわけではない。事故だったんだ。ここの滅菌システムはやたらに複雑でな、手順を間違えたせいで……」

「かか感染したんですか？」

「そうだ」

大男は元いた椅子へ戻ると腰を下ろし、がっくりと肩を落とした。ぼくはもう一口バーボンを飲み、ちょっと考えてから、

「しししかしぼぼくの感染したバクテリアは、でで伝染性はほとんどないと聞きましたが？」

「お前のはな。しかしここの所内で開発しているスメル菌は、伝染性が極めて高い。その代わり、効果範囲が狭いのだ。お前が保菌しているものほど、強い臭いも発しない。だからラボの連中はお前の強烈な悪臭菌と、俺が感染した伝染性の高い菌とを組

み合わせようとしているのだ」

「ななるほど」

ぼくは神妙な表情を作って答えた。マスクとゴーグルの下に隠れた男の顔色を窺ってみる。信じてもいいのだろうか？　言葉の奥に罠が隠されていないとも限らない。

「……俺は正直言って怖い。ラボの連中はもう完治したと言うが、俺はまだ体が臭うような気がしてならないのだ。しかも入れ替わりにここへ入ったお前の番をしろと命じられた。どうせ一度は感染した奴なんだから構わない、放擲（ほうてき）してしまえという意図なのではなかろうか。なあ、どうなんだ。そのへんの事情、お前本当に何も知らないのか」

「いいいいえななな何も」

大男の言葉には生々（なまなま）しいリアリティがあり、ぼくの同情心を煽りさえした。体こそ人並み外れて大きいが、その実臆病な性質が見え隠れしている様子だ。酒の酔いも手伝って、ぼくは大胆になりそうな自分を感じた。

「でででもあれでしょう、か完治していないのなら現場へ復帰させやしないはずですよ。でで伝染性が高いなら、尚更。だだだからもう大丈夫なんですよ、きっと」

「そうだろうか」

「ぼぼぼくが特別扱いを受けたのは、たたぶんあの博士と顔見知りだからだと思います。ごご御存知ですか？　はは博士のことは？」

「ああもちろん。スメル・セクションのラボの責任者だ」

ぼくはわけ知り顔を装ってうなずいた。その実、頭の中では推理の歯車が高速で回転し、たちまちすり減ってカラ回りしそうなほどだ。博士、セクション、ラボ、責任者……。もしぼくに二百二十の知能指数があれば、これだけのヒントで様々な推理を構築できるだろうに。しかしとりあえずは百そこらのオソマツな脳味噌で考えるしかないのだ。

〈スメル・セクションと言うからには、たぶん他の細菌や化学兵器を扱うセクションも存在するのだろう。この施設の規模から推理しても、想像にかたくない。そして所員は〝ラボ〟と〝SS〟の二グループに分かれるらしい。しかも両者は根の深いところで対立している、と考えられる。大男が突然の現場復帰を訝しみ、恐れているのは、この対立関係に起因しているのではなかろうか？〉

ほんの数秒の間にぼくはこれらの推理をまとめ上げ、百そこらの知能指数もまんざら馬鹿にはできないじゃないかと我ながら感心した。

「……博士の顔見知りというのは、どういうことだ？　お前、それだけの理由で特別扱いなのか？」

ぼくの推理をよそに、大男はまた執拗に質問してきた。その内容を、胸の中で復唱してみる。『どういう知り合いなのだ？　あの〝博士〟は本当に六川なのか』。それはむしろぼくの方から問いただしたい内容だ。この大男から上手く訊き出すことができれば……。

「しし親友、だと思います」

「と思う？　どういう意味だ」

大男が身を乗り出してきたのを確かめると、ぼくは唇を嘗めて次の言葉を慎重に選んだ。大男が口を閉ざしてしまわないように、上手く誘導しなくては。

「つつつまりかかか顔がですね、あんな様子では……驚いてしまって」

「ああ、そりゃ無理もないな」

大男は短い笑い声をたてた。

「陰であいつが何と呼ばれていると思う？　〝ゾンビ〟だよ。夜道で会ったら、俺でも気絶しかねない」

「あああの顔はやや火傷（やけど）ですか？」

「ということになるな」

「すするとれれ例のでかいオーブンで？」

ぼくは浮きを見つめる漁師のような気持で訊き返す。大男は軽くうなずき、よく知ってるな、と付け加えた。

「ややや焼け死んだと思ってました」

「ああ、あの事件な。表向きはそうなっている。しかし死んだのは別の人間だ。あの時オーブンに閉じ込められたのは二人いてな。死んだのは実験用に拉致した浮浪者だったのだ。俺とチャウ軍曹が発見したのさ。発見した時は、もうどっちがどっちという区別がつかない状態でなあ。ひどい有様だった。てっきり死んだ方が博士だと思っていたら、逆だったたんだよ。なにしろ十ヵ月近く生死の間をさまよっていたのだからなあ。まさに墓場から甦ってきたゾンビそのものだ……」

大男はふと漏らした自分の台詞がよほど気に入ったらしく、そうそう正にゾンビそのものだと何度も繰り返した。

「あの男は恐ろしい奴だ。特にゾンビ化してからは、血も涙も墓場へ忘れてきたらしくて、それこそ親友も親兄弟もお構いなしだからな。俺のことを見放すくらい、平気の平左だ……」

「ははは博士は、かか顔と一緒にな名前まで失ったわけですか？」

「名前？　ああ、あいつのことを六川と呼ぶ奴はあまりいないな」

瞬間、心臓がキュッと微かな音をたてて縮み上がる。アルコールのせいでどんよりと温んでいた血液が、たちまち冷えていく。やはりそうなのだ。あの残酷なゾンビ男は、六川の変わり果てた姿なのだ……。

ぼくは茫然自失の状態で、眼鏡を拭く六川の姿を思い浮かべた。それはまだ十七歳当時の、初々しい六川だ。それから大学に通っていた頃の六川、歌舞伎町で気勢を上げていた頃の六川、マリノレイコに贈られたキリン枕で眠る六川……。そうだ彼女がこのことを知ったら、どんなにかショックを受けることだろう。既にこの研究所内で出会って、気付いているかもしれない。ショックの余り流産したりしないだろうか。いや、それよりも心配なのは、六川がマリノレイコに手荒な真似をしていないかということだ。裸にひん剝いて縛りつけたり、あの妙なカプセルに押し込んで無理やり悪臭を嗅がせていたりしたら……そんなことをしたらぼくは……。

「おお女の人は！」

思わず素頓狂な声を上げてしまい、自分でもたじろぐ。大男は何事かと身構えかけた。あわてて声のトーンを落とし、

「わわ若い女の人がつつ連れて来られたでしょう。どどこにいますか。ままマリノ

という名前です。ぶぶ無事でしょうか？」

「若い女？　いたかな……」

「どどどこかにいるはずです」

「俺が発病している間かな。しかしまあ、いるとしたら……」

大男は答えかけて急に口をつぐみ、少し間を置いてからさも不思議そうに、

「お前、そんなこと訊いてどうする？　どうせ会えやしないんだぜ」

「いいいいえ、かかか彼女もとと特別扱いされてるのではないかと……」

「スタッフ用の部屋へ入っているのは、お前だけだ。おまけに酒まで飲ませるなんてな。まったく前代未聞だ」

大男はどこか悔しげに言い放ち、しばらく沈黙した。何をしているのかと思えば、防護服の中に充満した自分の臭いを嗅いでいるらしい。よほど気になるのだろう。その気持は分かり過ぎるほどよく分かる。

と、ドアの内側についているインターホンが電子音を奏でた。

「ありがたい」

大男は呟きながら立ち上がり、内鍵を外す。続いて外鍵の外される音が響き、防護服の男が一人、入ってくる。線の細い、女性的な体型だ。

「交代だ」

防臭マスクのためにかすれた声でぼそりと呟き、今まで大男が掛けていた椅子に腰を下ろす。大男の方は一刻も早くこの部屋から出たい様子で、足早に擦れ違う。廊下へ出て振り返り、

「一体いつまで見張りをつけるんだ？」

と改めて訊く。たぶん後でもう一度交代する手筈なのだろう。どうやらそれが不服らしい。

「当分の間。自殺されては困るらしいからな」

「だからこの部屋じゃなくて、ケースへ放り込めばいいんだ」

「ならお前からラボの連中にそう進言しろ」

大男は舌打ちを漏らしながらドアを勢いよく閉めた。その後姿を見送ってから、線の細い防護服の男は内鍵を掛けた。椅子に座り直し、脚を組む。ぼくはバーボンの壜を抱きしめたまま、男の様子を窺った。もしかしたら、という期待のために息が弾みそうだ。確かに体型はナルヒトのそれに近いような気がする。しかしナルヒトが研究所内に潜入したという確かな証拠はないのだ。マキジャクはずいぶん自信たっぷりに言っていたが、希望的観測から生じた誤解かもしれないではないか。第一潜入したと

しても、今まで隠し通せるものだろうか。しかもこの警戒厳重な部屋までやって来るなんて……。そんな風に考えるとこちらから声を掛ける勇気が萎えてしまう。男は無言のまま室内を見回し、やがてぼくと目を合わせるとこう言った。

「おまたせ」

立ち上がり、握手を求めるように右手を差し出してくる。

「なななななナルヒトかッ？」

「おいおいあんまり大きな声はまずいよ」

ぼくは狼狽して振り返り、部屋の壁にビデオカメラを探した。左手奥の天井に一台、設置してあるのが見える。何故今まで気付かなかったのだろう。自分の馬鹿さ加減に腹が立ち、発狂しそうなほど後悔する。

「大丈夫。マイクもビデオも作動してない」

ぼくの手を握って、ナルヒトは言った。拍子抜けしてその場にへたり込みそうになりながら、握り返す。ビニール素材の手袋の感触。しかしぼくは久し振りに人間と触れ合う感動を覚えた。

「ただし廊下へ響くほどの声を出しちゃだめだよ」

ぼくは口をぱくぱくさせながら、何度もうなずいて見せた。頭の中にはいくつもの言葉が浮遊しているのだが、なかなか声になって口から出て行かない。一体何と言えばこの場にふさわしいのだろう。何から訊けばいいのか。一月ぶりに主人に会った犬さながら、気ばかりが焦って呼吸困難になりそうだ。

それにひきかえナルヒトは悠々と落ち着き払い、まるで自分の部屋へ客を招き入れたかのような雰囲気だ。ぼくの手を引き、ベッドへ並んで腰掛ける。

「どどどうやってここへ？」

ようやくそれだけ問いかける。興奮のためか、ぼくの声はひびの入った縦笛のように調子外れだ。

「どうやってって……研究所内に入ってからは、単独行動していても見咎められないしね。素顔を晒さないで済むから、大した危険はないよ。むしろ研究所へ来るまでが大変だった。特にあの輸送車の中！　幸い一緒にいた二人がアメリカンとチャイニーズだったから、あまり喋らなくても怪しまれなかったけどさ。まったく小便ちびるかと思ったね」

「じじじじゃあ、ややややっぱりにに日本天才アカデミーで……」

「いや。キャラメル・ママはやられた。ぼくが入れ替わったのは、連中が君らを部屋から車まで運び込む間さ。助手席に一人でぼんやり座ってた奴をスパナでぶん殴ってね。我ながらすごい手際だったなあ。見せたかったよ」

「しし信じられない……」

「天才の仕事、と呼んでくれ」

ナルヒトはそう言って屈託のない笑い声を漏らした。それを聞いて、ぼくはようやく緊張を解いた。ゴーグルとマスクで顔が覆われているため、いくら「ナルヒトだ」と名乗られてもなかなか納得できなかったのだ。本当は防護服を脱いで、素顔を見せてもらいたかったが、そんなことをしている場合ではなかろう。先を急いで話し合わなければならないことが、山積しているはずなのだ。

「ままマキジャクは？　ぶぶ無事か？」

とりあえず頭に浮かんできたことから訊き始める。ナルヒトはうなずきながら親指を立てて見せ、

「数時間前に落ち合ったよ。まったくよく逃げおおせたもんだ。聞けば君が大活躍したそうじゃないか。シンドバッドみたいだったたって、言ってたぞ」

「けけ研究所のなな中にいるのか？」

「当然。ここから出るのは容易じゃないよ。ちょっと前までは、電気や電話のケーブルが収まっている配電盤の中に隠れてた。盤と言うよりも、ちょっと大きめの押し入

れみたいな箱だな。図面上では、二人くらい隠れられるスペースがあるのをぼくも知ってたから、うまく落ち合えたよ。今は移動して、吸気ダクトの中にいる。この上の階だ。なかなか居心地がいいらしいぜ」

ぼくは心持ち視線を上げて天井を見つめ、網の目のように張り巡らされたダクトの中で息を殺しているマキジャクの気配を感じ取ろうとした。あの小さな年下の少年が拉致されず密かに案を練っているのだと想像するだけで、強く勇気づけられる自分を感じる。千人の機動隊がこの研究所を包囲していると聞くよりも、遥かに心強く思えるのだ。

ぼくはかなり落ち着きを取り戻し、次にマサヨさんのことを伝えてやろうと口を開きかける。と、ナルヒトはぼくが「ままま……」とドモっただけですべてを理解したらしく、先に答えを返してきた。

「そうなんだ。生きてたんだよ！」

瞬間、ナルヒトは平凡な十六歳の少年に戻って叫び、ぼくに抱きついてきた。その一言にはち切れそうなほどの喜びを詰め込んで、何度も「生きてた、生きてた」と繰り返す。ぼくは彼と知り合ってから初めて、年上である自分を意識した。防護服の上から背中を軽く叩いてやり、物分かりの良い兄貴のように「よかったなあ」と声をかける。口に出してみるとその台詞の平凡さに軽い自己嫌悪を覚えたが、他に言葉が見つからないのだから仕方がない。感情というのは極度に高まれば高まるほど、単純な表現しか当てはまらなくなるものらしい。

「ちょうどあの時、ほら、君とマサヨさんが実験台にされている時さ。すぐ隣の部屋でモニターを見てたんだよ。幸い他に誰もいなかったし、コンピュータの端末がひとつあったから、あわてて制御したんだ。間一髪だったろう！」

ぼくは金玉関係に訪れた人生最大のピンチを思い出し、下半身を寒くした。ナルヒトの制御入力がもう三秒遅れていたら、今頃ぼくはオネエ座りをして不精髭やスネ毛を気に病んでいたかもしれないのだ。

「確かにキャラメル・ママがやられちゃったのは痛手だったけど、ここのコンピュータを飼い慣らすことくらい造作もないよ。マキジャクもいることだしね。あの時点でぼくはいくつかのシステム・プログラムを消去しておいたから、連中は今や失明状態だ。ざまあないね。その後、ラップ・トップ型のパソコンを一台失敬して、マキジャクに渡しておいた。これがどういうことを意味するか分かるかい？　この研究所は前にも話した通り電子の要塞だ。そしてその大動脈とも呼ぶべき配電盤の中に、パソコンを持った天才少年がついさっきまで潜入していた……つまりこの研究所の大部分は既にぼくらが掌握(しょうあく)したと言えるわけさ」

「ばばばバレやしないか？」

「誰かがここのメイン・コンピュータに働きかけて細工を施したことはとっくにバレてるよ。しかしそれが分かったところで、連中に治療できるとは思えないね。正常な状態にプログラムし直すためには、そうとう時間がかかるだろう。たぶん今頃になって、配電盤の中を調べてるんじゃないかな。張本人はもうダクトの中へ移動して昼寝でもしてるのにさ」

ナルヒトはひとしきり楽しそうに笑った後、ぼくが手にしているバーボンの壜に目を止め、飲んだのかと訊いてきた。

「すす少しだけ」

「じゃあ残りは飲まずに棄ててくれ。ベッドのマットレスの中にでも吸い込ませちゃえば？　数時間後にはマラソン大会が始まるんだから、泥酔でもしてたら満足に走れないよ」

「ままマラソン？」

「脱出計画を話すよ。あまり時間がないから、手短にね。いい、よく聞いて……」

ナルヒトは頭の中で整理しなおしているのか、しばらく間を置いてから、早口に喋り始めた。

「今から約三時間後。時刻で言うと午前六時きっかりに、ぼくらのマラソン大会のスタートが切られる。具体的に言うとだな、ここのメイン・コンピュータの内蔵時計が0600になると同時に、所内のすべての電灯がオフになる。それから電子ロック式の扉もすべて開く。たぶん大混乱になるだろう。君はまずこの部屋にいる見張りを何としてもやり過ごして、廊下へ出てくれ。これを置いていくから使うといい。スタンガンだ。相手の体に押しつけて引金を引くと、電撃ショックでしばらくは動けなくなる。いいかい。絶対に失敗しないで廊下へ出てくれよ。

廊下へ出たら、足元を見てくれ。これ。ここの実験室からかっぱらってきたんだけど、何だか分かるかい？　烏賊(いか)の目玉をすりつぶした液体、つまり夜光塗料さ。ぼくは今からこの部屋を出たら、この液体を廊下の壁際に垂らしながら脱出の経路を歩いておく。君は闇の中で、足元の光を辿って走ってくれればいい。光の行きつく先が、ぼくらの落ち合う場所だ。途中、忘れてならないのは、例のマリノレイコという女性を君が連れて来ることだ。光を辿っていけば、自然と彼女が監禁されている部屋へ立ち寄るようにしておくから」

「ちょちょちょ……」

ぼくは〝マリノレイコ〟という名前に鋭く反応して、ナルヒトの言葉を遮った。煮えたぎる油の中へアイスクリームを投げ入れられたかのように、胸の内側で甘いものが賑やかに弾ける。

「まままマリノレイコにああ会ったのか」

「ここへ来る前に会った。ちょっと変わったテンションをしてるけど、きれいな人だねえ。もちろん元気さ。この階の突き当たりの部屋へ移されていたけど、監禁されているだけで、まだ何もされてないらしいよ。見張りもついていないしね。だから君は彼女を連れて来てくれ。ぼくは下の階からマサヨさんを助け出してくる。お互い上手くやろうぜ。できるだけ迅速に。これが一番大切なことだ。というのはだな、所内には自家発電で電灯をつけるシステムがあるんだよ。これはコンピュータとは繋がってないから、ぼくらには手が出せない。あらかじめ送電線を切っちまえば話は早いんだが、ご丁寧に警報ベルがくっついてるらしいんだな……所員の誰かがこの自家発電のスイッチを入れるまでに要する時間は、長くて十分。短ければ六、七分だろう。だからぼくらはその時点で全員揃っていなくちゃならない。場所はほら、君とマキジャクがここへ来て最初に乗ったエレベーターがあったろう。あのエレベーターホールだ。六時十一分まで待つ。それ以上は待たずに、エレベーターに乗ってしまうからね。最上階まで上がったら、ぼくらが乗ってきた輸送車をかっぱらって、表へ出る。シンプルな脱出計画だろう？」

「ぼぼぼくには十分ふふ複雑だ」

「大丈夫。きっと上手くいくよ。ありがたいことに研究所内は飛び道具の携帯が禁止されているし、連中の半数以上はこの動きにくい防護服を着ている。ぼくらの方に有利な条件が揃っていると思わないか」

「そそそう、だろうか」

「そうだよ。第一もう君が賛成しようが反対しようが、午前六時になれば電灯は消えるんだからね。そこから先は君の自由さ。でも、まさかここに残りたいなんて言わないだろう？」

「ばばば馬鹿言うな」

「じゃあ決まりだ」

ナルヒトは防護服のポケットから取り出したスタンガンをぼくに手渡し、

「また見張りが交代するから、ベッドの下に隠しておきなよ」

そう言ってゴーグルの奥で片目をつぶって見せた。ぼくはその大型の電気剃刀みたいな武器を握りしめ、こんな物で本当に見張りを倒せるのだろうかと訝った。いくら闇の中とは言え、さっきのような大男に戦いを挑まなければならないなんて、想像するだに恐ろしいことだ。もしナルヒトたちの読みが外れ、瞬時に非常灯がついたりしたら……スタンガンで髭を剃る振りをしたって、ごまかせやしないぞ。

しかしながらぼくは怖じ気づきそうな自分を押し殺して、ベッドの下へスタンガンを隠した。彼らを信じる他、方法はないのだ。

「ままマリノレイコは？　何と言ってた？」

ふと思いついてそう訊くと、ナルヒトは心得顔でうなずき、

「あまり詳しくは話してないんだけどね。電灯が消えたら、君が迎えにくるのをひたすら待てと、そう伝えてある。もちろん彼女単独で夜光塗料を辿ってもらっても構わないんだが、途中でここの連中と行き当たった場合を考えるとなあ。武器を持っている君と一緒に逃げる方が得策だろう？」

「ななるほど」

「彼女は君が迎えにくると聞いて、とても喜んでいたよ。すごくよく喋る人だねえ。話し相手がいなくて退屈してたって、ぼくを相手に延々と話すんだもの。しかも君にどうしても手紙を書きたいってダダをこねてさ。ぼくに紙とサインペンを調達させるんだから、まったくまいったよ」

「てて手紙？」

「ここに預かってる。読みたいかい？」

「ば馬鹿、よこせ」

愉快そうに笑うナルヒトの手から、手紙をひったくる。枝に付けるオミクジのように、細長く折ってくるりと結んである。はやる指先で結び目を解いて広げると、見覚えのある文字でこんなことが書いてあった。

『前略。お元気ですか。その後、腋の下の具合の方は如何（いかが）です？　少しでも回復へ向かっていることを祈っています。それから、私が前に閉じ込められていた部屋の前で男の人たちに乱暴されてましたが、怪我はありませんでした？　あの時は本当に驚きました。私のことなら心配しなくても大丈夫。最初はあなたの容体が急変して入院したと知らされてここへ連れて来られたのですが、ずっと大人しくしていたので、乱暴なことはされていません。今の場所に部屋を移されてからは、快適と言ってもいいくらい。ただお食事が硬いビスケットみたいなものしか貰えないことと、お風呂に入れないのがちょっと不満です。おかげでうたた寝すると、食事の夢ばかり見ます。ついさっきも、銀座のつばめグリルでハンブルグステーキを食べている夢を見てしまいました。あなたのお使いの人（アルヒトさん？）の話によると明日の今頃には家へ帰れるそうですから、一緒につばめグリルへ行きましょうね。もし、まだ腋の下の調子が悪いようなら、私が部屋まで出前してあげます。

それからもう一つ大事なこと。私たちの赤ちゃん。あの後病院へは行かずじまいですが、やっぱり思い過ごしではないみたいです。日を追うごとに、お腹の中で育っているのが分かります。大人しいから、きっと女の子だと思います。あなたは、どっちが欲しいですか。いずれにしても、名前を考えておいて下さいね。私も今、することがないから子供の名前ばかり考えています。でも浮かんでくるのが女の子の名前ばかりで、困っているところ。男の子の名前は、あなたにお任せしますね。

では、数時間後にお会いするのを楽しみにしています。三人で一緒に、家へ帰りましょうね。草々』

24

ナルヒトと交代で見張りについたのはあの大男ではなく、日本天才アカデミーでぼくらを襲ったアメリカ人だった。名前は〝ジョニー・B・バッド〟と言う。もちろん冗談だろうが、自分ではそう名乗って悦に入っていた。

彼はお喋りで人なつっこく、しかも野蛮性を兼ね備えた、実に理解しがたい人物だった。見張っている間じゅう早口で話しかけ、ぼくの拙い英語の答えを聞くと大声で笑い、棍棒で脛や太腿を思い切り殴るのだ。ぼくが転げ回って悶絶すると、一転して気弱そうな声で、

「オー、アイムソーリー。バット、ディスイズマイビジネス」

とか何とか呟く。ところがこの言葉を真に受けて、

「オー、アイシー、アイシー」

などと卑屈に答えようものなら、再び笑いながら棍棒の一振りが加えられるのだ。

サディストというのは概ね陽気な人間である、という話を以前何かで読んだ記憶があるのだが、ジョニー・B・バッドはまさにその具体例とも言うべき人物だった。彼はフットボールのチームメイトがトライを決めた時のような親愛さで、ぼくを殴りつけた。もちろんそこには、これっぽっちの躊躇いも憐憫も存在しない。普通ならある程度相手を痛めつけた時点で凶暴性はなりをひそめ、代わって苦い自己嫌悪感が湧いてきそうなものだが、彼の場合そんな常識の定規をあててみてもはみ出す寸法の方が大きいらしい。

監禁した捕虜と一対一であり、しかも監視用ビデオカメラが作動していないという

状況は、彼の陽気な凶暴性にとってまたとない晴舞台であったわけだ。ぼくは一言答えては殴られ、棍棒を避けては殴られ、黙り込んでは殴られているうちに、先程ナルヒトと語りあい高めあっていた戦意がどんどん失われていくのを感じた。体じゅうが熱を持って痛み、腫れ上がって、呻き声を上げる気力すら失くしそうなのだ。

しかしながらジョニー・B・バッドは、ぼくがまったく無抵抗にうずくまっていても攻撃の手を緩めなかった。ベッド脇に仁王立ちになり、早口の英語で何か（たぶんジョークだと思う）まくし立てて笑いながら、まるでサッカーボールを蹴（け）ったり西瓜を割ったりする気軽さでぼくを痛めつけた。

「プリーズ、ドント」

「ノーモア、バイオレンス」

「アウチ」

この三種類の英語モドキを繰り返し呟いたが、何の効果もない。これ以上痛めつけられては、数時間後の脱出の際に走れなくなる。そう思い至って最後の気力をふり絞り、反撃のチャンスを窺い始めた時、ドアのインターホンが電子音を奏でた。もう数秒遅かったら、ぼくはマットレスの下からスタンガンを探り出し〝窮鼠猫（きゅうそねこ）を嚙む〟的反撃に出ていただろう。

ジョニー・B・バッドはこの部屋へ入ってきてから初めて凶暴性を鞘(さや)へ収め、ドアへ歩み寄った。頭を守るために抱え込んだ両腕の隙間から覗き見ると、訪れたのは例のチャウという男であるらしかった。半開きにしたドアを間に、英語で何事か囁きあっている。

「カマ」

ややあって、ジョニー・B・バッドはぼくを呼んだ。どうやら「カム・オン」と言ったらしい。逆らえばまた棍棒が飛んできそうなので、ぼくは渋々立ち上がった。体のあちこちが痛み、一足ごとに呻いてしまう。その様子を見てジョニー・B・バッドが笑い、続いてチャウも「おほほほほほほ」と午後三時の有閑マダムじみた笑い声を立てた。

「気の毒ネ。でも死んだコマツバラ、もっと気の毒。私も気の毒」

そんなことを言う。ぼくは肯定も否定もせずに、ドアの前に立ち尽くした。と、両側から腕を取られる。乱暴に部屋から引きずり出され、廊下を歩き始める。

「ちょちょちょ……ままま……！」

部屋を移されるのだと気付き、あわてて踏みとどまろうとする。今この部屋を離れたら、すべてが御破算だ。スタンガンを失い、闇の中を脱出する道順も分からなくなってしまう。

「ままま待て待て！」

あらんかぎりの声で叫び、足を踏ん張る。しかしジョニー・B・バッドもチャウもまったく意に介さない。バッキンガム宮殿前の近衛兵のように、非人間的な正確さで歩を運んでいく。ぼくは痛みも忘れて必死で両腕を振りほどこうとし、体を左右へ揺さぶったが、すぐに自分の非力を思い知った。ジョニー・B・バッドは空いた方の手でぼくの後頭部を殴打し、チャウは脇腹へ肘鉄を食らわせてきた。

「おとなしくするネ」

含み笑いでそう言われると同時にぼくは部屋へとどまることを諦め、これから連れて行かれる場所から戻る道順を記憶することに専念した。

廊下を真っ直ぐ。二つ目の十字路を右へ。階段を二フロア分下って……。しかしながら覚えようとすればするほど、ぼくの記憶は立ちどころに曖昧なものになっていくのだ。ひとつには廊下の様子がどこも白一色で、変化に乏しいせいもあるだろう。もうひとつはぼく自身の疲労が原因だ。疲れ切ったところへアルコールが少し入り、その上容赦ない暴力を受けたとあっては、朦朧としてしまうのも無理からぬことだ。

階段を二フロア分下って、すぐ右へ。真っ直ぐ行った突き当たりの扉を開け、気密室らしき部屋を三つ通り抜ける。両脇の二人はようやく足を止め、乱暴にぼくの背中を押す。

「右のドア開けて中、入る」

言われた通りにすると背後でドアが閉ざされ、ぼくだけが部屋の中へ閉じ込められる。中央に床屋の椅子のようなものが一脚ある他は、何もないがらんとした部屋だ。特徴といえば天井が白濁色のプラスチックらしき材質で出来ていることと、正面に硬質ガラス製の大きな窓があることくらいか。ただしこの窓は外側にシャッターが下りているため、向こう側の様子は窺えない。ぼくの顔が幽霊のようにぼんやり映っているだけだ。

まず中央の椅子に近づき、ゆっくり周囲を巡りながら観察する。座ったとたんに金属製のバンドが飛び出し手首や足首を固定してしまうのではないかと、疑ってかかったのだ。一見したところ、リクライニング機構が付いている他は何の仕掛けもなさそうだが……。

「座れよ、武井」

壁に埋め込んであるスピーカーから不意に声が流れた。それはあの〝博士〟のダミ声だ。

「その椅子には何の仕掛けもない」

とたんに激しく鼓動し始める胸を懸命に静めながら、ぼくはゆっくりと窓へ近づいた。下りたシャッターの向こう側に〝博士〟がいることは確実だ。両手をガラスに押し当て、できるだけドモらないように息を整えてから、

「このシャッターを開けろよ、ろ六川」

一語ずつ区切るようにして言った。スピーカーはしばらく沈黙している。シャッターの向こう側から戸惑いが伝わってくる。ぼくはもう一度「六川」と名前を呼んで、追い撃ちをかける。

「さっきみ見張りについた大男から、大体の事情はきき聞いたぞ。かか隠す必要はないじゃないか。どうせぼくはほほ捕虜なんだし」

しばらくの間があってから、シャッターが音もなく上がり始めた。ガラスの向こう側はこちらと同じくらいの広さの部屋だ。周囲の壁に沿って、コの字形に機械類が並んでいる。部屋のほぼ中央に〝博士〟、つまりゾンビ＝六川は立っていた。シャッターが上がり切るまでの間、うつむいて眼鏡を拭いている。ぼくはガラスに鼻を押しつけ、あらためてその顔を観察する。

まったくひどいケロイドだ。松の樹と並んで立ったら、区別がつかないのではなか

ろうか。取って付けたような七三の毛髪は、間違いなくカツラだろう。眼鏡を拭く手先の肌も、まるで焼豚のような状態だ。それが六川の変わり果てた姿なのだと、頭では分かっていても感情が認めようとしない。ふと気がつくとぼくは、その男と六川との相違点ばかりを探そうとしているのだ。あの潑剌(はつらつ)として自信に満ちあふれた青年六川、ぼくの唯一の友人であり誇りでもあった六川の姿を、このゾンビ男に重ねなければならないとはあまりにも残酷な想像ではないか。

「経緯を聞いたのなら、それでいい……」

眼鏡を拭き終えたゾンビ＝六川は壁際へ行って機械のスイッチを入れ、幾つかのダイアルを回した。同時にぼくのいる部屋の天井の明かりが、強さを増す。壁の四隅に嵌め込まれた換気溝から、温風が吹き出してくる。

「ただし俺の顔をじろじろ見るなよ」

「……おおお前本当にろろ六川なのか？」

「事情は聞いたんだろう」

「ちち直接お前の口から聞きたい。でないとぼぼぼくには、しし信じられない」

室内の温度がまたたく間に上昇し始める。一体何をしようとしているのだろうか。まさか自分と同じようにぼくを蒸し焼きにするつもりではなかろうな。そんな不安がふと脳裏をよぎる。

「信じないのなら、その方がありがたいが……」

「いい言ってくれ！」

「ああ確かに俺は六川だよ。会ってすぐ分からないなんて、お前も薄情な友達だよなあ。親友が聞いてあきれるぜ……しかしまあ無理もないか。俺自身いまだに鏡を見るたびに驚くものな」

ゾンビ＝六川は空咳まじりの笑い声を立てた。ぼくはそれまであばら骨がひしゃげるほど激しく脈打っていた心臓が、急にどこかへ消えてしまったような状態に陥り、全身が弛緩してその場へ座り込んでしまう。

「床へ座らないで、その椅子に座れ。今、室温を上昇させて、悪臭のデータを取るからな。なあに、四十度くらいまで上げるだけだ。心配することはない」

ゾンビ＝六川は機械の間を忙しそうに動き回った。ぼくはその声を、遥か遠くへ置き去りにしてきた耳で聞いているような気がする。

「室温が上がる間に、今度は俺の方から質問させてもらおう。お前と一緒にここへ連行されてきたガキ。いまだに逃げ回ってるらしいんだが、あいつは何なんだ？　どこでどうやって関わった？」

もちろんぼくは答えなかった。ゾンビ＝六川はガラスに触れるほどの至近距離まで接近し、ぼくの顔を覗き込んだ。間近に眺めるとその表情は、融けた蠟燭のように歪んだまま固定しており、笑っているのか怒っているのかさっぱり分からない。思わず床の上に尻を滑らせ、後ずさりたくなるほどの迫力だ。

「じゃあレイコはどうだ。マリノレイコ。彼女とはどういう経緯で知り合った？」

「かか彼女と会ったのか？」

「質問しているのは俺だ」

「かか彼女はお前が……六川が生きていると知ったのか？　何と言っていた？　まさかお前、乱暴したりしていないだろうな」

「質問しているのは俺だと言っているだろう！　答えろ。どこで知り合った？」

「かか彼女から電話を掛けてきたんだ。お前が、か彼女の部屋へシャーレを置き忘れていったろう。あれが何年か振りに出てきて……外側のびびビニールケースに、ぼぼぼくの電話番号が書いてあったんだ」

「電話番号？　ケースに……ああ……そうか。パスワードか。なるほど。すっかり忘れていた。で、そのビニールケースは、どうした？」

「しし知らない。たぶんだだ大学病院だと思う」

「ちっ！　チャウの奴、手に入れそこねやがって……」

ゾンビ＝六川は苛立たしげに言い放ち、ガラスのそばを離れた。落ち着かぬ様子で室内を歩き回り、時折計器に目を遣る。ぼくは急激な温度変化のために、犬のように舌を出して荒い息を吐いた。室温はとうに三十度を越えているだろう。全身から汗が吹き出し、脱水症状を起こしそうだ。

「ろろ六川……」

そう呼び掛けるのには、まだ大きな躊躇いがある。

「お教えてくれないか」

「なんだ？」

「どどどうしてあんなき危険なものを、かか彼女の部屋へ置き去りにしたんだ？　もともとか彼女にか感染させるつもりだったのか？」

「馬鹿言え。あのシャーレの中身はな、まったく無害のバクテリアだ。だから放っておいたんじゃないか。こんな風になったのは宇宙的な偶然だ……どうして俺が、わざわざ自分の恋人を実験台に使わなければならないんだ」

「しししかし今、現に彼女をらら拉致しているじゃないか」

「今は事情が違う」

「かか彼女をどうするつもりなんだ？」

ゾンビ＝六川は一瞬答えに詰まり、それから急に笑い出した。暗い、自暴自棄(じぼうじき)な笑い方だった。

「さてね。どうするかな……」

歌うような調子でそう言う。ぼくは素早く立ち上がってガラスに額を押しつけ、

「よよよせよ六川。お前お前お前らしくないぞ」

「俺らしくない？　俺らしいとは、どういう意味だ？」

「お前はそんな、ああ悪人をきき気取るのは止めろ。そそそんな奴じゃなななかったじゃないか。こここんな、こんな所で一体何をしてるんだ。おまおまお前のすす崇高なびびビジョンはどうしたんだよ！」

「俺のビジョン！」

ゾンビ＝六川は一際(ひときわ)高い声で笑った。

「なつかしい言葉だなあ。俺のビジョン！　そいつは今も崇高であることには変わりない。俺は自分のことを悪人だなどと考えたことはないぞ。ただの一度もだ。俺がやろうとしていることは、まさに大いなる善そのものだ」

「ごごごまかすな」

「武井。お前、俺のこの変わり果てた容姿だけを見て判断していないか。それは大間違いだぞ。確かに俺の体はくまなく焼かれて変形してしまったが、ビジョンまで焼け焦げてしまったわけじゃない」

「じゃあお前はいい今もじゃがぼちゃをつつ作ろうとしているって言うのか。きき飢餓撲滅のために」

「じゃがぼちゃ、か。昔のことだな」

「おお前にとっては昔でも、ぼぼぼくにとってはその時点でろろ六川の歴史は美しく静止しているんだ」

「なるほど。じゃあ話してやろう……」

25

「まずどこから話せばいいんだ？　ああ、バイアス製薬。これもまたなつかしい名前だな。

もともとあの製薬会社はアメリカの民間企業だった。本社はロスアンジェルスにある。創立は一九五二年。H・E・バイアスというのが創立者の名前だ。この男は漁師の出でな、知識といったら魚に関することしかなかったらしい。ところがそれが幸いしたんだなあ。愛玩用の魚がよく罹る病気……白点病というんだが、これの特効薬を開発したことで彼は大金持ちになった。その税金対策のために設立されたのが、バイアス製薬だったというわけさ。

日本に進出してきたのは十五年ほど前。未開拓のペット市場があるという見込みで支社を作ったのはいいが、あまり上手くいかなかったらしい。日本人がペットに金をかけるようになったのは、つい最近のことだろう？　それでもまあ早々に退散しないで、畜産用の化学飼料や農薬を開発することで何とか持ちこたえていた。俺は大学新卒の研究者として、そういう会社へ入ったわけだ。

バイアス製薬の内部セクションは大きく三つに分かれていた。俺の所属していた農産物・植物のセクション。畜産・小動物のセクション。それからBCつまりバイオケミカルのセクション。俺の直接の上司はドクター・マクスというアメリカ人の爺さんだったが、こいつがなかなかの遣り手でな。その下について、俺はじゃがぼちゃの研究に勤しんでたわけさ。

会社の様子がおかしくなってきたのは、俺が入社して半年ほどしてからのことだ。本社のトップが代わったというんだな。平たく言えば、乗っ取りさ。アメリカ国内じゃよくあることらしいんだが、日本支社の連中はひどく動揺した。というのも人員の整理が情け容赦なく行われたからだ。まず役員はすべて入れ換わり、研究者もかなりの人数が削減された。俺が残れたのは、ドクター・マクスのおかげだ。彼はじゃがぼちゃの実験にかなり興味を覚えていたみたいでな。たぶん隙あらば自分の手柄にしようと狙っていたんだろう。そういう意味でも遣り手だったのさ。

人員整理の次は、進行中の研究の整理だった。本社から毎日大量のファックスが届き、理由も聞かされないまま〝何々を研究しろ〟と命じられた。まったく無茶な話さ。俺が最初に命じられたのは、それまでに進めていたこととは正反対の研究だった。

〝どうすれば農産物を短時間に、大量に死滅させることができるか〟

これが俺に与えられた研究課題だった。どう考えてもおかしいだろう。だから俺はドクター・マクスに尋ねた。これは何のための研究なのか、と。爺さんの答えはこうだった。

『数学の逆算と同じことだ。短所を解明することで、長所を導き出すんだな』

まったく上手くごまかされたものさ。俺は半年近くこの言葉を信じて、農産物を大量死させる方法を懸命に研究した。一方ではじゃがぼちゃの研究も続けながら、だ。

まさに自分の尻尾（しっぽ）を飲む蛇（へび）さながらだな。

そうこうする内に、俺は非常に興味深い仮説を得るに至った。匂いと植物の関係についての仮説だ。イネ科の植物を実験材料にして生長の速度を計っている時だった。何でそういう着想を得たのかは分からない。たぶんお前の無嗅覚症のことが頭にあったんだろう。イネ科の植物を密封して、様々な匂いを嗅がせてみたんだよ。半分は遊びのつもりだった。ところが、だ。実に面白いデータが出てきた。ある種の匂いの中では、イネ科植物の生長スピードが異常なほどダウンするんだ。何度繰り返してみても同じデータが出てきた。俺はこの実験に夢中になった。最初は植物から始めて、マウスでも同じことをやってみた。結果は上々だった。そばにいて様子を窺っていたドクター・マクスが、この時点で実験に加わってきた。しばらくして畜産・動物セクションの連中も、BCの連中も参加した。俺がほんの気紛れで始めた実験が、会社あげてのプロジェクトめいてきたんだな。〝匂いは生命にどんな影響を及ぼすのか〟というのが、いつのまにか俺たちの研究課題になりつつあった。

この研究が進む最中に、俺はドクター・マクスからあるひとつの重要な事実を打ち明けられた。それはバイアス製薬を乗っ取った団体についての告白だった。表向きは〝F・Dカンパニー〟というワケの分からない会社だが、背後にはアメリカ陸軍が控えていると言うんだよ。直接の最高責任者はカーツ少佐という人物。そして重要な最終決定はプレジデントが下すと言うんだな。これには驚いた。俺の入社した製薬会社は、いつのまにかフォート・デトリック細菌戦センターの外郭団体に変身していたわけだ。

『我々の目的はあくまでも防疫である』と、ドクター・マクスは断言したが、その顔の真ん中には『というのは嘘だ』と書いてあった。奴はその後、俺に他言の無用を約束させ、打ち明けたからにはスタッフから抜けることは許されないと詰め寄った。もし抜けるのなら命の保証はできないぞと、脅迫してきたんだな。

しかしながら俺はわざわざ脅迫されるまでもなく、せっかく佳境に入った研究のスタッフから抜けるなんてことはこれっぽっちも考えてなかった。それにこの時点で、俺の胸の中には新しいビジョンが芽生え始めていたのだ。もしかしたら世界の救世主になれるかもしれないビジョン……それはじゃがぼちゃによる飢餓撲滅などという回りくどい方法よりも、もっと確実なビジョンだ。

いいか。俺が探し求めているのはな、人間の戦意を完璧に奪ってしまう種類の臭いだ。それを嗅げば、どんなに猛り狂った兵士もやる気を失くして家へ帰りたくなるような臭い。伝染性の強い細菌がこの臭いを発すれば、どんなにか素晴らしいだろう！　戦場へ一発、このスメル爆弾を落とせば、それで戦争が終結するんだぜ。しかも誰一人傷つかずに、だ。パーフェクトな平和兵器。そう思わないか！

そんな臭いが存在するはずはないと言いたげだな。ところが動物実験のデータは、俺の確信を強めるものばかりなのだ。例えば犬は、ある種の脂肪酸臭に対して強い拒否反応を示す。野性的な闘争心の八十パーセントが奪われてしまうのだ。血統書付きの闘犬がこの臭いを嗅いだとたん、金魚のように大人しくなるのを俺は見た。それから猫だ。マタタビの臭いを嗅いだ猫は、闘争心を完璧に失う。脂肪酸とキニン塩酸、エーテルを混合した悪臭は、猿に有効だった。

こうした実験の積み重ねは、人間の闘争心に影響を及ぼす臭いが必ず存在するということの証明なのだ。決して荒唐無稽な発想ではない。可能性が高いからこそ、ドクター・マクスもフォート・デトリックの責任者も俺の研究に期待し、過大な予算を与えてくれたのだ。

そうそう思い出した。お前と最後に会った時……駅のホームだったな。ブレビバクテリアの話を少しだけしたろう？　マリノレイコの部屋の冷蔵庫に置き去りにしたのもこの菌だ。人間にとって不快な悪臭を発する……これは俺の求めている臭いにかなり近いものだった。あの時俺はじゃがぼちゃの研究が実ったと言って、お前と酒を飲んだのだが、本当はブレビバクテリアを発見したことで興奮していたのさ。

ところがあの事故だ。オーブンのな……まったく思いもよらないアクシデントだった。化学兵器の開発セクション（ここの連中はほとんどアメリカ人でな、とんでもない乱暴者ぞろいだ）で生体実験用に拉致していた男が逃げ出して、俺の研究室へ飛び込んできたのだ。開発途上のガスを嗅がされていたらしくて、ほとんど発狂状態だった。俺とそっくり同じような体つきのくせに、異常に腕力が強くなっていてな。あの巨大オーブンを持ち上げちまったんだ。たぶんそのガスのせいだったんだろう。とても人間業とは思えなかった。男はオーブンを差し上げた格好で、唸りながら俺の方へ近づいて来た。壁際へ追い詰められ、俺は男を突き飛ばそうとして一歩前へ踏み出した。その瞬間、男は力尽きて倒れた。俺たち二人の体の上に、扉の開いたオーブンがすっぽり被さるような格好で落下した。そして、スイッチが入った……。

俺が意識を取り戻したのは、半年も後のことだ。

既に俺は死んだものとして処理されていた。生体実験用に使っていた男の身元を隠すという意図もあったのだろう。俺はこうして生きているが、この世には存在していない人間なのだ。お前には分からないだろうな……ある日目覚めたら、自分の顔がブリの照り焼きみたいになっている気持。

しかし俺にはスメル兵器を完成させるという、崇高なビジョンがあった。だからこそ今日まで生き長らえてきたのだ。俺が意識を失っている間に、研究所には様々な変化があった。まず今の場所へ根拠地を移した。そしてアメリカ陸軍ばかりではなく、日本の防衛庁までが背後に関係してきた。ようするに仕事がますますやり易くなったというわけだ。それから、ドクター・マクスが実験中にラッサ熱に感染して呆気なく死んだ。おかげで俺は今やスメル・セクションの責任者さ。こんな姿になってしまったが、周囲の環境は申し分なく整ったわけだ。

確かにこの研究所では、人間の命を奪うための化学兵器や細菌兵器の研究も進められている。しかしそれが何だ！　研究するだけで実際に使う勇気などありはしない。東側にしても同じものを開発しているのだからな。報復が恐ろしくて、お互い様子を窺うだけだ。平和のための抑止力？　ヘソが茶を沸かすぜ。絶対に使わないで飾っておくだけのものに何億ドルもかけるなんてなあ。ばかばかしいとみんな思ってるんだ。しかし誰もばかばかしいとは公言しない。だから俺は、真の平和兵器であるスメル菌を開発して、化学兵器や細菌兵器をあざ笑ってやるのさ。〝ばかばかしい。やめろやめろ〟とな。それが俺のビジョンだ。

どうだ。これでもお前は俺のことを悪人よばわりするつもりか？」

26

室温は四十度まで上昇して一定に保たれ、五分ほどで換気溝からの温風が停止した。部屋全体を覆っていたモーターの低い唸りが、鋏（はさみ）で切り落とすように立ち消える。ぼくはできるだけ体力の消耗（しょうもう）を避けようと部屋の隅へ後退し、床にうずくまって六川の話を聞いていた。

硬質ガラスの向こう側で、ゾンビ＝六川は壁際に並んだ装置にへばりつき、計器の目盛りを読んではメモを取っている。そして時折、感に堪えない様子で、

「なるほどなあ！」

と叫んではぼくの方へ意味ありげな一瞥を投げる。

「お前の体で突然変異を起こしたブレビバクテリアは、まったくすごい。この有香範囲の広さと臭度の強さたるや、驚異的と言う他ない。もし今日本が真夏であったら、東京を中心にして北は青森、西は九州までまんべんなく臭っただろうな。素晴らしい、実に素晴らしい」

「そそれがお前ののの望みか……」

「分からん奴だな。俺の望みは日本を臭くすることではない。第一お前の発している臭いは、有香範囲と臭度こそ理想的だが、効果としてはせいぜい嘔吐感を引き起こす程度のものだ。俺の探している臭いの種類とは、やや違う。しかしこれが大いなる手掛かりであることは間違いない」

ゾンビ＝六川はメモを取り終え、ガラスに近づいてきた。ぼくは伏せていた顔を上げ、暑さのために乾き切った唇を嘗める。

「ろろ六川、お前はなな何か大きなかか勘違いをしているよ」

「勘違い！　俺がか？　そいつはおもしろい」

「へへ平和兵器だなんて、そそそんなものきき詭弁だ。へへ平和兵器なんてありえない。じじ自分のたた体臭が青森からきき九州まで臭う男のきき気持を考えてみたことがあるか。そそそれは十分に人間をきき傷つける。かか体じゃなくて、せせ精神の方をだ」

「しかし死ぬよりはずっとましだろうが」

「こここれはにに人間としての尊厳の問題だ」

「人間の尊厳！」

ゾンビ＝六川はのけぞって爆笑した。

「生きてるからこそ尊厳もあるんだろうよ！　馬鹿め。体が臭うことくらいで失われる尊厳なら、最初から棄てちまえ。死ぬということが一体どういうことなのか、お前は真剣に考えてみたことがあるのか。人間が今までに経験した二度の世界大戦で何人の命が、どんなふうに失われたか考えてみろ。今、現に世界のあちこちで起きている愚劣極まりない小競り合いで、一日何人死んでいるのか考えてみろ。俺のビジョンはそうやって無為に死んでいく人間を救おうというものだ。何万人、いや未来のことを考えれば何十億の命が、俺のビジョンによって救われるのだ。ナパーム弾を浴びて焼け焦げたり核爆発で粉々に砕け散るのと、体が臭うのと、どっちがいいんだ？　言ってみろ！」

「どどどっちも厭だ」

「この小市民！　お前らがあれも厭だこれも厭だと言っている間に、ピカッと光ってこの世は終わりになるんだ」

「じゃじゃじゃじゃあお前が今すす進めている実験のぎぎ犠牲者はどうなる？　ここここにらら拉致されている人たちは？　ぼぼぼくやままマリノレイコの死についてては、むむ無視するわけか！」

「それは……」

ゾンビ＝六川は一瞬答えに詰まり、それまでの激昂した感情を抑えて、

「よくある台詞なので言いたくないが、進歩にはそれなりの犠牲がつきものだと言うことだ。ジェンナーが自分の息子に種痘を打った気持を考えてみてくれ。数十億人の命と五人の命なら、俺は迷わず前者を選ぶ。当たり前のことだ。それに、スメル・プロジェクトの生体実験では未だ死者を出していない。確かにお前の言う〝尊厳〟はやや傷つくかもしれないが、命に別状はないのだ。化学兵器などを扱う他のセクションの生体実験とは、明らかに一線を画している」

「いや違う。おまおまお前のやっていることは、ただ人間を生かしているというだけで、ななな内容は死に等しい」

「やれやれ……」

ゾンビ＝六川はガラスの前を離れ、ぼくに背を向けて嘆息した。

「これ以上話しても無駄のようだ。とにかく俺は俺のビジョンを信じている。その是非は完成してから世に問おうじゃないか。何年かかるか未だに見当がつかないけれども……」

ぼくは立ち上がり、夢遊病者のような足取りでガラスに近づいた。何かを言わなけ

ればいけない。何とか反駁しなければいけない。そう思うのだが、考えれば考えるほど頭が朦朧としてくる。六川の言っていることが正しく思えてくる。

「ろろ六川……」

それでも黙っていられずに名前を呼んだ瞬間、室内の電灯が消えた。墨汁のプールへ飛び込んだかのように、辺りが真っ暗になる。

——六時だ！

不意の激しい緊張のために、全身の肌が一斉に粟立つ。焦燥と、後悔。どうしてお前は時刻を気にかけなかったのか。心の準備をしておかなかったのか。これでは出入り口の方向すら分からないではないか。

「何だこれは！　どうしたんだ！」

ゾンビ＝六川の叫びが闇を引き裂く。その声に弾かれるようにして、ぼくはようやく動き出す。我ながら実にもどかしい足取りだ。進んでいるのか後退しているのかさえ分からない。出口だ、扉を探せ。入る時にお前はあの扉に注意を払ったか？　電子制御の扉だったか？　どうなんだ？　分からない。覚えていない。何ていう間抜けなんだ！　早く探せ。扉を……これは壁だ。壁を伝って行け。

「……もしもし？　一体どうしたんだ？　何故非常灯が点かない？　馬鹿！　だった

ら手動でスイッチを入れろ。切れているのは電灯だけか？　すぐに調べろ。そうか電話は通じてるな……じゃあ何故？　ああそんなことは後回しだ。とにかくすぐに非常灯の手動スイッチを……B5だろうが！　B5の五一二だ。早く行け！」

ゾンビ＝六川は怒りのあまり受話器を床へ叩きつけたらしく、プラスチックの砕ける音が闇の底に散った。ぼくは両手を前へ突き出し、横這いに壁を伝ってようやく扉らしき物に触れた。冷たい感触。ジュラルミンだ。水牛の角のような形をした把手が指先に当たる。握りしめ、息をひそめてゆっくりと動かす。ゾンビ＝六川が今にも声を掛けるのではないかと、背中がざわざわする。

「懐中電灯……懐中電灯はどこだ！」

その声に乗じて、把手(とって)を力一杯ひねる。油で湿ったシリンダーがするりと回転する手応え……扉は音もなく手前に開いた。空気が、鼻先をかすめて流れ込んでくる。しかし扉の向こう側も漆黒(しっこく)の闇が続いているのだ。細く開けた扉の隙間から体を斜にして廊下へは出たものの、右へ行くべきか左へ行くべきか早くも迷ってしまう。連れて来られた際に記憶したはずの道順を、必死で反芻しようとする。

――六時十一分まで待つ。

こんな時にナルヒトの言葉ばかりが思い出され、ますます混乱してしまう。確か向かって右手の扉へ入ったのだから……つまり左方向から来たのだ。そうだそうに違いない。まず左だ。

右手で壁を触りながら、闇の中を走り出す。といっても歩くような速度なのだが。今、何分経過したろう？　六時十一分まで、あとどれくらいある？　すぐに扉へ突き当たる。気密室の扉だ。手探りで把手を摑む。これも容易に開いた。

後を追われていないだろうか。今のところその気配はないのだが。大丈夫、落ち着け。必ずもとの部屋へ戻れる。そしてマリノレイコを連れてナルヒトたちの待つ場所まで行ける。三ヵ所の気密室を通り抜けて、今度は真っ直ぐだ。突き当たりを左。それから……。

不意に爪先が硬い物を蹴って、前へつんのめる。体を守ろうとして差し出した手、額、向こう脛にそれぞれ激痛が走る。目の前に上りの階段があったのだ。あまりの痛みに、悲鳴すら喉の奥で凍ってしまう。とてもすぐには動けない。階段の手すりを握ったまま、しばらくじっとうずくまる。と、階段の上の方から誰かが駆け下りてくる気配がある。二人分の足音……。

あわてて脇へよけ、低く屈んでやり過ごそうとする。下りて来たのは、二人ともアメリカ人らしい。闇の中に早口の英語が飛び交う。ジョニー・B・バッドとチャウだろうか。分からない。ただ黒い大きな塊が二つ、ゴム底の靴音を響かせて通り過ぎて行く。

体の痛みはまだ治まっていなかったが、休んでいる暇はない。階段の手すりにすがって立ち上がり、足音を立てぬよう気を配りながら上り始める。これは本当に階段なのだろうか。周囲の風景に何の変化もないために、穴蔵の底へ向かって一直線に駆け下りているような錯覚を抱いてしまう。あるいはエッシャーのだまし絵のように、上っても上っても元のフロアへ戻っているのではないかという、埒もない想像が浮かんでくる。階段を二フロア分上ったところでぼくは足を止め、左右の闇を見渡した。どっちへ行けばいい？　来た時はどうだったのか？　思い出せ。思い出せ！

と、視界の隅を小さな白い点がかすめた。左手の闇の奥だ。微かに……ぼんやり光っている。闇の中へぽとりと眼球を落としそうなほど瞼を開き、目を凝らす。確かに光だ。間違っていなかった。左だ！

走り出すと同時に、背後の階段で誰かの声がした。ずっと下の方から響いてくる。

「タケイ……武井……！」

ゾンビ＝六川の声だろうか。気がついて後を追ってきたのか。それだけではない。何か目覚まし時計の電子ベルのような音も微かに聞こえる。ついさっき転倒した体の痛みも忘れて、ぼくは闇の中を突っ走った。右手で壁に触りながら、もどかしく加速していく。微かな白い点々が、徐々に近づいてくる。

ついにぼくはその点を足の裏で踏みしめた。ようやくスタートラインに辿り着いたのだ。左手が、閉じ込められていたあの部屋だ。スタンガンを取ってくるべきだろうか？　どうする？　ほんの数秒間迷った末に部屋の扉を押し開ける。ベッドに向かって突進しようとすると、入口脇に置いてあった椅子に躓き、鼻先から床へ倒れ込んでしまう。たちまち鼻孔に生あたたかいものが溢れ出てくる。構わず匍匐前進し、ベッドとマットレスの隙間へ手を突っ込んでスタンガンを探す。指先に硬い物が触れる。用心して握りの部分を探り当て、引きずり出す。立ち上がり、今度は椅子に気をつけて廊下へ出る。

ナルヒトが床に垂らしていった夜光塗料は、壁際に沿っておよそ一メートル置きに薄ぼんやりした光を放っている。街灯の明かりを弾くコガネムシの背中ほどの頼りない光だ。余程目を凝らさない限りは、見過ごしてしまうだろう。

左手にスタンガンを握りしめ、右手で壁に触れて、ぼくは先を急いだ。鼻を打ったせいで、顔の前面がごっそりえぐり取られたかのような感覚がある。走っているために血液の循環も活発なのだろう、後から後から鼻血が流れて止まらない。呼吸が、ひ

ど く苦しい。

「……B5だってよ！」

壁だと思って触れていた部分が突然押し開かれ、その奥から苛立たしげな声が響いてくる。咄嗟に身を引き、スタンガンを構える。

「これじゃあ何階にいるのか分かりゃしない」

「本当に懐中電灯はなかったのか？」

「や、あっても電池が入ってなくて……痛ッ。足を踏むなよ。電池がどこに仕舞ってあるかなんて、誰も知りゃあしない」

「またぞろSSの怠慢ぶりが非難されるってわけか。やれやれ」

二人の声はぼくの来た方角に向かって遠ざかって行く。瞬間、凍りついていた心臓がまた動き始める。前よりももっと激しく鼓動する。そのリズムに合わせて、ぼくは走り出す。

数十メートルも走ったろうか、やがて夜光塗料の白い点が壁際から離れ始める。左側の壁に向かって意味ありげに彎曲（わんきょく）し、再び元のコースへ戻っているのだ。その光に従ってぼくは左側の壁へ進路を変え、腕を前へ突き出す。指先に、冷たいジュラルミンの感触。扉がある。把手を握って、力まかせに引っ張る。

暗闇の中で、誰かが息を飲む気配……。

「れれれレイコ？」

おそるおそる囁きかける。右手の方向で、黒い塊が身動ぎをする。はっとして身構えるのと同時に、

「……タケルさん？」

答えが返ってくる。マリノレイコの声だ！　ぼくらは互いに相手を求めて闇の中へ一歩踏み出し、腕と腕を絡め、そして抱き合った。それは間違いなくマリノレイコの体だ。その甘く柔らかい感触。両腕の骨がきしむほどの強さで抱きしめると、彼女は深い溜息を漏らした。この小さな、か弱きひと。大切な大切な、大切なひと。こうやって抱きしめていると、まるで自分が一枚の暖かいコートに変身して、彼女に羽織られているような恍惚を覚える。本当は闇の中に唇の位置を探り当てて接吻したかったたが、ふと我にかえり、自分の体が相変わらず臭うことを思い出してぼくは一歩後ずさった。

「大丈夫、鼻栓をしているわ」

ぼくの躊躇の理由を鋭く見抜いて、マリノレイコは明るく答える。ぼくは無言のままその手を取り、廊下へ出た。

「じじじ時間がないんだ。はは話は後で……」

「分かってる。私を連れて行ってくれるんでしょう」

「そそそうだ。君をつつ連れて行く。ここからすす救う」

ぼくは我ながら誇りに満ちた調子で断言し、彼女の手を引いて走り始めた。一人で闇の中を突き進む恐怖と比べると、心も体も驚くほど軽い。左手が、彼女の右手を握っている。ただそれだけのことが、ぼくに過大な勇気を与えてくれるのだ。確かにぼくは白馬に跨（また）がった王子ほどは恰好良くないかもしれない。平凡な容姿と平凡な知性と平凡な感情しか持ち合わせない平凡な男だ。でも今この瞬間、ぼくはきっと彼女にとってこの世にたった一人のひとなのだ。彼女がぼくにとって、この世にたった一人のひとであるのと同じように。

27

闇は、どこまでも続いていた。

ぼくらはナルヒトの残していった夜光塗料の微かな光だけを頼りに、闇の中へ、さらに奥へと突き進んで行った。幾つもの扉と、幾つもの曲がり角、そして何段もの階段……。途中、何度か研究所の所員と擦れ違ったが、誰もがあわてふためいている様子で、咎められることは一度もなかった。角を曲がった出会い頭に衝突した人物も、英語で一言悪態をついただけですぐに立ち去ってしまった。誰一人として懐中電灯を持っている者はいない。ぼくらにとってこれほど好都合なことはなかった。おそらくこれもナルヒトとマキジャクの仕業に違いない。まったく何て頭の働く連中なのだろう。

「もう少しゆっくりしてはいけない？」

階段を駆け上っている最中に、マリノレイコが荒い息の下で嘆願した。

「ももう少しだから。頑張れ」

「赤ちゃんが……びっくりしちゃうもの」

その声は、明らかに母親としての優しさに満ちていた。ぼくは思わず足を止め、見えない彼女の顔を振り返った。そしてスタンガンをポケットに突っ込んでから、空いた手を静かに差し延べて彼女のお腹に触れた。本当に、そこに息づいているのだろうか。確かに掌を通して暖かさは伝わってくるが、命の気配までは感じられない。しかし彼女の母親らしい物言いは、ぼくの父性愛とも呼ぶべき感情を強く揺さぶる。可能な限り労り、慈しんでやりたいと思わせる何かがある。

「わわ分かった。しし静かに行こう」

彼女の腰へ手を回し、躓いても支えてやれるように気を配りながら上り始める。今何時だろうか。もしかしたら六時十一分を過ぎているかもしれない。辿り着いた場所にナルヒトたちがいなかったらどうしよう？　置き去りにされていたら？　そう考えると、悠長な速度で階段を上っている自分の足が憎らしくなってしまう。本当は、絶叫しながら全速力で駆け上りたい。しかしそれを彼女にも強制することは、絶対にできないのだ。

ぼくは一歩一歩に祈りを込めながら、階段を上り続けた。そこはたぶん非常階段なのだろう。人気はまったくなく、生あたたかい風が下方から吹き上げてくる。その風に乗って、微かに聞こえてくるのは警報ベルだろうか。あまりにも遠くて、単なるモーター音のようにも聞こえるのだが。夜光塗料の微かな光は相変わらず点々と続いており、どこまで上っても終わりがないかのようだ。

「もう少し。もう少し……」

ぼくは彼女の耳元で囁いて励まし、同時に自分をも鼓舞しようとした。しかし上れば上るほど、ナルヒトに対する不信感が募ってくるのだ。もしかしたらぼくら二人は囮として使われたのではなかろうか。わざと脱出とは方向違いのルートを辿らせ、敵の注意がぼくらの方へ向くように仕向けたのでは？

疑惑が胸の奥で膨れ上がり、内側から肺を圧迫して息苦しくなり始めた頃、ようやく足元の光が階段を離れて平坦路へコースを変えた。すぐに扉に突き当たる。銀行の大金庫のように頑丈で、把手が輪になっているタイプのものだ。回転させてボルトを緩め、力を籠めて引くと静かに開いた。

「ああ足元がだだ段になってる。気をつけて……」

言いながら扉を潜り、彼女の手を引いて次の一歩を踏み出そうとした瞬間、突然目の前が真っ白になった。思わず目を伏せ、片手を顔の前へかざす。天井の非常灯が一斉に点いたのだ。大した光量ではなかったが、目が慣れてくるまでにはかなりの時間を要した。薄く開いた瞼の隙間から眺めると、目の前には真っすぐな廊下が延びていた。左右に扉が、二つずつ。

「……しまった」

思わずぼくは叫んだ。これではもう夜光塗料が見えない。突き当たりまで進めばいいのか、左右の扉のいずれかを開けて進むのか分からない。あわてて床へ這いつくばり、塗料の名残を探す。目を凝らすと、白い床に牛乳を零したようなシミが、微かに浮いている。

「どうしたの？」

マリノレイコが不安げな声で囁く。説明しようとして振り向くと、彼女は大袈裟な叫び声を上げた。

「ひどい血だわ。あなた怪我を……」

言われて確かめると、まだ流れ続けている鼻血のために、胸のあたりまで真っ赤に染まっていた。まるで心臓でも突き刺されたような具合だ。

「はは鼻血だ。心配ない。それより急いで」

「そんなこと言ったって。ひどいわ……こんな……」

涙声になって縋りついてくる。明かりの下でその顔をあらためて眺め、ぼくは愛しさで胸が一杯になる。ほんの二、三日のことなのに、ひどく懐かしい。彼女は化粧気のない素顔に例の赤い鼻栓をして、この研究所で与えられた鼠色のパジャマを着ていた。抱きしめてやりたい気持を押し殺して突き放し、再び床へ屈み込む。

「どこかに医務室はないの。放っておけないわ」

「こっちだ。つつ付いておいで……」

彼女の言うことは無視して四つ這いになり、夜光塗料の微かなシミを必死で追い始める。はたから見たら、頭がおかしくなったと思われても仕方のない恰好だ。右手の一つめの扉の前を通過する。二つめもやり過ごす。ということは、突き当たりの扉だ。ぼくは勢いよく立ち上がり、背後でベソを掻いているマリノレイコの手を取った。

と、二、三歩走りかけたところで、突き当たりの扉がゆっくりと開くのが見える。息を飲んで立ち止まり、左右を見る。隠れられそうな場所はない。素早くスタンガンを構え、戦いに備える。

「何してんだ！　こっちだ！」

扉の隙間から顔を覗かせたのは、ナルヒトだった。既に防護服を脱ぎ捨て、Tシャツにジーパンの身軽な恰好に戻っている。興奮のためか目が釣り上がり、顔色が真っ青だ。

「すすすまない」

「早く早く早く！」

風のように駆け出すナルヒトの後に従って、突き当たりの扉を潜る。気密室らしき小部屋を抜け、また扉を潜る。次の部屋には見覚えがあった。ぼくが例のナイフで防護服の男を刺した場所だ。

「ままマサヨさんは？」

走りながらナルヒトの背中に問いかける。

「大丈夫。うまくいったよ。マキジャクもエレベーターの前で待ってる。マラソン大会の最下位は君たちだ」

小部屋を二つほど駆け抜けると、今度はドーム型の密封された廊下が続く。ぼくらの足音が低い天井に反響しあい、まるでどこかの民族音楽のようだ。しばらく走ると、前方の床に防護服の男が二人倒れている。驚いて足を止めかけると、ナルヒトはそのまま突っ走り、

「スタンガンを食らわしたのさ。気絶してるから大丈夫」

言いながら二人を飛び越えて見せる。躊躇するマリノレイコの手を引いて、ぼくも後へ続く。突然息を吹き返して摑みかかってくるのではないかと、飛び越える際に股ぐらがひやひやする。その先の丁字路を右へ。背後のマリノレイコの息遣いがかなり苦しそうだ。心配になって肩越しに振り向くと、苦労して笑顔を作って見せる。ぼくは何故だか目頭が熱くなってしまう。

ゴムホースの内部のような廊下はなおもうねうねと続き、どこまで行っても同じ風景が続いた。実際は二、三分のことだったのだろうが、まるで一時間も走っているかのような疲労感だ。白い廊下の遥か彼方(かなた)に二つの人影が見え始め、それがマキジャク

とマサヨさんだと知った時、ぼくは安堵のあまり気絶しそうになった。

「社長出勤ですねえ」

マキジャクはぼくを見るなりそう言って、小さな右手を差し出した。詫びの言葉が声にならず、その掌を握りしめて激しく上下へ振る。本当に、何と言って感謝したらいいのか分からない。

「さあ社長、エレベーターに乗って！」

ナルヒトがもどかしげに背中を押す。すぐ右手がエレベーターだ。扉は開きっ放しになっている。まずマサヨさんとマリノレイコが乗り込み、続いてぼくとナルヒト、最後にマキジャクが乗った。

「母さん、鼻で息をしないようにね」

マサヨさんの腕を肘でつついて、ナルヒトが注意を促す。

「厭っちゅうほど分かってるわよ」

その声は数年前耳にした気っぷのよさをそのままに残している。やつれきって不健康な印象は隠せないが、気持の中に真っすぐな棒が一本通っている。さすがの天才ナルヒトも彼女の前では形無しだ。

「上へまいります……」

含み笑いでマキジャクが呟き、パネルのボタンに触れる。ぼくもマリノレイコも疾走の余韻のために、荒い息を吐きながら扉が閉まるのを待つ。辺りが静まり返って、ぼくらの息遣いだけがその狭い空間に満ちる……。

しかし、いつまで待っても扉は閉まらなかった。肩すかしを食った按配で、五人の間に白け切った時間が流れる。そして霧状の不安感があっという間に連鎖反応を起こして、黒い塊に変わる。

「どうした？」

まず最初にナルヒトが口を開く。マキジャクは無言のまま何度もパネルのボタンを押し続ける。

「閉まらないのか？」

「……最悪の事態ですね」

マキジャクが嘆息してエレベーターから降りる。ついさっきまで紅潮していた頬が、紙のような色に変わっている。

「まさか……」

信じられないといった様子で、ナルヒトが首を振る。ぼくは理由が分からずに二人を交互に眺め、ますます不安を募らせる。

「このエレベーターが停止する可能性は二つしかありません。一つは操作系統の接触不良。もう一つはエマージェンシーです」

「エマエマエマージェンシー？」

「地下が汚染されたんだ……」

代わってナルヒトが答える。暗い、絶望的な調子だった。ぼくは一歩進み出てパネルのボタンを無作為に押し、何の反応もないことを確かめて顔色を変えた。ようするにぼくら五人はあと一歩のところで行き詰まってしまったのだ。

ナルヒトとマキジャクは互いに見つめあいながら、無言のまま頭をフル回転させている様子だ。ほんの十数秒、二人はそうやって黙り込んでいたろうか。まず口を開いたのは、ナルヒトの方だった。

「制御できると思うか？」

「できます」

マキジャクの答えは、自信に満ちていた。ナルヒトはうなずき、エレベーターを降りた。そしてぼくに向かって顎をしゃくって見せ、

「協力してくれ」

そう言ってマキジャクとともに廊下を右方向へ走り出した。答えるまでもなく、ぼ

くもその後へ続く。

「女性陣はそこにいてくれ」

振り返ってナルヒトが言う。しかしマサヨさんもマリノレイコも既に走り出している。

「ナルヒト。親に命令するなんて、十年早いよ」

きっぱりした調子でマサヨさんは言った。ナルヒトは苦笑いを漏らし、それ以上たしなめずに先を急いだ。

「どどどうすればいい？」

並んで走りながら問いかけると、ナルヒトは人差指を伸ばして唇へ当て、

「今からこのフロアのコンピュータ・ルームへ行くからね。たぶんそこには一人か二人、所員がいるはずだ。そいつらを何とかして欲しいんだよ」

低い声で言った。ぼくはスタンガンを握りしめ、たちまち沸騰し始める血液を持て余して、熱い吐息を漏らした。

「で、どどどうする？」

「そいつらをおとなしくさせることができれば、後はマキジャクが何とかするさ。いいかい、今ぼくらはものすごく危険な状況に立たされている。というか、大袈裟では

なく日本全体が危ない状態だ。ようするにこの研究所が全面的に汚染されてしまったんだよ。さっき所内の電灯をすべてオフにしたろう。おそらくそのために実験中の誰かが、極めて危険な細菌のビーカーでも落としたに違いない。普段ならそういう事故が起きた場合、間髪を容れず防護シャッターが降りるんだが……電子制御の扉はすべて開くようにしてしまったからなあ。汚染を閉じ込めることができなかったんだろう。下の階はおそらく修羅場と化しているよ。放っておけば、すぐにこのフロアも汚染されてしまう……」

「修羅場と化しているのは、下の階ばかりじゃありませんよ」

後を受けて、マキジャクが説明する。

「上の階も大騒ぎしているはずです。つまりですね、この研究所がエマージェンシーを発令すると同時に、上にある原発の冷却水が減り始めるんです。前に話しましたよね、最終手段のこと。原子炉の燃料棒がむき出しになって、加熱して……三時間もしない内に水素ガスが爆発します。四時間後にはメルトダウンが始まって、六千度近い灼熱の塊が細菌もろともこの研究所をすべて焼き尽くす仕掛けです」

マキジャクは静かな調子で話し終え、再び走りながら瞑想に耽った。もうこれ以上の説明をするのは時間の無駄と言わんばかりだ。しかし詳細な説明を乞うまでもなく、二人の少年の顔色を窺うだけで事態がどれくらい深刻なのかは手に取るようにわかった。走りながら振り返ってみると、マリノレイコもマサヨさんも神妙な顔で二人の少年たちの背中を見つめている。

「あの扉を入ってすぐ左側です」

やがてマキジャクが前方を指し示した。ぼくは歩を緩め、ポケットからスタンガンを取り出して、試しに軽く引金を引いてみた。ピストルの銃口に相当する部分の電極間に、小さな稲妻が走る。大丈夫、操作は簡単だ。後はお前が勇気を出すだけだ。

「手筈を決めておこう」

扉の手前で立ち止まり、ナルヒトが言う。ぼくら五人はベンチ前の高校球児のように小さな円陣を組み、頭を寄せ合った。

「マキジャク、相手は何人だと思う？」

「多くて二人でしょう。三人いる可能性はかなり低いと思います」

「よし、じゃあ男手だけで始末をつけよう。女性陣は後ろへ下がっていること。これは命令だよ、母さん。まず扉を開けて連中の注意を引き、部屋の外へおびき出す役割を……マキジャク、頼んでもいいか？」

「やれやれ。また頭をぶたれなきゃいいけど」

「指一本触れさせないよ。約束する。それから……君は最初に出て来た奴を頼む。スタンガンは持ってるよね？　相手が防護服を着ていても、思い切り押しつけて引金を引けば大丈夫だから。二人めはぼくがやる。連中が外へ出てくるまでは扉の脇に潜んでいること。時間がないんだ。荒っぽくいこうぜ」

「わわわ分かった」

ナルヒトはぼくの緊張をほぐそうとして引きつった笑いを浮かべ、肩を二、三度軽く叩いた。そして躊躇の間を与えないためにか、すぐに出発する。忍び足で息をひそめ、扉を潜る。ナルヒトを先頭に、ぼく、マキジャク、女性二人の順だ。右へ彎曲した廊下が延びており、すぐ左側にジュラルミンの扉が見える。覗き窓はくり抜かれておらず、目の高さの位置に『B1－C・C』とプリントされた札が嵌め込まれている。

ぼくらは無言のまま二手に別れ、扉の左右の壁に身を寄せた。向かって左側にマキジャクと女性二人、右側にぼくとナルヒトだ。

「よし、試合開始だ」

ナルヒトが低い声で呟く。マキジャクは大きくひとつ深呼吸をして、扉の前へ立った。把手を握り、ゆっくりと手前へ引く。開き切ると、ちょうど女性二人が扉の陰に隠れる。ぼくの心臓は鼓動を忘れている。髪がざわざわと逆立ち、毛先の一本一本から青白い炎が立ちのぼる。一瞬の内に室内を見渡したマキジャクは、後ろに組んだ指先をチョキの形にして見せる。二人いる、という意味に違いない。間を置かず、室内の誰かに向かって小声で呼び掛ける。

「あのう。新宿駅はどうやって行ったらよいのでしょうか」

同時に室内がざわめき、椅子を蹴って立ち上がる音が響く。後も見ずにマキジャクが逃げ出す。「来るぞ」とナルヒトがぼくの耳元に囁く。その囁きが終わらない内に白い人影が室内から飛び出して来た。ナルヒトがぼくの背中を押す。体を丸め、肩口から思い切り体当たりを食らわせる。こちらに背中を見せていた相手は、呆気なく床へ倒れ込んだ。宇宙服のようなヘルメットを被っていたらしく、顔の前面を覆うプラスチック・シールドが床に激突して砕け散る。馬乗りになり、肩甲骨の辺りへスタンガンを押しつける。突き出した電極部分が防護服の生地を貫いて、肌に突き刺さる。立て続けに三発引金を引くと、相手はしゃっくりのような声を上げて気を失った。見ると、その背中に黒い焦げ跡が広がっていく。

「武井さん！　後ろだ！」

ほっとして顔を上げると、廊下の突き当たりでマキジャクが声を上げた。あわてて振り返る。ナルヒトがもう一人の防護服の男に押さえ込まれ、今まさにスタンガンを奪われようとしている。予想外のことにすっかりあわててしまい、鋭く反応できない。立ち上がり、加勢しようと頭では思うのだが、体の動きがひどく緩慢なのだ。と、ぼくの脇をマサヨさんが猛然とダッシュする。

「なめんじゃないよ！」

叫びながら防護服の男の頭を蹴り上げる。怯(ひる)んだところへ馬乗りになり、顎へ手をかけて捻り上げる。プロレスのキャメル・クラッチという技だ。すかさずナルヒトがスタンガンを押し当て、二、三発食らわせる。それで片がついた。辺りは静まり返り、ぼくらの吐く荒い息の音だけが満ちた。しばらくしてふと傍らを見ると、マリノレイコが興奮して仁王立ちになっている。驚いたことに、右手に小さめの斧を握りしめ、肩で息をしているのだ。

「どどどこでそそそんなもの……」

尋ねると彼女は歯を食いしばった表情のまま、

「この部屋の中にあったの。私夢中で……ああもう、お腹の子に悪いわ。こういうのって」

そう言って急に脱力したのか、その場へ座り込んでしまう。ぼくも同様にへたり込み、しばらく動きたくない気分だった。しかし辺りの様子を窺うと、ナルヒトとマキジャクは既にコンピュータ・ルームへ入ったらしく姿が見当たらない。仕方なく立ち上がり、マリノレイコを助け起こして後へ続く。

二十畳ほどの白いスペースには、既にキーボードを叩く音が満ちていた。正面の壁にずらりと並んだ三十台もの小型モニター。これはおそらく研究所内の様子を映し出す監視用ビデオの端末だろう。画面はすべてオフになっており、灰色の表面に室内の様子を反射させているだけだ。その手前にオペレーション・ボード。CRT画面とキーボードがお誂え向きに二台設置されていて、マキジャクとナルヒトがそれぞれ操作し始めている。

「まず状況確認。そっちでビデオカメラの制御を解放して下さい。ぼくは電子ロックの方をやります」

「オーライ。二十秒で」

蚊帳の外へ立たされたぼくとマリノレイコとマサヨさんは、ぽかんと口を開けたまま成り行きを見守った。背後から眺めると、二人はセッションを楽しむミュージシャンのようだ。リズミカルなキーボードの音を一瞬の切れ間もなく奏で続ける。

「ええい……愚鈍なヤツだなこいつは！」

ナルヒトが苛立たしげに叫ぶ。

「ちきしょう。キャラメル・ママがいてくれたらなあ！」

しかし愚痴をこぼしながらも、指先が止まることはない。やがて正面の小型モニターが、一斉にオンになる。ぼくらは息を飲んで、その画面に、研究所内の様々な様子がぼんやりと浮かび上がる。

ざっと見渡したところ、そこには静的な印象があった。何の動きもない。額の中の絵のように、ただじっとうずくまる風景……。折り重なるようにして倒れている人間の姿を各画面の中に発見するまで、数秒とかからなかった。

「こいつはひどい……」

思わず手を止めてナルヒトが呟く。目を凝らすと、確かにどの画面にも倒れている人間たちが映っていた。白衣姿の研究者もいれば、防護服を着た者もいる。誰もが一様にうつ伏せに倒れ、微動だにしない。

「しししし死んでるのか？」

沈黙に堪えかねて、そう尋ねる。ナルヒトもマキジャクもぼくの質問を無視して、ただ青ざめた顔で見つめあっている。

「致死反応が早すぎやしないか……？」

「……ちょっと待って。今原因を調べます。おそらくガスじゃないかと……ああ、出ました。マスタードガス、プラスアルファ？」

「何だ、プラスアルファって？」

「アルファ、とは、なにか、答えよ……」

肩越しにCRT画面を覗き込むと、しばらくして〝∞〟のマークが表れた。無限大という意味だろうか。ナルヒトさえも理解できないらしく、しきりに首をかしげている。しばらく考え込んだ末に、マキジャクが辛そうな様子で答える。

「たぶん遺伝子組み換え実験の最中だった細菌同士が、妙な具合に結合したんでしょう。それが増殖し続けているということだと思います」

「手立ては？　このフロアまで上がってくるぞ！」

「滅菌室のパワーを上げてみます。キセノン加熱装置と、長波放射線……たぶんこの二つで、少なくとも両側を滅菌室に囲まれたエレベーター前の廊下は大丈夫、だと思います」

「今誰か動いたわ！」

マキジャクの説明を遮って、マリノレイコが小型モニターの右隅を指さす。見るとモニター画面のひとつに、動き回る人間の姿が映し出されている。コンピュータの端末らしき装置の前で右往左往する、数人の人間たちだ。

「ああ。あれは上の原発のコントロール・ルームです。理由も分からないまま冷却水が流出しているんで、相当あわててるみたいですね」

マキジャクの声は、落ち着きを取り戻している。こちらを苛立たせるほど、悠長な調子だ。ナルヒトも気が気ではないらしく、

「制御できるのか？」

とあらためて念を押す。マキジャクは再びキーボードを叩き始めながら、

「大丈夫。メルトダウンまでは十分すぎるほど時間があります。細菌やガスもとりあえずは滅菌室で停滞するはずですから。電子ロックもＯＫ。生存者がいたとしても、もう内側からは開けられません」

「ぼくは何をすればいい？」

「最終手段の……メルトダウンに至るエマージェンシー・プログラムを呼び出しますから、手分けしてこいつを壊しましょう。あるいは……そうだな、単独でエレベーターの制御解除を試してみるのも手ですね」

「分かった。呼び出してくれ」

再び室内にキーボードの音が満ちる。ぼくと女性陣二人はマキジャクの自信に溢れ

た言葉に勇気づけられ、互いに顔を見合わせてうなずき合った。事態はどうやら良い方向へ進んでいるらしい。ぼくはマリノレイコの肩を抱き、頬と頬をくっつけて、少年たちの操作するCRT画面に見入った。マサヨさんはナルヒトの背後に控え、彼の華奢な肩に手を置いて実に満足げな笑みを浮かべている。その横顔は、熱心に受験勉強をする息子のもとへ夜食を運んできた母親が味わうような、たとえようもない幸福感に輝いている。

二人の操作するCRT画面には、二進法で記された膨大なプログラムが激しくスクロールし続けていた。そして時折ストップしてはキーボードを叩く音がひとしきり響き渡り、再びスクロールし始める。まるで反射神経を試すためのテレビゲームのようだ。しばらくしてナルヒトの方が右手を高く差し上げ、

「津田ナルヒト、できました！」

と燥いだ調子で言った。肩越しにマサヨさんを振り仰ぎ、瞳を輝かせて、

「エレベーターはこれで動くよ。もうすぐ外へ出してあげるからね」

思わずぼくらは歓声を上げた。マサヨさんはナルヒトの頭をごしごし撫で回し、ぼくとマリノレイコに向かって、

「あたしの息子さ。こいつ、あたしの息子なんだよ」

と何度も繰り返す。ぼくは強くうなずいて見せ、あんたの息子は天才だとドモりながら讃（たた）えた。ただ一人、マキジャクだけは相変わらず難しい顔をしてキーボードを叩き続けている。そのことに気付いてナルヒトはふと笑顔を収め、傍らへ椅子を滑らせる。

「難航してるのかい？」

マキジャクは硬い表情を崩さぬまま、

「ちょっと厄介ですね……決定権がフォート・デトリックの方にあるらしくて。今そっちへアクセスしてるところです」

ナルヒトは一瞬顔色を変え、ほとんど反射的にこう提案した。

「とりあえずエレベーターは動くようになったんだから、一旦外へ出ないか。原発の方はまだ時間があるんだろう？　とにかくこのいまいましい地下室を出て、外部の端末から操作するという……」

「らしくないことを言いますね。時間があると言っても、それはメルトダウンまでの時間ですよ。第一外部の端末なんて……東京まで戻るつもりですか？　戻ったところでキャラメル・ママは仮死状態なのに」

「……………」

「放っておいて暴走させたら、どうなるか分かってるでしょう。たとえ今は助かっても、結果的には死ぬのをほんの少し先へ引き延ばすだけなのだから。どうしても今、ここで制御しなければ無意味ですよ」

マキジャクはCRT画面を見つめたまま、冷たく言い放った。ナルヒトは恥入った様子でうつむき、頬を赤らめた。室内に息苦しい沈黙が漂う。しばらく考え込んだ後ナルヒトは言った。

「……君の言う通りだ。じゃあ、こうしようじゃないか。ぼくと君は制御できるまでここに残る。後ろで応援歌を歌ってもらっても仕方がないのだから、三人は先にエレベーターに乗ってもらう」

「賛成します。この場合、そうするのが妥当です」

ぼくとマリノレイコとマサヨさんは互いに顔を見合わせた。その間隙をついてナルヒトが立ち上がり、

「お聞きの通りだ。ここで一旦二手に別れよう」

努めて明るい声でそう言う。ぼくら三人はそれぞれの反論を喉の奥に膨らませ、今まさに喋り出そうとしたその時。突然、背後の扉が音を立てて開かれた。驚いて振り向く……。

そこに立っていたのは、防護服の男だった。右手に、拳銃を構えている。そしても
う一人。白衣姿の男が、廊下に倒れている二人の所員のそばに立っていた。ケロイド
に覆われたその顔……ゾンビ＝六川だ。生きていたのだ。ガスと細菌と電子ロックを
かい潜って、ぼくらを追ってきたのだ。

「動くよくないネ！」

言葉の調子からすると、防護服を着ているのは中国系のチャウという男らしい。マ
キジャクが深い溜め息を漏らして、キーボードの手を止める。室内が完璧に静まり返
る。チャウは銃口をぼくら五人へ順に向けながら、一歩前へ出た。

「チャウ、手荒なことはするな」

意外なことにゾンビ＝六川が憂鬱げな様子で釘を刺した。その視線は、脅え切った
マリノレイコに注がれている。

「バカかお前は！　こいつら何した思うネ！」

チャウは激昂して振り返り、ゾンビ＝六川にも銃口を向ける。ただでさえイントネ
ーションがおかしいところへ極限状態の興奮が加わり、ほとんど日本語として聞き取
れない。

「とんとん殺して逃げるある。邪魔するばお前も殺すヨ！」

叫ぶなりチャウは腕を前へ突き出し、狙いを定めた。その銃口は一番近くのマリノレイコに向いている。ぼくが息を飲んだのと、マリノレイコが短く叫んだのとはほとんど同時だった。目の前の風景が、すべてスローモーションで移り変わる。まずマリノレイコがお腹を押さえてしゃがみ込む。次にチャウの銃口が下を向く。ぼくが一歩前へ飛び出す。ゾンビ＝六川がチャウの背中に襲いかかり、腋の下へ両腕を差し入れて羽交い締めにする。

「やめろッ！」

そう叫んだのは、ぼくだったのか、ゾンビ＝六川だったのか。背後から動きを封じられたチャウは、激しく身をよじって足掻きながら引金を引いた。銃声が真っ直ぐにぼくの耳を聾し、鉛の弾が頭をかすめて飛んでいく。一発めは、マキジャクが操作していたキーボードに当たる。二発めはナルヒトの脚に。三発めはもう一台のCRT画面を破壊した。コンピュータのディスク・ドライブが騒がしい音を立てて呻き、そこらじゅうから煙を立ち昇らせる。続いてナルヒトがもんどり打って倒れ込み、苦痛の叫び声を上げる。

「こんちきしょう！」

息子に危害を加えられ、怒り狂ったマサヨさんがダッシュする。その手には、さっきマリノレイコが見つけ出した手斧が握られている。あっと言う間にチャウの正面に立ちはだかり、手斧を振りかぶる。ゴーグルの奥のチャウの目が、恐怖のために釣り上がる。誰もが目をつぶった。

銃声。そして悲鳴。

目を開けたくなかった。恐ろしい想像を現実のものとして目の当たりにしたくなかった。両手で顔を覆ったまま、ぼくはその場にうずくまった。破壊されたコンピュータのショートする音を除けば、辺りは静寂に満ちている。まるでぼく一人だけがそこに取り残されてしまったかのようだ。目をつぶっていることすら恐ろしくなって、指の隙間から垣間見る。

最初に見えたのは、額に手斧を突き立てられ、噴水のように血を吹き出しているチャウの姿だ。そしてその横に、前屈みに倒れ込んでいるマサヨさんが……。

「母さん！」

ナルヒトの悲痛な声が辺りに響き渡る。脚を撃たれたために立ち上がれず、床をはってマサヨさんに近づく。

「母さん、母さん、母さん……」

白い床の上に真っ赤な血痕を引きずる様子は、まるで出来の悪い抽象画のようだ。

ぼくらはその場面を、本当に一枚の絵画を眺めるようにして記憶する。誰もが啞然として動けない。ただナルヒトだけが、静止した時間を切り裂くようにして、母親のもとへはっていく。

ぼくらが息を詰めて見守る中、ナルヒトはマサヨさんに取り縋り、激しく揺さぶった。仰向けにし、胸から流れ出る血を見て、一際高い叫び声を上げた。マサヨさんは焦点の定まらない瞳をあらぬ方向へ向け、

「よかった……」

喉の奥へ逆流してくる血液のために、ごぼごぼとうがいをするような音を立てながら呟いた。

「……お前、大丈夫だね」

「母さん！　母さん母さん！」

「あたしゃびっくりしたよ。ああ……よかった」

そう言ったきり、急に瞳の表面に膜がかかったようになった。生命がその体から離れ、音もなく蒸発していく。それを引き止めようとして、ナルヒトはなおも呼びかけながら母親の頭を揺さぶり、頰に触れ、髪を撫でた。しかしもう何の反応もない。すべてが、一瞬の出来事だった。

「武井さん！　拳銃！」

背後でマキジャクの声がする。が、それは遥か彼方から呼びかけられているようにしか感じられないのだ。しかもその意味することすら分からない。緩慢に反応し、ゆっくりと振り返る。あちこちで火花を散らし、煙を立ち昇らせているコンピュータの前に、マキジャクが立っている。その目は大きく見開かれ、物言いたげな様子でぼくの足元へ注がれていた。視線の先を辿ると、そこには防護服の男が倒れている。右手に握られたままの拳銃。

「拳銃を取って！」

もう一度言われて、ようやくぼくは動き出した。あわてて屈み込み、男の手から拳銃を奪おうとする。硬直している上に斧で割られた額からの血に濡れ、取りにくいことはなはだしい。かなり手間取って奪い取ると、予想以上の重量感に圧倒されてしまう。これならば引金を引くまでもなく、振りかぶって殴るだけでも人の命を奪うだろう。そんな恐ろしい物を自分が今手にしているということ自体が、なかなか信じられないほどだ。

「そのお化けみたいな奴を逃がさないで！」

ただ拳銃を持ってぼうっと突っ立っているだけのぼくに、再びマキジャクがアドバイスを送ってくる。見ると倒れている防護服の男の頭の位置、つまりぼくの真正面にゾンビ＝六川が立っている。お互い茫然自失の状態で、きょとんと顔を見合わせる。

「拳銃を構えて！」

「あああそそそうか……」

拳銃を前へ突き出し、銃口をゾンビ＝六川に向ける。鼓動を忘れていた心臓が再び胸の中で動き始め、部屋じゅうに響き渡りそうなほどだ。まさかこんな形で六川と相対することになろうとは、夢にも思わなかった。

「マリノさんはナルヒトの手当てを。部屋のどこかに救急箱くらいあるでしょう。なければ、紐で脚を縛るだけでも結構」

あくまでも冷静な調子でマキジャクが指示する。続いてぼくには「そのままで」と目配せを送り、あらためてコンピュータに向かう。外見上は無傷のキーボードとCRT画面を素早く繋ぎ合わせ、インプットし始める。が、すぐに手を止めてこちらへ向き直り、

「なんてことだ……」

力なく呟いて、頭を抱える。部屋じゅうの引き出しや戸棚を開けて救急箱を探し回っていたマリノレイコが、一瞬動きを止める。ぼくもゾンビ＝六川も息を飲んで、少

年の次の言葉を待つ。

遠くから海鳴りのような響きが伝わってくる。しかしそれが足下から聞こえてくるのか、頭上から響いてくるのか分からない。振動が、初めは小刻みに、そして徐々に大きなうねりとなってこの部屋を揺さぶる。地震だ、と心の中で叫ぶ。

「逃げなくては。全員死ぬぞ」

ゾンビ＝六川が乾いた声で言う。マキジャクは動かない。ナルヒトもマサヨさんの骸(むくろ)を抱きしめたまま、座り込んでいる。振動が徐々に強くなっていく。まるで船底の機関室にでもいるような気分だ。しかし、誰も動こうとしない。ゾンビ＝六川が焦れて、もう一度叫んだ。

「危険なんだ。分からないのか！」

「うるさいッ！」

マキジャクがヒステリックな声を上げて遮る。

「考えてるんだ！　ぼくの思考を邪魔するんじゃないよ！」

立ち上がり、爪を噛みながら苛々と歩き回る。その間にマリノレイコは真新しいタオルと接続コードを探し出す。放心状態のナルヒトの元へ行き、脚の傷口を手当てし始める。研究所全体の振動は、ある一定のレベルまで達すると小康状態を保った。大丈夫、落ち着け。ぼくは自分に言いきかせる。まだ時間はあるとマキジャクが言っていたではないか。じたばたしてはいけない……。

「……よし」

やがてマキジャクはうなずいた。青白い顔でゾンビ＝六川を見やり、

「研究所内の汚染について、あんたの意見を聞きたい。時間がないんだ。正直に答えてくれないか」

真摯な調子でそう訊く。ゾンビ＝六川は目の前の子供がひどく大人びた口をきくのに驚いたのか、しばらくは何とも反応しない。見兼ねてぼくが口を挟む。

「ここ答えてくれ。頼む」

「何をどうするつもりなんだ」

「エマージェンシーを解除するんですよ」

「不可能だ」

「できます。ここの端末はもうオシャカになってしまったけど、すぐ下の階にもあるでしょう。そこまで行くことができれば……だから汚染状況を知りたい。何階で食い止めてると思う？」

「そこのモニターに映ってるだろうが。この階以外は全滅だ」

「しかしあんたたちはここまで来たじゃないか」

「それは……下の汚染を察知して全力疾走したからだ。呼吸もできるだけ止めていたしな」

「呼吸器系統からやられるわけか」

「マスタードガスが漏れていたからな。こいつは化学兵器セクションの連中が考案した、とんでもないガスだ。ベトナムで使われたものをさらにパワーアップして、しかも催眠効果まである」

「すると細菌が漏れたわけじゃないんだ!?」

「いや。ガスの漏洩だけでは、エマージェンシーは働かない。つまりガス以外の危険極まりない細菌も漏れているということだ。それが何かは分からないが。もしかしたら俺も、この死んだチャウも既に感染しているかもしれない」

ゾンビ=六川は科学者本来の落ち着いた口調で話した。マキジャクは小型モニターの群れを睨みつけながら、再び考え込んだ。

「悪いことは言わない。一刻も早くここを逃げ出せ」

ゾンビ=六川はマキジャクに向かってではなく、マリノレイコに向かって忠告した。しかし彼女はそれを黙殺し、ナルヒトの脚の手当てに集中している。右の太腿の部分だ。それほど出血はしていないが、まともには歩けないだろう。ナルヒト自身は深いショックからまだ立ち直っておらず、脚の治療などにはまるきり無関心な様子だ、ただぼんやりとして、マサヨさんの髪を撫でたり何か呟いたりしている。マキジャクはモニターの前を行ったり来たりしていたが、ようやく足を止めて、

「あのモニターの上から二列めがこの下の階、Ｂ２ですか……？」

ゾンビ＝六川に確認を取った。

「その通りだ」

「誰もいませんね……倒れている者もいない」

「所内の電灯がオフになった時点で、ほとんど全員が点検のためにＢ４やＢ５へ駆り出されたからな」

「可能性は……なきにしもあらず、か」

マキジャクは決意に満ちた表情をぼくに向けた。その瞳は、飛び切り面白い悪戯を思いついた幼児のように輝いている。こちらから質問を浴びせる間も与えずに一旦廊下へ走り出し、倒れている防護服の男の元へ屈み込む。顔につけている防臭マスクとゴーグルを剥ぎ取り、すぐに室内へ取って返す。

「どうするつもりなんだ？」

ぼくとゾンビ＝六川が声を合わせて同時に尋ねる。マキジャクはゴーグルのバンドを調節しながら、まるでピクニックの行程を説明するかのような気軽さで答える。

「Ｂ２のコンピュータ・ルームへ行ってきます」

「馬鹿を言うな。死ぬぞ」

「さあ、それはどうでしょうか」

「そんなマスクやゴーグルが役に立つと思うか。モニターを見てみろ。みんな倒れているだろうが！」

「分かってます。これは賭けなんですよ。Ｂ２には倒れている人は映ってないでしょう。少なくともモニターが映す範囲内には。だからガスも細菌もＢ３で止まっている可能性がある」

「いや。絶対にそんなことはない」

「でもぼくはさっきこのコンピュータ・ルームへ入るなり、全フロアの防疫シャッターや扉をオンにしましたからね。Ｂ３で食い止めることができたかもしれない。Ｂ２が汚染されているとしても、それほどひどくはないかもしれない……五分、キーボードの前に座ってから五分あれば、何とかできるんだ」

「マキジャク、よせよ……」

それまでぼくらの会話から遠く隔たって宙を見つめていたナルヒトが、不意に口を開いた。

「お前がそんな危険を冒す必要はないよ。お前が命を賭けて助けるに値する人間なんて、この世に存在しないんだから」

ナルヒトは立ち上がろうとして苦痛に顔を歪め、すぐにまた座り込んだ。マキジャクは既にゴーグルを嵌め、自分の方からナルヒトに近づいて行きながら、

「ぼくはね、ナルヒト、もうこれ以上厭な思い出を持ちたくないんだ。この先も生きていくならすっきりした気分で生きたいんだよ。そのためにも、可能性があるのを知ってて放棄するわけにはいかない。今体験しているこのことを、ぼくの母親との一件みたいにして記憶するのは厭なんだよ」

「だめだ。ぼくが許さない」

「……ありがとう」

マキジャクはナルヒトに向かって何度も頭を下げ、それから振り向いてぼくを呼んだ。耳元へ口を寄せ、小声でこう言う。

「ナルヒトをお願いしますね。あなたなら背負えるでしょう？」

「そそそれは……いいいいけない。ままま待ってるよきき君が帰ってくるまで」

「いいですか。あそこのモニターを見て下さい。一番上の列の右から三番目。何もない小部屋が映ってるでしょう？　キセノン加熱装置が働いている滅菌室です。あの扉を開けると防疫シャッターが下りていて、これはこちら側から手動で開きます。シャッターの向こう側は、すぐＢ２へ降りる階段です。つまりですね、もしＢ２にマスタードガスや細菌が満ちているとしたら、ぼくがシャッターを開けると同時にこのフロアの汚染も始まるわけです。あなたはぼくが出掛けるのと同時に、三人を連れてエレベーターに乗らなければいけません。でないと、最悪の場合全員討ち死にですからね。そのお化けみたいな科学者は人質として役に立つでしょうし、外へ出て生き延びた際にはここのことを暴露させる証人にもなりますしね。連れていくべきだと思います。頼みますよ。あなたの行動力と勇気にかかっているんですから。ぼくの帰りを待つなんて馬鹿なことは言わないで、全速力で逃げて下さい。ぼくのことなら大丈夫。ちゃんと逃げ道を考えてあります」

マキジャクは自信に満ちた口調で言った。ぼくは必死で反論を試みようとしたが、言葉が混乱して頭の中がただ熱くなるばかりだった。ただひとつ、はっきり分かっていることはこういうことだ。マキジャクは帰り道がないことを知っている。この小さな少年は、自分がこれから死ぬということをはっきり悟っている。そして消滅寸前の恒星が一際強く輝くように、まぶしいほどの自信に満ちている。それはおそらく自らの命を賭ければこの危機を回避できる、ということへの自信だろう。彼はガスと細菌をかい潜って、コンピュータ・ルームまで辿り着けると確信しているのだ。その代償として自分の命を払わねばならないことも十分承知の上で。

「だだだめだ……」

胸の奥から熱いものがこみ上げ、ぼくが喋ろうとするのを妨害する。言葉が喉に詰まり、押し出しても押し出しても出て行こうとしない。

「きき君は……」

「ああ。そうだ、行く前にあなたに伝えておかなきゃ。臭いの病状と治療について手短に話しますね。あなたの体は当初腋の下から臭い始めていましたが、今は違う部分が臭ってるんですよ。ブレビバクテリアが現在巣くっているのは、足です。まあ水虫みたいなものと思って結構。ブレビバクテリア自体はそれほど抵抗力の強い生物ではありませんから、治療は簡単です。太陽光線に二日も晒せば、全滅してしまいますよ。これで安心して外の世界へ出て行けるでしょう？」

マキジャクはゴーグルの奥で片目をつぶって見せた。しかし今のぼくにとっては、自分の病気などどうでもいいことに思えた。問題はそんなことではないのだ。確かにマキジャクにとってみれば、この場を放棄して逃げ出すことは彼自身の深い後悔に結びつく。しかしぼくは？　もし彼をこのまま行かせてしまったら、ぼくは今後どれほどの後悔に苛まれなければならないだろう。

「マキジャク、行かせないぞ」

ナルヒトがふらふらと立ち上がり、一歩前へ出た。マキジャクは既に防臭マスクを被り終え、廊下へ向かい始めている。足早に歩きながら振り向き、マスクの中にその涼やかな声を籠もらせてこう言う。

「大丈夫。エマージェンシーを解除したら、ぼくは吸気ダクトを伝わって外へ出ますから。ちゃんと勝算はあるんですよ」

「嘘だ」

「嘘じゃありませんてば」

マキジャクはナルヒトに向かって右手を差し出しかけ、ふと止めた。

「おっと。握手したら放してくれそうにないものなあ。じゃあぼくは行きます。武井さん、頼みましたよ。ナルヒト、すぐにまた会えるよ。明日、一緒にキャラメル・ママの修理を始めようじゃないか！」

その言葉を最後に、マキジャクは廊下へ飛び出した。低い天井にこだまする足音が加速度を増して遠ざかっていく。ぼくらは誰一人として、その場を一歩も動けなかった。まるでマキジャクの最後の一声が、金縛りの呪文（じゅもん）であるかのように。

「どういうことなんだ……」

最初に口を開いたのは、ゾンビ＝六川だった。

「あの子供は一体何を考えてる？　何故あんなに……」

「黙れ！」

ナルヒトが叫んだ。

「お前の汚らしい口であいつのことを語るな！　あいつはなあ、あいつは……止めるぞ。きっとこの糞いまいましい仕掛けを止めるぞ。何ていうことだ！　あいつが命を張るなんて……あいつは……二十一世紀を変える人間なのに！」

ナルヒトはその場へ座り込み、再びマサヨさんの遺体に取り組って啜（すす）り泣いた。慰めの言葉もなく、ぼくは肩を落とす。

〝シャッターを開けると同時に、このフロアの汚染も始まるわけです〟

〝あなたは三人を連れてエレベーターに乗らなければなりません〟

〝あなたの行動力と勇気にかかっているんですから〟

マキジャクに託されたことの一々が、鮮明に反芻される。ぼくは今すぐにも行くべきだろうか。三人を連れて。ここにいても仕方がないことは、十分に分かっている。なのに動き出せない。この後ろめたさ。この苦渋……。

「見て！」

突然マリノレイコが叫び声を上げた。見ると、モニターのひとつを指さしている。一番上の列の右から三番目……さっきマキジャクが滅菌室だと指摘した部屋が映っている。その画面の中央へ、小さな影が飛び込んでくる。ゴーグルとマスクをつけたマキジャクの姿だ。ぼくらは息を飲んで成り行きを見つめた。

マキジャクは画面の左隅へと素早く移動し、滅菌室の扉にへばりついた。暗証番号を入力し、電子ロックを解く。把手を握りしめ、手前へ引く。ぶ厚い扉がゆっくりと開いた。その奥に、シャッターが下りている。おそらく床との接着面に仕掛けがあって、手動で開く鍵が掛かっているのだろう。マキジャクはしゃがみ込み、必死で鍵を探っている。見つからないのだろうか。ひどく手間取っている。

「どうしたんだよ！」

堪え切れずに、ナルヒトが画面に向かって叫ぶ。マキジャクは相変わらずしゃがみ込んだ姿勢のまま、難渋している。

「あんな子供の力では、シャッターは上げられない……」

ゾンビ＝六川が呟く。ぼくらはひやりとして、モニター画面のマキジャクとゾンビ＝六川とを交互に見やる。

「それにキセノン加熱装置が強すぎやしないか。どういうことなんだこれは。急がないと焼け死んでしまうぞ……」

マキジャクはとうとう拳を固めてシャッターを叩き始めた。あの冷静な少年が、あわてふためいているのだ。モノクロ画面なので色までは分からないが、肌に火傷を負い始めたのではなかろうか。苦しげに体を掻きむしっている。

「俺が行こう」

言葉と同時に走り出したのは、ゾンビ＝六川だった。驚いて背後から呼び止めると、一旦立ち止まって振り向き、

「とても見てられない。撃ちたければ撃て」

「ろろろろろく……」

「俺の名前を呼ぶな！」

声高にぼくを遮り、マリノレイコに一瞥を投げる。その瞳は、昔の六川の瞳そのものだ。キリン枕をぼくに貸し与え、自分は座蒲団を丸めて寝た頃の……あの六川の瞳だ。ぼくは構えていた銃を下ろし、かすかに微笑みかけた。それに気付いた六川は、

ケロイドに覆われた表情に微妙な変化を持たせた。おそらくマリノレイコには、それが何を意味するのか分からなかっただろう。苦しげに顔を歪めたようにしか見えないのだ。しかしぼくにはよく分かった。六川は微笑んだのだ。

「お前らは逃げろ」

そう言い残して、六川は廊下へ駆け出して行った。遠ざかっていく足音を聞きながら、ぼくは同じ親友を二度も失わなければならない宿命について、ぼんやりと考えをめぐらせた。

「何故逃がしたんだよ！」

ぼくのズボンの裾を引っ張って、ナルヒトがなじる。ぼくはただ首を振り、モニターを顎でしゃくって見せた。しばらくの間があって、画面の中にたった今この場を去った六川の姿が現れた。既に床へ倒れ込み転がり回って苦しんでいるマキジャクを助け起こし、自分の着ていた白衣をかけてやる。それから閉じたままの防疫シャッターに手を掛け、渾身(こんしん)の力を込めて引き上げようとする。

ナルヒトとマリノレイコは唖然としてその様子を眺めている。さっきまで敵方だった男、しかも化物じみた面相の男がマキジャクを助けようとしていることが理解できなかったのだろう。しかしぼくにとってそれは、一度観た映画のワンシーンのようにあらかじめ予測できる事態だった。もしかしたら心のどこかで、こうなることを随分前から望んでいたのかもしれない。あのケロイドのゾンビ男が六川だと知ったその瞬間から、ぼくは彼に助けられることを待っていたような気がする。

　やがて画面の中の六川は防疫シャッターを力強く持ち上げ、まずマキジャクを先に通した。続いて自分も通り抜ける。その瞬間、彼はもう一度ビデオカメラの方を見やって、ぼくとマリノレイコに向けて微笑みを送ってきた。モノクロで感度の悪い画面だったが、少なくともぼくにはそれが分かった。

「行こう」

　だからぼくは自信に満ちた声で二人にそう告げた。

「あのふふ二人は自分のし使命を立派に果たした。ここ今度はぼくらの番だ」

「馬鹿言うな。ぼくは……」

「ここから出ていい生き長らえることがぼぼぼくらの使命なんだよ、ナルヒト」

　有無を言わせずナルヒトを背負い、マリノレイコの手を握りしめる。

「いいか、きき君たちをぜぜ絶対にしし死なせないぞ」

　そしてぼくら三人はエレベーターに向かって走り出した……。

28

福島原発で原因不明の停止　放射能漏れの疑いも？

三月二十五日早朝、北東電力福島原子力発電所の二号機（加圧水型軽水炉出力一一七・五万キロワット）が、原因不明の自動停止をした。この停止により付近数十キロの範囲が大音響に包まれ、二トン相当の水蒸気が水柱となって百メートルも大気中へ噴出。原発内の労働者や周辺の住民に、「福島原発が爆発したのでは」と、一時は大変な不安と混乱を巻き起こしていたことが、九日に開かれた反原発県民会議の総会で、現地の住民から次々に報告された。

原発内の労働者の報告によれば、二十五日六時二十分、何の前触れもなく同発電所内の「タービン停止」の警報ブザーが鳴り響き、自動停止のためタービン建屋からは蒸気が百メートル近く噴き上がった。付近で農作業をしていた農民は、巨大な水柱を見て「福島原発が爆発した」と騒ぎ出し、自家用車に乗りあわてて避難し始めたという。中には「白い蒸気の他に、黄色い蒸気や黒い蒸気も出ていた」と証言する者もあり、放射能漏れを心配する声もある。また原発内の別な労働者の報告によれば、給水ポンプに水を分配するパイプが切断し、大量の冷却水漏れを起こしたという疑いもある。

　これらの事故について北東電力側は一切を否定しているが、三月二十六日から約二週間をかけて原発内の大がかりな点検作業をしたという事実は認めている。定期点検以外にこのような点検を行うことは極めて異例。また点検作業には、米国の製造元から多数の外国人技師たちが参加したという事実も判明しており、反原発県民会議の総会では北東電力に対して、事故の経緯を説明するよう、文書にて要求する予定である。

29

〝世の中〟というものは、一体どこからどこまでの範囲を指して言うのだろう。ぼくには時々分からなくなってしまうのだ。地球全体、あるいは日本全体のことを指すのか。それとももっと範囲を狭めて、東京か？　それとも世田谷区？　ぼくの住む町内？

　いずれにしても〝世の中〟なんて言葉の上では呼び慣れているものの、実際にはまるで摑みどころのないものなのだ。にもかかわらず〝世の中〟は確かに存在する。そしていつも、ぼくとは関わりあいのない遠い場所で勝手に動いている。まったく何ていう理不尽な仕組みなんだろう。

　あの日、ぼくらが（というか日本全体、ひょっとしたら世界全体が）瀕した一触即発の危機も、一旦〝世の中〟の仕組みの中へ組み込まれてしまうと、たった十センチ四方の新聞記事として扱われるにすぎない事件であるらしい。ぼくの体の臭いについてはあれほど過激な報道合戦を繰り広げたマスコミ各社が、この事件に関しては示し合わせたように口を閉ざした。テレビも、ラジオも、新聞も、雑誌もだ。かろうじて十センチ四方の記事を載せたのは、公称二万部の地方新聞一紙だけだった。これが、〝世の中〟というものの実体だ。そしてぼくの大切な大切な友人は、こんな下らない〝世の中〟を救うために命を賭けたのだ。

「絶対に許さない。必ず復讐してやるからな……！」

あの日研究所から逃走する車の中で、ナルヒトは激しく嗚咽を漏らしながら何度も何度もそう誓った。そしてマキジャクとマサヨさんの遺体を置き去りにしたぼくの行為をなじり、自分の不甲斐なさに激怒し、運転するマリノレイコに対してすらひどい悪態をついた。その端整な顔がまだらに変色し、まるでピカソの絵のように目鼻立ちの位置がチグハグになるほど感情を高ぶらせて、ナルヒトは泣きに泣いた。この気の毒な十六歳の少年に対して、どんな慰めの言葉を与えたらよいのだろう。ぼくは皆目見当もつかなかった。

だからぼくもマリノレイコも、車に乗っている間じゅう一言も喋らなかった。車内にはただナルヒトの嗚咽と、呪いの言葉だけが満ちていた。まるで車自体が黒い怨念の塊と化して、ハイウェイを突っ走っているような具合だ。そしてその怨念車がまず逃げ込んだ先というのは、福島県下の街道沿いにある警察署だった。原発の爆発の危険性もまだあったわけだし、本当はもっと遠くの（できれば東京都内の）警察署もしくは大新聞社などに身柄を預けたかったのだが、いかんせんナルヒトの脚の傷が思わしくなかった。彼自身は悪態をつくことだけに全精力を注いでいたために痛みすら感じない様子だったが、はたで見ているぼくらの方が貧血を起こしかねないほど夥しい血を流し続けていた。一刻も早く病院へ連れていかなければ、今度はナルヒトまで失ってしまう。ぼくの頭の中はその心配で一杯になった。だからこそ街道沿いに警察署の赤いランプが見えた時、反射的に「そこへ行け」と命じてしまったのだ。

この時点でナルヒトは出血のために気を失っていた。意識がはっきりしていたなら、後の状況はかなり変わっていたことだろう。もともと彼は、東京の新聞社へ行くよう主張していたのだから。しかしぼくは彼の意見に逆らい、田舎の警察署へ駆け込んだことを後悔していない。もしもあの時無理をして東京まで走っていたら、ナルヒトは間違いなく（マキジャク風に言うならおよそ九十五パーセントの確率で）死んでいただろう。暴露だの復讐だの、そんなものは一切かなぐり棄ててでもぼくは彼を救いたかったのだ。

とにかくそういう経緯があって、ぼくらは福島県警に一旦身柄を預けることになった。駆け込んだ田舎警察署がどれほど混乱し、困惑したか、あえて詳しく説明する気にはなれない。原因は相変わらず悪臭を放ち続けるぼくの体にあった。その時署内には五、六十人の警察署員がいたのだが、ぼくがナルヒトを抱いて入って行くと、入口に近い者から順にゲロゲロ嘔吐した。

「怪我人がいるんです。早く病院へ！」

署内じゅうに響き渡る嘔吐の音に負けまいと、マリノレイコがカン高い声を張り上げる。と、たった一人だけ応じる者があった。後で分かったことだが、これはぼくと同じ無嗅覚症に悩む若い刑事だった。名前は石橋（いしばし）という。

石橋刑事は自分の同僚たちが突然嘔吐し始めたことに激しく動揺しながらも、ぼくの手からナルヒトを受け取り、マリノレイコを伴って救急病院までパトカーを走らせてくれた。もしこの世に神というものが存在するなら、ぼくらが飛び込んだ警察署に無嗅覚症の刑事を配置したことこそ、正にその神の仕業だ。石橋刑事がいなかったら、そして彼が無嗅覚症でなかったら、ナルヒトはゲロまみれの警察署内で虚しく命を落としていただろう。

一人警察署に残ったぼくは署員たちの回復を待って、手当り次第に話しかけた。原発で大変なことが起きているから、早く行って何とかしてくれ。隠蔽（いんぺい）の手が回らない内に、原発の地下を調べてくれ。新聞社やテレビ局に連絡を取って、一刻も早くこの危険な状況を付近住民に知らせてくれ……。

ぼくは必死で訴えたが、誰一人本気で相手にしてくれる者はいなかった。今にして思えば、それは当然の反応かも知れない。えらく体の臭い奴が突然飛び込んで来て、激しくドモりながら原発がどうのこうのと叫び始めたら、誰だってまともに取り合う気にはなれないだろう。それよりも彼らの〝お役所的〟関心は、ぼくの体臭とナルヒトの脚の怪我に向けられた。応対に出た老刑事は、この二点についてしきりに質問を繰り返した。しかし彼の言葉は強烈な福島弁である上に、鼻をつまんでいることが加わり、それこそズーズーズーズー弁と呼びたいほどの聞き取り難さだ。それでもぼくは想像力を全開にして彼の質問内容を理解し、なるべく手短に答えようとした。が、興奮しているために話に脈絡がなく、しかもひどくドモってしまった。第三者が聞いたら、二人の会話はまるで火星人と土星人のコンタクトのように聞こえただろう。

結果として、ぼくは勾留された。それも一日や二日ではない。丸二週間にわたって、留置場に入れられたのだ。

その間毎日八時間にもわたる取り調べを受け、かなり意地の悪い仕打ちも受けた。ナルヒトは警察病院へ入院し、マリノレイコは二日間だけ病院近くの警察署に勾留され、互いに一度も会わせてもらえなかった。徒労に満ちた、辛い二週間だった。ただし二つだけ、特筆すべき幸せな出来事があった。

ひとつは入院中のナルヒトが超人的な回復振りを見せ、命が助かったのはもちろん、歩行にも支障を生じないという話を聞いたこと。これはぼくの取り調べにあたっていた例の石橋刑事から聞いた。彼は実際問題としてぼくの体臭の被害を受けず、互いに無嗅覚症というハンデを背負っている者同士の奇妙な連帯感もあって、他の刑事と比べるとずいぶん優しくしてくれたのだ。

もうひとつは、あれほどまでにぼくを悩ませ世間を騒がせたぼくの体臭が、日を追うごとに薄れていったという事実だ。勾留されたその日からぼくは靴と靴下を脱ぎ、別れ際にマキジャクが教えてくれた言葉通りに、両足をできるだけ太陽光線に晒すよう努めたのだ。初めは半信半疑だったが、気が挫けそうになるたびにマキジャクの自信に満ちた顔と涼やかな声を思い出し、自分を励ました。本当は日光浴をするのが一番効果的だったのだろうが、勾留中の身とあってはさすがに許して貰えなかった。しかし幸運なことに取り調べを受ける部屋の日当たりが実に良かったため、そこで裸足になれば実質上は日光浴と変わらない環境にあったのだ。もちろんぼく自身の鼻には分からなかったが、マキジャクのアドバイスは確実に功を奏していたらしい。取り調べが始まってから一週間めの朝、食事を運んできた看守がこう言った。

「なんだばはーヌオイがあんますすなくなったんでないがい」

しかも彼はぼくの目の前で、果敢にも鼻から息を吸って見せたのだ。ぼくは自分でもコントロールできないほど狂喜乱舞した。あの喜びは、たぶん地球上に存在する他の誰とも分かち合えない種類のものだ。その日からぼくはますます熱心に両足を陽光に晒すようになり、臭いの変化を毎朝看守に尋ねた。彼の言によれば、ぼくの体臭は確実に薄くなっているとのことだった。

そして勾留から二週間め。ぼくは唐突に解放された。別に取り調べが一段落したとか、無実（もともとぼくがどんな罪を犯したのか、誰にも見当がつかない状態だったのだが）を証明する物証を得たとかいう変化もなしに、突然無罪放免になったのだ。勾留の理由を誰も教えてくれなかったのと同様に、釈放の理由も教えて貰えなかった。ぼくは何だか拍子抜けし、かえって不審感を抱きながら警察署を後にした。するとそこにぼくのシトロエンが停まっており、運転席からマリノレイコが降りてくる。彼女は笑顔の中に目鼻を埋め、クライマックスを歌うオペラ歌手のように両手を広げて駆け寄ってきた。

「よかった。よかったよかった！」

啞然としたままのぼくを抱きしめ、彼女は感極まって泣きながら叫んだ。それを宥めて車に乗り込もうとすると、助手席に誰かが座っていることに気付いた。

「ななナルヒト！」

それは、確かにナルヒトだった。最後に別れた時と比べるとずいぶん顔色もよく、頰の線もふっくらとして落ち着きを取り戻したようだ。さすがに右足はまだバンデージされているらしく、前へ伸ばし切ったままだが、別段痛そうな様子もない。

「やあ……」

ナルヒトは照れ臭そうに微笑み、ステンレスの短い松葉杖を機関銃のように構えて見せた。ぼくはあわてて助手席へ回り込み、その手を握りしめた。

「いいいいつたた退院した？」

「ついさっきさ。突然出て行ってもいいと言われたんだよ。表へ出たらマリノさんが待っていて……君と同じように面食らってる最中さ」

「そそそうなんだ。なな何故急にこんな……」

背後に控えてぼくらの会話に聞き入っていたマリノレイコが、弾んだ口調で言葉を差し挟む。

「家の父がね、とっても優秀な弁護士さんをつけてくれたの。たぶんそのせいよ」

「と彼女は言うんだが、ぼくは違うと思う」

ナルヒトが後を受けて言う。マリノレイコは不服そうに口をすぼめて見せる。

「圧力がかかったんだよ。こんな田舎警察のひとつやふたつ吹っ飛んでしまうほどの権力筋から、勾留はあいならんと命令が下りてきたのさ」

「そそそれはけけ研究所の……」

「米軍が嚙んでるからなあ。連中は今回のことを知らぬ存ぜぬで押し通すつもりらしいんだよ。ぼくは病院で歯噛みしながら新聞だのテレビだの見ていたんだけど、実に上手く隠しやがった。マスコミは完璧に押さえ込まれたよ。今さらぼくら三人が騒ぎ立てても、誰一人振り向かないだろう。君の体がまだ臭っていたらなあ！　そうしたら連中は遅かれ早かれ君を回収するために再び行動に出ただろうから、ぼくらにもほんの僅かだが逆襲のチャンスも残っていたんだけど。もうこうなっては、君を勾留しておくのは連中にとってかえって不利なことだと判断したんだろう。丸めてポイッとやって知らんぷり、というワケさ」

ナルヒトは幾分自虐的なニュアンスを言葉の端々に匂わせて言った。そう説明されても、ぼくはまだ自分の置かれた状況と感情が折り合わずに、不愉快なもどかしさを持て余していた。

「まあ乗りなよ」

ナルヒトは溜め息まじりにそう言って、後部座席を顎でしゃくって見せた。

「ぼくはまだ諦めたわけじゃない。外堀を固めてから、反撃に出るつもりさ。そのことについては車の中でゆっくり話そうじゃないか」

その言葉をしおに、ぼくとマリノレイコは車へ乗り込んだ。そしてこれまでのことこれからのことを声高に話し合いながら、東京へ向かった……。

あれからもう一年近く……十ヵ月がたとうとしている。

マキジャクとゾンビ＝六川が命をかけて救った〝世の中〟は、この上なく平和だ。中でも特にぼくの身辺は、平和を通り越して臆面もなく『幸福』と呼びたいほどの状況なのだ。ぼくは最近の自分の幸福を嚙みしめるにつけ、二人のことを思い出しては申し訳ない気分を味わう。どうしても後ろめたさが先に立って、素直に喜ぶことができない。

とはいえ第三者から見ればぼくの『幸福』など、取るに足らないほど小さなものかもしれない。少なくとも死んだ友人に対して後ろめたさを感じるほどの幸福ではないと、たいていの人は言うだろう。「好きな女と同棲して、子供ができた？　それはむしろ不幸なことだろうが」と言う奴だっているに違いない。しかし幸福というものは当事者の胸の中にだけ実を結ぶ小さな果実だ。その果実の形だけをはたから観察して美味いとか不味いとか言うのは、ひどく的外れなことではないか。

あの大騒動から三ヵ月ほどして、ぼくは下北沢のマンションを売った金で郊外に小さな家を買い、マリノレイコとお腹の中の子供を迎え入れた。もちろん彼女の両親は猛反対をし未だに絶縁状態が続いているが、彼女自身はさほど気に病んでいない様子なので、わざわざぼくの方からしゃしゃり出るような真似はしていない。ぼくとマリノレイコはお互いの胸の中に実を結んだ果実を分かち合い、毎日ほんの少しずつ味わった。もしマキジャクが生きていてその様子をはたから眺め「とっても美味しそうだね」と言って微笑んでくれたら、ぼくらの幸福はそれこそ完全無欠なものになったろうに。

ぼくはその後ろめたさを少しでも軽減するために、マキジャクの墓を建てることを計画した。が、相談を持ち掛けたナルヒトは逆に激怒してこう言ったのだ。

「冗談じゃない！　あいつは死んじゃいないよ。ぼくには分かるんだ。あいつはまだ生きている。そして逆襲のチャンスを窺っている」

その時ぼくらは銀座三越(みつこし)の二階にあるフルーツパーラーで語り合っていたのだが、ナルヒトの剣幕は店内中の人間を振り向かせるほどの激しさだった。

「あれからもう半年も経つのに連絡ひとつないじゃないかと君は言うかもしれない。しかしこうも考えられないか。マキジャクは新天地を発見した。つまり居心地の良い自分の居場所をさ。ぼくの推理はこうだ……マキジャクは今、アメリカの国防省に身柄を預けている。それほど突飛な推理じゃないよ。あの研究所の後始末に訪れた米軍の連中が、吸気ダクトの中で気絶しているマキジャクを発見したとしたら……。当然あいつはフォート・デトリックへ連行されているはずだろう？　そして検査の結果、細菌に感染していなければ、あいつの天才的な頭脳は周囲の科学者たちを瞠目させるに違いない。あいつの天才性を知りながら、それを抹殺する勇気のある科学者なんてこの世に存在しないさ。だからあいつは生きている。フォート・デトリックか、ペンタゴンか、それともナサか。どこへ連行されたかは分からないが、絶対にまだ生きている！」

確かにナルヒトの推理は、あり得ないことではないかもしれない。できればぼくもその説を信じたい。しかしマキジャクについて語る時の、ナルヒトの悲痛な表情はどうだろう。おそらく彼自身も、ほとんど諦めているのだ。それが分かったから、ぼくは喜んでナルヒトの空想に付き合うことにした。確かに君の言う通りだ。マキジャクの墓なんて縁起でもなかったな、と。

そんなふうにしてぼくとナルヒトは少なくとも月に一度は連絡を取り、互いの近況を報告し合った。つい昨夜も彼の方から電話が掛かって来、とりとめもない長話をしたばかりだ。二人とも何となく興奮していたのには、それぞれの理由があった。ナルヒトは十ヵ月をかけたキャラメル・ママの修復作業を終えたところだったし、ぼくはいよいよ出産を迎えるマリノレイコを病院へ送って来たところだったのだ。

「色んなことが始まろうとしているんだなあ！」

ナルヒトはあの騒動以来、久々に心底明るい口調でそう言った。

「キャラメル・ママが稼働し始めれば、きっとマキジャクとも連絡が取れるようになるだろうし、ぼくの復讐劇も幕を切って落とすわけだ。何年かかるか分からないけど、きっとフォート・デトリックの連中をひどい目にあわせてやる。細菌兵器なんか開発することは割が合わないと、心底思いしらせてやる。これはもうはっきり言ってぼくのライフワークになりそうだね。一方君は、父親としての素晴らしい人生が始まるわけだ。まったくなあ、君が父親になるなんて！」

「ままま だ余りじじ実感が湧かないんだ」

「頼りないなあ。もう今夜にも生まれようとしているんだろう？」

「よよ予定ではああ明日」

「そうかあ……落ち着かないだろうね。どんな気分？」

ぼくは受話器を握りしめたまま、そうだなあと口籠もってしばらく考え込み、思いつくままに感想を漏らした。

「あのう、じじ実はさ、き君から電話がかかってくるまで、かか彼女が編みかけていた赤ん坊のくく靴下をぼんやり眺めていたんだけど、何と言うか……とにかくすごく小さいんだよ。ぼぼぼぼくの親指くらいしかないくく靴下なんだ。そそそれを見ていたら、ぼぼぼくはもう泣きたいようなわわ笑いたいような、たた堪らない気分になって……」

ぼくはここに至るまでの様々な紆余曲折を鮮やかに反芻し、絶句した。無嗅覚症から始まって、六川を失い、マリノレイコと出会い、体が臭い出して世間を騒がせ、ナルヒトやマキジャクに助けられ、あの研究所に拉致されて逃亡するまでの思い出が、堰を切ったように浮かんでは消える。そういう紆余曲折の結果として、明日ぼくの小さな赤ん坊が生まれてくるのだと思うと、熱いものが込み上げてきて胸に募るのだった。

「ああ、分かるよ」

ナルヒトは深い溜息を漏らし、いいなあと本心から羨ましげに呟いた。

「自分以外に守るべきものを持っているというのは、人間として一番素晴らしいことだと思うよ。そのことをしっかり自覚した父親になってくれれば、ぼくはさらに嬉しいな。君ならきっとそうなれると思うけどね」

「ありがとう」

ぼくらは互いに言いたいことのすべてを語り合ったような気分になり、受話器の向

こう側で微笑んでいる相手の顔を想いながら沈黙した。ややあってからナルヒトは、マリノレイコの無事出産を祈るよと付け加え、

「じゃあまた」

と、優しい声で別れを告げた。

「じゃあまた」

ぼくも同じように答え、受話器を置いた。

電話の後、ぼくは興奮してなかなか寝つけずに、いつもより深酒をして明け方近くにようやく寝入った。浅い眠りで、短い夢をいくつも見たが、翌朝の目覚めは素晴らしい気分だった。

――お前は今日から父親になるのだ。

ベッドの上で身動ぎをしながら、自分に言いきかせる。カーテンを開け放したままの窓から清々しい冬の陽光が斜めに射し込み、ぼくの横顔を照らし出す。ぼくはしばらく視線を宙に結んだまま、たった今見ていた夢のことを思い出している。その夢は反芻するそばから摑みどころのないものに変わり、消えていこうとするのだが、大体の内容はこんな感じだった。

良く晴れた春の午後。ぼくは居間のソファに横たわって、新聞のスポーツ欄を読ん

でいる。台所から食器の触れ合う音が響いてくるのは、マリノレイコが昼食の後片づけをしているのだろう。そして軽く開いたぼくの股の間では、何か小さな物がもぞもぞ動いている。それはぼくたちの赤ん坊だ。

「新聞なんか読んでないで、赤ちゃんをあやしてね」

流しで水を使いながら、マリノレイコが楽しげに言う。ぼくは「やれやれ」と故意に面倒臭そうな声で答え、その実嬉しくて堪らずに新聞を放り出す。上体を起こして股の間から赤ん坊を抱え上げる。柔らかくて、暖かくて、どうしても抱きしめずにはいられない感触。赤ん坊は短い笑い声を立てる。

「ああ、良い子だ……」

ぼくはその小さな幸せの塊を胸に抱き、ふわふわした柔毛(にこげ)に鼻を押しつける。石鹸(せっけん)の匂い……？　いや、もっと透明で甘美な匂いがする。

「良い匂いがする」

ぼくは呟く。

「赤ん坊の匂いがする。なあ、これって赤ちゃんの匂いだよ……」

夢の中で、ぼくの嗅覚は正常に働いている。体が震えてしまうほど、素晴らしい匂いだ。ぼくはもう一度赤ん坊の髪に鼻をこすりつけ、深呼吸する。

「赤ん坊の匂いだね。ねえ、そうだろう」

言いながら台所へ走って行き、マリノレイコに同意を求める。彼女は微笑んで何度もうなずき、赤ん坊を真ん中に挟んでぼくを抱きしめる……。

残念ながら夢はそこで醒めてしまった。けれどもその続きは、これから現実に起ころうとしているのだ。数時間後、ぼくはきっと夢よりももっと素晴らしい現実を胸に抱くだろう。抱いて、もう決して放さないだろう。

解説

浜本　茂（本の雑誌社）

最後の一行を読み終えた瞬間、ほっとため息の出るような、そんな心地のよい小説だ。

嗅覚を失った青年がとてつもない悪臭を放ち始め、東京中が大混乱におちいる。原因不明の事態に戸惑いながらも、青年は天才少年たちの助けを借りて自身が巻き込まれた謎の正体に迫っていく、という奇想天外な冒険譚だが、物語を支えているのは友情であり、恋であり、家族の情であり、主人公の孤独と葛藤、希望と絶望だ。つまり、原田宗典は青春小説の要素をぎゅっと詰め込んで、やさしい視線で主人公の成長を描いている。そのみずみずしさが心地のよい読後感を生み出しているのである。

主人公は緊張したり興奮したりするとどもってしまう繊細な青年で、無残な交通事故で母親を亡くしたショックのあまり無嗅覚症となる。匂いがしないと食べ物の味も半減、性欲もわかず、あらゆることが面倒くさく厭世的な気分にすらなる。始終部屋でごろごろしているうちに恋人に振られ、唯一の親友まで事故で亡くしてしまう。孤独と絶望に打ちのめされ酒浸りの怠惰な日々を送っていた彼は、母親の保険金と事故の補償金がなくなる十一年後に死ぬことを決める。自身の没年月日を決めたその日に親友の元カノから電話がかかってきて、物語は一気に動くのだが、この序盤の青年の心理描写こそが、原田宗典の真骨頂だろう。嗅覚を奪われた主人公の孤独感がひしひしと伝わるエピソードの数々も独特のユーモラスな語り口で描かれると、救いの手を差し伸べているようなあたたかさを感じさせる。さすが青春小説の名手である。

もちろん青年の体から異臭が発生し始めてからの、怒濤の展開も圧巻だ。文芸誌「すばる」の文学賞に佳作入選し、短編集『優しくって少しばか』でデビューした原田宗典は初の長編となる本書を書くにあたって、エンターテインメントであることを強く意識したのだろう。求道者ふうだが怒ると怖く女性にモテる親友、親友の元カノで空気の読めないおしゃべりな美人、出張マッサージの酒好きおばさん、ワイドショウのレポーターになった元カノ、二人の天才ハッカー少年と、脇を固める人物のキャラクター設定も抜群で、それぞれの人物象がくっきりと頭に浮かぶほど。近隣の犬が吠え出すという不吉な予感あふれるエピソードから始まり、病院での診療場面、近隣住民たちが次々と嘔吐していく様、親友の元カノとのやりとりなどが続く前半は大笑いありのコメディタッチだが、天才ハッカー少年が登場してからは一転。国家規模の暗躍組織との戦いへと至る後半はまさにジェットコースター。陰謀うずまくスパイ小説のようでありサスペンスであり、愛する女性、家族、友のために戦う冒険活劇である。ページをめくる手が止まらない、一気読み必至のこれぞエンタメである。

しかもバイオテクノロジー、ハッカー、スーパーコンピュータに政治謀略、そして出張マッサージなど、現在にも共通する道具立てが駆使されているのがすごい。人権を無視して一日中張りついている横暴なマスコミ取材陣や臭い男でひと儲けたくらむ興行師などは当時も今も変わらないのかもしれないが、一九八九年の小説に福島原発のメルトダウンの危険性が示唆されているのも恐ろしいほどの先見性と言えないだろうか。

一方、最新の「今」を描いた風俗小説の側面も持ち、「リチャード・ギア主演のつまらないラブロマンス」や「つばめグリルでハンブルグステーキ」といった時代を彷彿させるキイワードも頻出する。ことにバッティングセンターから飲み屋を探して新宿歌舞伎町を親友とさまようシーンが印象深い。

「ぼくらはミラノ座前の噴水跡を囲んでいる鉄柵に腰を下ろした。しばらく黙り込んでいると六川は煙草を取り出して、実にうまそうに一服吸った。ぼくは改めて三方を映画館に囲まれたそのスペースを見回し、なつかしい気分に浸った。大学に入ったばかりの頃、初めてここを訪れた時の驚きはちょっと忘れられない。こんないかがわしい場所が日本にあるのかと、目を疑ったものだ。学生、サラリーマン、主婦、チンピラ、ヤクザ、風俗ギャル、オカマ、ひったくり、警察官……。たかが後楽園球場ほどの広さしかないこの街中に、ありとあらゆる人種がごった返している。そしてあの何ともいえない欲望の匂い。比喩ではなく、本当にそんな匂いがした。精液と愛液とゲロと汗と溜息の入り混じったような〝歌舞伎町スメル〟が街全体に漂い、訪れる人はみんなその匂いに突き動かされて、普段よりも悪い自分をここへ棄てていく。いや、もしかしたらそうやって棄てられていった〝悪い自分〟がどんどん腐り、そんな匂いを醸していたのかもしれない」

ミラノ座前の噴水跡はシネシティ広場と名を変え、三方の映画館も今はない。コマ劇場の跡にはゴジラのビルが建ったが、八〇年代半ばの新宿歌舞伎町という大歓楽街を象徴する場はミラノ座前をおいてない。欲望を突き動かす歌舞伎町の醸し出す雰囲気を〝歌舞伎町スメル〟と名づけて、匂いの磁力を強調するこの回想は歌舞伎町と街に集う人々の本質を描いた名場面だ。このとき主人公はすでに嗅覚を失っている。

「ぼくは鼻孔を開き、力一杯息を吸い込んでみた。が、今はもう何の匂いもしない。

前後左右でビカビカ輝いているネオンサインも、ラッパ型のスピーカーから流れる呼び込みの声も、上映開始を告げるベルの音も、すべてが空々しい。薄っぺらで、平面的な感じがするのだ。無機質と言ってもいい。あんなにも五感すべてを揺さぶった歌舞伎町も、匂いがなくなったというだけのことで、ぼくを突き動かす力を失ってしまった……」

嗅覚を喪失し、生きる気力を失ってしまった男が、自分だけが気づかない悪臭を発するようになってしまうことによって世界の理不尽と対峙（たいじ）しなければならなくなるというアイロニー。原田宗典は無嗅覚というアイデアから想像力を飛躍させて『スメル男』を壮大な冒険譚に仕立て上げたが、この冒険譚に通底（つうてい）するのは青春の孤独と希望であり、『スメル男』の本質はコンプレックスの塊（かたまり）のような不器用な青年が大人になる成長小説なのである。だからこそ、読む者は生きる喜びに満ちたラストシーンにまばゆいばかりの輝きを見るのだ。

原田宗典は『スメル男』のあと、ひと夏の奇妙なアルバイト体験をハードボイルドなタッチで綴（つづ）った自伝的作品『十九、二十』、父親と家族の愛憎に迫った『しょうがない人』、大学の入試問題を盗もうと集まった高校生三人組の冒険を描いた長編『平成トム・ソーヤー』、劇団員を主人公にした青春小説『何者でもない』など、傑作を次々と刊行。九〇年代には抱腹絶倒のエッセイストとして超売れっ子になるが、今世紀に入ってから執筆ペースに陰りが見え始め、二〇一三年には覚せい剤と大麻所持の容疑で現行犯逮捕。懲役一年六ヵ月執行猶予三年の刑に処せられる。

一年半の沈黙ののち上梓したのが十年ぶりの小説となる『メメント・モリ』だ。

「メメント・モリ」とはラテン語で「死を想え」。連作長編になるだろうか、「何を書こうというあてもなしに」長年の鬱病、スランプ、不倫相手との訴訟沙汰、家庭崩壊、自殺未遂の顚末、違法薬物使用による逮捕勾留など、自身が体験した悪夢のような出来事をモザイク状に書き連ねた、ドキュメントノベルのような作品である。

二〇〇〇年の十二月二十一日の深夜、「私」は自宅の書斎で自殺を計る。幸いにも未遂に終わるが、ベルトに首をひっかけ梯子から足を外したとたん、目の前が真っ暗になる。「暗転、である」。死を垣間見た瞬間を「暗転」と客観的に描写した三日後、クリスマス・イブのベッドの中で、「私」は考える。「生きていることと死んでいることのどちらが不思議であるのだろうか？」と。

「どう考えても、生きていることの方が不思議だ。一瞬の暗転――あれが死なのだとしたら、そこには何の不思議もない。人は死の間際に自分の一生を走馬灯のように思い巡らすというが、私の場合、何も思い浮かばなかった。神のような光もなかったし、三途(さんず)の川も美しい花畑も見なかった。第一それらのことは、すべて生還した人が語ったことであり、死者の証言ではない。つまりその体験は生の側に属していて、それゆえにバラエティに富んでいる。その多様性こそが、生きていることの不思議さであるとも言えよう。それに比べると、死はひとつしかない。ひとつの死がじっと静かに存在し、まったく動かない」

自殺未遂と病室での錯乱行為、知人宅での大麻パーティの模様、路上で逮捕された際の売人や警官とのやりとり、18番と番号で呼ばれる留置場での日々の情景、ミャンマー国境での日本人傭兵へのインタビュー風景などが克明に描写されていく。そこには死の匂いが充満している。

岩波現代文庫版のあとがきで、著者は「人は基本的に〝死〟を隠そうとする。あらわになるのが怖いのだ。(略)しかし考えてみれば、そうやって隠そうとするから、怖いのだ。隠そうとしなければ、〝死〟は怖くなくなる。だからあらわにする方が、実は生き易いのだ」と書き、「『メメント・モリ』はそういう解釈のもとに読んでみると、〝死〟をあらわにすることによって、〝生〟をあらわにした作品である」と結んでいる。

『メメント・モリ』は知人の娘の一歳の誕生日を祝うシーンで終わっている。一年前に生まれたときは、赤ちゃんを、そうっと胸に抱き、命の、いい匂いでうっとりとなった。そして一年後、娘は母親の腕の中でいつのまにかうっとりと小さな寝息をたてている。平凡だが、明るい未来を予見するラストは『スメル男』を思い起こさずにはいられない。二十六年のときを経て、原田宗典が再び「生」をあらわにした作品を書いたことがとてもうれしい。

本作品は一九九二年六月に講談社文庫で刊行されたものを、本文組み、装幀を変えて、新装版として刊行したものです。当時の時代背景に鑑み、原文を尊重しました。

|著者|原田宗典　1959年、東京都生まれ。早稲田大学第一文学部演劇科卒業。大学卒業後コピーライターとなり、'84年『おまえと暮らせない』が第8回すばる文学賞に入選する。その後、小説・エッセイ・戯曲と幅広い分野で活躍。絵本や翻訳にも挑戦している。著書に『ぜつぼうの濁点』『イノック・アーデン』(訳書)『し』『私は好奇心の強いゴッドファーザー』『見たことも聞いたこともない』『劇場の神様』『彼の人生の場合と彼女の人生の場合』『小林秀雄先生来る』『たまげた録』『醜い花 新装版』『メメント・モリ』『やや黄色い熱をおびた旅人』『メ太よ』などがある。

スメル男　新装版

原田宗典

講談社文庫

定価はカバーに
表示してあります

2021年1月15日第1刷発行
2024年4月2日第2刷発行

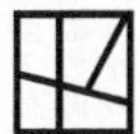

KODANSHA

発行者──森田浩章
発行所──株式会社　講談社
東京都文京区音羽2-12-21　〒112-8001
電話　出版 (03) 5395-3510
販売 (03) 5395-5817
業務 (03) 5395-3615

デザイン─菊地信義
本文データ制作─講談社デジタル製作
印刷───株式会社KPSプロダクツ
製本───株式会社KPSプロダクツ

Printed in Japan

ISBN978-4-06-522319-2

講談社文庫刊行の辞

二十一世紀の到来を目睫に望みながら、われわれはいま、人類史上かつて例を見ない巨大な転換期をむかえようとしている。

世界も、日本も、激動の予兆に対する期待とおののきを内に蔵して、未知の時代に歩み入ろうとしている。このときにあたり、創業の人野間清治の「ナショナル・エデュケイター」への志を現代に甦らせようと意図して、われわれはここに古今の文芸作品はいうまでもなく、ひろく人文・社会・自然の諸科学から東西の名著を網羅する、新しい綜合文庫の発刊を決意した。

激動の転換期はまた断絶の時代である。われわれは戦後二十五年間の出版文化のありかたへの深い反省をこめて、この断絶の時代にあえて人間的な持続を求めようとする。いたずらに浮薄な商業主義のあだ花を追い求めることなく、長期にわたって良書に生命をあたえようとつとめるところにしか、今後の出版文化の真の繁栄はあり得ないと信じるからである。

同時にわれわれはこの綜合文庫の刊行を通じて、人文・社会・自然の諸科学が、結局人間の学にほかならないことを立証しようと願っている。かつて知識とは、「汝自身を知る」ことにつきていた。現代社会の瑣末な情報の氾濫のなかから、力強い知識の源泉を掘り起し、技術文明のただなかに、生きた人間の姿を復活させること。それこそわれわれの切なる希求である。

われわれは権威に盲従せず、俗流に媚びることなく、渾然一体となって日本の「草の根」をかたちづくる若く新しい世代の人々に、心をこめてこの新しい綜合文庫をおくり届けたい。それは知識の泉であるとともに感受性のふるさとであり、もっとも有機的に組織され、社会に開かれた万人のための大学をめざしている。大方の支援と協力を衷心より切望してやまない。

一九七一年七月

野間省一

講談社文庫　目録

東野圭吾 祈りの幕が下りる時
東野圭吾 危険なビーナス
東野圭吾 時生〈新装版〉
東野圭吾 希望の糸
東野圭吾 どちらかが彼女を殺した〈新装版〉
東野圭吾 私が彼を殺した〈新装版〉
東野圭吾作家生活25周年祭り実行委員会 東野圭吾公式ガイド〈読者1万人が選んだ東野作品人気ランキング発表〉
東野圭吾作家生活35周年実行委員会 編 東野圭吾公式ガイド〈作家生活35周年ver.〉
平野啓一郎 高瀬川
平野啓一郎 ドーン
平野啓一郎 空白を満たしなさい(上)(下)
百田尚樹 永遠の0
百田尚樹 輝く夜
百田尚樹 風の中のマリア
百田尚樹 影法師
百田尚樹 ボックス！(上)(下)
百田尚樹 海賊とよばれた男(上)(下)
平田オリザ 幕が上がる
東 直子 さようなら窓
蛭田亜紗子 凜
樋口卓治 ボクの妻と結婚してください。
樋口卓治 続・ボクの妻と結婚してください。
樋口卓治 喋る男
平山夢明 魂豆腐〈大江戸怪談どたんばたん(土壇場譚)〉
平山夢明 宇佐美まことほか 超怖い物件
東川篤哉 純喫茶「一服堂」の四季
東山彰良 流
東山彰良 女の子のことばかり考えていたら、1年が経っていた。
平田研也 小さな恋のうた
日野 草 ウエディング・マン
平岡陽明 僕が死ぬまでにしたいこと
ビートたけし 浅草キッド
ひろさちや すらすら読める歎異抄
藤沢周平 新装版 春秋の檻〈獄医立花登手控え(一)〉
藤沢周平 新装版 風雪の檻〈獄医立花登手控え(二)〉
藤沢周平 新装版 愛憎の檻〈獄医立花登手控え(三)〉
藤沢周平 新装版 人間の檻〈獄医立花登手控え(四)〉
藤沢周平 新装版 闇の歯車
藤沢周平 新装版 市塵(上)(下)
藤沢周平 新装版 決闘の辻
藤沢周平 新装版 雪明かり
藤沢周平 義民が駆ける〈レジェンド歴史時代小説〉
藤沢周平 喜多川歌麿女絵草紙
藤沢周平 闇の梯子
藤沢周平 長門守の陰謀
古井由吉 この道
藤田宜永 樹下の想い
藤田宜永 女系の総督
藤田宜永 女系の教科書
藤田宜永 血の弔旗
藤田宜永 大雪物語
藤 水名子 紅嵐記(上)(中)(下)
藤原伊織 テロリストのパラソル
藤本ひとみ 新・三銃士 少年編・青年編〈ダルタニャンとミラディ〉
藤本ひとみ 皇妃エリザベート
藤本ひとみ 失楽園のイヴ
藤本ひとみ 密室を開ける手

講談社文庫　目録

藤本ひとみ　数学者の夏
福井晴敏　亡国のイージス(上)(下)
福井晴敏　終戦のローレライ I〜IV
藤原緋沙子　遠花火〈見届け人秋月伊織事件帖〉
藤原緋沙子　春疾風〈見届け人秋月伊織事件帖〉
藤原緋沙子　暖鳥〈見届け人秋月伊織事件帖〉
藤原緋沙子　霧の路〈見届け人秋月伊織事件帖〉
藤原緋沙子　鳴子守〈見届け人秋月伊織事件帖〉
藤原緋沙子　夏ほたる〈見届け人秋月伊織事件帖〉
藤原緋沙子　笛吹川〈見届け人秋月伊織事件帖〉
藤原緋沙子　青嵐〈見届け人秋月伊織事件帖〉
椹野道流　亡羊の嘆〈鬼籍通覧〉
椹野道流　新装版 暁天の星〈鬼籍通覧〉
椹野道流　新装版 無明の闇〈鬼籍通覧〉
椹野道流　新装版 壺中の天〈鬼籍通覧〉
椹野道流　新装版 隻手の声〈鬼籍通覧〉
椹野道流　新装版 禅定の弓〈鬼籍通覧〉
椹野道流　池魚の殃〈鬼籍通覧〉
椹野道流　南柯の夢〈鬼籍通覧〉

深水黎一郎　ミステリー・アリーナ
深水黎一郎　マルチエンディング・ミステリー
藤谷　治　花や今宵の
古市憲寿　働き方は「自分」で決める
船瀬俊介　〈万病が治る！ 20歳若返る！〉かんたん「1日1食」!!
藤野可織　ピエタとトランジ
古野まほろ　身元不明〈特殊殺人対策官 箱崎ひかり〉
古野まほろ　陰陽少女
古野まほろ　陰陽少女〈妖刀村正殺人事件〉
古野まほろ　禁じられたジュリエット
藤崎　翔　時間を止めてみたんだが
藤井邦夫　大江戸閻魔帳
藤井邦夫　三つの顔〈大江戸閻魔帳㈡〉
藤井邦夫　渡世人〈大江戸閻魔帳㈢〉
藤井邦夫　笑う女〈大江戸閻魔帳㈣〉
藤井邦夫　罰当り〈大江戸閻魔帳㈤〉
藤井邦夫　福の神〈大江戸閻魔帳㈥〉
藤井邦夫　野暮天〈大江戸閻魔帳㈦〉
藤井邦夫　仇討ち異聞〈大江戸閻魔帳㈧〉

福澤徹三 糸柳寿昭　忌み地〈怪談社奇聞録〉
福澤徹三 糸柳寿昭　忌み地 弐〈怪談社奇聞録〉
福澤徹三 糸柳寿昭　忌み地 惨〈怪談社奇聞録〉
福澤徹三 糸柳寿昭　忌み地 屍〈怪談社奇聞録〉
福澤徹三　作家ごはん
藤井太洋　ハロー・ワールド
藤野嘉子　生き方がラクになる 60歳からは「小さくする」暮らし
富良野馨　この季節が嘘だとしても
藤井聡太 山中伸弥　前人未到
藤井聡太 丹羽宇一郎　考えて、考えて、考える
辺見　庸　抵抗論
星　新一　エヌ氏の遊園地
星　新一 編　ショートショートの広場①〜⑨
本田靖春　不当逮捕
保阪正康　昭和史 七つの謎
堀江敏幸　熊の敷石
本格ミステリ作家クラブ編　ベスト本格ミステリ TOP5〈短編傑作選002〉
本格ミステリ作家クラブ編　ベスト本格ミステリ TOP5〈短編傑作選003〉
本格ミステリ作家クラブ編　ベスト本格ミステリ TOP5〈短編傑作選004〉

講談社文庫　目録

宮城谷昌光　俠骨記〈新装版〉
水木しげる　コミック昭和史1〈関東大震災～満州事変〉
水木しげる　コミック昭和史2〈満州事変～日中全面戦争〉
水木しげる　コミック昭和史3〈日中全面戦争～太平洋戦争開始〉
水木しげる　コミック昭和史4〈太平洋戦争前半〉
水木しげる　コミック昭和史5〈太平洋戦争後半〉
水木しげる　コミック昭和史6〈終戦から朝鮮戦争〉
水木しげる　コミック昭和史7〈講和から復興〉
水木しげる　コミック昭和史8〈高度成長以降〉
水木しげる　敗走記
水木しげる　白い旗
水木しげる　姑娘
水木しげる　決定版 日本妖怪大全〈妖怪・あの世・神様〉
水木しげる　ほんまにオレはアホやろか
水木しげる　総員玉砕せよ！〈新装完全版〉
宮部みゆき　新装版 震える岩〈霊験お初捕物控〉
宮部みゆき　新装版 天狗風〈霊験お初捕物控〉
宮部みゆき　ICO―霧の城―(上)(下)
宮部みゆき　ぼんくら(上)(下)

宮部みゆき　新装版 日暮らし(上)(下)
宮部みゆき　おまえさん(上)(下)
宮部みゆき　小暮写眞館(上)(下)
宮部みゆき　ステップファザー・ステップ〈新装版〉
宮子あずさ　看護婦が見つめた人間が死ぬということ
宮本昌孝　家康、死す(上)(下)
三津田信三　忌館〈ホラー作家の棲む家〉
三津田信三　作者不詳〈ミステリ作家の読む本〉(上)(下)
三津田信三　蛇棺葬
三津田信三　百蛇堂〈怪談作家の語る話〉
三津田信三　厭魅の如き憑くもの
三津田信三　凶鳥の如き忌むもの
三津田信三　首無の如き祟るもの
三津田信三　山魔の如き嗤うもの
三津田信三　水魑の如き沈むもの
三津田信三　密室の如き籠るもの
三津田信三　生霊の如き重るもの
三津田信三　幽女の如き怨むもの
三津田信三　碆霊の如き祀るもの

三津田信三　魔偶の如き齎すもの
三津田信三　忌名の如き贄るもの
三津田信三　シェルター 終末の殺人
三津田信三　ついてくるもの
三津田信三　誰かの家
三津田信三　忌物堂鬼談
道尾秀介　カラスの親指〈by rule of CROW's thumb〉
道尾秀介　カエルの小指〈a murder of crows〉
道尾秀介　水の柩
深木章子　鬼畜の家
湊かなえ　リバース
宮内悠介　彼女がエスパーだったころ
宮内悠介　偶然の聖地
宮乃崎桜子　綺羅の皇女(1)
宮乃崎桜子　綺羅の皇女(2)
三國青葉　損料屋見鬼控え1
三國青葉　損料屋見鬼控え2
三國青葉　損料屋見鬼控え3
三國青葉　福猫屋〈お佐和のねこだすけ〉

講談社文庫　目録

森　博嗣　すべてがFになる〈THE PERFECT INSIDER〉
森　博嗣　冷たい密室と博士たち〈DOCTORS IN ISOLATED ROOM〉
森　博嗣　笑わない数学者〈MATHEMATICAL GOODBYE〉
森　博嗣　詩的私的ジャック〈JACK THE POETICAL PRIVATE〉
森　博嗣　封印再度〈WHO INSIDE〉
森　博嗣　幻惑の死と使途〈ILLUSION ACTS LIKE MAGIC〉
森　博嗣　夏のレプリカ〈REPLACEABLE SUMMER〉
森　博嗣　今はもうない〈SWITCH BACK〉
森　博嗣　数奇にして模型〈NUMERICAL MODELS〉
森　博嗣　有限と微小のパン〈THE PERFECT OUTSIDER〉
森　博嗣　黒猫の三角〈Delta in the Darkness〉
森　博嗣　人形式モナリザ〈Shape of Things Human〉
森　博嗣　月は幽咽のデバイス〈The Sound Walks When the Moon Talks〉
森　博嗣　夢・出逢い・魔性〈You May Die in My Show〉
森　博嗣　魔剣天翔〈Cockpit on knife Edge〉
森　博嗣　恋恋蓮歩の演習〈A Sea of Deceits〉
森　博嗣　六人の超音波科学者〈Six Supersonic Scientists〉
森　博嗣　捩れ屋敷の利鈍〈The Riddle in Torsional Nest〉
森　博嗣　朽ちる散る落ちる〈Rot off and Drop away〉

森　博嗣　赤緑黒白〈Red Green Black and White〉
森　博嗣　四季　春〜冬
森　博嗣　φ(ファイ)は壊れたね〈PATH CONNECTED φ BROKE〉
森　博嗣　θ(シータ)は遊んでくれたよ〈ANOTHER PLAYMATE θ〉
森　博嗣　τ(タウ)になるまで待って〈PLEASE STAY UNTIL τ〉
森　博嗣　ε(イプシロン)に誓って〈SWEARING ON SOLEMN ε〉
森　博嗣　λ(ラムダ)に歯がない〈λ HAS NO TEETH〉
森　博嗣　η(イータ)なのに夢のよう〈DREAMILY IN SPITE OF η〉
森　博嗣　目薬α(アルファ)で殺菌します〈DISINFECTANT α FOR THE EYES〉
森　博嗣　ジグβ(ベータ)は神ですか〈JIG β KNOWS HEAVEN〉
森　博嗣　キウイγ(ガンマ)は時計仕掛け〈KIWI γ IN CLOCKWORK〉
森　博嗣　χ(カイ)の悲劇〈THE TRAGEDY OF χ〉
森　博嗣　ψ(プサイ)の悲劇〈THE TRAGEDY OF ψ〉
森　博嗣　イナイ×イナイ〈PEEKABOO〉
森　博嗣　キラレ×キラレ〈CUTTHROAT〉
森　博嗣　タカイ×タカイ〈CRUCIFIXION〉
森　博嗣　ムカシ×ムカシ〈REMINISCENCE〉
森　博嗣　サイタ×サイタ〈EXPLOSIVE〉
森　博嗣　ダマシ×ダマシ〈SWINDLER〉

森　博嗣　女王の百年密室〈GOD SAVE THE QUEEN〉
森　博嗣　迷宮百年の睡魔〈LABYRINTH IN ARM OF MORPHEUS〉
森　博嗣　赤目姫の潮解〈LADY SCARLET EYES AND HER DELIQUESCENCE〉
森　博嗣　馬鹿と嘘の弓〈Fool Lie Bow〉
森　博嗣　まどろみ消去〈MISSING UNDER THE MISTLETOE〉
森　博嗣　地球儀のスライス〈A SLICE OF TERRESTRIAL GLOBE〉
森　博嗣　レタス・フライ〈Lettuce Fry〉
森　博嗣　僕は秋子に借りがある I'm in Debt to Akiko〈森博嗣自選短編集〉
森　博嗣　どちらかが魔女 Which is the Witch?〈森博嗣シリーズ短編集〉
森　博嗣　喜嶋先生の静かな世界〈The Silent World of Dr.Kishima〉
森　博嗣　そして二人だけになった〈Until Death Do Us Part〉
森　博嗣　つぶやきのクリーム〈The cream of the notes〉
森　博嗣　ツンドラモンスーン〈The cream of the notes 4〉
森　博嗣　つぼみ茸(きのこ)ムース〈The cream of the notes 5〉
森　博嗣　つぶさにミルフィーユ〈The cream of the notes 6〉
森　博嗣　月夜のサラサーテ〈The cream of the notes 7〉
森　博嗣　つんつんブラザーズ〈The cream of the notes 8〉
森　博嗣　ツベルクリンムーチョ〈The cream of the notes 9〉
森　博嗣　追懐のコヨーテ〈The cream of the notes 10〉

森 博嗣 積み木シンドローム〈The cream of the notes 11〉
森 博嗣 妻のオンパレード〈The cream of the notes 12〉
森 博嗣 カクレカラクリ〈An Automaton in Long Sleep〉
森 博嗣 DOG&DOLL
森 博嗣 森には森の風が吹く〈My wind blows in my forest〉
森 博嗣 アンチ整理術〈Anti-Organizing Life〉
萩尾望都 原作 森 博嗣 トーマの心臓〈Lost heart for Thoma〉
諸田玲子 森家の討ち入り
森 達也 すべての戦争は自衛から始まる
本谷有希子 腑抜けども、悲しみの愛を見せろ
本谷有希子 江利子と絶対〈本谷有希子文学大全集〉
本谷有希子 あの子の考えることは変
本谷有希子 嵐のピクニック
本谷有希子 自分を好きになる方法
本谷有希子 異類婚姻譚
本谷有希子 静かに、ねぇ、静かに
茂木健一郎 「赤毛のアン」に学ぶ幸福(しあわせ)になる方法
森林原人 〈偏差値78のAV男優が考える〉セックス幸福論
桃戸ハル編・著 5分後に意外な結末〈ベスト・セレクション〉
桃戸ハル編・著 5分後に意外な結末〈ベスト・セレクション 黒の巻・白の巻〉
桃戸ハル編・著 5分後に意外な結末〈ベスト・セレクション 心震える赤の巻〉
桃戸ハル編・著 5分後に意外な結末〈ベスト・セレクション 心弾ける橙の巻〉
桃戸ハル編・著 5分後に意外な結末〈ベスト・セレクション 金の巻〉
桃戸ハル編・著 5分後に意外な結末〈ベスト・セレクション 銀の巻〉
森 功 高倉 健〈隠し続けた七つの顔と「謎の養女」〉
森 功 地面師〈他人の土地を売り飛ばす闇の詐欺集団〉
望月麻衣 京都船岡山アストロロジー
望月麻衣 京都船岡山アストロロジー2〈星と創作のアンサンブル〉
望月麻衣 京都船岡山アストロロジー3〈恋のハウスと檸檬色の憂鬱〉
山田風太郎 甲賀忍法帖〈山田風太郎忍法帖①〉
山田風太郎 伊賀忍法帖〈山田風太郎忍法帖③〉
山田風太郎 忍法八犬伝〈山田風太郎忍法帖④〉
山田風太郎 風来忍法帖〈山田風太郎忍法帖⑪〉
山田風太郎 新装版 戦中派不戦日記
山田正紀 大江戸ミッション・インポッシブル〈顔役を消せ〉
山田正紀 大江戸ミッション・インポッシブル〈幽霊船を奪え〉
山田詠美 晩年の子供
山田詠美 A(エイ)2(トゥ)Z(ズィ)
山田詠美 珠玉の短編
柳家小三治 ま・く・ら
柳家小三治 もひとつ ま・く・ら
柳家小三治 バ・イ・ク
山口雅也 落語魅捨理(ミステリ)全集〈坊主の愉しみ〉
山本一力 深川黄表紙掛取り帖
山本一力 牡丹酒〈深川黄表紙掛取り帖(二)〉
山本一力 ジョン・マン1 波濤編
山本一力 ジョン・マン2 大洋編
山本一力 ジョン・マン3 望郷編
山本一力 ジョン・マン4 青雲編
山本一力 ジョン・マン5 立志編
椰月美智子 十二歳
椰月美智子 しずかな日々
椰月美智子 ガミガミ女とスーダラ男
椰月美智子 恋愛小説
柳 広司 キング&クイーン
柳 広司 怪談
柳 広司 ナイト&シャドウ

2023年12月15日現在